BEATE MAX

Tod auf dem C

W0349920

GOLDMANN

Beate Maxian

Tod auf dem Opernball

Der vierzehnte Fall für Sarah Pauli

Ein Wien-Krimi

GOLDMANN

MIX
Papier | Fördert gute Waldnutzung
FSC® C014496

Penguin Random House Verlagsgruppe FSC® N001967

3. Auflage
Originalausgabe April 2024

Die Veröffentlichung dieses Werkes erfolgt auf Vermittlung
der literarischen Agentur Peter Molden, Köln
Umschlaggestaltung: UNO Werbeagentur, München
Umschlagmotive: © FinePic®, München
Redaktion: Susanne Bartel
KS · Herstellung: ik
Satz: Buch-Werkstatt GmbH, Bad Aibling
Druck und Bindung: GGP Media GmbH, Pößneck
Printed in Germany
ISBN: 978-3-442-49405-7

www.goldmann-verlag.de

Denn steinerne Grenzen
können Liebe nicht fernhalten,
und was Liebe kann,
das wagt Liebe zu versuchen.

William Shakespeare, *Romeo und Julia*

Donnerstag, 16. Februar

1

Alois Stock war ein Ordnungsfreak. Auf dem Schreibtisch des sechzigjährigen Bankdirektors waren die Schreibunterlage, das Festnetztelefon und die drei Kugelschreiber von Montblanc wie mit dem Lineal ausgerichtet. Etwaige Arbeitspapiere wurden stets weggesperrt, wenn er sie nicht mehr brauchte. Nie lagen irgendwelche unnötigen Zettel oder Firlefanz auf dem Tisch. Stock duldete kein Durcheinander. Weder im Beruf noch im Privaten. Alles in seinem Leben hatte Ordnung und Struktur. Nur sein Körper war ein wenig aus dem Leim gegangen. Aufgrund des Übergewichts schwitzte er schnell, noch dazu hatte er eine Halbglatze. Doch die Designerbrille und sein Modebewusstsein glichen seiner Meinung nach dieses Manko mehr als aus. Er trug ausschließlich Maßanzüge und war zufrieden mit sich und seiner Welt. Geheiratet hatte er nie. »Keine Zeit für eine Ehefrau«, war seine Antwort, wenn ihn jemand fragte, weshalb er Single blieb, obwohl es die eine oder andere Anwärterin gab. Erfolg machte schließlich sexy. Aber er war mit seiner Arbeit verheiratet. Und die Damen vom Escortservice, die er ab und zu bemühte, befriedigten seine Gelüste nach weiblicher Gesellschaft bei einem guten Abendessen oder einer ebensolchen Begleitung bei Theaterbesuchen – durch Aufzahlung auch mit einer schnellen Nummer.

»Sag, hörst du mir eigentlich zu?«, riss Hugo Misic ihn aus seinen Gedanken.

Stock versuchte, seine Überraschung zu verbergen. Für einen Moment hatte er doch glatt vergessen, dass sein langjähriger Freund ihm gegenübersaß. Und ja, er hatte dem Autohändler nicht zugehört, weil dieser nur selten direkt auf den Punkt kam, sondern normalerweise zu ausschweifenden Erklärungen neigte.

»Natürlich«, behauptete der Bankdirektor. »Du brauchst einen Kredit über vierhunderttausend Euro, weil euer aktueller Schauraum zu klein ist und du einen neuen bauen willst. Das hast du mir ja schon letzte Woche in der Mail geschrieben.« Er hoffte, dass er damit richtiglag, und musterte sein Gegenüber eine Sekunde lang. Das weiße Slim-Fit-Hemd, das der Autohändler zu den Jeans trug, war zu eng geschnitten. Und trotzdem musste Stock anerkennen, dass der Sechsundfünfzigjährige jünger aussah, als er war. Seinem eigenen Geschmack nach wirkte er zwar wie ein Berufsjugendlicher, aber das war vermutlich auch ein Grund seines Erfolges. Und weil er so erfolgreich war, brauchte er jetzt eine neue, größere Ausstellungshalle. Hugo Misic und seine Frau Alma verkauften fast ausschließlich Luxusschlitten und Sportwagen. Ihr vorwiegend älterer Kundenkreis erfüllte sich damit den Wunschtraum einer zweiten Jugend. Auch Alois Stock gehörte zu den Kunden des Paars. Vor sieben Monaten hatte er sich einen Bentley Continental gegönnt.

»Die Papiere sind hier drin.« Der Bankdirektor klopfte auf die Mappe neben seiner Schreibunterlage. »Hab alles schon vorbereitet. Du brauchst nur noch zu unterzeichnen.« Er nahm die Dokumente heraus und schob sie dem Autohändler über den Tisch hinweg zu. »Lies dir den Vertrag in Ruhe durch. Kaffee?«

Hugo Misic nickte. Alois Stock nahm den Hörer des Festnetzapparates und bestellte zwei Verlängerte bei Inge Weber, seiner Sekretärin, die im Vorzimmer saß.

Der Autohändler begann zu lesen. Langsam. Auch das Kleingedruckte, wie Alois Stock mit geübtem Blick feststellte. Dabei trommelte Misic mit den Fingern nervös auf die Schreibtischplatte.

Inge Weber, eine Mittvierzigerin im beigen Kostüm und mit kurzen rötlichen Haaren, brachte den Kaffee. Sie stellte die Tassen ab, ebenso eine Porzellandose mit Würfelzucker und ein Milchkännchen, dann zog sie sich zurück.

Ohne den Blick vom Vertrag zu nehmen, griff Hugo Misic nach dem Kaffee vor sich, nippte daran und setzte die Tasse wieder ab. Dann hob er den Kopf. »Ein Fixzinssatz von 3,5 Prozent? Bist du verrückt?«, polterte er. »Das ist Wucher!«

Alois Stock machte eine bedauernde Geste. »Alles wird teurer. Auch die Kreditzinsen steigen. Das ist ein gutes Angebot. Hör dich ruhig bei der Konkurrenz um. Ein besseres wirst du derzeit nicht kriegen.«

Hugo Misic schob die Papiere wieder in Stocks Richtung. »Das muss ich mir noch mal überlegen.«

»Wie du meinst.« Der Bankdirektor griff nach dem

Vertrag und ließ ihn wieder in der Dokumentenmappe verschwinden. »Du kannst die Luxusautos, die keinen Platz mehr in eurem Schauraum haben, ja ins Freie stellen, bis du dich entschieden hast.«

Der Autohändler ging auf die spitze Bemerkung nicht ein. Er erhob sich. »Dann will ich dich nicht länger aufhalten.«

Alois Stock blieb sitzen, streckte ihm lediglich die Hand hin. »Melde dich, wenn du's dir überlegt hast.« Er lächelte nachsichtig.

Hugo Misic schlug ein. »Mach ich. Dann sehen wir uns heute Abend auf dem Opernball«, sagte er und ging.

Alois Stock sah ihm hinterher. Er starrte noch zur Tür, als die sich hinter dem Autohändler längst geschlossen hatte. Er würde wiederkommen, das war ihnen beiden klar. Sie verband nicht nur eine langjährige Freundschaft, sondern auch eine unschöne Geschichte. Über die sie zwar nie sprachen, die sich jedoch in ihrer beider Seelen festgefressen hatte und sie zusammenschweißte. Und Hugo ist nicht der Einzige, der zurückkommen wird, dachte Stock. Alle von früher kamen zu ihm. Die, die den kleinen Dicken dereinst ignoriert hatten, wenn es in der Schule darum ging, Mitglieder für ihre Volleyballmannschaft zu wählen. Den Streber der Klasse, von dem sie jedoch nur allzu gerne die Hausaufgaben abschrieben. Er, das einsame Kind, hatte sich aber nicht im Kämmerlein versteckt, sondern sich schon früh mit seiner Zukunft beschäftigt und damit, wie man reich und unentbehrlich werden konnte. Mit fünfundzwanzig war er bereits Filialleiter einer

Bank am Wiener Stadtrand. Doch das war nur eine Zwischenstation. Es folgten Jahre bei der Schweizer Credit Suisse Group, damals eines der erfolgreichsten Kreditinstitute Europas. Und vor fast zwei Jahrzehnten hatte er die Stock Bank, sein eigenes Bankhaus, in Wiener Neustadt gegründet. Er war jetzt ein angesehener Bankdirektor. Heute kamen die von damals zu ihm und bettelten um einen Kredit, um sich ihre mickrigen Träume zu erfüllen. Manchmal ließ er sie zappeln, ehe er ihnen die Summe gewährte, die sich zumeist im niedrigen vierstelligen Bereich bewegte. Ebenso verhielt es sich mit den Mannschaftskapitänen aus dem Sportunterricht seiner Schulzeit. Sie trainierten heute in den Vereinen die Jugend und brauchten finanzkräftige Sponsoren.

»Ich hab euch alle in der Tasche«, murmelte er breit grinsend. Zeitgleich kam ihm das Schreiben von der Finanzmarktaufsichtsbehörde in den Sinn, das er vor zwei Wochen erhalten hatte. Sie wollten seine Bilanzen prüfen. Reine Routine, so stand es in dem Wisch. »Pah. Routine! So ein Schwachsinn. Ärger wollen die mir machen«, blaffte Alois Stock seinen Computer an. Er wusste, dass sich die Beamten schon länger mit ihm und seiner Bank beschäftigten. Schnell schüttelte er den unangenehmen Gedanken an die Behörde ab und ging wieder zum Tagesgeschäft über.

Um vier Uhr verabschiedete sich seine Sekretärin in den Feierabend. Wie üblich blieb Alois Stock noch im Büro. Er war der Erste, der morgens die Bank betrat, und der Letzte, der sie abends verließ.

Er fand, dass er sich eine Belohnung verdient hatte. Sein Arbeitstag dauerte heute schon wieder zehn Stunden. Mittags hatte er sich nur rasch drei Wurstsemmeln gegönnt. Ein richtiges Essen hatte sein durchgetakteter Zeitplan nicht zugelassen. Er griff in die unterste Schreibtischlade, fischte aus der hintersten Ecke ein kleines Briefchen hervor und ließ das weiße Pulver daraus auf den Tisch rieseln. Dann legte er mithilfe seiner Visitenkarte eine Line, fingerte einen Hunderteuroschein aus der Hosentasche, rollte ihn zusammen, beugte sich nach vorn und zog etwa die Hälfte vom Koks geräuschvoll ins rechte Nasenloch. Als er spürte, dass es oben angekommen war, wiederholte er den Vorgang mit dem linken. Sein Leben war perfekt. Zumindest so lange sein kleines Erfolgsgeheimnis unentdeckt blieb. Die von der Finanzmarktaufsichtsbehörde konnten ihn mal. Sollten sie ruhig kommen.

Er lehnte sich im Stuhl zurück, schloss die Augen und genoss das Gefühl der Unbesiegbarkeit und grenzenlosen Stärke, das sich in ihm ausbreitete.

2

Sarah Pauli balancierte sechs Kartons zur geschlossenen Tür des großen Konferenzraumes im *Wiener Boten* und versuchte dann, die Türklinke mit dem Ellbogen nach unten zu drücken. Es misslang.

»Na geh«, brummte sie. Jetzt fiel ihr auch noch eine dunkelbraune Haarsträhne direkt ins rechte Auge. Sie hätte ihre halblangen Haare zusammenbinden sollen. Während sie die Strähne wegpustete, bückte sie sich, um die Schachteln auf dem Boden abzustellen.

»Wart, Sarah, ich helf dir«, hörte sie in dem Moment eine vertraute Stimme. Conny, die Gesellschaftsreporterin des *Wiener Boten*, war gerade aus dem Aufzug gestiegen und eilte zu ihr. Wie üblich trug sie ein stylisches Outfit. Ein knielanges Strickkleid in der aktuellen Trendfarbe Magenta, dazu edle Lederstiefel und an ihren Ohren goldene Creolen. Ihre kupferrote Lockenmähne hatte sie auf ihrem Kopf zusammengedreht und festgesteckt. Sie war die unumstrittene modische Galionsfigur des *Wiener Boten*. Sissi, ihr schwarzer Mops, watschelte hinter ihr her.

Sarah kam sich angesichts der trendigen Kollegin in ihren Jeans und dem weißen Pulli nicht zum ersten Mal ein wenig underdressed vor. Aber sie hatte heute Morgen keine Lust gehabt, sich aufzubrezeln, das musste sie in ein paar Stunden für das Ballereignis des Jahres sowieso schon tun.

»Was um Himmels willen hast du da?« Die Society-Löwin deutete auf die Kartons in Sarahs Händen.

»Faschingskrapfen. Ich dachte, wir versüßen uns die letzte Sitzung vor dem großen Ereignis.«

Grund des Meetings war der Opernball. Schon seit Wochen fieberte die gesamte Stadt dem Faschingshöhepunkt entgegen. Die Medien kannten kaum mehr ein anderes Thema. *Wer kommt? Wer verschmäht ihn? Wer sind die jungen Damen und Herren, die zur Balleröffnung tanzen? Welche Opernstars singen zum Auftakt?* Auch der *Wiener Bote* hatte sich bereits diesen Fragen gewidmet. Jetzt, um halb drei am Nachmittag, hatte Sarah ein letztes Meeting für jene Redakteurinnen einberufen, die für die umfangreiche Berichterstattung verantwortlich waren. Herbert Kunz, den Chef vom Dienst, hatte sie ebenfalls dazugebeten.

»So viele können wir doch gar nicht verdrücken«, entgegnete Conny und zeigte auf die Pappschachteln.

»Sind ja auch nicht alle für uns gedacht. Ich schick nach der Sitzung eine Mail an sämtliche Abteilungen. Jeder, der will, kann sich einen holen.«

»Wie großzügig, Frau Chefredakteurin.« Grinsend zog Conny die Tür auf, bedeutete Sarah, ihr voraus einzutreten, folgte ihr dann und ließ die Tür offen stehen.

Auf dem ovalen Konferenztisch standen vier Flaschen Mineralwasser, Kaffeetassen, eine Thermoskanne und Teller mit Servietten bereit. Cordula Berger, Sarahs Sekretärin, hatte sich um alles gekümmert, während sie selbst die vorbestellten Krapfen in der Bäckerei abgeholt hatte.

Sie stellte die Kartons vorsichtig auf dem Tisch ab, schob sie nebeneinander und öffnete den ersten. In dem Moment betrat Patricia Franz das Konferenzzimmer. Die Lifestyle-Redakteurin trug grüne Jeans, einen Jacquardblazer mit Punkten und darunter ein weißes T-Shirt. Ihre rotblonden Haare hatte sie mit einer schwarzen Haarklammer im Nacken zusammengefasst. Zu Beginn ihrer Karriere beim *Wiener Boten* hatte sie in der Chronik-Abteilung gearbeitet, doch ihr großer Traum war es gewesen, in die Lifestyle-Redaktion zu wechseln, was ihr vor eineinhalb Jahren gelungen war. Schon seit zwei Wochen berichtete sie fast ausschließlich von den Frisuren, den Kleidern und den Schuhen, die die Ballgäste an diesem Abend tragen würden, sowie von den Getränken und den Speisen, die man in der Oper servieren würde. Zudem hatte sie die Verhaltensregeln auf dem Ball im *Wiener Boten* für alle Interessierten zusammengefasst. Connys Artikel hatten sich hingegen um die nationalen und internationalen Promis gedreht, die kommen würden. In der Loge des berühmten Bauunternehmers, der für seine aufsehenerregenden Gäste bekannt war, würde dieses Jahr eine US-amerikanische Schauspielerin sitzen.

Herbert Kunz betrat als Letzter den Raum. Wie üblich war er tadellos gekleidet. Er trug einen dunkelblauen Anzug mit weißem Hemd und kirschrotem

Einstecktuch. Seine rahmenlose Brille war wie immer blank poliert. Er schloss die Tür hinter sich.

»David wird im Frack bestimmt sehr elegant aussehen«, sagte Conny schmunzelnd, schenkte Kaffee in vier Tassen und schob jedem eine hin.

»Wie sich das für den Herausgeber des *Wiener Boten* gehört«, entgegnete Sarah. Sie wusste, dass ihr Lebensgefährte David sich in dem Aufzug unwohl fühlte und verkleidet vorkam. Aber auf dem Opernball herrschte für Männer nun mal Frackzwang, alternativ war eine Ausgehuniform erlaubt. Für die Damen war ein langes Abendkleid Pflicht.

»Dass er aber bitte auf gar keinen Fall seine Armbanduhr dazu trägt«, merkte Patricia streng an.

»Selbstverständlich trägt er eine Taschenuhr. Stilgerecht«, beruhigte Sarah sie. Selbst sie wusste, dass eine Uhr am Handgelenk zum Frack zu tragen einem Sakrileg gleichkam.

Die Lifestyle-Journalistin nickte zufrieden und nahm sich einen Krapfen.

»Immer an der Lochseite anbeißen«, riet Herbert Kunz und griff ebenfalls zu.

Patricia folgte seinem Rat und beugte sich über den Teller, damit die Marillenmarmelade nicht auf ihre Kleidung kleckste. Dann legte sie den Krapfen auf einen Dessertteller und wischte sich die Finger an einer Serviette ab.

Ebenfalls mit Kaffee und Krapfen bewaffnet, eröffnete Sarah endlich die Sitzung. »Also, was gibt es für heute Abend noch zu besprechen?«

»Ich habe gehört, dass Nina Seidling auftauchen wird«, sagte Patricia und schaute dabei in Connys Richtung. Die siebenundzwanzigjährige Schauspielerin war der Topstar unter vielen Stars in der beliebten TV-Serie *Lilli am Land*. Die Folgen liefen seit acht Monaten wöchentlich im österreichischen Fernsehen, und die Quoten gingen durch die sprichwörtliche Decke.

»Ja, sie hat ihr Kommen erst gestern publik gemacht«, antwortete Conny. »Ich bin mir aber sicher, dass von vornherein klar war, dass sie dabei sein wird. War bestimmt ein PR-Schachzug, um noch mehr Aufmerksamkeit zu generieren, als sie sowieso schon bekommt.«

»Habt ihr euch mal eine Folge der Serie angeschaut?«, fragte Sarah.

Patricia legte sich ihre Hand aufs Herz. »Natürlich nicht.« Sie grinste breit. »Ich hab bislang *alle* geschaut und liebe sie. Ihr etwa nicht?«

Conny und Sarah schüttelten synchron die Köpfe.

»Ich weiß zumindest, worum es geht«, beteuerte Conny. »Mehr aber auch nicht.«

»Schämt euch«, sagte Patricia scherzhaft und setzte zu einer Zusammenfassung an. »Also, die titelgebende Hauptfigur Lilli, Nina Seidling, hat von ihrer Großmutter eine kleine Frühstückspension im Burgenland geerbt, mit Blick auf den Neusiedler See. Allerdings hat sie keine Ahnung von dem Gewerbe und will nicht auf dem Land wohnen. Deshalb versucht sie, die Pension schnell wieder zu verkaufen. Aber das ist nicht so einfach, denn das Haus ist ein wenig heruntergekommen. Also beschließt sie, es vor dem Verkauf zu renovieren, und … ihr könnt euch sicher ausmalen, was dann alles passiert. Mittlerweile läuft die zweite Staffel, und Nina spielt die Rolle einfach göttlich«, schwärmte sie. »Das dürft ihr nicht verpassen.«

»Schaun ma mal«, antwortete Sarah unbestimmt. Auch Connys Miene wirkte nicht, als würde die Serie in nächster Zeit auf ihrem Fernseh- beziehungsweise Streamingplan stehen.

Herbert Kunz klatschte in die Hände, um die Aufmerksamkeit auf sich zu lenken. »Wie schön, dass die Serie so gut läuft und Nina Seidling auf den Ball kommt.« Er lächelte spöttisch. »Apropos, können wir jetzt endlich anfangen?«

Die Aufgaben für den Abend waren schnell festgelegt. Conny würde sich logischerweise um die Prominenten kümmern. Patricia um deren Make-up, Klamotten und Schmuck. Sarah und David wollten ein wenig Small Talk machen, mit Anzeigenkunden und Prominenten netzwerken und an die beiden Redakteurinnen berichten, so sich dabei etwas Interessantes ergab.

»Dann hoffen wir mal auf eine rauschende Ballnacht«, beendete Sarah nach einer halben Stunde die Sitzung.

»Zum Glück kann ich zu Hause auf dem Sofa sitzen«, seufzte Herbert Kunz und meinte es auch so. Sarah hatte ihm angeboten, sie zu begleiten. »Zu viele Menschen auf zu wenig Fläche«, hatte er dankend abgewunken und erwähnt, dass er schon vor einigen Jahren auf dem Ball gewesen sei und das eine Mal ihm für den Rest seines Lebens genüge.

Auch zu Sarahs Lieblingsbeschäftigungen gehörte es nicht gerade, sich auf derart gesellschaftlichen Events herumzutreiben. Dennoch war sie neugierig. Es war ihr erstes Mal auf dem berühmten Ball.

Sie legte einen Krapfen auf einen unbenutzten Teller. »Den bring ich der lieben Frau Berger.«

»Ich nehm auch gleich welche für den Rest der Lifestyle-Redaktion mit«, sagte Patricia und schnappte sich die halb leere Schachtel.

»Gut, dann bis heute Abend.« Sarah erhob sich. Es waren nur wenige Schritte vom Konferenzraum zum Sekretariat, das zwischen ihrem und Herbert Kunz' Büro lag. Cordula Berger arbeitete für sie beide.

»Ich hab etwas für Sie«, sagte Sarah, als sie durch die offen stehende Tür ging, und reichte der Sekretärin den Faschingskrapfen.

»Das ist aber lieb von Ihnen, Frau Pauli«, flötete die mollige Fünfzigjährige und nahm den Teller entgegen.

»Ich seh nur noch schnell die Post durch und fahr dann gleich nach Hause zum Umziehen«, informierte Sarah sie. »Schauen Sie sich den Ball heute im Fernsehen an?«

Cordula Berger nickte lächelnd. »So viele Promis in schönen Kleidern. Na ja, die meisten zumindest«, relativierte sie ihre Aussage. »Das lass ich mir nicht entgehen. Die Promi-Quote soll dieses Jahr ja ausgesprochen hoch sein.«

»Ich wusste gar nicht, dass Sie gerne Promis schauen,

Frau Berger.« Sarah war ehrlich überrascht. So hätte sie die Sekretärin nicht eingeschätzt.

»Was dachten Sie denn, Frau Pauli? Die Politiker, die sich dort tummeln, interessieren mich eher weniger.« Cordula Berger lachte und fuhr sich dabei verlegen durch ihre brünetten Haare.

Sarah stimmte in ihr Lachen ein und betrat ihr Büro der Chefredakteurin, das ihr manchmal eher wie ein Wohnzimmer erschien. Die gemütliche hellgraue Sitzlandschaft, von wo aus man einen guten Blick auf den Fernseher hatte, der an der in einem Elfenbeinton gestrichenen Wand neben dem Schreibtisch hing. Dazu die weißen Regale voller Bücher.

Sie setzte sich auf den Bürostuhl hinter ihrem Schreibtisch. Unterhalb des Bildschirms wachten Amy, ein kleines Plüschschwein, und ein Amethyst über sie und das Zimmer. Zwei Glücksbringer, die ihr Bruder Chris ihr geschenkt hatte. Vor ihr lag die Post, fein säuberlich von Cordula Berger sortiert und mit Eingangsstempel versehen. Obenauf ein Brief, auf dessen Kuvert, das ihre Sekretärin angeheftet hatte, keine Absenderadresse stand. Der Verfasser war scheinbar ein Fan ihrer Kolumne, in der es meist um Aberglaube und Symbolik ging. Er oder sie sprach ihr in dem auf dem Computer geschriebenen Brief höchstes Lob für die Artikel der letzten Tage aus, in denen Sarah aufgrund des bevorstehenden Balls die Sinnbilder an und in der Staatsoper thematisiert und analysiert hatte.

Es klopfte, und David erschien. Er trug Jeans und ein dunkelblaues Hemd, ein Outfit, in dem er sich wohler als im Anzug oder Frack fühlte. »Es ist schon halb vier. Ich wollte dich abholen.«

Sarah gab ihm zu verstehen einzutreten. »Lass mich das hier noch schnell zu Ende lesen.«

Er schloss die Tür und ließ sich auf den Besucherstuhl vor Sarahs Schreibtisch fallen.

»Lies mal den letzten Absatz«, forderte sie ihn eine Minute später auf.

David nahm den Brief, betrachtete ihn kurz und las dann laut vor. »*Unter den Schwingen des Adlers gebären sich mit Schellenmützen und Lorbeerkränzen bedeckte Häupter, geben sich dem Tanz und der Lyra hin. Die schwarzen Schwäne haben sie im Blick, während Fortuna ihr Netz auswirft. Wer von ihnen sich wohl darin verfängt?*« Er hob den Kopf und sah sie aus seinen dunkelbraunen Augen an. »Ein Rätsel«, stellte er fest. »Kennst du die Lösung?«

Sarah schüttelte den Kopf. »Aber die meisten Symbole, die der Verfasser verwendet, befinden sich an der Fassade der Staatsoper oder in ihrem Innern. Ich hab sie in den letzten Tagen in meinen Kolumnen besprochen.«

»Erklär sie mir«, forderte David sie auf und gab ihr den Brief zurück.

»Du hast meine Artikel offenbar nicht gelesen«, merkte Sarah belustigt an. »Im Teesalon gibt es ein Deckengemälde. Im Zentrum ist eine Frau mit einem Lorbeerkranz und einer Lyra in Händen abgebildet. Sie sitzt auf den Schwingen eines Adlers und symbolisiert die Musik. Und wenn man die Feststiege hinaufgeht, sieht man oberhalb der Fenster, hinter denen der Teesalon liegt, drei großformatige Wandbilder. Das rechte Bild behandelt die komische Oper, die Hauptfigur trägt eine Schellenmütze. Das mittlere thematisiert die tragische Oper. Auf ihm siehst du eine mit Lorbeer bekränzte Figur, um die sich Kinder tummeln. Eines davon mit einer brennenden Fackel und einem Dolch in Händen.« Sarah legte den Brief auf den Schreibtisch. »Und zwölf grimmig dreinblickende schwarze Schwäne tragen die vier Laternen vor dem Eingang der Oper.«

»Das Rätsel verweist also eindeutig auf die Staatsoper«, folgerte David.

»Jein«, entgegnete Sarah. »Denn die Göttin Fortuna passt nicht in das Bild. Meines Wissens findet sich keine Darstellung von ihr in der Oper.«

David lächelte. »Zum Glück musst du das Rätsel nicht lösen.«

»Trotzdem wüsste ich gerne, was der Brief zu bedeuten hat«, sagte Sarah. »Und warum er ausgerechnet heute in der Post ist.«

»Kommt dir das seltsam vor?«

»Irgendwie schon. Immerhin findet heute der Opernball in der Staatsoper statt.« Einem Impuls folgend, fotografierte sie das Schreiben.

David grinste. »Jetzt kommt wieder deine neapolitanische Großmutter in dir durch, oder?«

Sarah lächelte. Ihre Nonna war der personifizierte Aberglaube gewesen, hatte viele Dinge und Ereignisse in ihrem Umfeld gedeutet und war niemals ohne ihr

Corno aus dem Haus gegangen. Bei dem Gedanken griff sich Sarah instinktiv an ihre Halskette, an der ebenfalls ein rotes Corno baumelte, ihr Glückshörnchen, das sie vor dem Bösen Blick schützte. Wenngleich sie selbst nicht abergläubisch war, hatte sie von ihrer Großmutter viel über Schadenszauber, Sinnbilder und Symbole gelernt. Doch Sarah interessierte sich vielmehr für den Hintergrund und die Herkunft von verschiedenen Aspekten im Volksglauben, denn oftmals hatten alltägliche Handlungen, Riten und sogar Redeweisen darin ihren Ursprung.

»Der Schwan verheißt Liebenden übrigens ewige Treue«, erwiderte sie kokett.

»Ein gutes Omen für uns.« David zwinkerte ihr zu und erhob sich. »Und jetzt komm.«

Sarah stand ebenfalls auf. Die anderen, unheilvollen sinnbildlichen Bedeutungen von Schwänen schluckte sie hinunter.

Jetzt war nicht die Zeit für düstere Bemerkungen.

3

»Ein Gedränge ist das«, knurrte Delia Fee. »Es ist schon zwanzig nach neun, und seit vierzig Minuten kommen wir nicht vom Fleck.« Die Fashion- und Lifestyle-Influencerin hob den Rocksaum ihrer mitternachtsblauen Seidenrobe mit Madeiraspitze an, damit sich niemand darin verfing. Angefertigt hatte das Kleid die prominente Modeschöpferin Claudia Bacher, eine gute Freundin von ihr. Delia würde in dem Abendkleid heute Abend Werbung für die Designerin laufen und es danach behalten, anstelle des üblichen Honorars für die Promotion. Zusammengerechnet hatte die Influencerin zweieinhalb Millionen Follower auf ihren verschiedenen sozialen Kanälen und verdiente mit ihren Posts sehr gut. Ihr ehemaliger Zeitvertreib hatte sich im Laufe der letzten zwei Jahre in ein lukratives Business verwandelt. Diejenigen, die auf ihren Accounts ein Produkt bewerben wollten, wurden nicht zu knapp zur Kasse gebeten. Der Erfolg entschädigte Delia dafür, dass sie es als Schauspielerin nicht geschafft hatte, in die Oberliga aufzusteigen, sondern immer nur Nebenrollen angeboten bekommen hatte. Sie strich sich eine Strähne ihrer schulterlangen karamellbraunen Haare hinters Ohr. So kamen die Perlenohrringe besser zur

Geltung, die ihr ein bekannter Juwelier für den heutigen Abend zur Verfügung gestellt hatte.

»Fünftausend Leute auf einmal in die Oper zu bringen, ist schon eine Herausforderung«, erwiderte Claudia. Die Designerin trumpfte mit einem pinken Kleid auf. Als Vorbild dafür hatte ihr der Hollywood-Glamour der 1950er-Jahre gedient. Die feudale Robe unterstrich ihren Typ. Sie hatte helle Haut, blaue Augen und lange platinblonde Haare, die sie elegant zu einem Gibson Tuck hochgesteckt trug.

Delia verzog missmutig ihre knallrot geschminkten Lippen. Mit Engelsgeduld hatten sie es mittlerweile vom Operneingang bis auf die Festtreppe mit dem roten Teppich geschafft. Das Eintreffen der Ballgäste war der erste Höhepunkt an diesem Abend, es wurde von zig Kameras begleitet und von Fernsehmoderatoren live dokumentiert. Doch der Gang nach oben zu den Festsälen zog sich schier endlos. Jetzt kam die Gästeschar erneut zum Stehen.

»Ich fühl mich wie in einer verfluchten Sardinenbüchse«, jammerte Delia.

Claudia schenkte ihr ein mitfühlendes Lächeln.

»Siehst du sie zufällig irgendwo?« Die Influencerin überflog die Gäste auf der Treppe.

Auch ohne den Namen genannt zu haben, wusste die Designerin, wen ihre Freundin meinte. Nina Seidling. Wo Kameras waren, war die Schauspielerin selten weit. Claudia hatte ihr eine petrolfarbene Robe auf den Leib geschneidert, mit schulterfreiem Oberteil und Swarovski-Kristallen am Ausschnitt. Die Farbe war perfekt auf die blaugrünen Augen und den goldbraunen Long Bob der Schauspielerin abgestimmt. Das Ergebnis kam einem Gesamtkunstwerk sehr nahe. »Ja. Da vorn!« Claudia deutete mit dem Kopf in die entsprechende Richtung.

Delia reckte den Hals und entdeckte Nina am oberen Treppenabsatz. »Klar, dass die schon fast drin ist. Hat sicher mit wem geschlafen, um schneller als alle anderen reinzukommen. Mich wundert, dass sie sich überhaupt wie wir angestellt hat … wie der Pöbel.« Das letzte Wort spuckte sie Richtung Stufen aus.

»Sie trägt mein Kleid wie einen beliebigen Fetzen«, beschwerte sich Claudia, nachdem Delia mit ihrem Gezeter fertig war. »Ich hätte ihr auch einen Kartoffelsack überstülpen können, und es hätte keinen Unterschied gemacht. Dabei hätte sie heute Abend wie eine Königin aussehen können.«

Delia wusste, dass Claudia gezögert hatte, als die Filmproduktionsfirma von Kevin Katzberg sie gebeten hatte, für ihren aktuellen Star ein Kleid zu entwerfen und anzufertigen. Es war kein Geheimnis, wie schwierig Nina war und welches Stargehabe sie an den Tag legte, wenn ihr etwas missfiel. Zudem hatte Claudia von Beginn an daran gezweifelt, dass Nina genug Eleganz besaß, um das Kleid angemessen zu präsentieren. Ihre Zweifel hatten sich nun bestätigt.

»Hast du etwas anderes erwartet?«, zischte Delia. »Sie ist und bleibt ein Trampel, da können die Medien und ihre Agentur sie noch so oft als Romy Schneider des einundzwanzigsten Jahrhunderts bezeichnen. An das Charisma und Können dieser Ikone wird diese Trutschn nie herankommen. Eigentlich ist es ein Verbrechen, Nina mit der großen Romy, Gott hab sie selig, zu vergleichen.« In Delias Augen wurde Nina völlig überschätzt, und das ärgerte sie. »Müsste man ihre Seele zeichnen, würde die einem Dämon mit Reißzähnen ähneln.« Delias Ansicht nach hatte die Schauspielerin ihre Rollen ausschließlich ihren Kontakten zu verdanken und nicht ihrem Können. Zu ihren Gönnern gehörte auch Kevin Katzberg, der Produzent der aktuellen Erfolgsserie. Was dieser als Gegenleistung erwartete, wusste die gesamte Branche. Und Nina tat mit Sicherheit alles, was sie auf die nächste Sprosse der Karriereleiter beförderte. Trotz aller Missgunst würde Delia heute Abend mit Nina auf Instagram live gehen. Das hatten sie vorab vereinbart. Die Schauspielerin sorgte nicht nur im Fernsehen für gute Quoten, sie hatte unzählige Fans und einflussreiche Mäzene, da konnte man sie nicht unbeachtet lassen. Zweitrangig, dass sie Delia verhasst war. Umgekehrt verhielt es sich ebenso: Zweieinhalb Millionen Follower und Delias Bekanntheitsgrad waren auch für Nina überzeugende Argumente, das Spiel mitzuspielen. Obwohl Delias Antipathie auf Gegenseitigkeit beruhte.

»Herrgott noch mal!«, rief die Influencerin nun unleidlich. »Jetzt lässt sie sich auf der Stiege auch noch mit irgendwelchen Fans fotografieren. Ich seh schon, dass wir bis Mitternacht hier stehen müssen.«

»Geht doch schon weiter«, sagte Claudia und setzte einen Fuß auf die nächste Treppenstufe.

»Ja, aber im Schneckentempo.« Delia nahm ihren Blick von Nina, hielt ihr Handy hoch und filmte die Menschenmenge. Sie hatte ihren Followern einen regelmäßigen Lagebericht in all ihren Feeds versprochen, und das Versprechen würde sie halten.

Als auch sie endlich den oberen Treppenabsatz erreicht hatten, war Nina längst verschwunden.

»Puuuh, geschafft«, ächzte Delia zehn Minuten später, während sie zusammengequetscht mit tausend anderen Gästen nahe der Tanzfläche standen.

»Gerade noch rechtzeitig«, seufzte die Designerin und deutete hinauf zur Mittelloge, wo soeben der österreichische Bundespräsident und seine Frau erschienen. Traditionell geschah das um zweiundzwanzig Uhr und leitete die offizielle Eröffnung des Balls ein. Flankiert wurde das Paar von Ministerinnen und Ministern. Sofort wurden die Fernsehkameras an der Decke, den Logen und die bemannten Kameras an der Tanzfläche per Regieanweisung in Stellung gebracht. Sogenannte Kordelsteher sorgten dafür, dass im Moment der Eröffnung kein Gast versehentlich das Parkett betrat.

Das Stimmengewirr um sie herum verstummte, als vor Delias und Claudias Augen über hundertvierzig Paare einzogen. Die Jungdamen in weißen Kleidern mit Hochsteckfrisuren und glitzernden Swarovski-Tiaras, die Jungherren im Frack. Die Debütantinnen und Debütanten nahmen choreografiert an der Seite Aufstellung und bildeten so einen Kreis um die Sängerinnen und Sänger der Staatsoper und die Tänzerinnen und Tänzer des Wiener Staatsballetts.

Delia hob den Blick zu den Ranglogen auf der gegenüberliegenden Seite. In einer von ihnen saß Nina Seidling und blickte auf das Treiben unter ihr. In dem Wissen, dass es immer eine Kamera gab, die auf sie gerichtet war, machte sie ein begeistertes Gesicht. Neben ihr erkannte Delia Eva Katzberg. Sie fragte sich, ob die Ehefrau und dreifache Mutter wusste, dass Nina die aktuelle Freizeitbeschäftigung ihres Mannes war. Und wenn ja, ob sie sich mittlerweile vielleicht einfach mit seinen Eskapaden abgefunden hatte und sie schlichtweg ignorierte. Denn Nina war nicht die erste und würde mit Sicherheit nicht die letzte Trophäe des Produzenten sein. Nicht dass seine Frau unattraktiv war. Eva Katzberg konnte mit ihren hübschen Konkurrentinnen um die Gunst ihres Mannes durchaus mithalten. Sie war schlank, groß, und ihre weizenblonden Haare, die helle Haut und die Sommersprossen auf der Nase verliehen ihr ein nordisches Aussehen. Delia hatte schon mehrfach mit ihr geplaudert und fand sie sehr sympathisch. Aber ihr Mann Kevin, der jetzt direkt hinter ihr stand, verdiente den Titel »Größter Mistkerl von Wien«. Eine Hand auf die Schulter seiner Frau gelegt, in der anderen ein Weinglas, beugte er sich leicht nach vorn, um besser sehen zu können, was sich unter ihm abspielte.

Delia löste sich von dem Anblick und sah wieder zum Parkett. Mittlerweile tanzte das Ensemble des Staatsopernballetts mit der Primaballerina zu »Wiener Blut«. Delia machte erneut ein paar Bilder, dann filmte sie eine Minute lang, versah das Video und die Fotos mit Hashtags und veröffentlichte den Content.

»Lass uns rausgehen«, schlug sie vor. »Sonst erstick ich hier noch inmitten all dieser Leute.«

»Gute Idee«, stimmte Claudia ihr zu. »Ich bekomm auch schon keine Luft mehr.«

Sie drängten sich durch die Menge bis ins Foyer.

»Ich mach hier noch schnell ein kurzes Video von uns.« Delia hakte sich bei ihrer Freundin unter und hielt das Handy hoch. »Bereit?«

Die Designerin nickte, und Delia tippte auf den Startbutton. »Hallo, ihr Lieben! Stellt euch vor, wen ich hier auf dem Opernball getroffen habe! Claudia Bacher, diiie«, zog sie den Artikel übertrieben in die Länge, um die Bedeutung ihrer Begleitung zu unterstreichen, »berühmte Modedesignerin. Ich trag übrigens ein unglaublich schönes Kleid von ihr.« Sie schwang mit dem Telefon über ihre Robe und wieder zurück, dann plauderte sie mit Claudia knapp zwei Minuten über Abendkleider, Schuhe und Handtaschen sowie über modische No-Gos auf einem Ball.

»Gar nicht geht zum Beispiel ein schlecht sitzender BH … oder ein Slip, der sich unter dem Kleid abzeichnet. Und Männer tragen bitte auf gar keinen Fall Kurzarmhemden«, mahnte Claudia.

»Das lad ich in einer Viertelstunde hoch«, sagte Delia, nachdem sie die Aufnahme beendet hatte. »Und kündige im Begleittext den Livetalk mit Nina an. Aber vorher lass uns eine Bar suchen. Ich brauch Rotwein, viel Rotwein«, brummte sie noch. »Nüchtern ertrag ich diese Bitch nicht.«

4

Sarah und David saßen allein in der Bühnenloge, die er für das Team des *Wiener Boten* reserviert hatte. Auf dem schmalen Tisch zwischen ihnen standen eine Flasche Rotwein, Mineralwasser und Gläser. Ein entzückendes kleines Lämpchen mit Kristallen in Eiszapfenform spendete ihnen zusätzlich zur Saalbeleuchtung Licht. Conny, Patricia und Simon, der Fotograf des *Wiener Boten,* hatten vor wenigen Minuten die Loge verlassen, um sich unter die Menge zu mischen.

»Wie fühlst du dich?«, fragte David.

»Das ist zwar nicht mein natürliches Habitat«, erwiderte Sarah schmunzelnd, »aber es ist beeindruckend, und ich freu mich, mit dir hier zu sein.« Sie nahm ihr Weinglas und stieß es gegen seins, nippte am Wein und widmete sich dann wieder dem Geschehen auf dem Tanzparkett. Während sich dort Debütantinnen und Debütanten gerade zum Walzer »An der schönen blauen Donau« von Johann Strauß drehten, der das Ende der einstündigen Eröffnung einleitete, rauschte an ihrer Loge ein Kameramann vorbei. Dicht hinter ihm eine Nachrichtensprecherin, die Sarah aus dem Fernsehen kannte und die dieses Jahr erstmals den

Opernball moderierte. Vermutlich waren sie auf dem Weg zu einem Interviewpartner.

»Ich bewundere wirklich die Moderatorenpaare und Kameraleute des ORF, die schon seit drei Stunden europaweit Livebilder hinausschicken, berichten und Statements einfangen. Das muss doch schweißtreibend sein, sich immer wieder in den labyrinthartigen Gängen und überfüllten Räumen durch Menschenmassen zu zwängen«, meinte Sarah.

»Und alle haben dabei noch ein fröhliches, lockeres Lächeln auf den Lippen und sich in Schale geworfen.«

»Apropos Schale. Der Frack steht dir ausgezeichnet«, sagte Sarah. »Musst dich also nicht verkleidet fühlen.«

»Und du schaust fantastisch aus«, gab David das Kompliment zurück.

Sarah hatte sich für den Opernball ein neues Kleid gegönnt. Die A-Linien-Robe war aus bordeauxrotem Satin und hatte Spaghettiträger, V-Ausschnitt und einen langen Beinschlitz. Ihre dunkelbraunen Haare hatte sie zu einer Banane eingedreht, um den Hals trug sie eine Silberkette mit einem Madagaskar-Rubin-Anhänger, und an den Füßen glitzerten silberfarbene Pumps mit Knöchelriemchen. Sie hatte sie wochenlang abends zu Hause eingetragen, damit ihre Füße auf dem Ball nicht schon nach zehn Minuten schmerzten. Acht Zentimeter hohe Absätze war Sarah nicht gewohnt.

In dem Moment folgte die berühmte Aufforderung der Tanzchoreografin: »Alles Walzer!«, und nach und nach mischten sich Ballgäste unter die Debütanten und drehten sich mit ihnen im Dreivierteltakt zu den Klängen des berühmten Donauwalzers.

»Was hältst du von einem Rundgang?«, fragte David. »Oder möchtest du lieber tanzen?«

»Später. Lass uns zuerst eine Runde drehen.« Sarah erhob sich, nahm ihre silberne Clutch und hakte sich mit dem freien Arm bei ihm unter.

Die Oper war bis in den letzten Winkel mit Blumen geschmückt und blitzblank gereinigt worden. Die Kronleuchter an den Decken funkelten, und das Publikum strahlte mit den festlichen Räumlichkeiten um die Wette.

Im Schwindfoyer löste Sarah sich von David und besah sich eingehend die Deckenluster. Es handelte sich um die letzten original erhaltenen Gasleuchten. Wenn man genau hinschaute, konnte man unter den Glühbirnen noch die Gashähnchen erkennen.

»Hast du gewusst, dass der Aberglaube, dass man in einem Theater nicht pfeifen darf, auf solche Gasluster zurückgeht?«, fragte sie.

David folgte ihrem Blick nach oben. »Und hat das auch einen tieferen Grund, oder hat sich das nur irgendeine Hexe ausgedacht, weil sie im Theater ihre Ruhe haben wollte?«

Sarah lachte. »Nein, nein, natürlich gibt es eine einleuchtende Begründung. Wenn damals der Sauerstoffgehalt in der Luft stark sank, begannen die Lampen, laut zu pfeifen«, erläuterte sie. »Dann wusste jeder, dass es irgendwo im Haus brennt, und war gewarnt. Ebenso haben die Techniker gepfiffen, um vor etwaigen herabfahrenden Kulissen zu warnen. Klar, Funkgeräte oder Handys gab es zu der Zeit noch nicht. Damit niemand unbegründet in Panik verfiel, war es also logisch, dass nur Techniker und Gasluster im Theater beziehungsweise der Oper pfeifen durften.«

»Bei der Lautstärke, die heute hier herrscht, würde man sicher niemanden pfeifen hören«, witzelte David. »Gerade mal eine Feuerwehrsirene.«

Gemeinsam schlenderten sie weiter in die Schwindloggia. Dort herrschte eine wahre Kakofonie. Es hörte sich an, als ob alle Gäste gleichzeitig und in unterschiedlichen Stimmlagen Getränke an der Bar bestellten, die eigens für die Ballnacht vor den Fenstern Richtung Ringstraße errichtet worden war. Sarah versuchte, alles in sich aufzunehmen. Zwei Männer riefen nach drei Flaschen Sekt und streckten ihre Hände an den Menschen vorbei, die vor ihnen standen, um die Bestellung entgegenzunehmen. Ein weiterer bezahlte über den Kopf einer Frau im rosa Chiffonkleid hinweg, die gerade bei einem anderen Barkeeper ein kleines Bier orderte.

»Guten Abend, Frau Pauli«, sagte plötzlich eine Stimme neben ihr.

Sarah sah zur Seite, wo Hugo Misic stand. Der sechsundfünfzigjährige Autohändler war einer ihrer besten Anzeigenkunden und im Frack kaum wiederzuerkennen. Auf den Werbefotos für das Autohaus Misic, die Sarah aus dem *Wiener Boten* kannte, zeigte er sich zumeist lässig in Jeans und engem Hemd. Er lehnte an einem Stehtisch mit weißem Tischtuch, an seiner Seite eine Frau mit dunkelblonden, hochgesteckten Haaren in einem bodenlangen grünen Seidenkleid. Auf dem Tisch warteten zwei Champagnerflöten und ein Teller mit Sacherwürsteln auf die beiden.

»Darf ich Ihnen meine Frau Alma vorstellen?«, sagte Misic, der Sarah und David vom letzten Sommerfest kannte, das der *Wiener Bote* für Werbekunden ausgerichtet hatte. Seine Frau war damals verhindert gewesen. Hugo Misic deutete auf die Dame neben sich. »Sie ist die gute Seele unseres Autohauses.« Er senkte die Stimme. »Und unter uns gesagt, außerdem die bessere Verkäuferin.«

»Geh, Hugo. Du und dein blöder Schmäh«, spielte Alma Misic die Empörte. »Es ist mir ein Vergnügen, Sie beide endlich mal persönlich kennenzulernen.«

»Ebenso.« Sarah und David lächelten höflich und schüttelten den beiden die Hände.

»Ich lese Ihre Kolumnen«, sagte die Autohändlerin.

»Ich hoffe, Sie gefallen Ihnen«, antwortete Sarah.

»Selbstverständlich«, beteuerte Alma Misic. »Früher war mir gar nicht bewusst, dass es so viele Symbole in unserer schönen Stadt gibt – und natürlich wusste ich nicht, was sie bedeuten. Dank Ihren Kolumnen der letzten Tage bin ich heute Abend viel aufmerksamer durch die Oper gegangen. Gell, Hugo?«

»Viel aufmerksamer«, wiederholte ihr Mann artig.

»Bestimmt hab ich deshalb sogar einige Promis übersehen«, lachte Alma Misic. »Dabei sind die alle so was von rausgeputzt. Haben Sie das Kleid von Nina Seidling gesehen, Frau Pauli?«

»Nein, noch nicht«, gab Sarah zu.

»Der Wahnsinn.« Alma Music legte ihre Hand an die Stirn, als drohte sie jeden Moment in Ohnmacht zu fallen. »Wir tragen dieselbe Designerin«, fügte sie stolz hinzu, nachdem sie die Hand wieder runtergenommen hatte.

»Das ist aber auch ein wunderschönes Kleid«, fühlte Sarah sich genötigt zu sagen.

Alma Music strahlte. »Danke schön. Kommen Sie sich bei den vielen Leuten auch vor wie in einem Ameisenhaufen, in dem ein chaotisches Gewimmel herrscht?«

Sarah lachte. »Der Vergleich ist nicht von der Hand zu weisen.«

David stimmte kurz in Sarahs Lachen ein, bevor er wieder ernst wurde. »Aber nun wollen wir Sie nicht länger beim Essen stören«, sagte er und deutete auf die Sacherwürstel. »Die werden doch schon kalt.« Damit verabschiedeten sie sich von dem Ehepaar und schlenderten weiter.

In dem Pausenraum, der nach dem ehemaligen Staatsoperndirektor Gustav Mahler benannt war, konnte man an weiß gedeckten Tischen Platz nehmen. An diesem Abend schützten Glasabdeckungen die wertvollen Gobelins. Auch hier spendeten glänzende Kronleuchter Licht. Sarah und David standen direkt unter einem, als ein etwa sechzigjähriger, dicklicher und rotwangiger Mann mit Halbglatze und Brille auf sie zukam. Auf seiner Stirn standen Schweißperlen.

»Ist das nicht Alois Stock?«, fragte Sarah. Sie glaubte, erst kürzlich ein Bild von ihm im *Wiener Boten* gesehen zu haben. Wenn sie sich richtig erinnerte, hatte er eine Expertise zu Vermögensanleihen abgegeben. Alois Stock hatte vor zwanzig Jahren die Stock Bank mit Sitz in Wiener Neustadt gegründet. Soweit Sarah wusste, engagierte er sich auch sozial und unterstützte Sportvereine und kleinere Kulturstätten in der niederösterreichischen Gemeinde.

»Ja, das ist er.« David kannte den Banker persönlich. Reinhard Beck, der Ressortleiter Wirtschaft im *Wiener Boten*, hatte sie kürzlich bei einem Vortrag über künstliche Intelligenz im Finanzsektor miteinander bekannt gemacht.

Im Gehen unterhielt Alois Stock sich angeregt mit einem schätzungsweise gleichaltrigen, schlanken, braunhaarigen Mann, dann stoppten beide vor David und Sarah.

»Wie schön, Sie wiederzusehen, Herr Gruber«, sagte der Banker.

»Die Freude ist meinerseits.« David stellte ihm Sarah vor. »Gnädige Frau.« Alois Stock deutete eine Verbeugung an und gab Sarah einen formvollendeten Handkuss, indem sich seine Lippen ihrem Handrücken näherten, ihn aber nicht berührten. Alte Schule. »Darf ich Ihnen Tobias Zauner vorstellen? Einer der fähigsten Fondsmanager unseres Landes.« Der Banker reckte wichtigtuerisch sein Doppelkinn. »Er ist Ihr Mann, Herr Gruber, wenn Sie Ihr Vermögen verdoppeln … was sag ich, verdreifachen wollen.«

»Du übertreibst, Alois.« Tobias Zauner begnügte sich damit, Sarah und David die Hände zu schütteln.

»Das ist die reine Wahrheit.« Alois Stock sah aus, als hätte er seiner Begleitung gerne auf die Schulter geklopft. Allein der Größenunterschied zwischen ihnen hinderte ihn daran. Der Fondsmanager überragte den Bankdirektor um einen Kopf.

»Wenn es mal so weit sein sollte, dann weiß ich, an wen ich mich wende«, antwortete David nonchalant. Daraufhin machten sie noch ein wenig belanglosen Small Talk über den Ball, ehe Alois Stock und Tobias Zauner weiterzogen.

»Sie sitzen in derselben Rangloge, hab ich während der Eröffnung gesehen«, sagte David, als sie außer Hörweite waren.

»Scheint so, als wären sie ziemlich dick miteinander«, erwiderte Sarah. »Würde thematisch ja passen: der eine Bankdirektor, der andere Fondsmanager.«

Als auch sie den Gustav-Mahler-Saal wieder verlassen wollten, rauschte Conny im schwarzen Spitzenkleid heran. Ihre Lippen waren knallrot, und ihre Lockenmähne war hochgesteckt. An ihren Ohren baumelten Chandeliers mit roten Steinen.

»Ich hab vorhin Adrian Merz in einer Rangloge entdeckt. Er scheint mit seiner Schwester und seinem Schwager hier zu sein. Wer hätte das gedacht.« Die Society-Löwin schüttelte ungläubig den Kopf, und ihre Reaktion war berechtigt.

Niemand hatte erwartet, dass der Milliardenerbe und Unternehmer an diesem Abend in der Oper aufkreuzen würde. Sarah konnte sich nicht erinnern, davon vorher irgendwo gehört oder gelesen zu haben.

Es war ein Jahr her, dass seine Frau Melissa bei einem Autounfall ums Leben gekommen war. Die beiden waren ein schönes Paar gewesen und, wenn man den Gerüchten Glauben schenkte, sehr glücklich miteinander. Seit dem Unglück hatte sich der von Haus aus scheue Mittdreißiger noch seltener in der Öffentlichkeit sehen lassen als zuvor.

»Ihr könnt euch sicher vorstellen, wie die unvermählte Damenwelt auf seine Anwesenheit reagiert.« Conny rollte belustigt mit den Augen.

David und Sarah schmunzelten. Adrian Merz gehörte zu den begehrtesten Witwern Wiens. Nicht nur wegen seines Vermögens und Ansehens, aber auch deshalb. Er war Aktionär eines österreichischen Chemiewerks, Miteigentümer einer Privatklinik für Patienten mit psychischen Erkrankungen, Teilhaber des Kosmetikkonzerns Sensjoie und der Parfümerie- und Kaufhauskette Lafabienne, die nach seiner französischen Großmutter benannt war. Den Konzern für Schönheitsartikel sowie die Warenhauskette führte er gemeinsam mit seiner Schwester Pauline Merz-Polinsky. Nina Seidling war seit eineinhalb Jahren das Werbegesicht für eine Pflegeserie von Sensjoie. Dass der Milliardär zudem noch attraktiv und scheu wie ein Reh war, weckte bestimmt den Jagdinstinkt so mancher Frau.

»Pauline Merz-Polinsky hat mir bei einer Veranstaltung vor wenigen Wochen erzählt, dass ihr Bruder langsam das Trauma überwindet, das der Unfalltod seiner Frau bei ihm ausgelöst hat, und wieder in sein früheres Leben zurückfindet«, sagte Conny.

»Zumindest arbeitet er mittlerweile wieder so viel wie vor Melissas Unfall.«

»Weiß man eigentlich, wie der passiert ist?«, fragte Sarah. Wahrscheinlich hatte sie es damals gelesen, aber wieder vergessen.

»Sekundenschlaf«, sagte Conny knapp. »Die Frau ist quasi ungebremst gegen einen Baum in Vösendorf gekracht. Melissa Merz hat zu der Zeit fast rund um die Uhr gearbeitet und kaum geschlafen, hat Pauline Merz-Polinsky mir gegenüber behauptet. Sie und ihr Mann sind um einiges extrovertierter als Adrian Merz. Sie reden bei Kultur- oder Benefizveranstaltungen schon mal offen mit der Presse«, erklärte sie. »Aber niemand unserer Zunft würde sich erlauben, etwas zu veröffentlichen, was bei so einer vertraulichen Plauderei gesagt wurde. Denn so herzlich und aufgeschlossen sie sich auch geben, sie würden dich ihren Anwälten zum Frühstück vorwerfen, wenn du etwas ohne ihre schriftliche Genehmigung druckst. Ohne mit der Wimper zu zucken.«

Wie aufs Stichwort betrat Adrian Merz in dem Moment den Saal. Seine dunkelblonden Haare waren kurz geschnitten, sein ebenmäßiges Gesicht glatt rasiert. Trotz seiner vornehmen Zurückhaltung besaß der Mann eine Ausstrahlung, die im gesamten Raum zu spüren war – und das lag nicht allein an seiner Größe von einem Meter neunzig. Er war in Begleitung seiner älteren Schwester und deren Mann Gustav Polinsky, ein schwerreicher Reeder mit Schwerpunkt Containerschiffe. Sarah musterte Pauline Merz-Polinsky. Sie trug ein elegantes cremefarbenes Ballkleid, das ihre schlanke Figur unterstrich. Dazu flache Schuhe, denn die Frau war groß. Sarah schätzte sie auf eins achtzig. Ihr Mann war nicht viel größer. Die drei waren in ein Gespräch vertieft, während sie den Saal durchquerten. Sie schienen nicht mitzubekommen, dass die Augen aller anderen Anwesenden auf sie gerichtet waren.

Als sie aus ihrem Blickfeld verschwunden waren, sah Conny auf ihr Handy. »Patricia schreibt, dass sie im Teesalon ist. Delia Fee wird dort in zehn Minuten mit Nina Seidling für Instagram live gehen. Da sollten wir dabei sein.«

»Ein Stress ist das hier«, murrte David, folgte aber Sarah und Conny.

Auf dem Weg zum Teesalon informierte die Society-Lady sie, dass es sich bei Delia Fee um eine überaus erfolgreiche Wiener Lifestyle-Influencerin handelte.

Patricia wartete schon auf sie in der offen stehenden Tür, die den Salon mit der Mittelloge verband. Die Loge war leer, die prominenten Politiker hatten sich unters Volk gemischt. Die Lifestyle-Redakteurin trug ein roséfarbenes, gerade geschnittenes Abendkleid. Ihre rotblonden Haare hatte sie zu einem Zopf geflochten und auf dem Kopf fixiert. In unmittelbarer Nähe begrüßten sich Delia Fee und Nina Seidling gerade kamerataugl ich mit einer herzlichen Umarmung.

»Ich freu mich so, dass du Zeit für ein Livevideo hast. Bussi dafür, Schatzi«, zwitscherte Delia Fee hörbar.

»Für dich doch immer, Darling«, flötete Nina Seidling breit lächelnd und in derselben Lautstärke zurück.

Dann küssten sie einander auf die Wange und stellten sich vor eine Wand, die mit goldgelber Seide bespannt war.

Ob sie wissen, dass sich hinter ihnen das Monogramm des ehemaligen Kaisers befindet?, überlegte Sarah. Vermutlich nicht.

»Wusstet ihr, dass Delia Fee für die Hauptrolle der Serie *Lilli am Land,* die Nina Seidling zum Star gemacht hat, ebenfalls vorgesprochen hat?«, flüsterte Conny.

»Delia Fee ist auch Schauspielerin?«, fragte Sarah leise nach.

Conny nickte. »Aber keine besonders gute. Deshalb hat sie nie eine Chance gehabt. Außerdem war schon vor dem Casting klar, dass Nina die Rolle bekommt.«

»Und das weißt du, weil …?«, hakte Sarah nach.

Conny warf ihr einen Blick zu, dessen Bedeutung eindeutig war: Hallo, ich bin's, die Society-Lady schlechthin. »Weil ich so gut wie alles weiß«, sagte sie dann und lächelte.

Darin musste Sarah ihr zustimmen.

»Der Produzent Kevin Katzberg höchstpersönlich hat's mir gesteckt«, gestand Conny dann doch.

Sarahs Blick wanderte wieder zu der Hauptdarstellerin vor der goldgelben Wand. Eine platinblonde Frau in einer pinken Robe und mit einem Rotwein- und einem Weißweinglas in den Händen trat zu ihr und der Influencerin. Sie reichte Delia Fee den Rotwein und drehte sich zu einer groß gewachsenen Frau mit weizenblonder Hochsteckfrisur um, von der sie sich eine Champagnerflöte geben ließ, die sie an Nina Seidling weiterreichte. In den nächsten Minuten sprachen die Frau in Pink, Delia Fee und die Schauspielerin leise miteinander und nippten zwischendrin an ihren Getränken. Dann sah die Influencerin auf die Uhr.

»Punkt Mitternacht. Das heißt, es ist Zeit für uns zwei Hübschen«, gab sie lautstark das Kommando.

Sie und Nina Seidling leerten ihre Gläser und reichten sie der Frau in dem pinken Kleid. Die Gespräche im Raum verstummten, und die beiden lächelten bühnenreif in die Kamera von Delia Fees Handy.

Im Nu schnellten die Mobiltelefone der Umstehenden in die Höhe. Auch Patricia filmte.

»Hallo, ihr Lieben«, säuselte Delia Fee. »Ich hab sie euch ja schon angekündigt, und jetzt steht sie wirklich neben mir. Diiie Nina Seidling. Das ist der Wahnsinn! Findet ihr nicht auch?« Sie machte ein übertrieben glückliches Gesicht.

Nina Seidling winkte freudestrahlend in die Kamera. »Hi, ihr Lieben da draußen. Ich freu mich ja so, dass meine gute Freundin Delia mich in dem Trubel gefunden hat, denn hier sind heute mehr Leute unterwegs als an einem Samstag auf der Kärntner Straße.«

Die beiden lachten schrill, und Delia Fee hielt das Handy kurz in Richtung der Menschenmenge, um das Gesagte zu illustrieren. »Du weißt ja, Nina, dass meine Community voll neugierig ist. Meine Follower haben so viele Fragen an dich.« Die Influencerin schaute leicht angestrengt aufs Display. »Schau, Veit schickt dir ein Herz, und Susanne will wissen, ob du und der«, sie verdrehte verzückt die Augen, »wunderschöne Henry zusammenkommt.«

Offenbar kommentierten Zuschauer live das Video und stellten Fragen. Sarah hatte keine Ahnung, wovon Delia Fee sprach. War mit Henry ein Charakter dieser Erfolgsserie gemeint?

»Henry heißt eigentlich Leon Kant«, erläuterte Patricia leise. »Ich hab ihn vor einem halben Jahr persönlich kennengelernt. Bei einem Fotoshooting, das der *Wiener Bote* gemeinsam mit einem großen Wiener Modehaus initiiert hatte.«

»Ich erinnere mich an die Bildstrecke«, sagte Conny. »Leon Kant hat unterschiedliche Outfits präsentiert. Vom Alltagslook über den Businessstyle bis hin zur Abendgarderobe.«

»Genau, und in der Serie *Lilli am Land* spielt er Ninas Nachbarn, der ihr bei all ihren Problemchen zur Seite steht. Immer ein herziges Lächeln und einen coolen Spruch auf den Lippen«, meinte Patricia. »Zwischen den beiden entwickelt sich gerade eine Liebesgeschichte, oder auch nicht … So genau weiß man das als Zuschauer nicht. Es wird angedeutet, aber dann passiert wieder etwas, das verhindert, dass sie zusammenkommen, so wie die Königskinder. Da steigt die Spannung und vermutlich auch die Einschaltquote.« Sie nahm ihr Handy, mit dem sie wie so viele die beiden Frauen gefilmt hatte, herunter und tippte den Namen des Schauspielers in die Maske der Suchmaschine. Gleich darauf sah Sarah auf dem Display einen Mann Ende zwanzig mit verwuschelten blonden Haaren, grünen Augen und einem Blick, der andere Frauenherzen mit Sicherheit schmelzen ließ.

»Liebe Susanne, das kann ich nicht verraten. Da würde ich doch die ganze Spannung kaputt machen!«, rief Nina Seidling indessen und hauchte ein Luftbussi in die Handykamera.

»Ich persönlich würde ja gerne wissen, woher du dieses megaschöne Traumkleid hast.« Delia Fee trat einen Schritt zur Seite, sodass sie eine Ganzkörperaufnahme von der Schauspielerin machen konnte.

Sarah sah fragend zu Patricia.

»Nina Seidling trägt ein Kleid von Claudia Bacher, eine total angesagte lokale Designerin«, flüsterte die auch sogleich und deutete mit dem Kopf auf die Frau in der rosa Robe, die den beiden vor dem Video die Getränke gereicht und ihnen die Gläser wieder abgenommen hatte. Sie stand jetzt vor dem geschlossenen Seitenfenster, von dem aus man, so es denn offen war, einen wunderschönen Blick auf die Feststiege hatte. Ein Privileg, das seinerzeit, als der Teesalon noch Hoffestlogensalon geheißen hatte, dem Kaiser vorbehalten war. Die Modeschöpferin lächelte verlegen, als Nina Seidling ihren Namen nannte. Sarah bemerkte, dass die Frau, die ihr den Champagner gereicht hatte, nicht mehr zu sehen war.

Von nun an sprachen die Influencerin und die Schauspielerin über Claudia Bacher, die Stunden, die beide bei den Anproben in deren Atelier verbracht hatten, darüber, wie lustig alles gewesen war und weshalb sie ausgerechnet diese Farbe für ihre jeweiligen

Kleider gewählt hatten. Dabei hielt Delia Fee mehrfach ihr Handy so, dass beide Roben immer wieder gefilmt wurden. Es kam Sarah so vor, als diente das Interview von nun an nur dazu, Werbung für die Modeschöpferin zu machen. Die Influencerin las keinen Kommentar mehr vom Display ab. Aber egal, die beiden Frauen hatten erkennbar großen Spaß mit Delia Fees unsichtbaren Followern, die vermutlich in ihren Wohn- und Schlafzimmern auf Tablets und Telefonen das Gespräch mitverfolgten. Doch Sarah erschien die Herzlichkeit aufgesetzt. Die zwei kicherten wie kleine Mädchen beim Kindergeburtstag. Sie scherzten und lachten, doch jede Gefühlsregung wirkte übertrieben. Vor allem Nina Seidling kam ihr völlig überdreht vor. Sie war fahrig, konnte keine Sekunde lang still stehen und zupfte andauernd an ihrer Frisur. Ihre Antworten schoss sie ab wie Pfeile. Ohne nachzudenken, plapperte sie drauflos, ließ raus, was ihr gerade einfiel. Aber vermutlich standen viele der Ballgäste unter Strom, sogar Sarah war ziemlich aufgekratzt. Das Adrenalin schien in ihrem Körper Tango zu tanzen. Dass sich auf Nina Seidlings Stirn ein feiner Schweißfilm gebildet hatte, schob sie auf die Hitze im Raum. Ein Fernsehteam tauchte auf und filmte erst das Liveinterview, bevor sich die Moderatorin so vor der Linse positionierte, dass man die beiden prominenten jungen Frauen im Hintergrund sehen konnte. Das Mikrofon hielt sie dicht an ihre Lippen. Als der Kameramann ihr ein Zeichen gab, erläuterte sie der Zuseherschaft mit gedämpfter Stimme, was soeben im Teesalon passierte.

»Wo ist Simon?«, flüsterte Sarah Conny zu.

»Er heftet sich den Promis auf ihrem Weg durch die Oper an die Fersen, damit Patricia und ich genug Fotos für unsere Seiten haben. Ich hab ihm zwar Bescheid gegeben, aber er ist gerade am anderen Ende der Oper. Bis er sich durch die Menge hergekämpft hat, ist das Gespräch vermutlich zu Ende. Deshalb übernehme ausnahmsweise ich hier seinen Job.« Die Gesellschaftsreporterin machte mit ihrem Handy mehrere Fotos.

Delia Fee und Nina Seidling hatten jetzt das Thema gewechselt und sprachen über den Kaiserschmarrn to go, den es auf dem Opernball gab. »Ich werde mir auf jeden Fall eine Portion gönnen«, flötete die Schauspielerin. »Außerdem hab ich unten in der sogenannten ›Süßen Kurve‹ die vielen Minifaschingskrapfen gesehen. Was meint ihr, soll ich einen essen?«

»Na sicher. Ganz bestimmt wirst du das tun, wenn sich deine Fans das wünschen«, zischte Conny bissig. »Bei der Figur hast du dir in den letzten zehn Jahren weder Schmarrn noch Krapfen einverleibt, und daran wird sich heute auch nichts ändern.«

Nina Seidling strich sich mit einer hektischen Geste eine unsichtbare Haarsträhne aus dem Gesicht und rückte dann ruhelos den mit glitzernden Steinchen besetzten Herzanhänger ihrer Kette zurecht. Aus den Augenwinkeln bemerkte Sarah, dass die TV-Moderatorin ihren Kommentar beendet hatte und der Kameramann wieder ausschließlich Delia Fee und Nina Seidling filmte.

»Meine Follower sind der Meinung, dass du dir

einen Krapfen gönnen solltest«, sagte die Influencerin. »Unbedingt sogar.«

In dem Moment wurde der Blick der Schauspielerin starr. Sie sah Delia Fee an, als würde sie den Sinn des soeben Gesagten nicht verstehen. Dann schaute sie sich um, als wäre sie soeben aus einem Traum erwacht und wüsste nicht, wo sie sich gegenwärtig befand. Sie blinzelte, öffnete den Mund. Doch sie sagte kein Wort. Stattdessen legte sich ein Ausdruck tiefen Erstaunens auf ihr Gesicht.

Delia Fee redete indessen weiter. Sie bemerkte Nina Seidlings apathischen Zustand nicht.

Sarah musterte die Schauspielerin beunruhigt, als die auf einmal in die Luft griff, als wollte sie sich an etwas festhalten. Dann fiel sie nach vorn auf den Boden.

5

Für ein paar Sekunden schien die Zeit stillzustehen.

Die Handys im Teesalon waren wie eingefroren auf die Szene gerichtet. Auch der Kameramann filmte instinktgesteuert weiter. Delia Fee starrte wie gebannt nach unten. Ihr Brustkorb hob und senkte sich schnell, dann entfuhr ihr ein erstickter Schrei. Nina Seidling lag mit zur Seite gedrehtem Kopf auf dem Boden, ihre offenen Augen sahen in Richtung des von Säulen flankierten Kaminspiegels an der Stirnwand, in dem sich die Ballgäste spiegelten.

»Wasser!«, brüllte Claudia Bacher und stürzte zu Nina Seidling. Sie rollte die Schauspielerin auf den Rücken, hielt deren Füße hoch. Ein Gast schob ihr einen Sessel hin, der an der Wand gestanden hatte, und die Designerin legte die Beine der Ohnmächtigen darauf.

Auch David erwachte aus seiner Starre. Er nahm der Frau neben sich das Wasserglas aus der Hand und reichte es Claudia Bacher.

»Hier, trink das, Nina.« Die Designerin setzte das Glas an die Lippen der Bewusstlosen. Als diese sich nicht rührte, warf sie einen hilflosen Blick zu der sie umstehenden Menschenmenge. Noch immer waren Mobiltelefone auf die Szene gerichtet.

»Stecken Sie endlich Ihre Handys weg!«, rief Sarah. Sie hechtete nach vorne und sank auf die Knie. Ihr Herz pochte wild.

Langsam sanken die Arme mit den Mobiltelefonen nach unten. Auch der Kameramann hörte auf zu filmen. Unmittelbar hob ein erhitztes Stimmengewirr an. Bestürzung machte sich auf den Gesichtern breit. Einige der Umstehenden hatten die Augen weit aufgerissen und pressten sich eine Hand auf den Mund. Sie schienen jetzt erst zu realisieren, dass das, was gerade passierte, keine Showeinlage war, sondern bitterer Ernst. Die junge Schauspielerin rührte sich noch immer nicht.

Sie müsste doch längst wieder zu sich kommen, dachte Sarah. Dann sah sie, dass Delia Fee ihr Handy weiterhin so in der Hand hielt, dass ihre Follower das Drama live mitverfolgen konnten.

David hatte es offenbar ebenfalls bemerkt, denn er entwendete der Influencerin rasch das Mobiltelefon und stoppte die Aufnahme, bevor er es ihr zurückgab.

»Sie atmet nicht! Ruf die Rettung!«, rief Sarah ihm zu.

David hatte schon in der Sekunde sein Handy am Ohr und sprach gleich darauf mit einem Notfallsanitäter.

Augenblicklich hatte Sarah ein Déjà-vu. Schon einmal hatte sie sich in einer ähnlichen Situation befunden, im Café Hawelka. Damals hatte sie um das Leben einer Kaffeehausbesitzerin gekämpft und war völlig durch den Wind gewesen. Heute hatte sie sich besser unter Kontrolle. Sie funktionierte, wusste, was zu tun war. Sie nahm Nina Seidlings Beine vom Stuhl, sodass deren Körper ausgestreckt auf dem Boden lag. Dann positionierte sie die Hände auf der Mitte ihres Brustkorbs und begann mit der Herzdruckmassage im Rhythmus des Radetzky-Marschs.

»Ein Rettungsteam ist unterwegs«, gab David ihr Bescheid.

»Lassen Sie mich durch!«, hörte Sarah in dem Augenblick eine laute Stimme. »Ich bin Arzt!«

Ohne die Herzdruckmassage zu unterbrechen, hob sie den Kopf. Die Menge machte einem grauhaarigen Mann im Frack Platz. Offenbar ein Ballgast. Er kam zu ihr und kniete sich neben sie.

»Gut gemacht, ich übernehme.« Er rang um Atem. »Schaffen Sie die Leute raus«, keuchte er und begann dann selbst mit den Reanimierungsmaßnahmen.

Sarah klopfte das Herz bis zum Hals, und ihre Finger zitterten leicht. Sie atmete ein paarmal tief durch, bevor sie sich mit dem Handrücken den Schweiß von der Stirn wischte.

David half ihr auf die Beine, dann forderten sie gemeinsam mit Conny und Patricia die Gaffer mit Nachdruck auf, den Teesalon zu verlassen. Langsam und zum Teil unwillig wich die Menschentraube zurück in den Gang, die vier vom *Wiener Boten* bildeten das Schlusslicht. Sarah lehnte sich an die Wand neben dem Eingang und schloss für ein paar Sekunden die Augen.

»Was ist da denn gerade passiert?«, fragte Patricia völlig aufgewühlt.

»Sie hatte sicher einen Kreislaufkollaps«, mutmaßte Conny.

David nahm Sarahs Hand, die noch immer leicht zitterte. »Der Arzt sorgt bestimmt dafür, dass sie wieder auf die Beine kommt.«

Sarah drehte sich zur Seite, und ihr Blick wanderte durch die offene Tür nach oben zum Deckengemälde. In seiner Mitte die Frau mit der Lyra in den Händen, die Musik auf Adlerschwingen. Sarah hatte das Gemälde in ihrer Kolumne erwähnt, heute Nachmittag war es Teil eines Rätsels in einem anonymen Brief gewesen, und jetzt war ein Mensch darunter zusammengebrochen. Nur ein Zufall?

In dem Moment teilte sich die Menge um sie herum, und drei Sanitäter von der Berufsrettung und ein Notarzt stürmten an ihnen vorbei in den Teesalon. Dicht dahinter folgten mehrere Streifenpolizisten. Immer mehr Menschen drängten aus den verschiedenen Foyers in die Verbindungsgänge, die Nachricht von dem Zwischenfall hatte sich unter den Gästen im Obergeschoss wie ein Lauffeuer verbreitet. Als die Tür zum Teesalon geschlossen wurde, entfernten sich Sarah, David, Conny und Patricia ein paar Schritte und stellten sich im Treppenhaus an das Geländer unter den Arkaden, von wo aus sie auf die Feststiege blicken konnten.

»Habt ihr gewusst, dass die insgesamt sieben Statuen die freien Künste darstellen?« Sarah deutete auf die Figuren, die entlang der Balustrade das Treppenhaus einrahmten.

»Natürlich«, behauptete David. »Die Malerei, die Bildhauerei, die Baukunst, die Tonkunst, den Tanz, die Dichtkunst und das Schauspiel.«

»Ist das jetzt wirklich wichtig?«, fragte Conny.

Sarah schüttelte den Kopf. »Nein, aber darüber zu reden, lenkt mich von dem ab, was gerade passiert ist.«

In dem Moment sah sie den Operndirektor mit zwei Männern von der Security im Schlepptau die Treppe vom Erdgeschoss heraufeilen. Er wedelte aufgeregt mit den Händen, damit ihm die Leute Platz machten. Als er an die Tür des Teesalons klopfte, wurde sie geöffnet. Er sprach kurz mit jemandem, den Sarah nicht sehen konnte, bevor er im Salon verschwand und sich die Tür wieder hinter ihm schloss. Die Männer vom Sicherheitsdienst positionierten sich davor. Sie waren derart muskelbepackt, dass Sarah fürchtete, dass im nächsten Augenblick die Nähte ihrer Fräcke platzen könnten.

Die vier vom *Wiener Boten* beobachteten, wie sich die Ballgäste in kleinen Gruppen unterhielten. Einige telefonierten. Da der Bundespräsident, seine Frau und die Minister bislang nicht wieder aufgetaucht waren, um ihren Platz in der Mittelloge einzunehmen, die mit dem Teesalon verbunden war, nahm Sarah an, dass man ihnen Bescheid gegeben hatte, dass etwas vorgefallen war.

Das Kamerateam brachte sich erneut in der Menge vor dem Salon in Position, und die Moderatorin begann zu reden. Vermutlich vermeldete sie den Zusammenbruch der bekannten Schauspielerin. Es war zu laut, als dass Sarah hätte hören können, was sie sagte.

Sie fühlte sich erschöpft, und wenn sie die Mienen der anderen richtig interpretierte, ging es Patricia,

Conny und David genauso. In ihrer Clutch vibrierte das Handy. Sie nahm es heraus, und es war Maja, die Chronik-Redakteurin des *Wiener Boten*. Sie hatte heute Abend Bereitschaftsdienst und saß vermutlich in der Redaktion.

»Maja«, begrüßte Sarah sie. »Das war Gedankenübertragung, ich wollte dich in den nächsten Minuten anrufen.«

»Was ist da los bei euch?«, fragte Maja, und Sarah hielt sich das freie Ohr zu, um die junge Kollegin besser zu verstehen. »Der ORF zeigt bemüht gut gelaunte Tanzpaare, während sich in den sozialen Medien die Horrormeldungen mehren. Stimmt es, was die Leute schreiben? Dass Nina Seidling vor laufender Kamera einen Schwächeanfall hatte?«

Während das Fernsehteam die Berichterstattung beendete und in der Menge untertauchte, gab Sarah Maja eine knappe Zusammenfassung der Geschehnisse. »Schau dir das letzte Video auf Delia Fees Instagram-Account an«, schlug sie vor, als sich die Tür zum Teesalon einen Spaltbreit öffnete.

Die Influencerin und die Modedesignerin traten gemeinsam auf den Gang, bevor die Tür wieder geschlossen wurde. Sie waren leichenblass. Den Blick starr nach vorne gerichtet, gingen sie Richtung Marmorsaal, der zusammen mit dem Gustav-Mahler-Saal zu den beiden großen Pausenfoyers zählte. Conny bedeutete Sarah, den zwei Frauen folgen zu wollen, und ging ihnen hinterher. Auch Patricia gestikulierte, dass sie sich umhören wollte.

»Wahnsinn«, hörte Sarah Maja, die sich anscheinend währenddessen das Video angesehen hatte. »Was hast du für mich? Ich stelle gleich die erste Meldung online.«

»Im Moment ist noch nicht klar, was genau passiert ist. Berichtet der ORF nicht schon darüber?«, fragte sie. »Ein Kamerateam war vor Ort und hat einen Aufsager gefilmt.«

»Nein. Bislang nicht«, sagte Maja. »Keine Unterbrechung, nur die üblichen bunten Ballbilder.«

»Dann hat das Team nicht live gesendet. Vielleicht ist der Kommentar für die Spätnachrichten gedacht«, mutmaßte Sarah.

»Ich behalt es im Auge«, versprach Maja. »Ah!«, rief sie plötzlich. »Jetzt läuft unten eine Eilmeldung durch: *Berühmte österreichische Schauspielerin auf dem Opernball zusammengebrochen*«, las sie vor. »Mehr Details sollen wirklich in den Spätnachrichten folgen. Ich schau sie mir dann an. Was meinst du, Sarah, können wir behaupten, dass Nina Seidling einen Schwächeanfall erlitten hat?«

»Ich glaube nicht, dass das ein Schwächeanfall war. Dann müsste sie längst wieder zu sich gekommen sein.« Sarah machte sich ernsthafte Sorgen. »Und derzeit deutet nichts darauf hin, dass sie wieder bei Bewusstsein ist. Schreib einfach, dass sie zusammengebrochen ist. Das reicht einstweilen an Information.«

Zwei Streifenpolizisten erschienen im Gang, sahen sich kurz um und machten sich dann ebenfalls auf den Weg zum Marmorsaal.

»Okay«, sagte Maja. »Ich schau danach noch in unserem Archiv nach, was ich zu Nina Seidling finde. Vielleicht hat sie ja eine Krankheit, eine Essstörung oder sonst was, was der mögliche Grund für ihren Zusammenbruch gewesen sein könnte.«

Sarah erblickte die Society-Löwin, die sich ungeduldig einen Weg durch die Menschenmenge bahnte. »Warte mal, Maja. Conny kommt gerade zurück. Sie wollte mit Delia Fee und der Modedesignerin Claudia Bacher reden. Vielleicht hat sie etwas Neues.«

Zwei Minuten später umklammerte Conny Sarahs Handgelenk wie eine Ertrinkende den Rettungsring. Dann schaute sie schnell zum Teesalon, wo die geschlossene Tür nach wie vor neugierige Blicke auf das Geschehen verhinderte, bevor sie sich wieder an Sarah wandte. »Die Rettung konnte nichts mehr für Nina Seidling tun. Sie ist tot«, presste sie hervor.

6

Im Marmorsaal befanden sich etwa zweihundert Ballgäste, viele saßen an Tischen zusammen und tuschelten mehr oder minder leise miteinander.

Sie wissen Bescheid, dachte Delia. Der Teesalon lag nur wenige Schritte entfernt. Claudia zupfte sie am Arm und deutete in eine Ecke. »Schau, dahinten ist ein Tisch frei.«

Sie steuerten darauf zu und sanken erschöpft auf zwei Stühle. Delia atmete tief durch, beugte sich vor und presste ihre Oberschenkel mit den Händen dazwischen zusammen. »Ich hab total zittrige Knie, und mein Herz schlägt wie verrückt.«

»Ich bin auch völlig fertig.« Claudia stützte sich mit beiden Ellbogen auf dem Tisch ab, drückte ihre Finger gegen die Schläfen und schloss für einen Moment die Augen.

Delia richtete sich wieder auf. »Ist sie wirklich tot?«

Claudia nickte.

Die zwei Polizisten in Uniform, die zuvor im Teesalon gewesen waren, traten an ihren Tisch. »Geht es Ihnen gut, oder soll Sie jemand ins Krankenhaus bringen?«, fragte der ältere. Er hatte strahlend blaue Augen, und unter seiner Kappe spitzten blonde Haarsträhnen hervor.

»Es geht schon«, wiegelte Delia ab.

Claudia nickte zustimmend.

»Dürfen wir Ihnen ein paar Fragen stellen?«, fragte er dann. Ohne die Antwort abzuwarten, nahmen er und sein Kollege Platz und legten ihre Kappen auf den Tisch.

»Sagen Sie uns bitte Ihre Namen und Ihre Adressen«, forderte der jüngere Beamte sie auf und zog einen Notizblock aus der Uniformtasche. Die anderen Gäste im Salon drehten schon die Köpfe und beobachteten die Szene mit Argwohn.

Delia und Claudia folgten seiner Bitte nacheinander.

»Sie kennen die junge Dame im Teesalon?«, fragte nun wieder der ältere.

»Ja«, antwortete Claudia und erläuterte knapp, in welcher Beziehung sie zu Nina Seidling stand. Delia tat es ihr gleich und zeigte den Beamten das kurz zuvor aufgenommene Video.

»Schicken Sie mir das Video bitte an diese Mailadresse«, forderte der jüngere sie auf.

Delia nickte. »Ist eine große Datei, ich schick sie über WeTransfer.«

Währenddessen hielt sich Claudia die Hände vors Gesicht und rang um Fassung.

»Ist Ihnen etwas aufgefallen?«, fragte der ältere Polizist. »War irgendwas ungewöhnlich, oder hat Nina Seidling sich anders als sonst verhalten?«

Delia musste nicht lange nachdenken. »Nein, nichts dergleichen. Nina war wie immer. Vielleicht ein bisschen aufgedrehter. Aber übertrieben gute Laune zu verbreiten, gehört auf einem Event wie diesem dazu. Das mach ich genauso. Im Grunde genommen macht das jeder hier.«

Claudia nahm die Hände wieder runter und bestätigte Delias Aussage, während sich der jüngere Polizist das Video auf seinem Handy ansah.

»Sie kam Ihnen also vor wie immer. Nicht berauscht oder benommen?«, hakte er schließlich nach.

Delia sah ihn fragend an. »Sie denken, sie war betrunken? Das glaube ich nicht.« Sie wandte sich an Claudia. »Kam Nina dir betrunken vor?«

Die Designerin schüttelte den Kopf, und der jüngere Polizist notierte etwas auf seinem Block.

»Nahm sie Drogen oder andere Aufputschmittel?«, fragte der ältere direkt.

Delia stieß mit dicken Wangen Luft aus. »Keine Ahnung. So gut kenne ich sie nicht. Also, kannte ich.«

»Das sieht auf dem Video aber ganz anders aus. Als wären Sie sehr gute Freundinnen gewesen«, erwiderte der jüngere.

Delia lachte nervös. »Auch das gehört dazu. Sie wissen doch, dass im Fernsehen und im Internet vieles nur Show ist.«

»Dann waren Sie beide also keine besten Freundinnen?«, ließ der ältere Beamte nicht locker.

»Exakt. Das waren wir nicht.« Jetzt lass dich bloß nicht hinreißen, warnte sie eine innere Stimme. Sag auf gar keinen Fall, dass du sie nicht ausstehen konntest. »Aber wir schätzten und respektierten einander. Wenn Sie mehr über Nina wissen wollen, sollten Sie mit Kevin Katzberg sprechen. Sie war Gast in seiner Loge.« Sie erklärte, um wen es sich bei Katzberg handelte, und der jüngere Polizist notierte sich den Namen.

»Gut. Dann sind Sie uns fürs Erste los«, entschied der ältere. »Falls Ihnen noch etwas einfällt, rufen Sie uns an. Auch wenn es Ihnen unwichtig erscheint.« Er gab ihr eine Visitenkarte, die er aus der Brusttasche seiner Uniform gefischt hatte. »Sollten wir noch Fragen haben, melden wir uns bei Ihnen.«

Die Polizisten erhoben sich fast zeitgleich.

»Und wenn es Ihnen später doch schlechter geht, scheuen Sie sich nicht, einen Arzt zu rufen«, riet ihnen der jüngere noch. »Manchmal treten Angst- oder Panikattacken erst mit zeitlichem Abstand auf.«

Delia und Claudia nickten, dann verabschiedeten sich die Streifenpolizisten endgültig.

»Was für ein Drama«, stöhnte Claudia, als die beiden außer Sicht- und Hörweite waren.

»Was glaubst du, woran sie gestorben ist?«

Die Designerin atmete tief durch. »Keine Ahnung. Ich bin kein Arzt.«

»Schon verrückt, wie einem das Leben manchmal so mitspielt. Jetzt muss sich der arme Kevin ein neues Spielzeug suchen.« Delia klang schon wieder angriffslustig.

Claudia ging nicht darauf ein. Sie schwieg und verschränkte demonstrativ die Arme.

»Warum hast du vorhin auf dem Gang Conny Soe verraten, dass Nina tot ist?«, fragte Delia unvermittelt.

Claudias Blick wanderte kurz zum Nebentisch, wo zwei Frauen sich leise unterhielten. Vermutlich sprachen sie über Nina oder sie beide und die Polizisten. Sie rückte näher an Delia heran und dämpfte die Stimme. »Weil sie es ist. Was hätte ich denn sonst sagen sollen? Ich kenn die Conny schon eine ganze Weile. Sie taucht bei all meinen Modenschauen auf und berichtet immer wohlwollend über sie. So jemanden kann ich nicht anlügen.«

Delia zog ein Gesicht, als hätte sie einen üblen Geschmack im Mund. »Du hättest auch nicht gelogen, wenn du ihr einfach nur erzählt hättest, dass sich der Notarzt um sie kümmert und du nicht weißt, was los ist, weil man uns rausgeschickt hat.«

»Was ist so schlimm daran, dass sie Bescheid weiß?«

»Sie ist Journalistin beim *Wiener Boten*. Was denkst du denn, wie schnell die Info jetzt online gestellt wird?«

Claudia ahnte, was hinter der Bemerkung steckte. »Das hier ist aber kein Wettbewerb, sondern ...«

»O doch, genau das ist es«, fiel Delia ihr ins Wort. »Wer die Schreckensnachricht zuerst veröffentlicht, hat gewonnen.« Sie entsperrte ihr Handy per Fingerabdruck. »Und deshalb muss ich jetzt gleich wieder live gehen.«

Claudia sah sie aus großen Augen an. »Das machst du jetzt aber nicht wirklich.«

»Warum denn nicht?«

Die Designerin wedelte aufgebracht mit der Hand Richtung Handy. »Weil Nina tot ist und weil das, was du vorhast, absolut pietätlos ist.«

»Aber meine Fans wollen wissen, wie es mir geht und was mit Nina los ist.«

»Du meinst eher, sie warten auf eine Sensationsstory«, zischte Claudia.

Delia zuckte gleichgültig mit den Schultern. »Kann man's ihnen verdenken? Nina ist vor ihren Augen kollabiert. Was glaubst du, wie viele Tausend Menschen jetzt gerade im Internet nach neuen Informationen dazu suchen? Sie interessiert brennend, was passiert ist. Und ich kann ihnen diese Infos aus erster Hand liefern.«

»Du bist Influencerin, keine investigative Journalistin«, knurrte Claudia aufgebracht.

Die beiden Frauen am Nebentisch tuschelten noch immer leise und warfen ihnen neugierige Blicke zu.

Statt auf Claudias Bemerkung einzugehen, checkte Delia etwas auf ihrem Handy, und ihre Augen begannen zu leuchten. »Schau dir das mal an.« Sie streckte ihrer Freundin das Telefon hin. »Das Video mit Nina und mir geht viral, es ist schon hunderttausendmal geteilt worden. Dabei ist seit dem Drama«, sie checkte entzückt die Uhrzeit auf ihrem Handy, »gerade mal eine halbe Stunde vergangen.«

Claudia schüttelte verständnislos den Kopf. »Hast du denn gar kein Mitgefühl?« Sie senkte die Stimme. »Nina ist tot. Sie ist verdammt noch mal vor unseren Augen gestorben.«

»Tu nicht so, als ob dir das den Boden unter den Füßen wegziehen würde. Du konntest sie genauso wenig leiden wie ich. Sie war ein verdammtes Biest.«

»Trotzdem«, beharrte Claudia scharf. »Das hat sie nicht verdient. Und sie hat auch nicht verdient, dass du ihren Tod auf deinen Kanälen als Blockbuster inszenierst.«

»Ich inszenier ihn nicht als Blockbuster. Ich teile ihren und meinen Fans nur die traurige Wahrheit mit. Meines Erachtens haben sie das Recht, sie zu erfahren.«

»Aber warum willst unbedingt du die Überbringerin der schlechten Nachricht sein? Ihr Tod ist ja noch nicht mal offiziell ...«

Delia legte das Handy auf den Tisch und warf genervt die Hände in die Luft. »Sag mal, warum bist du eigentlich so dagegen?«

»Ich finde einfach, es ist nicht in Ordnung, dass du etwas veröffentlichst, das bislang nicht bestätigt wurde. Es geht hier nämlich nicht um die neueste Kreation eines Designers oder den neuen Abnehmshake, sondern um einen Menschen, der tot ist. Um seine Würde.«

Delia schnaubte gereizt. »Ich werde mir die Show weder vom *Wiener Boten* noch vom ORF stehlen lassen. Nina ist vor meiner Kamera gestorben, nicht vor deren. Bestimmt werden die alle elend lang darüber berichten und, glaub mir, sich dabei keinen einzigen Gedanken machen, ob das jetzt angemessen oder respektlos ist. Wie auch immer, die sollen sich bitte hinten anstellen, ich werde die Erste mit der Meldung sein, verflucht noch mal.«

»Das ist doch gar nicht dein Ding, Delia. Du stehst für Mode, Kosmetik, ein gutes Lebensgefühl, für Positives.«

»Okay, Süße, damit hast du absolut recht«, stimmte ihr Delia zu. »Aber das Leben hat mich nun mal in diese beschissene Situation reinkatapultiert.« Sie lächelte. »Und ich nehme die Herausforderung an. Ich mach jetzt was draus. Das ist nämlich durchaus mein Ding: etwas aus einer beschissenen Situation zu machen.«

Früher hatte sie sich mit lausigen, unterbezahlten Jobs über Wasser gehalten. Auch das war eine beschissene Situation gewesen. Hatte alles dem großen Ziel untergeordnet, eine arrivierte Schauspielerin zu werden. Sie nahm fast jeden Auftrag an, der ihr angeboten wurde, spielte unzählige unbeachtete Nebenrollen in billigen Produktionen. Das letzte Mal hatte sie vor zwei Jahren bei einem Casting vorgesprochen. Für die Hauptrolle der Serie *Lilli am Land*. Damals hatte sich der Erfolg als Influencerin schon angedeutet, und sie hatte gehofft, dass ihr das einen Vorteil gegenüber den Mitbewerberinnen verschaffen würde. Dass Nina die Rolle bekommen hatte, lag ihrer Meinung nach nur daran, dass dieses hinterlistige Weibsbild mit Kevin Katzberg ins Bett gehüpft war. Der Gedanke brachte Delia immer noch innerlich zum Kochen. Sie hätte sich nie für eine Rolle flachlegen lassen.

Claudia sah sie an, als könnte sie auf Delias Stirn lesen, was ihr durch den Kopf ging. »Ich weiß, dass dich das damals ganz schön fertiggemacht hat. Aber versuch mal, die Perspektive zu wechseln. Letztendlich hat dich das dazu bewogen, noch mehr Energie in deine jetzige Karriere zu stecken.«

»Das hatte nichts damit zu tun«, knurrte Delia, obwohl es genau so gewesen war. »Dass alles, was ich trage oder zu mir nehme, mir Geld bringt, hab ich allein mir selbst zu verdanken.«

»Natürlich«, stimmte ihr Claudia besänftigend zu. »Weil du dich nicht unterkriegen und entmutigen lässt. Heute verdienst du mit Followern und Likes mehr als all deine ehemaligen Schauspielkollegen. Deshalb verstehe ich nicht, dass du jetzt so eine Sensationsnummer abziehen willst. Das hast du doch gar nicht nötig.«

»Und was soll ich deiner Meinung nach sonst tun? Mich zurückziehen? Frisch und fröhlich so weitermachen, als wäre nichts passiert?«

»Nein. Geh ruhig noch mal live, wenn du dich dann besser fühlst. Gib deinen Followern Bescheid, dass es dir gut geht und du dich morgen wieder melden wirst. Sag ihnen, dass du müde und verwirrt bist. Sei menschlich. Aber posaune um Himmels willen nicht Ninas Tod wie eine Marktschreierin in die Welt hinaus.«

»Hinausposaunt hast du ihn ja schon«, giftete Delia. »Sogar gegenüber der Presse.«

»Und sobald ihr Tod öffentlich ist, kannst du ein Statement abgeben«, beendete Claudia unbeirrt ihren Gedankengang.

Delia kniff skeptisch die Augen zusammen. »Seit wann bist du eigentlich meine PR-Beraterin?«

»Bin ich nicht. Das ist nur meine Meinung.«

»Gut«, sagte Delia. »Social Media ist nämlich meine Welt, nicht deine. Sorry, Darling.«

Claudia verzog angefressen das Gesicht.

Säuerlich lächelnd tätschelte Delia ihre Hand. »Entschuldige, das war natürlich nicht so gemeint.« Sie setzte sich wieder gerade hin. »Was hältst du davon, wenn du jetzt auf die Toilette gehst und ein wenig Lippenstift und Rouge nachlegst. Du siehst um die Nase ziemlich blass aus.«

7

Alois Stock erblickte Adrian Merz auf dem Gang. Der Milliardär war in Begleitung und nur noch wenige Schritte von seiner Loge entfernt.

Jetzt oder nie! Ich muss ihn erwischen, bevor er in ihr verschwindet, schoss es dem Banker durch den Kopf. »Herr Merz!«, rief er und hoffte, dass es laut genug gewesen war, damit der Unternehmermogul ihn hörte. Was bei dem Lärmpegel, den die vielen Menschen im Flur und in den offenen Logen verursachten, nicht selbstverständlich war.

Der Milliardär blieb tatsächlich stehen und drehte sich um. Alois Stock winkte ihm, um zu signalisieren, dass er es war, der seinen Namen gerufen hatte. Adrian Merz runzelte die Stirn. Mit Sicherheit fragte er sich, ob und woher er den kleinen, dicklichen Kerl kennen sollte. Seinen Begleitern bedeutete der Unternehmer, schon mal in die Loge vorzugehen.

Tobias Zauner sah Alois Stock verwundert an. »Kennst du ihn?«

Der Bankdirektor schüttelte den Kopf. »Nein. Aber das werde ich jetzt ändern.«

Mit ausgestreckter Hand eilte er auf den Milliardär zu. Tobias Zauner folgte ihm mit etwas Respektabstand.

»Es ist mir eine Ehre, Sie kennenzulernen«, sagte der Banker, als er Adrian Merz erreicht hatte. Vor über einem Jahr hatte er schon einmal versucht, an den scheuen Superreichen heranzukommen, war aber gescheitert. Er zog eine Visitenkarte aus der Innentasche seines Fracks und überreichte sie ihm.

Der Milliardär sah sie an, als ob er nicht wüsste, was er damit anfangen sollte. »Sie sind Bankdirektor«, stellte er dann unverbindlich fest. Seine Stimme war dunkel und samten.

»Nicht nur das«, erwiderte Alois Stock. »Ich bin auch der Gründer der Bank.« Eilig fasste er seinen Werdegang zusammen, erwähnte die Jahre, die er als Leiter in einem renommierten international agierenden Geldinstitut tätig gewesen war, und endete mit der Gründung seines eigenen Geldinstituts in Wiener Neustadt.

»Die Bank arbeitet sehr erfolgreich, wenn ich das mal ganz unbescheiden sagen darf«, bemerkte er noch. »Wir weisen eine jährliche Bilanzsumme von achthundert Millionen auf.«

Adrian Merz' Augenbrauen wanderten bei der Zahl anerkennend nach oben.

»Vielleicht denken Sie ja gerade darüber nach, ins Bankenwesen einzusteigen oder die Bank zu wechseln?« Alois Stock wusste, dass dieser Annäherungsversuch dreist war. Doch wenn er den bekannten Geschäftsmann dazu brachte, in seine Bank zu investieren, würde das bei der Finanzaufsichtsbehörde, die gerade bei ihm auf der Matte stand, sicherlich Eindruck schinden.

»Eigentlich nicht.« Adrian Merz steckte die Visitenkarte in seine Fracktasche. »Hat mich gefreut.« Er machte Anstalten, in der Loge zu verschwinden.

Aber Alois Stock hatte sich ein längeres Gespräch erhofft. »Ich kannte Ihre Frau«, sprach er deshalb aus, was ihm spontan in den Sinn kam, um den Milliardär aufzuhalten.

Adrian Merz stoppte in der Bewegung und wandte sich ihm wieder zu. »Wirklich?« Dann schien er über etwas nachzudenken und sich zu erinnern. »Ah, Sie sind der Bankier, der mir ein Kondolenzschreiben geschickt hat.«

Alois Stock nickte.

»Vielen Dank für Ihre Anteilnahme.«

»Melissa war ein wundervoller Mensch«, sagte Stock.

Ein trauriges Lächeln erschien auf Adrian Merz' Lippen. »Ja, das war sie. Woher kannten Sie einander?«

»Über Nina Seidling. Sie hat mich mit Ihrer Frau bekannt gemacht. In einem Restaurant beim Abendessen.«

Adrian Merz lächelte zaghaft. »Nina Seidling. Die Schauspielerin wirbt für eine unserer Pflegeserien.«

»Genau.«

»Meine Frau hatte ein Theaterstück geschrieben und wollte es mit ihr in der Hauptrolle inszenieren. Dazu ist es leider nicht mehr gekommen.« Der Milliardär sah an Alois Stock vorbei. »Mir wurde zugetragen, dass Nina Seidling zusammengebrochen ist. Vorhin im Teesalon.«

»Wirklich?«, erwiderte Alois Stock ehrlich überrascht. »Ich hatte ja keine Ahnung, dass *sie* das ist. Vermutlich der Kreislauf. Die Gute arbeitet zu viel.«

»Da haben Sie recht. Ich hoffe, sie ist schon wieder wohlauf.« Adrian Merz deutete eine höfliche Verbeugung an. »Und jetzt sollte ich wieder in die Loge zurück. Meine Schwester und mein Schwager warten sicher schon auf mich. Hat mich gefreut, Sie kennenzulernen.«

»Und mich würde es freuen, von Ihnen zu hören«, sagte der Banker und verabschiedete sich ebenfalls mit einer leichten Verbeugung.

Adrian Merz betrat die Loge, und Alois Stock drehte sich zu Tobias Zauner um. »Der erste Schritt ist getan.«

»Du glaubst doch nicht ernsthaft, dass sich ein Mann wie Adrian Merz für deine Bank interessiert. Geschweige denn irgendwelche Geschäfte über dich laufen lässt oder gar ins Bankenwesen einsteigt«, sagte der Fondsmanager.

Gemeinsam gingen sie zu ihrer Loge, die nur ein paar Schritte entfernt lag.

»Wir werden sehen«, erwiderte Alois Stock. »Merz ist unter anderem schon Miteigentümer einer Privatklinik. Warum sollte er nicht auch Teilhaber einer Bank werden?«

Tobias Zauner beantwortete die rhetorische Frage nicht. »Was hat er über Nina Seidling gesagt?«, wollte er stattdessen wissen

»Nur dass es sich bei der Frau, die im Teesalon ohnmächtig geworden ist, um sie handelt.« Er wedelte mit einer Hand. »Ist sicher nicht schlimm.« Er hatte jetzt keine Lust, sich mit dem Gesundheitszustand der Schauspielerin auseinanderzusetzen. Vielmehr galt es, einen Plan in die Tat umzusetzen. Egal ob er Adrian Merz ins Boot holen konnte oder nicht. Er würde ihn noch reicher machen, als er schon war, und er war optimistisch. Denn bislang hatten seine kleinen Tricksereien immer bestens funktioniert.

8

Kurz bevor sie zurück zu ihrer Loge gingen, bemerkte Sarah eine Frau mit grau melierten Haaren, die zu einem Dutt im Nacken zusammengefasst waren, sowie zwei dunkelhaarige Männer. Alle trugen zivile Kleidung, zeigten den Sicherheitsmännern ihre Ausweise und betraten anschließend den Teesalon. Sarah vermutete, dass es sich bei ihnen um Polizeibeamte handelte. Es war üblich, dass das zuständige Kommissariat verständigt wurde, wenn jemand an einem öffentlichen Ort verstarb.

Auf dem Weg zur Loge liefen Sarah und David erneut dem Ehepaar Misic in die Arme.

»Haben Sie's schon gehört?«, fragte die Autohändlerin. »Nina Seidling ist tot. Sie ist zusammengebrochen, und sämtliche Wiederbelebungsversuche waren vergebens. Angeblich ein Herzstillstand.«

Sarah sah sie überrascht an. »Wirklich? Woher wissen Sie das?«

»Von einer Bekannten.« Sie deutete unbestimmt in die Menschenmenge. »Sie kennt den Operndirektor, der es ihr erzählt hat. Er wird gleich eine Erklärung abgeben.«

»Alma hat Nina Seidling kurz davor noch auf der

Toilette getroffen«, sagte Hugo Misic unversehens und sah zu seiner Frau. »Wiederhol doch noch mal, wie sie dir vorgekommen ist, Liebling.«

»Völlig aufgedreht«, antwortete Alma Misic. »Ihre Gesten, wie sie mit einer anderen Frau gesprochen hat, einfach alles war so … übertrieben.«

Sarah wiederholte das Wort in Gedanken. Wie die Autohändlerin die Tote beschrieb, passte zu ihren eigenen Beobachtungen. Konnte es tatsächlich sein, dass Nina Seidling Drogen genommen hatte? Damit wäre sie vermutlich nicht die Einzige in dem erlauchten Kreis der Opernballgäste.

Alma und Hugo Misic verabschiedeten sich schnell und eilten davon. Die beiden wollten ihre Plätze einnehmen, bevor der Direktor sich an die Anwesenden wandte, und Sarah und David setzten ebenfalls ihren Weg fort.

Als sie in der Loge ankamen, waren die anderen schon alle da. Auch Simon hatte sich jetzt zu ihnen gesellt. Dass sich der Fotograf im Frack unwohl fühlte, war nicht zu übersehen. Unentwegt zupfte er am Kragen.

»Ich fühl mich wie im falschen Film«, quengelte er. »Nicht für sehr viel Geld würde ich mir das hier privat geben.«

Sarah schmunzelte. Simon, der beim *Wiener Boten* auch Computerspezialist war, war seinen Skaterklamotten zwar mittlerweile entwachsen, aber zum Frackträger würde er wohl nie werden.

»Ich denke, wir haben genug gute Bilder«, sagte er

zu Conny, setzte sich und goss sich ein Glas Wasser ein. »Ich hab auch ein paar Aufnahmen von den Rettungskräften und den Polizisten gemacht.«

Sarah nickte und ließ sich ebenfalls auf ihren Platz fallen. Die Bilder von den Einsatzkräften würden sie für den Bericht auf der Chronik-Seite verwenden. Sie war gespannt, ob der Ball abgebrochen werden würde. Die Musik war jedenfalls inzwischen verstummt, und der Operndirektor stand vor dem Orchester und besprach sich mit dem Dirigenten. Ein Mann eilte heran und drückte ihm ein Mikrofon in die Hand. Alle Augen waren auf ihn gerichtet.

»Meine werten Gäste«, begann er wenige Sekunden später mit heiserer Stimme. »Es hat sich leider ein schreckliches Unglück ereignet. Hier in der Oper.« Er räusperte sich. »Vor diesem Hintergrund werden wir den Ball unterbrechen.« Wieder hielt er inne. Das Sprechen fiel ihm sichtbar schwer. »Ein Notarztteam und Polizeibeamte sind im Haus. Letztere werden manchen von Ihnen Fragen stellen, und ich bitte Sie, ihnen bereitwillig Auskunft zu geben.«

Ein echauffiertes Raunen machte sich am Parkett breit. In den Logen tuschelten die Gäste miteinander. In ihren Mienen spiegelten sich Entsetzen, Mitgefühl und Sensationsgier. Sarah sah nach oben zu den Ranglogen, und ihr Blick blieb an Alois Stock hängen. Dessen Gesichtsausdruck zeigte deutlich, dass ihm die Unterbrechung missfiel. Tobias Zauner stand mit einem Glas Wein in der Hand hinter ihm und schaute über ihn hinweg zum Operndirektor. Er wirkte eher gleichgültig.

»Bitte bewahren Sie Ruhe. Danke schön«, sagte der Direktor unterdessen, gab das Mikrofon zurück und entschwand rasch. Die Musiker des Orchesters legten die Instrumente ab und standen langsam von ihren Plätzen auf. Die Tanzpaare sahen sich zaudernd um und verließen schließlich widerwillig das Parkett.

»Wahrscheinlich wird eine Obduktion angeordnet werden«, sagte Sarah zu niemand Bestimmtem.

Sie vermutete, dass Nina Seidling erst mal in eine Leichenkammer gebracht werden würde, entweder im neunten oder elften Bezirk. Ein diensthabender Arzt würde dort eine Leichenbeschau vornehmen, und bei unklarer Todesursache, wovon Sarah ausging, würde die Schauspielerin ins gerichtsmedizinische Institut überführt werden. Der Operndirektor hatte vermieden, die schreckliche Wahrheit auszusprechen, aber nach seiner Erwähnung der Polizisten musste allen Ballgästen klar sein, dass etwas Schlimmes passiert war. Als Sarah sich umsah, zückten viele Besucher ihre Handys, vermutlich um die Kunde hinaus zu ihren Freunden und Familien zu tragen.

»Schau mal.« Conny, die neben Sarah saß, hielt ihr Handy so, dass alle draufschauen konnten.

In einem Livestream berichtete Delia Fee, die irgendwo an anderer Stelle im Gebäude stand, mit ergriffener Miene, dass Nina Seidling vor wenigen Momenten verstorben war. Mit emotionalen Worten und glasigen Augen schilderte sie, wie nahe ihr deren Tod ging.

»Eine große Schauspielerin ist von uns gegangen. Ich bin total geschockt und steh völlig neben mir«, sagte sie mit brechender Stimme. »Sie war doch viel zu jung.« Jetzt liefen wahrhaftig Tränen über die Wangen der Influencerin.

Am rechten Rand des Displays sah Sarah, dass mehr als zwanzigtausend Follower zuschauten. Hunderte Herzen, Kuss- und Wein-Smileys wanderten von unten nach oben über den Bildschirm. Einige von Delia Fees Fans posteten Kommentare: *Wie schrecklich! Was für eine Tragödie! Das darf doch nicht wahr sein!*

Die Influencerin war noch zwei Minuten live, bevor sie sich verabschiedete.

»Eigenartig, dass sie jetzt auf beste Freundin macht«, sagte Patricia. »Wo sich die beiden in Wahrheit nicht ausstehen konnten.«

Sarah warf ihr einen fragenden Blick zu.

»Hab ich vorhin bei meinem Spaziergang von Leuten aufgeschnappt, die über das gemeinsame Video auf Instagram geredet haben«, erläuterte die Lifestyle-Redakteurin. »Süß und nett vor der Kamera, aber sonst stutenbissig und bis aufs Blut verfeindet. So hat sich Leon Kant ausgedrückt, als ich ihn nach deren Beziehung gefragt habe.«

»Der ist auch hier?«, zeigte sich Conny überrascht. »Ich hab ihn noch gar nicht gesehen.«

»Ich hab ihn zufällig in der Disco entdeckt«, sagte Patricia.

Sarah hustete. Die Luft kam ihr auf einmal viel zu trocken vor. »Aber das ist doch nicht ungewöhnlich. Für ihre Fans spielen viele Prominente vor der Kamera gerne heile Welt«, krächzte sie.

David schenkte Wasser in ein Glas und reichte es Sarah. Sie nahm es dankbar und trank einen Schluck.

»Aber für den *Wiener Boten* hat er mir dann ein sehr nettes Statement gegeben«, sagte Patricia indessen. »Ich hab's aufgenommen.« Sie zog ihr Handy aus der Balltasche und tippte darauf herum, bis Leon Kants Stimme ertönte. »*Wir haben mit Nina Seidling eine große Schauspielerin verloren und ich eine gute Freundin. Ich bin betroffen und fassungslos.*« Am Ende der Aufnahme wischte Patricia übers Display. »Ich schick es Maja, dann kann sie das Statement gleich verwenden.«

Sarah nickte. Sie hatte nur mit einem Ohr hingehört und währenddessen überlegt, an wen sie sich wenden könnte, um rasch an brauchbare und gesicherte Informationen zu kommen, woran Nina Seidling letztendlich gestorben war. Auf die Aussage von Alma Misics Bekannten, die vom Operndirektor erfahren hatte, dass es sich um einen Herzstillstand handelte, wollte sie sich nicht verlassen. Doch weder die Polizisten noch die Rettungskräfte würden ihr Auskunft geben, und Chefinspektor Martin Stein würde hier vermutlich nicht auftauchen. Den Mordermittler und sie verband eine lose Freundschaft, bei ihm hätte sie Chancen gehabt, mehr zu erfahren. Anders sähe es aus, würde sich herausstellen, dass die Schauspielerin ermordet worden war. Was auf den ersten Blick jedoch nicht zu vermuten stand. Sarah betrachtete nachdenklich ihr Handy, das auf dem Tisch lag, als eine WhatsApp-Nachricht einging. Sie öffnete sie.

»Das Video von Delia Fee sowie Bilder von Nina

Seidling und Posts zu den beiden, alles von Ballgästen veröffentlicht, fluten bereits das Internet, schreibt Maja«, sagte sie.

Die Gesellschaftsreporterin, die ihr Handy noch immer in der Hand hielt, scrollte sich augenblicklich durch die Feeds. »Außerdem sind die verschiedenen Plattformen voll mit Meldungen über die mögliche Todesursache. Der Hashtag Herzstillstand scheint auf Insta grad ziemlich beliebt zu sein«, berichtete Conny. »Gefolgt von Aneurysma und Schlaganfall.«

»Was wird das? Eine Abstimmung? Der Todesursachen-Hashtag, der am häufigsten gepostet wird, gewinnt?« Sarah schnaubte. »Wie unsensibel kann man denn bitte sein? Am Ende bewerten sie Nina Seidlings Tod noch, wie heutzutage ja alles bewertet wird.« Sie legte ihr Mobiltelefon wieder auf das Tischchen.

»Willkommen im einundzwanzigsten Jahrhundert, mein Schatz«, sagte David lapidar.

Simon zuckte gleichgültig mit den Schultern. Obwohl er ein Computerfreak war, waren ihm die Meinungen anderer in der realen und der virtuellen Welt egal. Sein Glas Mineralwasser war leer, sein Job in der Oper erledigt. Er machte Anstalten, sich zu verabschieden.

»Tu mir noch einen Gefallen, Simon«, hielt Sarah ihn kurz zurück. »Fotografier bitte die gusseisernen schwarzen Schwäne, die die Laternen vor dem Eingang tragen.«

Simon versprach es, dann rauschte er ab, bevor ihm noch jemand eine Aufgabe aufs Auge drücken konnte.

Sarahs Blick wanderte erneut zu den Ranglogen. In jener, in der Adrian Merz mit seinen Geschäftspartnern und seiner Schwester saß, wurde sich unterhalten. Das Thema war unschwer zu erraten. Auch der letzte Besucher musste jetzt darüber informiert sein, was sich im Teesalon zugetragen hatte. Sie bemerkte, dass vier Logen weiter links zwei Streifenpolizisten standen und in ein Gespräch mit einem Mann vertieft waren. »Wer ist das?«, fragte sie Conny und deutete unauffällig zur Loge.

»Kevin Katzberg, der erfolgreiche Filmproduzent von der Serie, in der Nina die Hauptrolle gespielt hat«, antwortete die Gesellschaftsreporterin. »Die ganz vorn mit den weizenblonden Haaren und der Hochsteckfrisur ist seine Frau Eva.«

»Die war vorhin doch im Teesalon«, merkte Sarah an.

»Ja, ich hab sie auch gesehen. Hat sich aber durch die Menge auf den Gang gedrängt, bevor Nina und Delia angefangen haben zu plaudern«, sagte Conny und fuhr fort, Sarah die Leute in der Loge vorzustellen. »Die mit den schwarzen Haaren in dem roten Kleid ist Viola Hausmann. Sie leitet ein Theater im zweiten Bezirk. Und der Glatzkopf daneben mit dem Dreitagebart ist der Regisseur Arvid Dorna. Die beiden haben erst vor wenigen Monaten geheiratet.«

»Arvid«, wiederholte Sarah. »Ein seltener Name. Bedeutet der nicht ›Adler im Sturm‹ oder ›starker Adler‹?«

»Beides«, bestätigte Patricia, die den Vornamen gleich gegoogelt hatte.

»Wie auch immer«, fuhr Conny fort. »Nina Seidling war heute Abend Gast in Katzbergs Loge. Vermutlich reden die Polizisten deshalb mit ihm.«

»Hatte er nur sie eingeladen oder noch andere Schauspieler?«, fragte Sarah. »Leon Kant vielleicht?«

»Meines Wissens nur sie«, antwortete Conny.

Sarah wandte sich ihr zu. »Das schürt bestimmt Neid.«

»Du witterst doch nicht etwa ein Verbrechen?«, fragte Conny misstrauisch. »Du machst nämlich grad mal wieder dein ›Miss Marple‹-Gesicht.«

»Hm«, brummte Sarah undefinierbar.

»Nina Seidling ist zusammengebrochen«, wandte David ein. »Vor unseren Augen. Da war kein Schuss, kein Messer, kein durchgeknallter Fan, der auf sie losgegangen ist und ihr die Kehle zugedrückt hat.«

»Und was, wenn ihr jemand zuvor etwas in den Champagner geschüttet hat?«, gab Sarah zu bedenken und sah das volle Glas, das Claudia Bacher Nina Seidling reichte, vor ihrem inneren Auge.

»Was denn zum Beispiel?«, hakte Patricia nach.

»Vielleicht Ecstasy«, meinte Sarah. Ihr Bruder Chris, der Anästhesist im AKH, dem größten Krankenhaus Wiens, war, hatte ihr vor längerer Zeit erzählt, dass so etwas immer wieder vorkam. Dass Menschen die hochkonzentrierte Partydroge in Kombination mit Alkohol zu sich nahmen, kollabierten und starben.

»Wie kommst du auf die Idee, dass jemand sie damit umbringen wollte?«, fragte Conny.

»Ich bin mir doch gar nicht sicher, ob es wirklich

Ecstasy gewesen sein könnte«, antwortete Sarah ausweichend und rief sich die Symptome in Erinnerung, von denen Chris in dem Zusammenhang gesprochen hatte. Eins davon war erhöhte Körpertemperatur. »Aber Nina Seidling hat der Schweiß auf der Stirn gestanden. Das würde dafür sprechen. Ob sie auch erweiterte Pupillen hatte, konnte ich nicht erkennen. Ihr?« Sie sah abwechselnd zwischen Conny, Patricia und David hin und her.

Die drei dachten kurz nach, konnten sich aber nicht erinnern. Sie hatten einfach nicht darauf geachtet.

»Kann auch sein, dass sie eine andere Droge konsumiert hat – oder mehrere. Ein Mischkonsum kann fatale Folgen haben. Weiß jemand, ob sie Drogen nahm?«, fragte Sarah.

Allgemeines Kopfschütteln.

»Dann sollten wir dieser Frage in den nächsten Tagen mal nachgehen«, schlug Sarah vor. »Außerdem ob sie Feinde hatte, die ihr den Tod wünschten.«

»Das hört sich jetzt aber definitiv danach an, als würdest du vermuten, dass sie jemand mit Drogen ermordet hat«, schlussfolgerte Conny.

»Und damit hast du recht. Mein Bauchgefühl sagt mir, dass genau das passiert sein könnte.« Sarah erzählte nun auch Patricia und Conny von dem anonymen Brief mit dem Rätsel, der in ihrer Post gewesen war. Da sie das Schreiben fotografiert hatte, rief sie auf ihrem Handy das Bild auf und las vor: *»Unter den Schwingen des Adlers gebären sich mit Schellenmützen und Lorbeerkränzen bedeckte Häupter, geben sich dem Tanz und* *der Lyra hin.*« Sie sah in die Runde. »Ich denke, die Zeilen beziehen sich auf den Opernball. Hinzu kommt, dass Nina Seidling direkt unter den Flügeln des Adlers gestorben ist.« Als sie sich in der Erläuterung des Deckengemäldes im Teesalon ergehen wollte, vibrierte ihr Handy. Wieder war es Maja.

»Ich hab das gesamte Archiv des *Wiener Boten* und das Internet durchforstet. Selbst die reißerischen Artikel der Boulevardkollegen über Nina Seidling hab ich gelesen«, sagte die Chronik-Redakteurin. »Aber nirgends gibt es einen Hinweis auf eine Krankheit oder Essstörung. Nicht mal das kleinste Skandälchen wegen Drogen, Alkohols oder was auch immer. Die Frau war offensichtlich ein diszipliniertes Arbeitstier«, berichtete Maja.

»Okay«, murmelte Sarah. »Ich fürchte, wir werden das Ergebnis der Obduktion abwarten müssen. Aber danke für die Info.«

Während sie sich voneinander verabschiedeten, blickte Sarah wieder zur Loge des Produzenten. Ein Polizeibeamter notierte sich etwas, und Katzberg wurde erkennbar misslauniger. Die Fragen, die man ihm stellte, schienen ihm nicht zu gefallen.

Sarah dachte an das Ende der rätselhaften Passage in dem anonymen Brief. *… während Fortuna ihr Netz auswirft. Wer von ihnen sich wohl darin verfängt?*

Der Gedanke, dass der Mörder Nina Seidlings Tod womöglich in dem Schreiben an sie angekündigt hatte, ließ sie frösteln.

Freitag, 17. Februar

9

Sarah und David hatten schlecht geschlafen. Um halb zwei in der Früh war der Ball für sie zu Ende gewesen, dann waren sie mit dem Taxi nach Hause gefahren. Zwar hatte man versucht, wieder für Stimmung zu sorgen, nachdem Nina Seidlings Leiche weggebracht worden war und die Polizisten abgezogen waren, doch zu dem Zeitpunkt hatten schon viele Ballgäste die Oper verlassen, und den meisten, die geblieben waren, war die Lust aufs Feiern vergangen. Nur wenige Paare hatten sich noch zu den Walzerklängen des Orchesters gedreht, und an den Bars hatte man nicht mehr anstehen müssen, um Champagner oder Wein zu bestellen.

Um fünf vor sieben krochen Sarah und David schon wieder aus ihrem Bett. David ging ins Wohnzimmer, und Sarah gesellte sich zu ihm, als er den Fernseher einschaltete. Auch Marie kam durch die Tür stolziert und strich um ihre Beine. Sarah hob die Halbangora hoch, kraulte sie automatisch. Die Katze schnurrte, Maries Welt war in Ordnung.

In den ORF-Morgennachrichten lief ein Beitrag, der offensichtlich noch auf dem Opernball gedreht worden war. Aus den Statements der Prominenten, die die

Redakteure eingeholt hatten, sprachen Bestürzung und Fassungslosigkeit.

»Ich bin entsetzt und geschockt«, sagte Claudia Bacher und wischte sich dabei Tränen aus den Augen.

»Nina war ein großartiger Mensch und eine noch größere Schauspielerin«, weinte Delia Fee in die Kamera.

»Sie wird auf dieser Welt fehlen. Sie war eine der innovativsten und weltoffensten Frauen, die ich kennenlernen durfte«, so drückte sich Leon Kant mit entsetzter Miene aus.

»Die österreichische Filmbranche wird nicht mehr dieselbe sein, mit Nina hat sie einen Star verloren«, meinte Viola Hausmann.

Kevin Katzberg hingegen floh, ohne einen Kommentar abzugeben, vor der Kamera und der Moderatorin. Am Ende des Beitrags kam eine Pressesprecherin der Polizei zu Wort. Sie vermeldete in korrektem Amtsdeutsch, dass die Todesursache von Nina Seidling nun untersucht werde. Dieses Interview war neu, nicht auf dem Opernball, sondern, wie der helle Hintergrund verriet, erst heute Morgen aufgenommen worden.

»Ich werd Martin das Schreiben zeigen«, sagte Sarah, als die Nachrichtensprecherin den nächsten Beitrag anmoderierte.

David nickte. Er kannte sie gut, wusste, dass sie nicht so schnell lockerließ, wenn sich mal eine Idee in ihrem Kopf festgesetzt hatte. »Ich würde gerne eine Runde im Türkenschanzpark laufen gehen, bevor wir frühstücken und in die Redaktion fahren. Ist das okay für dich?«

Der Park lag direkt vor ihrer Haustür. Auf seinen Gehwegen und Wiesen gab es viel zu entdecken: Teichanlagen, Bäche, Wasserfälle und Springbrunnen. Sarah mochte ihn, obwohl es eine Weile gedauert hatte, bis sie ihn wieder unbeschwert hatte betreten können. Denn die Konfrontation mit einem Mörder vor sechs Monaten hatte David im Türkenschanzpark eine Kugel in der Schulter eingebracht. Zum Glück war es ein glatter Durchschuss gewesen und nur eine kleine Narbe zurückgeblieben.

»Alles klar. Aber lauf nicht so weit weg, dass du nicht mehr nach Hause findest«, witzelte sie und ging mit Marie im Arm in die Küche. Dort setzte sie die Halbangora wieder auf den Boden, öffnete die Dose mit Katzenfutter, füllte den Futternapf mit Ragout vom Rind und wechselte das Wasser im zweiten Napf. Dann holte sie ihr Handy aus der Clutch, die sie, als sie heimgekommen waren, an der Garderobe einfach fallen gelassen hatte.

David kam im Laufdress aus dem Schlafzimmer. »Bin bald zurück.« Er küsste sie auf die Wange und verschwand durch die Eingangstür nach draußen.

Sarah blieb mit dem Handy in der Hand stehen und schickte Stein eine Nachricht: *Hast du heute Vormittag Zeit, in der Redaktion vorbeizuschauen? Will dir etwas zeigen. Hat wahrscheinlich mit Nina Seidlings Tod zu tun.*

Sie ging in die Küche, brühte sich einen grünen Tee auf und öffnete die Terrassentür. Die Luft war kühl, aber viel zu warm für Februar, das hatten die Meteorologen erst kürzlich im Radio gesagt. Der Klimawandel ließ grüßen. Ihr Handy vibrierte fünfzehn Minuten später, es war Steins kurze Antwort: *10 Uhr?*

Sarah schickte ihm ein »Daumen hoch«-Emoji, dann schrieb sie Maja und Conny, dass sie sich gerne um fünfzehn Uhr zu einer Sitzung mit ihnen treffen würde, um die Beiträge über das schreckliche Ereignis auf dem Opernball abzustimmen. Beide sagten in den nächsten Minuten zu.

Noch mit den Gedanken bei dem vergangenen Abend schloss Sarah die Terrassentür wieder und ging duschen. Nachdem sie einen hellblauen Pulli und Jeans angezogen hatte, holte sie ihren Laptop aus dem Arbeitszimmer, stellte ihn auf den Esstisch, fuhr ihn hoch und setzte sich mit der Tasse lauwarmen Tees davor. Marie sprang auf den Stuhl neben ihr und widmete sich ausgiebig der Fellpflege. Gerade als Sarah den Namen der toten Schauspielerin in die Suchmaschine eingeben wollte, klingelte es an der Eingangstür. Marie ignorierte das Geräusch, fuhr sich mit der Vorderpfote einfach weiter über die Augen. Sarah zuckte kurz zusammen, erhob sich dann aber, ging zur Tür und öffnete sie.

»Was für eine Nacht!« Gabi drängte sich in die Wohnung und umarmte Sarah kurz zur Begrüßung. »Ich hab David zum Türkenschanzpark rüberlaufen sehen, da wusste ich, dass ihr schon wach seid.« Ihre Freundin hob abwehrend eine Hand. »Und bevor du nach deinem Bruder fragst: Chris ist schon ins Krankenhaus gefahren.«

Gabi und Sarahs Bruder waren ein Paar und bewohnten die Wohnung über ihrer. Das war so gewollt, denn Sarah und Chris verband ein dickes Band. Der Unfalltod ihrer Eltern vor vielen Jahren hatte sie zusammengeschweißt. Zudem genoss Sarah es, ihre Lieben unter einem Dach vereint zu wissen. Gabi strich sich eine widerspenstige Strähne ihres blonden Lockenkopfs aus der Stirn. »Also, erzähl mir, was passiert ist.«

Sarah lächelte. Ihre Freundin, die zugleich Davids Sekretärin war, wollte natürlich sofort alles aus erster Hand erfahren. »Magst vielleicht erst mal einen Kaffee?«

»Gern.« Gabi nickte.

In der Küche presste Sarah Kaffeepulver in den Siebträger, schraubte ihn in die Maschine und drückte auf den Knopf für Cappuccino, weil sie wusste, dass ihre Freundin den am liebsten trank. Unterdessen berichtete sie, wie sie den Abend erlebt hatte. Zwischendurch hüpfte Marie vom Stuhl, um sich von Gabi eine Extraportion Streicheleinheiten abzuholen.

»Als du kamst, wollte ich grad im Internet zu Nina Seidling recherchieren«, sagte Sarah und zeigte zum Esstisch.

Gabis blaue Augen leuchteten vor Neugierde. »Dann lass dich von mir nicht davon abhalten.«

Sie setzten sich gemeinsam vor den Laptop, und Marie rollte sich auf ihrem angestammten Stuhl wieder zusammen.

»Hast du die Serie mit ihr schon mal gesehen?«, fragte Sarah und gab jetzt endlich den Namen der Toten in die Suchmaschine ein.

Gabi schüttelte den Kopf.

Der Biografie auf der Homepage der Schauspielerin entnahmen sie, dass Nina Seidling ein Einzelkind war, geboren in der Kleinstadt Hainburg an der Donau in Niederösterreich. Ihr Vater war Architekt und ihre Mutter Deutschlehrerin an einem Gymnasium. Sie selbst hatte die Schauspielschule Krauss in Wien absolviert und bereits in vielen Kinofilmen, Theaterstücken und Fernsehserien mitgespielt. Doch die Serie *Lilli am Land* war ihr Durchbruch gewesen.

Sarah schloss die Seite und klickte sich durch die Onlineausgaben einer Reihe von Boulevardmagazinen. Erwartungsgemäß waren sie voll von Aufnahmen von Nina Seidling bei Dreharbeiten, Filmpremieren und Konzertbesuchen und auf Galas. Die jüngsten Fotos, die von der Filmproduktion unter anderem an Kultur- und Gesellschaftsredaktionen verschickt worden waren, zeigten sie am Set. Auch Conny und das Kulturressort des *Wiener Boten* erhielten regelmäßig derartiges PR-Material. Über Nina Seidlings Privatleben erfuhren Gabi und Sarah jedoch überraschend wenig. Der Schauspielerin war es offenbar gelungen, es zum Großteil vor der Öffentlichkeit und Presse zu verbergen.

Als David um halb neun vom Joggen zurückkam, stand Gabi auf, um sich zu verabschieden. »Bin schon spät dran. Ich muss um neun im Büro sein, und mein Chef ist gnadenlos, was Pünktlichkeit betrifft.« Sie schenkte ihm ein verschmitztes Lächeln.

»Hey, wie stellst du mich denn hier dar?«, empörte sich David gespielt. »Bleib, iss was mit uns, und fahr dann mit uns in die Redaktion.«

»Na gut.« Gabi setzte sich grinsend wieder. »Aber nur weil du der Chef bist.«

»Ich geh jetzt erst mal duschen«, sagte er, verdrehte die Augen und verschwand.

Nur zwanzig Minuten später brachen sie nach einem schnellen Frühstück zu dritt zum *Wiener Boten* auf.

»Was für eine Tragödie. In den Nachrichten im Radio gibt es heute Morgen kaum ein anderes Thema«, begrüßte Cordula Berger Sarah im Vorzimmer ihres Büros.

»Ja, eine Tragödie«, pflichtete Sarah ihr bei.

Die Sekretärin schüttelte bestürzt den Kopf. »Ihre Post liegt schon auf dem Schreibtisch.«

Sarah hielt einen Moment die Luft an. Konnte es sein, dass ...?

Cordula Berger bemerkte Sarahs Reaktion. »Ist etwas nicht in Ordnung?«

»Sie erinnern sich sicher an den Brief gestern, der ohne Absender kam?« Rasch erklärte Sarah ihre Vermutung, dass das Schreiben Nina Seidlings Tod prophezeit hatte.

Die Sekretärin erschrak. »Jessas na!« Dann schüttelte sie den Kopf. »So ein Schreiben ist heute nicht dabei.«

Sarah atmete erleichtert auf, schloss hinter der Sekretärin die Tür und setzte sich an ihren Schreibtisch. Sie ignorierte den Poststapel und begann stattdessen, aufmerksam das Internet durchzuforsten. Einige Tageszeitungen hatten erste Meldungen und Berichte zu Nina Seidlings Tod online gestellt. Die Bilder und Artikel über die Schauspielerin machten deutlich, wie sehr deren überraschender Tod die Medienwelt erschüttert hatte. Auch in den Überschriften der Artikel spiegelte sich das Entsetzen darüber wider. *War Nina Seidlings Herz zu schwach für diese Welt?*, schrieb ein Gratisblatt. *Ein Tod wie im Film*, stellte das Boulevardblatt *Neues der Woche* fest. *Tiefe Trauer um beliebte Schauspielerin*, lautete die dezente Headline des *Wiener Boten*.

Es klopfte, und gleich darauf erschien der Kopf von Cordula Berger erneut im Türspalt. »Patricia Franz würde Sie gerne sprechen. Haben Sie Zeit?«

»Sie soll reinkommen.«

Patricia trat ein. Heute trug sie ein grünes Strickkleid mit Rundhalsausschnitt und hatte ihre Haare zu einem hohen Pferdeschwanz zusammengefasst. »Danke, dass du so spontan Zeit hast.«

»Bitte.« Sarah deutete auf den Besucherstuhl.

Patricia setzte sich. »Ich weiß nicht, wie …«, druckste sie herum.

Sarah ahnte, was die Redakteurin mit ihr bereden wollte. »Ich kann mir schon denken, was dich zu mir treibt.« Sarah hatte lange genug im Chronik-Ressort mit Patricia zusammengearbeitet, um zu wissen, dass die Berichterstattung über Mord und andere Kriminalfälle ihr ein Gräuel waren. Sie berichtete lieber über stylische Möbel, Reisen, Architektur und Mode.

»Du meintest in der Oper, wir sollen recherchieren, ob Nina Seidling Drogen genommen hat und wer ihre Feinde waren. Ich weiß nicht, ob ich die Richtige dafür bin.« Patricia verzog entschuldigend das Gesicht.

Die Botschaft, die in ihren Worten mitschwang, war für Sarah eindeutig: Ich mag das nicht machen.

»Dann widmest du dich den Frisuren, Ballkleidern und so weiter. Maja und ich werden uns um die Drogen und möglichen Feinde Nina Seidlings kümmern.«

Patricia fiel sichtlich ein Stein vom Herzen. »Danke. Ich gebe Maja gerne meine Notizen, die ich nach Nina Seidlings Zusammenbruch gemacht habe. Und falls mir zufällig etwas zu Ohren kommt, gebe ich euch natürlich gleich Bescheid.«

Sarah lächelte. »Mach das.«

»Auf jeden Fall«, versprach Patricia und verließ das Büro.

Um zehn Uhr kündigte Frau Berger Chefinspektor Martin Stein an.

»Du denkst also, dass es kein natürlicher Tod war«, sagte Stein anstelle einer Begrüßung.

»Ich freu mich auch, dich zu sehen«, antwortete Sarah. »Und ja, das denke ich.«

Stein ließ sich auf den Besucherstuhl fallen. »Und gleich erzählst du mir, weshalb du das denkst.«

»Vorher musst du mir versprechen, dass du mich anrufst, sobald du den Obduktionsbefund hast.«

Sarahs Sekretärin brachte eine Melange für sie und einen Espresso und die Zuckerdose für Stein. »Ich dachte, ein bisschen Koffein kann nicht schaden. Und ich weiß ja, was Sie mögen.«

Sarah nickte ihr dankbar lächelnd zu. Cordula Berger war wirklich eine Perle.

»Warum sollte ich den Obduktionsbericht bekommen?«, fragte Stein, als die Sekretärin die Tür wieder hinter sich geschlossen hatte. »Der geht an das zuständige Polizeikommissariat und wird dort bleiben, solange es keinen Verdacht auf Fremdverschulden gibt.«

»Aber du wirst ihn anfordern.«

»Und weshalb?« Stein kippte den Espresso in einem Zug hinunter. Ohne Zucker.

»Weil wir wissen wollen, woran genau Nina Seidling gestorben ist.«

Steins Augenbrauen schnellten nach oben. »Wollen wir das?«

»Ja. Und das hier ist der Grund, weshalb ich glaube, dass es sich bei ihrem Tod um keinen natürlichen handelt.« Sarah reichte ihm den Brief mit den mysteriösen Zeilen. »Es gibt einen Zusammenhang zwischen ihm und dem Schreiben hier.«

Während Sarah an ihrer Melange nippte, studierte Stein den Brief.

»Erklär's mir«, forderte der Ermittler sie schließlich auf, fotografierte das Blatt Papier mit dem Handy und gab es ihr zurück. »Ich seh hier nämlich weder eine Drohung noch ein Mordgeständnis. Nur einen Fan von dir, der offenbar seine poetische Seite ausgelebt hat.«

»*Unter den Schwingen des Adlers*«, zitierte Sarah, »genau dort stand Nina Seidling. Unter dem Deckengemälde, das in dem Rätsel erwähnt wird.« Sie rief auf ihrem Computer die Website der Wiener Staatsoper auf, suchte die Unterseite mit dem Foto des Gemäldes, klickte es an, vergrößerte es und drehte den Bildschirm so, dass Stein es sah.

»Kann Zufall sein«, sagte der Chefermittler nüchtern. »Niemand kann voraussagen, wo ein Opfer stirbt. Es sei denn, man ermordet es an Ort und Stelle mit den eigenen Händen. Was in diesem Fall meines Wissens nicht passiert ist.«

»Möglicherweise ist es sogar ein Zufall, dass sie direkt unter dem Gemälde starb. Aber dass sie auf dem Opernball gestorben ist, das war definitiv geplant«, entgegnete Sarah und beschrieb, dass ihr die Schauspielerin unnatürlich aufgekratzt erschienen war. »Okay, ich kannte sie nicht persönlich, weiß daher nichts über ihren Charakter oder ihre Art«, ruderte sie im nächsten Moment zurück, »möglicherweise war sie immer so.«

»Komm auf den Punkt, Sarah.« Stein war kein Freund von ausschweifenden Erklärungen. Noch nie gewesen.

»Schon gut, also: Kann es nicht sein, dass sie auf irgendetwas drauf war?«, fragte Sarah.

»Du meinst, sie hat Drogen genommen«, schlussfolgerte Stein.

»Oder jemand hat ihr was ins Getränk geschüttet«, gab Sarah eine andere Möglichkeit zu bedenken. »Ecstasy zum Beispiel.«

»Und das vermutest du, weil sie aufgekratzt war und unter einem Deckengemälde gestorben ist, das in ein paar kurios klingenden Zeilen eines Fans von dir vorkommt?«

»Wenn du das sagst, klingt es ein wenig verrückt«, beschwerte sich Sarah.

»Du weißt aber schon, dass das nicht reicht, um eine Mordermittlung aufzunehmen«, sagte Stein.

»Das ist mir natürlich klar«, beteuerte Sarah. »Aber du könntest dich doch ein wenig umhören. Prophylaktisch sozusagen. Ich bin wirklich davon überzeugt, dass wir es hier mit einem Mord zu tun haben.«

Stein presste die Lippen aufeinander und schwieg.

Sarah tippte auf die entsprechende Stelle im Brief. »Schau hier: Fortuna, die Schicksalsgöttin. Der Täter oder die Täterin wollte vermutlich mit ihrer Nennung andeuten, dass er oder sie Fortuna spielen und das Schicksal von Nina Seidling in die eigenen Hände nehmen wird.«

»Aber die Lyra ist doch ein Musikinstrument, und Nina Seidling war keine Musikerin, sondern Schauspielerin«, entgegnete Stein.

»Eh, aber die Lyra symbolisiert auch die Harmonie der Künste. Ebenso steht sie für die Dichtkunst, davon leitet sich das Wort Lyrik ab. Und wie ich nach einer kurzen Recherche weiß, spielte Nina Seidling nicht nur seichte Rollen im Fernsehen, sondern auch ernsthafte Rollen am Theater, etwa die Geliebte des Claudio in dem lyrischen Drama *Der Thor und der Tod* von Hugo von Hofmannsthal. Und der Lorbeerkranz steht für Sieg, Ehre und Ruhm.« Plötzlich kam Sarah eine Idee. »Ich glaube, das ist gar kein Rätsel, sondern vielmehr eine Botschaft.«

»Was für eine Botschaft? Dass der Verfasser oder die Verfasserin Nina Seidling umbringen wird?«

»Das auch. Aber dass sie zum Star geworden ist, das hatte sie der Hauptrolle in *Lilli am Land* zu verdanken. Was der Absender vermutlich mit der Schellenmütze, also der Narrenkappe, andeuten wollte, ist, dass er kein Fan von der Serie ist und findet, dass Nina Seidling dafür überqualifiziert war.«

»Das hätte der Schreiber oder die Schreiberin dem ORF auch in einem Leserbrief mitteilen können und sie nicht gleich ermorden müssen«, merkte Stein zynisch an.

»Das wäre mir auch lieber gewesen, das kannst du mir glauben.« Sarah wippte auf ihrem Stuhl vor und zurück. Das Lösen von Rätseln und das Dekodieren von verschlüsselten Botschaften machten sie immer zappelig. »Und jetzt zu den schwarzen Schwänen. Du musst wissen, dass Schwarzschwäne, auch Trauerschwäne genannt, für seltene, aber mögliche Ereignisse stehen. Vermutlich weil diese Vogelart seltener vorkommt als ihre weißen Artgenossen. Die eigentliche Heimat dieser Vögel ist Australien und Neuseeland.«

»Lass den Zoologieunterricht und komm zur Sache«, drängte Stein.

»Schon recht. Also, der schwarze Schwan symbolisiert das große Unheil, das die bisherige Normalität beendet«, schloss Sarah ihre Erläuterung. »Und in unserem Fall gibt es gleich zwölf schwarze Schwäne.«

Stein warf einen irritierten Blick auf das Schreiben. »Hier steht keine Zahl.«

»Aber es sind zwölf grimmig dreinblickende schwarze Schwäne, die die vier Leuchten vor dem

Eingang des Opernhauses tragen.« Sarah rief auf ihrem Computer das Bildarchiv des *Wiener Boten* auf. Simon hatte die Fotos vom Opernball bereits hochgeladen. Sie klickte ein Foto an, das den Titel »Schwäne« trug. »Ich hab unseren Fotografen gestern Abend noch gebeten, das hier zu machen.« Auf dem Bildschirm erschien die Großaufnahme eines dunklen, gusseisernen Vogels mit langem gekrümmtem Hals, dessen Kopf auf der breiten Brust ruhte. Er schien grimmig in die Kamera zu blicken und hatte sich bedrohlich aufgeplustert, während die Ruder, also seine Füße, fest auf dem Untergrund standen. Er sah aus, als wäre er bereit, jeden Angreifer sofort in die Flucht zu schlagen.

»Das alles klingt nach einem durchgedrehten Stalker. Aber der wäre wahrscheinlich eher mit einem Messer oder einem Revolver auf die Seidling losgegangen. So leid es mir tut, Sarah …« Stein lehnte sich im Stuhl zurück, als ob er es sich gemütlich machen wollte. »Aber da du mir ja etwas zeigen wolltest, das wahrscheinlich mit Nina Seidlings Tod zu tun hat, hab ich, bevor ich hergekommen bin, die Streifenpolizisten angerufen, die gestern in der Oper waren. Sie haben einige Leute befragt, unter anderem diese Influencerin und die Modeschöpferin, die bei Nina Seidlings Tod dabei waren, und den Produzenten der *Lilli*-Serie.«

»Du hast ernsthaft schon mit den Polizisten geredet?« Sarah war überrascht.

»Klar. Nachdem du mich herbefohlen hattest, hab ich mir gedacht, ich mach mich mal lieber schlau. Wer weiß denn, was die Hexe des *Wiener Boten* schon wieder in ihrer Kristallkugel gesehen hat.« Er grinste herausfordernd.

Sarah reagierte mit einem warmherzigen Lächeln. Sie kannten einander schon zu lange. Derartige Sticheleien waren zwischen ihnen die Regel. Stein war ein Wiener Grantler, dem sein Zynismus die vielen Scheußlichkeiten zu ertragen half, mit denen er sich tagtäglich auseinandersetzen musste. Im Grunde genommen war er ein mürrischer Bär mit großem Herzen.

»Natürlich wollten sie von den Befragten wissen, ob ihnen etwas Ungewöhnliches an Nina Seidling aufgefallen war. Doch niemand hat die Frage bejaht oder etwas von etwaigen Drogen erwähnt.«

Sarah zog die Augenbrauen zusammen. »Hallo, Herr Chefinspektor! Wer würde denn gegenüber der Polizei hinausposaunen, dass er einer Verstorbenen Drogen ins Getränk gekippt hat?« Die Begegnung mit den Autohändlern fiel ihr wieder ein. »Haben die Polizisten auch mit einer gewissen Alma Misic gesprochen? Sie hat Nina Seidling auf der Toilette getroffen und hatte den gleichen Eindruck von ihr wie ich.«

»Alma Misic?«, vergewisserte sich Stein. »Hat sie gesehen, dass Nina Seidling Drogen genommen hat?«

Sarah überlegte. »Ich glaube nicht, sie kam ihr nur völlig überdreht vor.«

»Dann schreib mir mal den Namen der Dame auf«, forderte Stein sie auf.

Sarah notierte ihn auf einen gelben Klebezettel, den sie Stein reichte. »Aber bevor du falsche Schlüsse ziehst, die Frau hat sicher nichts mit Drogen zu tun.«

»Wie gut kennst du sie?«

»Hab sie erst auf dem Opernball kennengelernt«, gab Sarah zu.

»Aha. Und da weißt du schon, dass sie auf keinen Fall mit Drogen handelt oder welche nimmt.«

»Du denkst einfach zu schlecht von der Welt«, sagte Sarah und lächelte schief.

»Glaub mir, ich kenne die Schattenseite unserer rosaroten Welt nur allzu gut«, erwiderte Stein. »Und es gibt nichts, was es nicht gibt.«

»Du ermittelst doch gar nicht.«

»Eh nicht. Ich hab nur nachgefragt, weil es vielleicht ja doch noch relevant werden könnte zu wissen, wem was aufgefallen ist.«

»Alma Misic und ihr Mann Hugo betreiben ein Autohaus mit teuren Luxus- und Sportwagen und sind Werbekunden des *Wiener Boten*«, erläuterte Sarah.

»Keine Angst, ich vergraul euch eure Werbekunden schon nicht. Ich sperr sie nur ein, wenn sie etwas angestellt haben.« Er zwinkerte ihr zu und erhob sich. »Die Obduktion ist fürs Wochenende angesetzt. Danach kennen wir die Todesursache.«

»Das heißt, du forderst den Bericht an?«, fragte Sarah.

»Schaun ma mal. Also, bis dahin.«

»Danke, dass du so schnell vorbeigekommen bist.«

»Es war nur die Angst davor, dass du mich andernfalls verfluchst oder in eine Kröte verwandelst, die mich hergetrieben hat. Baba, Sarah«, verabschiedete Stein sich.

»Baba, Martin«, erwiderte sie.

10

Delia schlug die Augen auf und griff nach ihrem Handy auf dem Nachttisch. Es war halb elf am Vormittag. Sie war erst um vier Uhr morgens ins Bett gekommen, demnach hatte sie etwas mehr als sechs Stunden geschlafen. Sie und Claudia hatten schon um zwei Uhr den Opernball verlassen, doch direkt nach Hause zu fahren, war für sie beide keine Option. Dazu waren sie viel zu aufgeregt. Deshalb gingen sie zum nahe gelegenen Würstelstand bei der Albertina mit dem Dürer-Hasen auf dem Dach und gönnten sich Käsekrainer und Frankfurter Würstel. Danach schlenderten sie über die nahezu menschenleere Kärntnerstraße. Sie redeten. Über Nina. Über den Abend. Über das Leben. Über die Fragen, die die Polizisten ihnen gestellt hatten.

Noch im Bett liegend, rief Delia ihren Instagram-Account auf und war in der nächsten Sekunde hellwach. »Sechs Millionen Aufrufe«, murmelte sie ungläubig und setzte sich abrupt auf. »Wahnsinn!«, rief sie euphorisch und überprüfte auf dem Handy gleich ihre Mails. Genau zwanzig Interviewanfragen von Fernsehsendern und Magazinen waren eingegangen. Sie lachte lauthals auf. »Noch mal Wahnsinn!«

Dann erinnerte sie sich, welchem Umstand sie diese

unglaubliche Anzahl an Videoaufrufen zu verdanken hatte, und spürte gleich darauf, wie sich der Schreck der letzten Nacht wieder bemerkbar machte. Von einem Moment auf den anderen drückte ihr eine unsichtbare Hand die Kehle zu. Das Atmen fiel ihr schwer. Ihr Herz raste. Nina war neben ihr tot umgefallen, wie ein nasser Sack. Einfach so. Konnte ihr das genauso passieren? Konnte auch ihr Herz von einem Moment auf den anderen zu schlagen aufhören? Sekundentod, so nannte man das, das wusste sie. Sie presste sich eine Hand auf die Brust. In ihr rumorte es, als hätte sie etwas Verdorbenes gegessen. Sie legte sich wieder hin, drückte den Kopf fest in das Kissen, schloss für einen Moment die Augen und versuchte, die aufsteigende Panik wegzuatmen. Sie kannte das Gefühl aus jener Zeit, als sie sich noch als Schauspielerin versucht und nicht gewusst hatte, ob sie die nächste Miete bezahlen konnte. Gedanken an ihre dunkle Einzimmerwohnung in Favoriten, dem zehnten Bezirk, kamen, und sie schob sie zur Seite. Jetzt wohnte sie in einer hellen Dreizimmerwohnung in einem Altbau am Bennoplatz in der Josefstadt, dem achten Bezirk. Alles war gut.

Zehn Minuten später pochte ihr Herz wieder im normalen Rhythmus, und ihr Puls hatte sich beruhigt. Delia schlug die Decke zurück und schwang sich aus dem Bett. Rasch tauschte sie ihr Nachthemd gegen einen Jogginganzug, ging in die Küche und ließ sich einen Latte macchiato aus der Kaffeemaschine in ein hitzebeständiges hohes Glas laufen. Damit und mit einem Teelöffel auf einem goldenen Serviertablett betrat sie kurz darauf den angrenzenden kleinen Raum mit hellem Holzboden, der ihr als Esszimmer diente und seinerzeit vermutlich das Gesindezimmer gewesen war. Sie setzte sich an den Esstisch, auf dem ihr Laptop stand. Ihr Arbeitsplan für heute sah vor, vorproduzierte Fotos und Videos auf ihren Kanälen hochzuladen. Die Themen waren Opernball und Präsentation eines lässigen Looks, bestehend aus orangefarbener Palazzohose, gelbem Oversize-Hemd und pinkfarbener Henkeltasche für einen Modeversand. Das Video hatte sie mit Claudias Hilfe letzte Woche in der Wiener Innenstadt gedreht. Kurz überlegte Delia. War es angebracht, heute wie geplant weiterzumachen und gute Stimmung zu verbreiten? Von ihren Followern wusste doch jeder und jede, was gestern geschehen war; dass sie Ninas Tod miterlebt hatte.

Delia stieß einen langen Seufzer aus. Es gab durchaus Tage, da fehlte ihr die Kraft, die Unermüdliche zu spielen. Die Frau, die in allen Lebenslagen in der Öffentlichkeit präsent war. Die Produktion von Beiträgen für ihre Kanäle war harte Arbeit. Oft brauchte es Stunden, mitunter sogar Tage, um den perfekten Post zu kreieren, der für ihre Fans so leicht wirken sollte, als wäre er spontan nach einer ebenso spontanen Idee entstanden. Keinen einzigen ihrer Follower interessierte, dass sie seit drei Jahren durcharbeitete, nicht selten nur vier Stunden am Stück schlief. Dass sie sich an manchen Tagen wie zerkaut und ausgespuckt fühlte. Andererseits hatte sie dieses Leben selbst gewählt.

»So what?«, sagte sie leise und trank einen Schluck

Kaffee. Sie würde den gesamten Content, den sie heute hochlud, Nina widmen und auf den Fotos eine schwarze Schleife einfügen. Das würde es weniger pietätlos erscheinen lassen, wenn sie einen Tag nach Ninas dramatischem Abgang unbekümmert in die Kamera winkte und lachte. Sie musste ja nicht unbedingt wie sonst dazuschreiben: *Good morning, I love my life!*, sondern konnte sich auf die Fakten beschränken. *Auch im Winter sorgt bunte Kleidung für gute Laune. Farbe produziert Glückshormone.* Etwas in der Art. Sie löffelte zwei Teelöffel voll Milchschaum und nahm noch einen Schluck Kaffee, bevor sie routiniert ihre Storys und Fotos um die schwarze Schleife, passende Hashtags und Emojis ergänzte, ein paar Zeilen zu jedem Post schrieb und schließlich alle für diesen Morgen geplanten Beiträge auf ihren Social-Media-Kanälen veröffentlichte.

Als Delia das letzte Foto hochgeladen hatte, klingelte es an der Eingangstür. Sie sah auf die Uhr. Es war zwölf. Sie erhob sich, ging zur Tür und öffnete. Vor ihr stand Claudia. Sichtbar unausgeschlafen, blass und ungeschminkt, in einem beigen Wollmantel.

»Unten war offen. Ich hab die ganze Nacht kein Auge zugetan«, sagte die Designerin.

»So siehst du auch aus«, merkte Delia an, ließ Claudia eintreten und schloss die Wohnungstür wieder.

Kraftlos strich sich die Designerin über die Stirn. »Und zu allem Übel ertrinke ich in Interviewanfragen. Dafür hab ich gerade überhaupt keine Kraft.«

Delia streckte die Hand aus, um ihr den Mantel

abzunehmen und an die Garderobe zu hängen, aber Claudia machte keine Anstalten, ihn auszuziehen.

Delia zuckte mit den Schultern. »Du kriegst jetzt erst mal einen Kaffee«, sagte sie und ging in die Küche. Dort nahm sie eine hohe Kaffeetasse von der Anrichte, stellte sie unter den Automaten und drückte auf die Taste für Cappuccino. Während der Kaffee in die Tasse lief, holte Delia ihr mittlerweile leeres Glas aus dem Esszimmer und ließ kurz darauf einen neuen Latte macchiato hineinlaufen. Dann betrat sie mit den zwei Getränken in den Händen das Wohnzimmer, das der Küche gegenüberlag.

Claudia hockte stocksteif auf dem Sofa mit dem Bezug im Patchwork-Stil. Den Mantel hatte sie achtlos über die Lehne geworfen. Ihre Umhängetasche presste sie an sich, als befürchtete sie, dass sie ihr gestohlen würde.

Delia stellte die zwei Kaffee auf dem antiken Couchtisch ab und ließ sich in den gelben Ohrensessel fallen. Das Mobiliar in ihrer Wohnung war mit Bedacht zusammengewürfelt und bestand aus lauter Einzelstücken, die sie zum großen Teil auf Flohmärkten erstanden hatte. Ein Sideboard aus Mangoholz im Stil der 1950er-Jahre hatte sie allerdings für ein Möbelhaus auf ihren Kanälen beworben und anschließend behalten dürfen. Eine Weile schwiegen sie. Delia nippte an ihrem Latte macchiato und wartete geduldig. Claudia rührte den Cappuccino nicht an.

»Interviews sind ja an sich nichts Schlechtes«, sagte die Influencerin, als ihr das Warten zu lang wurde.

»Bei denen soll es aber sicher nicht um meine Mode gehen«, blaffte Claudia. »Die wollen doch nur ihre Quote steigern, indem sie die Schöpferin des Kleides, in dem Nina Seidling gestorben ist, vor die Kamera oder vors Mikro zerren.« Sie stöhnte auf, als hätte sie starke Schmerzen. »Ich kann mir die bescheuerten Fragen schon vorstellen. *Was fühlen Sie, weil Nina Seidling in Ihrem Kleid gestorben ist? Hatten Sie beim Anfertigen eine Vorahnung? Wird der Vorfall Ihre weitere Arbeit beeinflussen?*« Angewidert verzog sie das Gesicht.

Delia zuckte gleichgültig mit den Schultern. »Könnte aber auch deinen Bekanntheitsgrad erhöhen.«

Claudia winkte ab. »Auf diese Art will ich das nicht.«

»Bist du nur hergekommen, um mir deshalb die Ohren vollzujammern?« Delia spürte, wie sich Missmut in ihr regte. »Verdammt, Claudia. Ja, Nina ist tot. Daran kann man nichts mehr ändern. Aber deshalb müssen wir doch nicht auch aufhören zu leben.«

»Deinen Standpunkt hast du gestern ja nur allzu deutlich gemacht.« Die Modedesignerin griff nach der Kaffeetasse und nahm einen so großen Schluck, als würde sie Wasser trinken.

»Ich geh mal davon aus, dass uns dieselben Sendungen wollen«, meinte Delia. »Nicht nur du hast nämlich zig Einladungen in Talkshows und Nachrichtensendungen bekommen. Wenn du magst, geben wir die Interviews gemeinsam«, schlug sie vor. »Und wenn du keine Lust drauf hast, dann sagst du einfach ab. Du bist doch nicht verpflichtet, Statements abzugeben.«

Claudia hob den Kopf. »Das allein ist es nicht.«

»Was dann?« Delia verstand, dass ihre Freundin durch den Wind war. Obwohl Claudia und sie Nina nicht nahegestanden hatten, schockierte sie ihr plötzlicher Tod ebenfalls. Aber ihr, Delia, gelang es offenbar besser, die Tragödie wegzustecken.

Claudia druckste herum. »Ich hab gestern den beiden Streifenpolizisten etwas verschwiegen.«

Delia sah sie irritiert an. »Und was?«

»Ich hab ein Telefongespräch belauscht«, sagte Claudia nebulös und drehte das Gesicht zur Seite. Das Geständnis war ihr sichtbar peinlich. »Normalerweise lausche ich nicht, wenn meine Kunden telefonieren. Aber in dem Fall ...« Sie sprach den Satz nicht zu Ende, starrte einen Augenblick lang auf ihre Tasse, die sie wieder auf den Tisch gestellt hatte. »Es wäre mir lieber, ich hätte es nicht getan«, schob sie schließlich hinterher und sah Delia an. »Ich bin mir sicher, dass es wichtig ist, aber ich weiß nicht, wie ich es erzählen soll.«

Delia drehte die Handflächen nach oben. »Also, wenn du meine Meinung hören willst, musst du schon ein bisschen gesprächiger sein.«

Als Claudia schon wieder nicht reagierte, bemühte sich Delia, nicht die Geduld zu verlieren, weil ihre Freundin in Rätseln sprach. Man sah ihr deutlich an, dass es sie Überwindung kostete zu sagen, was ihr auf dem Herzen lag.

»Wen hast du denn beim Telefonieren belauscht?«, fragte Delia nach einer weiteren, ihr endlos erscheinenden Minute.

Claudia hob hilflos die Arme. »Nina. Zuerst ungewollt, aber je länger das Gespräch gedauert hat, umso neugieriger bin ich geworden. Sie hat so geheimnisvoll geflüstert«, sagte sie, als ob das das Belauschen rechtfertigte.

»Jetzt lass dir halt nicht alles aus der Nase ziehen.« Allmählich riss Delia doch der Geduldsfaden.

»Also gut.« Claudia schien sich einen Ruck zu geben. »Immerhin bin ich hergekommen, um mit dir darüber zu reden. Sagt dir der Name Alois Stock etwas?«

Delia dachte nach. »In meinem Hinterkopf läutet etwas. Ich hab den Namen schon mal gehört, komm aber nicht drauf, wo und in welchem Zusammenhang.«

Claudia öffnete ihre Umhängetasche und zog eine Zeitung heraus. Delia erkannte, dass es sich um den *Wiener Boten* handelte. Ihre Freundin hatte eine Stelle mit einer Haftnotiz gekennzeichnet. »Er ist Banker, hat vor Jahren sein eigenes Geldinstitut gegründet«, sagte sie und schlug die markierte Seite so auf, dass Delia den Artikel sah.

Als sie das Foto des Bankiers betrachtete, erinnerte sich die Influencerin, schon öfter etwas über ihn gelesen zu haben. Der Mann managte das von ihm gegründete Geldinstitut mit großem Erfolg und ließ sich gerne mit Prominenten ablichten. »Was ist mit ihm?«

»Hast du gewusst, dass Nina ihn kannte?« Claudia tippte auf das Foto. »Alois Stock.«

Delia sah ihre Freundin fragend an. Sie hatte noch immer keine Ahnung, worauf sie hinauswollte. »Und das findest du ungewöhnlich, weil …?«

»Der nicht ganz koscher ist.«

»Inwiefern?«, bohrte Delia nach.

»Er veranstaltet Partys in seinem Haus«, sagte Claudia dermaßen entrüstet, als wäre das etwas Unanständiges.

Delia lachte amüsiert auf. »Das ist nicht verboten. Das machen viele Menschen.«

Etwas flackerte in Claudias Augen auf. »Du verstehst nicht.«

»Da hast du vollkommen recht, das tu ich nicht. Du musst schon ein bisschen konkreter werden. Tanzt er dort nackt um den Pool, hat er Nina angemacht oder ihre Handtasche geklaut?«

Claudia knetete ihre Finger. »Ich hab mitbekommen, dass Nina mit Kevin Katzberg über Stock und die Partys gesprochen hat«, kam sie wieder auf das belauschte Telefongespräch zurück. »Katzberg und Nina waren öfter gemeinsam dort.«

»Kevin kennt den Banker also auch«, stellte Delia trocken fest. »Woher weißt du eigentlich, dass er am anderen Ende der Leitung war?«

»Weil sie ihn mehrfach mit Vornamen angesprochen hat. So viele Kevins gibt's ja nicht. Und den ganzen Namen von Alois Stock hat sie auch genannt.«

»Wenn Kevin mit Nina zu diesen Partys gegangen ist, dann wird seine Frau wohl nicht eingeladen gewesen sein. Ist es das, was du mir sagen willst?« Delia hoffte, dass ihre Freundin endlich Tacheles redete.

Claudia schüttelte den Kopf. »Bei dem Telefonat ging es um eine weitere Einladung von Alois Stock in sein Haus. Nina meinte, sie wären damit schon zum vierten Mal in diesem Jahr bei ihm, und das Jahr ist doch noch nicht mal zwei Monate alt.«

»Spannend«, spottete Delia und leerte ihr Kaffeeglas. »Vermutlich gibt es dort mehrere Schlafzimmer, die man während der Party benutzen kann. Das erspart Kevin die Hotelrechnung. Oder sie haben sich für einen Dreier mit Stock verabredet.«

»Das weiß ich nicht«, sagte Claudia sofort. Sie hatte die bissige Bemerkung von Delia offenbar für bare Münze genommen.

»Bitte, Claudia, treib mich nicht in den Wahnsinn. Sag endlich, was du sagen willst.«

»Offenbar werden auf diesen Partys Drogen konsumiert«, rückte sie schließlich mit der Sprache heraus. »Meistens Kokain«, präzisierte sie.

Delia entfuhr ein kurzes »Ha«. Dann lachte sie abfällig. »Und das überrascht dich? Was denkst du, auf wie vielen Partys ich schon war, wo die Lines auf den Küchentisch gelegt wurden und die Röhrchen von einem zum anderen weitergewandert sind?«

»Du nimmst Drogen?«, fragte Claudia entgeistert.

Delia machte eine beruhigende Geste. »Nein. Natürlich nicht. Was ich damit sagen will, ist, dass nicht alle Gäste auf solchen Partys die Möglichkeit nutzen. Es bleibt jedem selbst überlassen, ob er mitmacht. Ungewöhnlich ist das jedenfalls nicht, nicht mal für einen Bankdirektor. Der steht im Alltag sicher unter enormem Druck. Sich das Zeug in die Nase zu ziehen, wird möglicherweise sein einziger Ausgleich zum Beruf sein.« Ihr Blick wanderte zu dem Foto im *Wiener Bo-*

ten, der noch immer aufgeschlagen vor ihr lag. »Denn Sport ist es offensichtlich nicht.« Delia grinste bösartig. Dann rückte sie im Ohrensessel nach vorne. »Aber jetzt spuck's halt endlich aus: Was genau hat Nina gesagt?«

»Sie hat gesagt: ›Weißt du, was ich mir letztens gedacht hab, Kevin?‹«, wiederholte Claudia die Worte der Schauspielerin. »›Alois Stock scheint ein wahres Drogenlager zu besitzen, bei den Mengen, die der jedes Mal auffährt.‹«

Delia sah ihre Freundin nachdenklich an. »Das klingt, als wäre der Bankdirektor ein Drogendealer.«

Claudia hob die Schultern. »Weiß man's? Außerdem hat sie gesagt, dass sie ein allerletztes Mal mitkommt und er seine Troubles mit Stock zukünftig gefälligst allein klären soll. Sie hat keine Lust mehr, diesem Kerl schönzutun, nur weil er Kokain verteilt wie Hustenzuckerl, so hat sie sich ausgedrückt. Und dann hat sie noch gegiftet, dass sie dort nicht mehr vor Langeweile sterben will und ihre Anwesenheit an Stocks Entschluss doch eh nichts ändern würde. Außerdem ist er ein verfluchter Grapscher, was sie widerlich findet.«

11

Nachdem Stein ihr Büro verlassen hatte, rief Sarah im Internet die Homepage der Filmproduktion Katzberg auf. Gleich auf der Hauptseite wurden die aktuellen Kino- und Fernsehproduktionen aufgelistet. Zuoberst stand *Lilli am Land*. Neben einem Foto vom Set, das die beiden Hauptdarsteller Nina Seidling und Leon Kant zeigte, waren der Pressetext zu der Serie und die Meldung zu lesen, dass die Dreharbeiten für die dritte Staffel angelaufen waren. Die neuen Folgen würden voraussichtlich ab Anfang nächsten Jahres ausgestrahlt werden. Kein Wort von Nina Seidlings Ableben. Möglicherweise war noch niemand dazu gekommen oder hatte daran gedacht, den Text dementsprechend zu ändern. Sarah griff zum Telefon und tippte die Nummer, die sie unter »Kontakt« gefunden hatte, in ihren Festnetzapparat. Es läutete zweimal, dann hob jemand ab.

»Katzberg Filmproduktion, grüß Gott«, meldete sich eine samtige weibliche Stimme.

»Hier spricht Sarah Pauli, Chefredakteurin vom *Wiener Boten*«, stellte sie sich kurz vor. »Ich würde gerne mit Herrn Katzberg sprechen.«

»Ich bin seine Sekretärin«, ließ die Frau sie wissen. »Er ist nicht im Haus und wird heute auch nicht kommen. Falls Sie Fragen zum Tod von Nina Seidling haben, dazu wird es heute Abend eine Pressemeldung geben«, erriet sie Sarahs Anliegen.

»Keine Pressekonferenz? Nur eine Pressemeldung?«, hakte Sarah nach.

»So ist es«, bestätigte die Sekretärin. »Sie können sich sicher vorstellen, wie betroffen und geschockt wir alle sind. Niemand von uns findet jetzt die Kraft, vor die Presse zu treten.«

»Natürlich. Das kann ich verstehen. Ich wollte Ihren Chef auch nicht lange stören, sondern ihn nur um ein kurzes Statement bitten, das wir veröffentlichen dürfen«, behauptete Sarah.

»Ich werde Herrn Katzberg gerne ausrichten, dass Sie angerufen haben. Kann er Sie unter der Nummer erreichen, die auf meinem Display angezeigt wird?« Die Sekretärin klang unverbindlich.

»Ja. Ich rufe aus meinem Büro an. Wenn ich mal nicht an meinem Platz sitze, weiß meine Sekretärin, wo ich zu finden bin.«

»Gut, dann leite ich Ihre Anfrage gerne weiter. Danke für Ihren Anruf. Auf Wiederhören.« Die Verbindung wurde beendet.

Sarah legte den Hörer in dem Wissen auf, dass der Filmproduzent nicht zurückrufen würde. Zumindest nicht heute. Sie wandte sich wieder ihrem Computer zu und klickte sich durch die Suchergebnisse zu Nina Seidling. Immer wieder stieß sie dabei auf Werbefotos, auf denen die Verstorbene für eine Körperlotion oder eine Gesichtscreme von Sensjoie warb. Sarah konkretisierte ihre Eingabe in der Suchmaske und recherchierte nach Kritiken zu der Fernsehserie. Sie fand zwanzig Besprechungen in den Onlineausgaben von Zeitungen und Zeitschriften. Die meisten ähnelten sich stark, als hätten die Redakteure voneinander abgeschrieben. Vorstellbar war auch, dass sie nur eine Pressemeldung ein wenig umformuliert hatten, damit es so klang, als hätten sie die Rezensionen selbst verfasst. Der Großteil lobte Nina Seidlings und Leon Kants Schauspielkunst. Nur wenige waren nicht so überschwänglich. Dann stieß sie auf einen älteren Artikel auf der Website einer Gratiszeitung. Darin wurde ein Theaterstück besprochen, die Tragikomödie *Sommeralbtraum*, in der die damals noch kaum bekannte Nina Seidling die Hauptrolle spielte. Das Stück, das sich am *Sommernachtstraum* von William Shakespeare orientierte, hatte im Februar vor fünf Jahren Premiere gefeiert. Sarah gab den Namen des Theaters in die Suchmaschine ein und stieß auf das Bild einer zweistöckigen Kulturstätte mit hellgelber Fassade samt einem ausführlicheren Zeitungsartikel. Aus ihm ging hervor, dass die Bühne am Stadtrand an der Neuwaldegger Straße im siebzehnten Bezirk lag und ein halbes Jahr nach der Uraufführung des Stücks zugemacht hatte. Der *Sommeralbtraum* war der letzte Rettungsversuch des Hauses gewesen.

Sarah zog aus der oberen Lade ihres Schreibtisches ein neues Notizbuch. Auf die erste Seite schrieb sie wortgetreu die rätselhafte Mitteilung, die ihr der unbekannte Briefeschreiber geschickt hatte. Darunter: *Tod im Teesalon, Oper*. Dann notierte sie sich alles, was sie bislang über Nina Seidling herausgefunden hatte. Sie hatte keine Ahnung, ob sie das bei der Suche nach dem Tatmotiv und dem Täter weiterbrachte, aber wenn sie mal recherchierte, packte sie stets eine allumfassende Neugier. Außerdem war sie davon überzeugt, dass die junge Schauspielerin ermordet worden war.

Erneut rief sie das Bildarchiv auf und begann, die Fotos vom Ballgeschehen durchzusehen. Sie hoffte, dass Simon Nina Seidling oft vor die Linse bekommen hatte. Am besten mit unterschiedlichen Leuten an der Bar oder mit einem Glas in der Hand. Das würde ihr zumindest einen Hinweis darauf geben, wer die Möglichkeit gehabt hatte, der Schauspielerin etwas ins Getränk zu kippen. Abgesehen von Claudia Bacher, deren Namen Sarah schon notiert hatte.

Um drei trafen wie verabredet Conny und Maja, die sich ihr Notebook unter den Arm geklemmt hatte, in Sarahs Büro ein. Sie ließen sich auf der hellgrauen Sitzlandschaft nieder, und Cordula Berger brachte Wasser und Kaffee.

»Trotz der schrecklichen Umstände würde ich morgen gerne meine Society-Seite wie geplant bringen«, sagte Conny gleich als Erstes, noch bevor sie an ihrer Kaffeetasse nippte.

»Kein Problem«, gab Sarah grünes Licht. »Wir können ja auch nicht die gesamte morgige Ausgabe ändern und eine ›Nina Seidling‹-Sonderausgabe aus ihr machen.« Sie schenkte sich ein Glas Wasser ein, trank einen Schluck und legte ihr aufgeschlagenes Notizbuch und einen kleinen Stapel ausgedruckter Fotos vom Opernball mit Nina Seidling auf den Couchtisch. Sie hatte die Schauspielerin auf genau zwanzig Aufnahmen entdeckt.

»Viel Neues gibt es eh nicht zu berichten«, sagte Maja. »Die Polizei hat noch keine neue Pressemitteilung rausgeschickt. Ich hab für morgen eine Art Nachruf vorbereitet, in dem Nina Seidlings Karriere bis heute nachgezeichnet wird. Wir können daran aber gern noch etwas ändern, sollten sich bis Redaktionsschluss relevante Neuigkeiten ergeben.«

»Was vermutlich nicht der Fall sein wird. Die Obduktion ist fürs Wochenende angesetzt.« Sarah war neben der Couch stehen geblieben und berichtete, was sie von Stein erfahren hatte.

»Aber Katzberg könnte doch noch eine Sensation vermelden«, meinte Conny.

»Die da wäre?«, fragte Sarah.

»Zum Beispiel, dass Nina, im Gegensatz zu seinen anderen Betthaserln, die Liebe seines Lebens war«, spottete die Society-Löwin.

»Willst du damit sagen, dass Nina Seidling und der Produzent ein Verhältnis hatten?«, fragte Maja.

»Katzberg ist dafür bekannt, mit den meisten Hauptdarstellerinnen seiner Produktionen ein Pantscherl anzufangen«, verriet Conny. »Zumeist stehen die Damen etwa sechs bis zwölf Monate in seiner Gunst, bevor sie von der nächsten Schönheit abgelöst werden.«

Maja verzog das Gesicht. »Solche Typen sind einfach widerlich.«

»Was sagt eigentlich seine Frau dazu?«, bohrte Sarah nach und nahm jetzt ebenfalls auf der Sitzlandschaft Platz.

»Das weiß ich nicht. Eva Katzberg lässt sich selten bei öffentlichen Anlässen blicken, und wenn, dann ist sie nicht sehr gesprächig. Sie und Kevin haben Zwillinge im Teenageralter. Ich vermute, sie ist in erster Linie damit beschäftigt, sich um die Buben zu kümmern«, mutmaßte Conny. »Mit der Filmbranche hat sie meines Wissens nichts zu tun.«

Sarah notierte sich diese Bemerkungen in ihr Büchlein. »Apropos«, sagte sie dann, »ich hab versucht, Kevin Katzberg an die Strippe zu bekommen, aber keine Chance. Heute Abend wird es eine offizielle Presseerklärung geben, hat mich seine Sekretärin wissen lassen. Davor ist er anscheinend für niemanden zu sprechen.« Sie fächerte die zwanzig Fotos so auf, dass sie sie alle betrachten konnten. »Ich hab vorhin mal Simons Bilder vom Opernball genauer unter die Lupe genommen.«

Alle beugten sich über die Fotos und sahen Nina Seidling, die in der Loge mit Eva Katzberg und Viola Hausmann sprach. Auf einem anderen stand sie mit Katzberg an der Bar im Foyer und trank Champagner.

Sarah zeigte auf ein Bild, das vor ihr lag. »Hier ist sie in der Schwindloggia, ebenfalls Champagner trinkend, mit Alois Stock, dem Banker.«

»Die Schöne und das Biest«, höhnte Conny.

»Biest?«, fragte Sarah. »Weißt du etwas über ihn, was wir nicht wissen?«

Die Gesellschaftsreporterin schüttelte den Kopf. »War nur so dahergesagt. Aber Champagner scheint sie geliebt zu haben. Den hat sie doch auch im Teesalon getrunken.«

»Stimmt«, sagte Sarah. »Auf den anderen Bildern posiert sie mit Schauspielkollegen oder irgendwelchen Promis oder steht einfach herum, etwa mit Leon Kant am Rand der Tanzfläche. Ohne Gläser. Und hier ist sie noch mit Arvid Dorna in der Loge. Mit zwei Gläsern.« Sarah hatte auf die entsprechenden Fotos mit einem Zeigefinger gedeutet.

»Du bist also wirklich davon überzeugt, dass ihr jemand etwas ins Getränk getan hat«, schlussfolgerte Conny.

Sarah nickte. »Ja. Ich hab die Namen derjenigen, die mit Nina Seidling etwas getrunken haben, mal notiert.« Sie sah zu Conny. »Außerdem den von Claudia Bacher, die ihr Champagner gereicht hat. Falls sich bei der Obduktion herausstellen sollte, dass ich recht habe, weiß ich schon mal, mit wem Nina Seidling sich ein Glas genehmigt hat. Beziehungsweise zumindest, mit wem Simon sie dabei abgelichtet hat«, relativierte sie.

Maja beugte sich nach vorne und griff sich eines der ausgedruckten Fotos. »Schaut mal hier. Simon ist es sogar gelungen, sie gemeinsam mit Adrian Merz' Schwester Pauline und seinem Schwager Gustav Polinsky zu fotografieren.« Sie hielt das Bild in die Höhe, sodass die anderen es sehen konnten. Gläser waren darauf keine zu entdecken.

»Nina Seidling ist das Gesicht einer Werbekampagne von Sensjoie. Da gehört es dazu, sich auf einem Event wie dem Opernball gemeinsam ablichten zu lassen«, sagte Conny und schob sich eine widerspenstige Locke hinters Ohr.

Maja legte den Fotoausdruck wieder auf den Tisch.

»Ich arbeite zwar nicht für das Chronik-Ressort wie Maja«, fuhr Conny fort, »und bin eigentlich nur für die schönen Bilder im *Wiener Boten* zuständig, aber habe trotzdem heute ein paar Schauspieler angerufen, die ich ein bisschen besser kenne. Jaja, ich fasse mich kurz«, sagte sie, als sie sah, wie Sarah übertrieben die Augen verdrehte. »Sehr beliebt war Nina Seidling unter den Kollegen nicht. Durch die Bank weg haben sie alle als egoistisch und jähzornig beschrieben. Am Set muss sie Leon Kant das Leben zur Hölle gemacht haben. Und als sie erfahren hat, dass sie für die Romy, den Film- und Fernsehpreis als beliebteste Schauspielerin, nominiert war, er in der entsprechenden männlichen Kategorie aber nicht, hat sie sogar darauf bestanden, dass seine Rolle in der Serie beschnitten wird. Immerhin sei sie der einzige richtige Star. Angeblich hat sie die Zeit gestoppt, die er pro Folge auf dem Bildschirm zu sehen war, und sie mit ihrer verglichen. Er durfte nicht eine Sekunde länger zu sehen sein als sie. Kurzum, die beiden waren sich gar nicht grün.«

»Da schau her«, sagte Sarah. »Scheint ja ein echtes Herzerl gewesen zu sein, die Gute.«

»Tja, sie hatte auch allen Grund, Leon Kant und seine Beliebtheit zu fürchten. Denn er steigt in der Publikumsgunst.« Conny lächelte säuerlich. »Aber leider wurde mir das alles unter dem Deckmantel der Verschwiegenheit erzählt«, fügte sie bedauernd hinzu.

»War ja wieder klar«, sagte Maja bärbeißig, machte dann jedoch eine wegwerfende Handbewegung. »Aber egal, der *Wiener Bote* veröffentlicht eh keine reißerischen Sensationsstorys.«

Sarah überflog ihre Notizen. »Dann lasst uns noch mal auf Nina Seidlings Tod zurückkommen. Ist dir was zu Ohren gekommen, Conny? Hat sie vielleicht Drogen genommen?«

Die Gesellschaftsreporterin schüttelte den Kopf. »Ich weiß nur, dass der Katzberg gerne mal sein Naserl pudert.«

Maja wandte sich an Sarah. »Ich hab mich ein bisschen über Arvid Dorna und Viola Hausmann schlaugemacht, weil sie auch in der Loge von Kevin Katzberg saßen.« Sie fuhr ihr Notebook hoch. »Also, Arvid Dorna führte und führt bei vielen Katzberg-Produktionen Regie. Auch bei *Lilli am Land*. Seine Frau Viola Hausmann leitet das Theater am Donaukanal im zweiten Bezirk. Dort stand Nina Seidling im letzten Sommer auf der Bühne. Sie spielte Clarice de' Bisognosi, die Tochter von Pantalone, in *Der Diener zweier Herren*. Die Kostüme hat übrigens Claudia Bacher entworfen.«

»Die Wiener Film- und Theaterbranche ist echt klein«, merkte Conny an.

Sarahs Handy auf ihrem Schreibtisch läutete, und sie ging schnell hinüber. Auf dem Display leuchtete Steins Name. Sie nahm das Gespräch an. »Martin, was verschafft mir die Ehre?«

»Was ich dir jetzt verrate, darfst du noch nicht veröffentlichen«, sagte er anstelle einer Begrüßung.

»Du machst mich neugierig«, erwiderte Sarah.

»Hab ich dein Wort, dass du die Neuigkeit nicht gleich am Wochenende hinausposaunst?«, hakte er nach.

»Hast du«, versprach Sarah.

»Okay. Also, bei Nina Seidling wurde ein Drogenschnelltest durchgeführt, und mein Kollege vom zuständigen Polizeikommissariat hat mir verraten, dass das Ergebnis positiv ist.«

Montag, 20. Februar

12

Das Wochenende war ruhig verlaufen. Es gab keine weitere Polizeimeldung zu Nina Seidlings Tod, und Sarah hielt sich an ihr Versprechen und ließ den positiven Drogentest im *Wiener Boten* unerwähnt. Nur ihren Kolleginnen und David hatte sie davon erzählt. Wie angekündigt schickte Kevin Katzberg noch am Freitagabend eine Erklärung an die Presse raus und veröffentlichte sie sogleich auf seinem X-Account. *Mit gebrochenem Herzen müssen wir das unerwartete Ableben einer großen Künstlerin bekannt geben. Nina Seidling war voller Energie und Lebensfreude,* schrieb er, erwähnte erneut ihre innere Stärke, lobte ihren Ehrgeiz und ihre Disziplin. Und schloss mit dem Satz: *Sie hat uns mit ihrem Talent inspiriert und elektrisiert.* Am Ende bat er um Verständnis dafür, dass er weiterhin keine Interviewanfragen beantworten würde. Der Schmerz überwältige ihn, er könne noch nicht darüber sprechen. Nicht nur sein, sondern das Mitgefühl des gesamten Filmteams gehöre Ninas Eltern.

»Ninas Tod scheint ihm den Boden unter den Füßen weggezogen zu haben«, sagte Sarah zu David, nachdem sie ihm die Meldung vorgelesen hatte.

Auch der Kosmetikkonzern von Adrian Merz und

seiner Schwester äußerte sich mit einfühlsamen Worten zum Tod von Nina Seidling. *Sensjoie trägt Trauer,* so war auf allen sozialen Kanälen der Firma zu lesen. Pauline Merz-Polinsky meldete sich sogar persönlich zu Wort: Sie hätten nicht nur eine verlässliche Werbepartnerin verloren, sondern auch eine außergewöhnliche Frau.

Von Stein hatte Sarah am Wochenende nichts mehr gehört. Daraus schloss sie, dass er noch nicht wusste, welche Substanzen Nina Seidling zu sich genommen hatte. Sie hoffte, dass sie heute erfahren würde, ob die Schauspielerin wissentlich Drogen genommen hatte, vielleicht gekokst hatte wie Katzberg, oder ob sie ihr tatsächlich untergejubelt worden waren, wie Sarah aufgrund des anonymen Briefs vermutete.

Früh am Montagmorgen saß Sarah am Esstisch und überflog auf verschiedenen Nachrichtenportalen die neuesten Meldungen. In der Nacht waren die Temperaturen gesunken, und es hatte geschneit. Jetzt lag eine dünne Schneedecke auf der Terrasse, und der Himmel war wolkenverhangen.

Es ist immer das Gleiche, dachte Sarah. Zu Weihnachten wünschte man sich den Schnee, doch in den letzten Jahren war es um die Feiertage herum immer unnatürlich warm gewesen. Aber kaum freute man sich, dass der Frühling bald Einzug halten würde, kam der Schnee. Manchmal sogar in solchen Massen, dass er das obligatorische Verkehrschaos verursachte und mancherorts zu Katastrophen führte.

Sarah sah zu Marie und lächelte. Die Halbangora

saß direkt vor der Terrassentür und beobachtete mit großem Interesse die Vögel, die draußen zum Futterhaus kamen, das David schon Anfang Oktober aufgestellt hatte.

Um acht machte Sarah den Fernseher an und schaltete zu *Guten Morgen Österreich,* der Frühstückssendung des ORF. Sie war überzeugt, dass die Moderatoren den Tod der Schauspielerin besprechen würden. Mehr noch: Sie hoffte, dass Leon Kant, der zweite Star der *Lilli*-Serie, sowie deren Regisseur Arvid Dorna zu Gast sein würden. Immerhin teilweise erfüllte sich ihre Hoffnung. Der Schauspieler saß auf einem Besucherstuhl, auf dem anderen hatte zu ihrer Überraschung Delia Fee Platz genommen. Die Moderatorin erwähnte, dass man auch die Modedesignerin Claudia Bacher eingeladen habe. »Sie hat uns leider abgesagt«, bedauerte sie.

Sarah sah eine Weile zu, während David in die Küche kam und ihr Frühstück zubereitete. Die Influencerin erzählte nichts Neues, beteuerte nur zum wiederholten Mal ihre Bestürzung. Auch Leon Kant stieß ins gleiche Horn, erwähnte, welch außergewöhnliches Talent Nina Seidling gewesen sei und wie hervorragend sie zusammengearbeitet hätten. Er berichtete von Momenten in den Drehpausen, in denen das Team gemeinsam gelacht und freundschaftlich miteinander geplaudert habe und die ihm in Erinnerung bleiben würden.

»Jaja, lügt die Leute nur an«, murmelte Sarah Richtung Fernseher. Aber was hatte sie erwartet? Ehrlichkeit? Das Bekenntnis, dass Nina Seidling unbeliebt gewesen war, eine Egoistin? Dass sie ihre Macht, die sie als Geliebte des Produzenten besaß, gnadenlos ausgenutzt hatte? Eine solche Bemerkung gehörte nicht in so eine Sendung, und es geziemte sich nicht, über eine verstorbene Kollegin coram publico zu lästern. Sarah schaltete den Fernseher aus und ging zu David in die Küche.

Wie jeden Montag fanden sich die Ressortleiter, Sarah als Chefredakteurin und David, der Herausgeber, pünktlich um zehn zur großen Redaktionssitzung im Konferenzzimmer des *Wiener Boten* ein. Auf dem Tisch standen Mineralwasserflaschen und Thermoskannen mit Kaffee darin sowie Gläser und Tassen. Daneben lagen die Wochenend- und Montagsausgaben des *Wiener Boten* und die aktuellen Ausgaben einiger Mitbewerber. Sarah und ihre Kolleginnen und Kollegen schenkten sich Wasser oder Kaffee ein, blätterten die Zeitungen durch, verglichen die Themen und Artikel der Konkurrenzblätter mit den eigenen. Alles unter der Fragestellung: Hatte die Konkurrenz bessere Quellen, und waren die Beiträge exakter recherchiert?

Sarah konzentrierte sich in den Konkurrenzzeitungen auf die Artikel über Nina Seidling. Bald stellte sie fest, dass die Mitbewerber keine anderen Informationen haben dürften als sie. Alle Berichte glichen sich. Es waren Sachverhalte aus der Pressemeldung der Polizei, ergänzt um Statements und Meinungen von Leuten aus der Filmbranche. *Neues der Woche* hatte zudem ein paar Kommentare von Fans veröffentlicht. Sarah schlug die letzte Zeitung zu, dann eröffnete sie die Sitzung.

Die Besprechung verlief ohne Überraschungen. Die Ressortleiter hatten die Themen für die kommenden Tage gut vorbereitet. Sarah fiel es schwer, sich zu konzentrieren. Ihr Blick fiel immer wieder auf die Uhr an der hinteren Wand des Raumes. Hatte Stein das Obduktionsergebnis angefordert und womöglich schon auf dem Tisch? Sollte sie gleich mal nachfragen? Nein. Innerlich schüttelte sie den Kopf. Besser, sie verschob das Vorhaben auf den Nachmittag.

Um elf Uhr klopfte es an der Tür des Konferenzzimmers, und Cordula Berger steckte den Kopf herein. »Entschuldigen Sie die Störung, Frau Pauli.« Sie nickte ihr zu, und Sarah verstand. Sie hatte ihre Sekretärin morgens angewiesen, ihr Bescheid zu geben, sollte wieder ein anonymes Schreiben mit einem Rätsel eingehen. Natürlich hatte sie gehofft, dass das nicht der Fall sein würde, doch offenbar vergeblich. Sie versuchte, sich nicht anmerken zu lassen, dass ihre Nerven zu flattern begannen. Ihre Schultern versteiften sich, ihr Herz schlug ihr bis zum Hals. Kurzerhand übergab sie Herbert Kunz, dem Chef vom Dienst, die Leitung der Sitzung, klemmte sich ihre Unterlagen unter den Arm und bedeutete David, ihr zu folgen. Die Kollegen sahen ihnen neugierig hinterher.

»Der Brief liegt auf dem Schreibtisch«, sagte Cordula Berger, während sie die wenigen Schritte zu Sarahs Büro gingen. Sarah bedankte sich und stürmte in ihr Arbeitszimmer, ließ sich auf ihren Stuhl fallen, riss förmlich das Schreiben vom Tisch und begann zu lesen. David stellte sich hinter sie und las über ihre Schulter hinweg mit.

In einer von Musik und Licht erstrahlten Nacht, in der Tausende Menschen in Feierlaune lachten und auf das Leben anstießen, schlich ich, der Todesengel, leise durch die Oper. Im Teesalon traf ich auf eine wunderschöne Schauspielerin mit unsichtbarer Schellenmütze und schimmernder Aura. Ich war fasziniert von ihrer Anmut und ihrem Talent, die Menschen zu verzaubern. Doch ihre Seele war schwarz wie Teer. Wegen dieser Schwärze umarmte ich die liebreizende Schönheit. Sie sank in meine Arme, hauchte ihren Odem aus und folgte mir. Es war ein ungewöhnliches Schauspiel, das sich den Umstehenden bot. Denn ich, der Todesengel, vollstreckte vor den Augen der Menge an ihr das Todesurteil. Ihre Schuld ist somit beglichen.

Das Blut rauschte in Sarahs Ohren. Ihr wurde schlecht.

Sie drehte den Kopf zur Seite und starrte David fassungslos an. »Ist das ein Mordgeständnis? Oder will er oder sie nur Aufmerksamkeit?«

»Egal, du rufst jetzt sofort Martin an«, forderte David, hob den Hörer des Festnetzapparates ab und hielt ihn ihr hin. »Er soll das entscheiden.«

»Warte noch.« Sie nahm den Telefonhörer und legte ihn wieder auf. »Ich will erst noch das Ende lesen.«

Die zwölf Schwäne breiten ihre Flügel aus und machen sich auf den Weg. Ihr Ziel fest im Blick, werden sie bald unerwar-

tet erneut auftauchen und (fast) alle in Staunen versetzen. Wo fliegen sie wohl hin?

»Das einzige Sinnbild, das der Verfasser diesmal verwendet, und zwar erneut, sind die Schwäne«, murmelte Sarah.

»Weißt du, wohin die Schwäne fliegen?« David wechselte auf die andere Seite des Tisches, zog sein Handy aus der Hosentasche, legte es auf die Tischplatte und setzte sich auf den Besucherstuhl.

»Keine Ahnung«, antwortete Sarah, machte ein Foto vom Brief und schickte es Stein via WhatsApp. Dazu schrieb sie: *Es wird ein zweites Opfer geben, Martin.* »Aber der letzte Satz, also, dass die Schwäne bald erneut unerwartet auftauchen und fast alle in Staunen versetzen werden, löst die Schwäne beziehungsweise ihre Bedeutung von der Oper. Möglich wäre eine neue Bedeutung, die zum Beispiel in internationalen Wirtschaftskreisen zu finden ist. Dort taucht der Schwan als Black Swan auf.« Ihre letzten Worte wurden vom Handyläuten übertönt. »Es ist Martin«, sagte sie und hob ab.

»Dein Fan ist anscheinend ein Poet«, meldete sich der Ermittler.

»Ich würde eher sagen, er gesteht den Mord an Nina Seidling und kündigt noch einen weiteren an. Warte mal kurz, Martin, David ist auch hier, ich stell dich auf Lautsprecher.«

Die beiden Männer grüßten einander, dann räusperte sich Stein. »Erklär mir bitte in einfachen Worten, was dich zu der Annahme bringt, dass das hier die Ankündigung eines weiteren Mordes ist.«

»Erstens gab es nach dem ersten Brief mit den rätselhaften Zeilen eine Tote …«

»Den Teil kenne ich. Weiter«, unterbrach Stein ungeduldig.

»Und zweitens bezieht sich der Schreiber in seinem aktuellen Brief erneut auf die zwölf schwarzen Schwäne vor der Staatsoper.«

»Trauerschwäne, die für seltene, aber mögliche Ereignisse stehen und in Australien und Neuseeland leben«, erinnerte sich Stein an ihr Gespräch nach dem Erhalt des ersten Briefs.

»Genau. Zudem steht der schwarze Schwan als Symbol für unschöne, sozusagen düstere Überraschungen.«

»In unserem Fall für einen zweiten Mord«, schlussfolgerte Stein.

»Exakt. Nebenbei bemerkt geleiten alle Schwäne, also auch die weißen, dem Volksglauben nach die verstorbenen Seelen ins Jenseits«, schweifte Sarah kurz ab. »Wenn ich die Frage, die in dem Brief gestellt wird, ignoriere, weil ich sie eh nicht beantworten kann, und stattdessen die schwarzen Schwäne im Zusammenhang mit der folgenden Stelle im Brief betrachte«, sie las den vorletzten Satz laut vor, »dann kommt mir ein Anglizismus aus der Wirtschaftssprache in den Sinn. Der Black Swan. Damit meint man ein unerwartetes, unwahrscheinliches Ereignis in der Zukunft, das dennoch passiert, alle erstaunt und manchmal erhebliche katastrophale Auswirkungen hat. Einen Börsencrash, um ein Beispiel zu nennen. Wenn ich all das jetzt beim Lesen des Briefs auf meinem Tisch mitdenke, würde ich vermuten, dass das nächste Opfer jemand aus der Wirtschaft sein wird. Keine Ahnung, ob Frau oder Mann. Und genauso wenig weiß ich, wohin die Vögel fliegen beziehungsweise wo der Tod sein nächstes Opfer ereilen wird. Aber ich weiß, dass jemand umgebracht werden soll.« Sie seufzte. »Tut mir leid.« Der Gedanke, vor sich ein Mordgeständnis beziehungsweise eine Mordankündigung liegen zu haben und nichts tun zu können, um das nächste Opfer zu retten, behagte Sarah gar nicht.

David verzog den Mund. Ihm schien es ähnlich zu gehen.

»Mach dich nicht verrückt«, beruhigte Stein sie. »Ich hätte aus den Zeilen absolut nichts herausgelesen. Mir vermutlich nur gedacht, die stammen von einem Trottel, und sie ignoriert.«

»Hättest du nicht«, widersprach Sarah und hatte eine plötzliche Eingebung. »*Black Swan*, ist das nicht auch der Titel eines Films? Wenn ich mich recht erinnere, ist die Hauptfigur eine ehrgeizige Balletttänzerin.«

»Was wiederum eine Verbindung zur Staatsoper wäre«, merkte David an.

Sarah tippte den Titel des Psychothrillers in die Suchmaschine ihres Computers und starrte Sekunden später überrascht auf den Namen der Hauptfigur. »Die Ballerina in dem Film heißt Nina.« Rasch überflog sie die Inhaltsangabe. »Der Film lehnt sich an Tschaikowskys *Schwanensee* an. Am Ende wird die Balletttänzerin fast wahnsinnig.«

»Und wahnsinnig will uns der Absender der Briefe wohl auch machen«, knurrte Stein. »Im ersten Schreiben hat er zumindest klar auf die Staatsoper verwiesen. Warum hat er dir diesmal keinen Hinweis auf den Ort des nächsten Mordes geschickt?«

»Der erste Brief hat Sarah überrascht. Sie dachte, dass der Absender tatsächlich ein Fan von ihrer Kolumne ist, halt mit einer Vorliebe für Rätsel«, stellte David eine Theorie auf. »Weder Sarah noch sonst jemand wäre darauf gekommen, dass er damit in Wahrheit einen Mord ankündigt. Doch jetzt, nach Nina Seidlings Tod, geht er vermutlich davon aus, dass Sarah sensibilisiert ist. Der Hinweis auf den Ort, wäre er noch so umschrieben, wäre ein Risiko, da er Sarah direkt zum zukünftigen Opfer führen könnte, bevor er es umgebracht hat.«

Sarah sah ihn eine Sekunde lang anerkennend an. »Wenn du recht hast, hieße das, dass das nächste Opfer noch lebt. So wie Nina Seidling noch gelebt hat, als der erste Brief auf meinem Schreibtisch gelandet ist.«

»Was das Ganze aber nicht besser macht, weil wir keinen Tau haben, wohin die schwarzen Schwäne fliegen und wen sie dort in den Tod begleiten wollen«, hörten sie Steins Stimme aus dem Lautsprecher. »Vielleicht gibt es einfach keine Sinnbilder für diesen Ort, die der Schreiber in dem Brief anführen könnte, selbst wenn er wollte«, brachte der Ermittler ein weiteres Argument vor.

»Auch das ist möglich«, bestätigte Sarah. »Momentan ist eh alles nur Spekulation. Habt ihr schon Nina Seidlings Wohnung durchsucht? Vielleicht findet sich ja dort ein Hinweis, der uns zum nächsten Opfer führt.«

»Was denn zum Beispiel?« Stein verzichtete darauf, Sarah daran zu erinnern, dass er bislang keine Ermittlungen aufgenommen hatte und ergo nicht wissen konnte, ob es eine Hausdurchsuchung gegeben hatte.

»Keine Ahnung«, gab Sarah zu und lächelte dann. »Ich bin schließlich keine Polizistin.« Sie wurde wieder ernst. »Aber vielleicht gibt es ja eine Freundin oder Kollegin, mit der das erste Opfer ein dunkles Geheimnis verbunden hat. Immerhin schreibt unser Absender von einer Schuld, die mit Ninas Tod beglichen wurde. Hast du eigentlich den Obduktionsbericht schon angefordert?«

»Nein. Nina Seidlings Tod ist zwar als bedenklicher Todesfall eingestuft worden, aber bislang gibt es keinen ausreichenden Verdachtsmoment, um Mordermittlungen einzuleiten. Deshalb liegt die Akte nach wie vor beim zuständigen Polizeikommissariat. Aber ich verspreche dir, das gleich zu tun. Das heutige Schreiben ändert vieles.«

»Ja, es ändert vieles«, wiederholte Sarah. »*Die zwölf Schwäne breiten ihre Flügel aus und machen sich auf den Weg*«, las sie dann nachdenklich die erste rätselhafte Zeile vor. »Das nächste Opfer war ebenfalls auf dem Opernball«, stellte sie eine Vermutung an.

»Das macht es natürlich viel einfacher«, spottete Stein. »Da waren eh nur fünftausend Leute.«

»Mit welchen Personen aus der Wirtschaft im weiteren Sinne hatte Nina Seidling in der Oper Kontakt?«, fuhr Sarah unbeirrt fort.

»Auf jeden Fall mit denen in der Loge, in der sie Gast war«, nahm David ihren Gedankengang auf.

»Das waren Kevin Katzberg, seine Frau, Arvid Dorna und Viola Hausmann«, zählte Sarah auf. »Außerdem hat sie sich mit Delia Fee getroffen, das ist die Influencerin, neben der sie zusammengebrochen ist. Dicht bei den beiden stand Claudia Bacher. Sie hat ihr Kleid entworfen.« Sarah hielt kurz inne. »Alle diese Personen, mit Ausnahme von Katzbergs Frau, sind selbstständig und somit Wirtschaftstreibende. Denkst du, sie sind in Gefahr?«

»Solange wir nicht wissen, wo die Trauerschwäne landen, gehe ich davon aus«, antwortete Stein.

»Sollte man sie nicht wenigstens warnen?«, gab Sarah zu bedenken.

»Und was sollen wir ihnen deiner Meinung nach sagen? Vielleicht: ›Entschuldigung, aber es könnte sein, dass jemand, den wir nicht kennen, Sie ermorden will‹?«, fragte der Ermittler.

»Ich hab's schon begriffen, Martin. Es ist schwierig«, sagte Sarah. »Aber es fühlt sich grauenhaft an zu wissen, dass etwas passieren wird und man dagegen nichts unternehmen kann.«

»Willkommen in meiner Welt«, antwortete Stein. »Aber ich stelle mir noch eine andere Frage: Warum schreibt er oder sie ausgerechnet dir? Oder glaubst du, noch andere Medien haben die Briefe bekommen?«

»Darüber hab ich ehrlich gesagt noch gar nicht nachgedacht. Aber das sollten wir schnell herausfinden«, meinte Sarah.

»Wir beide klemmen uns dahinter und rufen gleich mal sämtliche Journalisten an, die wir persönlich kennen«, beschloss David.

»Gebt mir Bescheid, sobald ihr mehr wisst. Bis dahin servus, ihr zwei«, verabschiedete sich Stein.

»Baba, Martin«, beendete auch Sarah das Telefongespräch.

»Dann lass uns mal loslegen«, sagte David und griff nach seinem Handy.

13

Während David mit einem befreundeten Chefredakteur telefonierte, überlegte Sarah, Oskar Kretschmer von *Neues der Woche* anzurufen. Sie mochte den Boulevardjournalisten nicht, weil er ungefiltert und ohne große Recherche reißerische Storys veröffentlichte. Qualitätsjournalismus, wie der *Wiener Bote* ihn von seinen Mitarbeitern forderte, war ihm fremd, wenn nicht sogar zuwider. Aber sollte der Schreiber der seltsamen Nachrichten die Absicht verfolgen, möglichst viel Aufmerksamkeit zu erregen, etwa durch die Veröffentlichung seiner Rätsel, so wäre eine Boulevardzeitung eigentlich perfekt dafür. Nach zweimaligem Läuten hatte sie den unliebsamen Kollegen am Handy. Sarah hatte sich vorgenommen, ihre Frage mit Bedacht zu stellen, denn Kretschmer witterte hinter allem eine Sensationsstory.

»Servus, Sarah«, meldete sich der Journalist. »Was verschafft mir die Ehre deines Anrufs?«

»Hallo, Oskar«, sagte Sarah. »Ich hab eine Frage an dich, die dir möglicherweise komisch vorkommen wird.«

Kretschmer lachte. »Ich liebe komische Fragen.«

»Hast du oder jemand anderes in eurer Redaktion in

den letzten Tagen ein oder zwei Schreiben mit Rätseln darin erhalten?«, formulierte Sarah ihre Frage so verständlich wie möglich, ohne zu viel zu sagen.

»Nein. Aber du machst mich neugierig. Warum denkst du, dass wir so etwas erhalten haben? Und von wem?«, hakte Kretschmer erwartungsgemäß nach.

»Das versuche ich ja gerade herauszufinden«, entgegnete Sarah.

»Worum geht's denn in den Rätseln?«

»Um Sinnbilder«, antwortete Sarah. Das war zumindest nicht gelogen.

Wieder lachte der Journalist lauthals auf. »Will ein Leser deiner Kolumnen dich womöglich imitieren?«

»Danke, Oskar, du hast mir sehr geholfen. Bis bald.« Sie legte auf, bevor er noch weitere Fragen stellen konnte. Dass er sich jetzt möglicherweise um ihren Geisteszustand sorgte, nahm sie in Kauf. Denn das war vermutlich das eigenartigste Telefonat gewesen, das sie je mit ihm geführt hatte.

Der Chefredakteur der *Kronen Zeitung*, mit dem David telefoniert hatte, hatte die Frage ebenfalls verneint. Sie versuchten es noch bei den anderen Wiener Konkurrenzblättern, bekamen aber überall die gleiche Antwort.

»Demnach kommuniziert der Todesengel ausschließlich mit dir«, sagte David, als ihnen niemand mehr einfiel, den sie noch anrufen konnten.

»Aber warum?«, fragte Sarah. Dass er oder sie ihr schrieb und wusste, wer sie war, sie jedoch umgekehrt keine Ahnung hatte, von wem das Mordgeständnis und die zwei Mordankündigungen stammten, jagte ihr einen kalten Schauer über den Rücken.

»Ich hoffe nur, der Schreiber hat nicht dich im Visier.« Der Blick, mit dem David sie anschaute, verriet Sorge. »Auf Erlebnisse wie das im Türkenschanzpark würde ich zukünftig nämlich gern verzichten«, spielte er auf die Kugel an, die ihm ein Mörder dort verpasst hatte.

»So etwas wird nicht mehr passieren.« Sarah rang sich ein zuversichtliches Lächeln ab.

»Und das weißt du, weil das in deiner Kristallkugel steht?«, zeigte David sich wenig überzeugt.

»Nein, ich hoffe es nur«, gab Sarah kleinlaut zu. »Aber wie gehen wir jetzt damit um? Sollen wir veröffentlichen, dass ein Unbekannter uns den Mord an Nina Seidling gestanden hat?«

David wiegte den Kopf unentschlossen hin und her. »Lass uns das mal mit Herbert und Maja besprechen.«

»Okay, kleine Sitzung im Konferenzraum«, entschied Sarah. »Ich geb auch Conny Bescheid. Und ich will so viele Hintergrundinfos wie möglich. Immerhin spricht der Verfasser im zweiten Schreiben davon, dass mit ihrem Tod Nina Seidlings Schuld getilgt ist. Aber welche Schuld? Was hat sie getan?«

»Gut, du trommelst die Truppe zusammen, und ich geb Martin Bescheid, dass nur du den Brief mit dem Geständnis bekommen hast.« David fixierte Sarah, als wäre ihm soeben ein Gedanke gekommen. »Das heißt, der Absender hat dich ganz bewusst ausgesucht, weil er weiß, dass du dich mit Symbolik auskennst, und er will, dass du seine Zeilen mit diesem Hintergrundwissen liest.«

Sarah schüttelte frustrierte den Kopf. »Aber im zweiten Brief hat er seine Morddrohung so verschlüsselt, dass es mir nicht gelingen wird, ihn aufzuhalten.«

Um Viertel vor eins versammelte sich die kleine Gruppe im Konferenzzimmer. Sarah legte Kopien der beiden Briefe auf den Tisch, die Originale blieben besser in ihrem Büro. Maja, Conny und Herbert Kunz beugten sich über die zwei Schreiben und lasen.

»Sarah und ich überlegen, ob wir den Inhalt des letzten Briefs veröffentlichen sollen, und wollen eure Meinung dazu hören«, sagte David.

Der Chef vom Dienst rückte seine rahmenlose Brille zurecht. »Das ist heftig.«

»Eine Megastory«, entschied Maja.

»Ich berichte ausschließlich über die schönen Dinge des Lebens«, erinnerte Conny. »Mord- und Totschlag, das ist eure Baustelle. Was mach ich eigentlich hier?«

»Das wirst du gleich erfahren. Setzt euch«, forderte David sie auf. Die Thermoskannen und unbenutzten Tassen von der großen Redaktionssitzung am Morgen standen noch auf dem Tisch. Er schenkte sich Kaffee ein, und Conny tat es ihm gleich.

Sarah fasste mit ein paar Worten die Fakten zusammen, die ihnen bislang bekannt waren, erwähnte dabei auch den positiven Drogenschnelltest, um vor allem Herbert Kunz auf den aktuellen Stand zu bringen. »Die Frage, die ich mir stelle«, sagte sie abschließend, »ist:

Wecken wir mit der Veröffentlichung einen Dämon? Sprich, wird unser Unbekannter erst recht aktiv, wenn wir ihm eine öffentliche Bühne bieten?«

»Er gibt zu, Nina Seidling getötet zu haben«, erwiderte Maja. »Und jetzt droht er damit, eine zweite Person umzubringen. Meines Erachtens ist dieser Dämon bereits hellwach.«

»Und was, wenn uns dieser Todesengel verarscht und das hier nur ein geschmackloser Scherz ist?«, fragte Herbert Kunz skeptisch.

»Ich glaube nicht, dass das ein Scherz ist«, wandte Sarah ein. »Er hat den Ort, an dem Nina Seidling starb, im ersten Brief ja erwähnt.«

»Kann Zufall gewesen sein«, entgegnete der Chef vom Dienst.

»Stimmt. Es war vermutlich Zufall, dass sie direkt unter dem Deckengemälde gestorben ist, aber dass sie auf dem Opernball sterben musste, das war definitiv der Plan«, gab Sarah Herbert Kunz die gleiche Antwort, die sie auch schon Stein gegeben hatte, als dieser in dem Zusammenhang von Zufall sprach.

»Steht eigentlich schon fest, woran genau Nina Seidling gestorben ist?«, hakte Maja nach.

»Vermutlich. Eigentlich sollte die Untersuchung jetzt abgeschlossen sein, aber wir haben noch keine Info dazu«, sagte Sarah. »Ich hoffe, Stein gibt mir Bescheid, sobald er den Obduktionsbericht hat.«

»Der Todesengel schreibt, dass er sie umarmt hat. Wörtlich zu nehmen, ist das ja nicht«, sinnierte Maja weiter. »Aber wie ist es dann gemeint?«

»Der Drogenschnelltest war positiv, wie wir jetzt wissen«, schaltete Conny sich ein. »Vielleicht hat sie gekokst, und der Schnee war mit einer tödlichen Substanz verschnitten. Ich hab mal einen Bericht gelesen, in dem stand, dass Kokain zuweilen sogar mit Insektengift gestreckt wird.«

Sarah nickte. Sie hatte nicht besonders viel Ahnung von Drogen, wusste aber, dass das weiße Pulver von den Dealern zunächst mit anderen Stoffen gemischt wurde, um ihren Gewinn zu maximieren.

Die Gesellschaftsreporterin drehte eine ihrer kupferroten Locken um einen Zeigefinger. »Wisst ihr, ich frage mich immer noch, warum ich in dieser Besprechung sitze.«

»Weil ich möchte, dass du mit Delia Fee sprichst«, erläuterte Sarah. »Du weißt schon, so von Gesellschaftsreporterin zu Influencerin. Eure Interessen und Arbeitsthemen überschneiden sich vermutlich. Mode zum Beispiel. Zudem habt ihr gemeinsame Bekannte, etwa Claudia Bacher. Das alles verbindet. Vielleicht erzählt sie dir Dinge über Nina Seidling, die nicht für die Öffentlichkeit bestimmt sind.«

»Die wir dann aber nicht bringen können, weil sie mit mir, wenn überhaupt, dann nur *off the record* redet«, merkte Conny an. »Wie übrigens alle anderen, die uns hässliche Dinge erzählen könnten. Niemand will im *Wiener Boten* als Lästermaul rüberkommen.«

»Es geht mir auch gar nicht darum, Nina Seidling mit einer Sensationsstory an den Pranger zu stellen«, erwiderte Sarah. »Vielmehr will ich Hinweise finden, die den Schreiber hiervon entlarven.« Sarah zeigte auf die Kopien der Briefe auf dem Tisch. »Der Absender schreibt von einer Schuld, die nun beglichen ist. Sobald wir wissen, was Nina Seidling Schreckliches getan hat, bekommen wir vielleicht eine Vorstellung davon, wer das sühnen wollte.«

»Delia Fee war am Wochenende ganz schön oft im Fernsehen«, warf Maja ein. »Heute Morgen hab ich sie im Frühstücksfernsehen gesehen, und immer und überall das gleiche Gesülze: ›Meine liebe Freundin Nina …‹«

»Hab ich auch mitbekommen«, sagte Sarah. »Sogar Leon Kant hat so getan, als hätte zwischen ihnen immer eitel Sonnenschein geherrscht. Aber gut, ich würde in der Öffentlichkeit auch nicht schlecht über eine verstorbene Kollegin reden.«

»Für Delia Fee zahlt sich ihre Medienpräsenz jedenfalls aus«, merkte Maja zynisch an. »Die Zahl ihrer Follower auf ihren sozialen Kanälen ist seit Nina Seidlings Tod explodiert.«

»Ich weiß übrigens nicht, ob dein Plan mit ihr und mir eine gute Idee ist«, kam Conny wieder auf die Aufgabe zurück, die Sarah ihr aufs Auge drücken wollte. »Delia Fee und Nina Seidling konnten sich nicht ausstehen, wie wir erfahren haben. Ich glaube nicht, dass die Schauspielerin ausgerechnet ihrer Intimfeindin ein so schreckliches Geheimnis anvertraut hat, für das sie mit dem Tod bezahlen musste.«

»Versuch's einfach«, bat Sarah nachdrücklich.

»Warum hat die Influencerin sie überhaupt auf

dem Opernball interviewt, wenn sich die beiden nicht mochten?«, hakte Maja nach.

»Ich kann nur raten, dass es dabei um Popularität ging«, antwortete Conny. »Nina Seidling ist ... war ein Star. Delia Fee ist einer. Gemeinsam haben die beiden unglaublich viele Fans erreicht, von denen einige vielleicht zu neuen Fans der jeweils anderen geworden wären oder geworden sind.«

»Was denkt ihr jetzt über das letzte Schreiben?«, kam David wieder auf den eigentlichen Grund ihres Meetings zurück. Mit hypothetischem Gerede hatte er noch nie viel anfangen können.

»Wir sollten es veröffentlichen«, antwortete Maja blitzschnell. »Ich wiederhole mich ja ungern, aber das ist wirklich eine Megastory.«

»Aber keinesfalls drucken wir es eins zu eins ab«, schränkte Sarah ein. »Ich bin dafür, dass wir einen Artikel veröffentlichen, in dem wir berichten, dass dem *Wiener Boten* das Mordgeständnis eines Unbekannten vorliegt, das wir selbstverständlich der Polizei übergeben haben, damit diese sich damit befasst.« Sie sah den Chef vom Dienst an.

»Okay«, stimmte Herbert Kunz zu. »Wir haben das Schreiben und somit Fakten, die zumindest beweisen, dass da draußen ein Wahnsinniger rumläuft, der behauptet, einen Menschen umgebracht zu haben, und einen weiteren Mord ankündigt.« Er nahm seine Brille ab, lehnte sich im Stuhl zurück und massierte sich den Nasenrücken. Der Gedanke behagte ihm sichtlich nicht.

»Gut, dann ist es entschieden. Wir berichten, dass uns ein Schreiben vorliegt, in dem ein Unbekannter behauptet, Nina Seidling ermordet zu haben«, fasste David zusammen. »Am besten verfasst du den Artikel selbst, Sarah.«

»Mach ich gleich, dann können wir ihn schon morgen veröffentlichen.« Sarah wandte sich an die Chronik-Redakteurin. »Du, Maja, rufst bitte bei der Filmproduktion an. Vielleicht bekommst du Kevin Katzberg ja heute ans Telefon. Erzähl seiner Sekretärin ruhig von dem Brief und sag auch, dass wir in der morgigen Ausgabe darüber berichten werden. Vielleicht veranlasst sie das ja, dich zu ihm durchzustellen. In dem Fall frag ihn nach einem Stalker von Nina Seidling, frustrierten Ex-Freunden, Feinden und etwaigen Drohungen, die die Schauspielerin erhalten hat. Und am Ende stell ihm bitte noch die Frage, ob die Tote Drogen nahm. Er wird sie vermutlich verneinen, aber wir wissen ja, dass der Drogenschnelltest positiv war. Also achte darauf, ob er überhastet antwortet, eine Pause macht, empört oder überrascht ist. Und sollte er nicht mit dir sprechen, ruf Leon Kant und alle anderen aus Nina Seidlings Umfeld an, die uns bekannt sind. Stell ihnen genau die gleiche Frage und erkundige dich auch, ob ihnen etwas zu einem schwarzen Schwan einfällt. Diese Frage könntest du, Conny, auch Delia Fee stellen. Scheucht sie alle ein wenig auf«, sagte Sarah. »Irgendwer muss etwas wissen, was uns weiterbringt. Sobald ich den Artikel geschrieben habe, schau ich bei dir vorbei, Maja.« Schließlich wandte sie sich noch einmal demonstrativ zur Gesellschaftsreporterin um.

Conny machte sofort eine abwehrende Handbewegung. »Ich ruf Delia Fee heute noch an. Versprochen.«

Sarah schenkte ihr ein zufriedenes Lächeln und erhob sich. »Gut, dann lasst uns an die Arbeit gehen.«

14

»Ich bin fix und fertig«, stöhnte Delia und rieb sich über die Schläfen. Sie war direkt vom ORF auf dem Küniglberg im dreizehnten Bezirk zu Claudias Atelier in den sechsten gehetzt. Zum Abschminken war keine Zeit gewesen, sie trug noch immer das üppige Fernseh-Make-up, das ihr die Maskenbildnerin verpasst hatte. Ebenso den dunkelgrauen Hosenanzug von einem jungen Modelabel, für das sie auf ihren Kanälen warb. Jetzt saß sie in dem mit grünem Stoff bezogenen Ohrensessel in dem schlichten Verkaufsraum, in dem Claudia stets ihre zwei oder drei neuesten Kreationen ausstellte. Die Werkstatt und die Umkleidekabine nahmen den hinteren Ladenteil ein, den ein dicker roter Samtvorhang im Durchgang vor neugierigen Blicken verbarg. Delia ließ ihre Arme seitlich über beide Lehnen hängen, die Beine hatte sie ausgestreckt. Ihren Mantel hatte Claudia auf den quadratischen Tisch gelegt, auf dem mehrere Stoffballen lagen.

Delia sah zu, wie ihre Freundin sich zu einem kleinen Kühlschrank mit Getränken beugte, der hinter dem Tisch stand. Gleich darauf tauchte sie wieder auf, in der Hand ein Glas Mineralwasser.

»Du bist in den letzten Tagen ja überall. Gibt's eigentlich auch nur eine Talksendung, in der du noch nicht warst?«, fragte Claudia bissig und stellte das Wasserglas auf das runde Beistelltischchen neben dem Sessel. »Bald bist du öfter im Fernsehen zu sehen als auf deinen eigenen Kanälen.«

»Ich hab doch erst heute wieder ein Video gepostet. Das Motto: die passende Handtasche zu jedem Outfit, solltest du es nicht gesehen haben«, verteidigte sich Delia. »Keine Angst, ich vergesse meine Fans und Auftraggeber schon nicht und erfülle meine Verträge.«

»Dein Wort in Gottes Ohr.« Claudia fingerte ein Haarband aus der Tasche ihrer dunkelblauen Stoffhose und fasste ihre Haare zu einem hohen Zopf zusammen. »Denn irgendwann hat der Zirkus um Nina auch wieder ein Ende, und dann ist es vorbei mit den vielen Interviewanfragen.«

»Die Fernsehsendungen bringen mir Publicity. Schmiede das Eisen, solange es heiß ist, verstehst?«, gab Delia zurück, nahm das Glas und trank es in gierigen Schlucken aus.

»Schneller Ruhm ist wie Kokain. Zu viel davon und du stirbst.«

Delia seufzte genervt. Das war typisch Claudia. Immer die Tugend in Person. »Was ist das? Eine Weisheit aus einem Glückskeks? Außerdem, wenn du dir die Sendungen mit mir anschauen würdest, wäre dir aufgefallen, dass ich immer auch deinen Namen erwähne. Du hast also auch etwas davon.«

Claudia verzog das Gesicht. »Bislang hat sich noch kein potenzieller neuer Kunde bei mir gemeldet«, merkte sie zynisch an und fuhr dann in milderem Tonfall fort, »aber danke, dass du mir beistehen willst.«

Delia stellte das leere Glas ab. »Natürlich, ich hab's dir doch versprochen. Ich finde es gut, dass du dich dazu durchgerungen hast, eine Aussage bei der Polizei zu machen.«

Claudia zuckte mit den Schultern. »Ich hoffe nur, dass sich nicht herumspricht, dass ich Kunden beim Telefonieren belausche. Das wäre schlecht für meinen Ruf.«

»Du hast Nina nicht belauscht, sondern das Gespräch zufällig mitbekommen. Übrigens sehr zuvorkommend, dass du für deine Aussage nicht auf die Polizeistation musst.«

Wie aufs Stichwort öffnete sich die Eingangstür, und eine Frau in Jeans, Reiterstiefeln und dicker Steppjacke mit Kapuze trat ein.

»Frau Bacher?«, fragte sie und zog sich die Kapuze vom Kopf. Blonde Haare, die im Nacken zu einem Knoten zusammengedreht waren, kamen zum Vorschein.

»Das bin ich«, erwiderte Claudia.

»Manuela Rossmann vom Landeskriminalamt Wien.« Sie zeigte ihren Ausweis. »Sie haben meine Kollegen vom Polizeikommissariat angerufen, weil Ihnen zu Donnerstagnacht beziehungsweise zu Nina Seidling noch etwas eingefallen ist.«

»Landeskriminalamt?«, wiederholte Delia fragend.

Claudias Augen weiteten sich vor Schreck. »Nina wurde doch nicht umgebracht.«

»Sie ist zusammengebrochen, ohne dass jemand von

uns sie berührt hat«, sagte Delia resolut. »Das war kein Mord.«

»Wir ermitteln in alle Richtungen«, wich die Inspektorin einer Erklärung aus. »Können wir uns irgendwo setzen und in Ruhe reden?«

»Natürlich. Bitte ... kommen Sie nach hinten«, stammelte Claudia und fuhr sich nervös über den Ärmel ihrer weißen Oversize-Bluse. »Dort haben wir mehr Privatsphäre.«

»Lassen Sie uns noch auf Chefinspektor Stein warten. Er leitet die Ermittlungen«, sagte Manuela Rossmann und wandte sich dann an Delia. »Und Sie sind Delia Fee?«

»Eigentlich Delia Fehringer«, nannte sie ihren richtigen Familiennamen. »Fee ist mein Künstlername. Nina ist zusammengebrochen, während wir ein Video für meinen Insta-Kanal gemacht haben.«

»Ich weiß, ich hab das Video gesehen. Das trifft sich ja gut, mit Ihnen wollten wir nämlich auch noch mal sprechen.«

Delia stutzte. »Aber weshalb denn?«

»Wir wollten Sie bitten, uns noch einmal genau zu schildern, was passiert ist, bevor Frau Seidling gestorben ist.«

»Aber das haben wir doch schon am Donnerstagabend bis ins kleinste Detail erzählt. Noch auf dem Opernball«, sagte Delia.

»Das wissen wir, unsere Kollegen haben uns Ihre beiden Aussagen geschickt«, erwiderte die Inspektorin nur.

Claudia sah erschrocken zu Delia und wieder zu Manuela Rossmann. »An das Telefongespräch hab ich mich erst nach dem Opernball erinnert. Wahrscheinlich hatte ich es vor lauter Aufregung vergessen. Außerdem weiß ich auch gar nicht, ob es wichtig ist … es liegt ja schon eine Weile zurück.« Jetzt zupfte sie nervös am Ärmel ihrer weißen Bluse herum.

»Wie lange?«, hakte die Polizistin nach.

»Um das zu sagen, müsste ich in meinen Kalender schauen, der ist hinten auf dem Schreibtisch.« Claudia zeigte auf den roten Vorhang, hinter dem die Schneiderwerkstatt lag. »Aber warum sollen wir noch mal alles erzählen?«

»Es haben sich neue Erkenntnisse ergeben«, wich die blonde Ermittlerin abermals einer genauen Antwort aus.

»Das gibt es doch nicht«, murmelte Delia. Wenn sie das geahnt hätte, hätte sie Claudia geraten, den Mund zu halten.

Ein Mann mit kurz geschorenen Haaren und grimmiger Miene betrat das Geschäft. Er trug Jeans und eine braune Winterjacke. Delia war gleich klar, dass das dieser Chefinspektor sein musste, auf den sie warteten. Er stellte sich kurz als Martin Stein vor und wies sich ebenfalls aus, dann bat Claudia alle in das eigentliche Atelier.

Auf dem Arbeitstisch stapelten sich Nadelkissen, Modezeitschriften, Musterstoffe und zwei Stoffballen. Claudia deutete auf den runden Tisch daneben, um den vier Stühle standen. »Bitte«, sagte sie und holte

Kleiderbügel aus der Umkleide. »Die Jacken können Sie gerne mir geben, wenn Sie möchten. Ich hänge sie auf.«

»Nicht nötig.« Der Chefermittler setzte sich.

Die Polizistin nahm ebenfalls Platz, zog aber ihre Steppjacke aus und fingerte einen Notizblock aus einer Tasche der Jacke, die sie anschließend über die Stuhllehne hing. »Sagen Sie uns doch bitte erst einmal, wann Sie das Telefongespräch von Frau Seidling mitangehört haben.«

Claudia legte die Kleiderbügel auf den Schneidertisch, ging zu dem kleinen Sekretär in einer Ecke des Raumes und musste in dem Tischkalender nicht weit zurückblättern. »Ich speichere meine Termine nicht im Handy oder auf dem Computer. Wenn ich sie aufschreibe, merke ich sie mir besser. Meistens jedenfalls«, erklärte sie, warum sie den altmodischen Kalender benutzte. »Da haben wir es schon. Am Montag, den dreiundzwanzigsten Jänner, war Nina Seidling zur letzten Anprobe ihres Kleides für den Opernball hier.«

Sie kam mit dem Kalender an den Tisch und setzte sich neben Delia, die den beiden Ermittlern gegenüber Platz genommen hatte. Dann reichte sie Manuela Rossmann den Kalender, damit diese den Eintrag selbst lesen konnte.

»Bevor wir Ihnen weitere Fragen stellen, erzählen Sie doch erst mal, warum Sie unsere Kollegen kontaktiert haben«, forderte der Chefermittler Claudia auf.

Nervös berichtete sie von dem Telefongespräch, das sie mitangehört hatte. »Ein Zufall«, betonte sie mehrmals, »normalerweise bin ich sehr diskret.« Die Beichte war ihr sichtbar unangenehm.

»Natürlich«, sagte die Polizistin verständnisvoll. »Aber in dem Fall war es gut, dass Sie zufällig mitgehört haben.« Sie lächelte milde, während der Chefermittler keine Miene verzog.

Claudia schilderte im Detail, was sie gehört hatte. Das Gespräch hatte sich ihr offenbar ins Gedächtnis gebrannt.

»Okay«, sagte der bullige Ermittler, nachdem sie geendet hatte. »Sie sagen also, Frau Seidling hätte Herrn Katzberg gegenüber Drogen erwähnt, die der Banker Alois Stock, mit dem Herr Katzberg Ärger hatte, großzügig auf seinen Privatpartys verteilt.«

Claudia nickte mechanisch.

»Hat Frau Seidling Drogen genommen? Ist Ihnen beiden mal etwas aufgefallen, das so eine Annahme stützen könnte?« Sein Blick wanderte zwischen Claudia und Delia hin und her.

»Ich hab jedenfalls nie gesehen, dass sie welche genommen hat«, ergriff Delia als Erste das Wort. »Und zu Ohren ist mir auch nichts in der Art gekommen. Aber so eng waren wir nicht.«

»Das sah auf dem Opernballvideo von Ihnen und Frau Seidling aber ganz anders aus«, merkte die Ermittlerin an.

»Das war nur Show«, behauptete Delia schnell.

»Auch in Ihren vielen Fernsehauftritten in den letzten Tagen klingt es anders«, insistierte die Polizistin.

Delia lächelte verlegen. »Ich erzähl den Zuschauern nur, was sie hören wollen. Es ist mein Job, ihnen ein bisschen heile Welt vorzuspielen. Gerade nach so einer Katastrophe.« Verflixt, weshalb rechtfertigte sie sich überhaupt? Sie ärgerte sich über ihre eigene Reaktion. Sie hatte Nina doch nur interviewt und dabei halt ihre beste Freundin gespielt, sonst nichts.

»Sie sind Influencerin.« Der Chefermittler sprach ihren Beruf aus, als hätte er vorher noch nie davon gehört.

Delia musterte ihn schnell. Seinem Alter und Aussehen nach war das nicht einmal abwegig. Vermutlich hielt er generell nicht viel von den sozialen Medien. »Ja, das bin ich«, sagte sie schließlich mit fester Stimme.

Er wandte sich wieder an Claudia. »Sie kannten Frau Seidling etwas besser.«

Die Designerin nickte. »Trotzdem weiß auch ich nicht, ob sie Drogen nahm. Wenn sie zur Anprobe kam, erschien sie mir nie zugedröhnt oder so.«

Der bullige Ermittler fixierte sie. »Kam sie Ihnen vielleicht mal hyperaktiv oder das Gegenteil, depressiv, vor?«

»Sie war meistens hyperaktiv, quasi immer in Bewegung. Sie hielt selten still, wenn ich einen Saum oder den Kragen absteckte. Ist mir sogar mehrmals passiert, dass ich sie mit der Nadel gestochen hab, weil sie so rumgezappelt hat. Aber Nina und depressiv?« Claudia schüttelte den Kopf. »Bestimmt nicht.«

Die Ermittlerin kritzelte etwas auf ihren Block.

»Sie haben gesagt, Herr Katzberg und Frau Seidling wären gemeinsam auf diese Partys gegangen.«

Der Chefinspektor schlug einen neutralen Tonfall an. »Wissen Sie, ob er Drogen nimmt?«

Claudia schüttelte erneut den Kopf. Delia ebenfalls.

»Können Sie uns etwas über die Beziehung zwischen Herrn Katzberg und Frau Seidling erzählen?«, hakte er nach.

Ob er wohl schon mit Schauspielkollegen von Nina gesprochen hat?, überlegte Delia. Hatten sie erzählt, dass die beiden die Zeit nach Drehschluss öfter in der Horizontalen verbrachten? »Warum stellen Sie uns all diese Fragen?«, erwiderte sie, um Zeit zu gewinnen.

Chefinspektor Martin Stein beugte sich zu ihr und sah sie direkt an. »Weil wir mittlerweile wissen, dass Frau Seidling an dem Abend Drogen konsumiert hat.«

»Also doch kein Mord. Dann sind Sie beide von der Drogenfahndung, richtig?«, mutmaßte Delia.

Stein verneinte. »Mordermittlung.«

Claudia stöhnte auf. »Aber wir haben nichts mit ihrem Tod zu tun.«

»Das haben wir auch nicht behauptet«, stellte die Polizistin richtig. »Aber wir müssen uns einen Überblick über den Abend und Nina Seidlings Umfeld verschaffen. Das ist der Grund, weshalb wir Sie jetzt bitten, uns noch mal zu erzählen, was auf dem Opernball passiert ist.«

Delia unterdrückte den Impuls, die Augen zu verdrehen.

»Lassen Sie nichts aus«, ergänzte der Kriminalbeamte. »Kein Detail, auch wenn es Ihnen noch so unwichtig erscheint. Denn im Moment müssen wir leider davon ausgehen, dass der Mörder noch einmal zuschlagen wird.«

Delia wechselte einen erschrockenen Blick mit Claudia.

15

Sarah hatte den Artikel rasch runtergetippt. Am Ende erwähnte sie, dass man das Schreiben ernst nehme und der Absender der Redaktion eine Art Rätsel aufgegeben habe, das das Team des *Wiener Boten* gemeinsam mit der Kriminalpolizei zu lösen versuche. Sarah, David und Herbert Kunz hatten sich nach der Sitzung noch darauf geeinigt, dass Sarahs Artikel morgen ihr Aufmacher werden würde. Ihnen war klar, dass der Beitrag eine Lawine lostreten würde, mit Sicherheit würden die Telefone im *Wiener Boten* heißlaufen. Aber es war die richtige Entscheidung. Schließlich war noch ein Streifenpolizist aufgetaucht und hatte für Stein die zwei Briefe abgeholt.

Sarah sah auf die Uhr. Es war Viertel nach zwei. Sie holte tief Luft, gab den Bericht für die morgige Ausgabe frei und verließ ihr Büro. »Ich bin in der Chronik«, ließ sie Cordula Berger wissen und eilte wenig später die Stufen zu Majas Büro im zweiten Stock hinunter.

»Hast schon Leute ans Telefon bekommen?«, fragte sie, nachdem sie den Redaktionsraum betreten hatte.

Maja saß am Computer, einen Notizblock neben der Tastatur, und drehte sich mit dem Stuhl in Sarahs Richtung. »Bei der Filmproduktionsfirma Katzberg läuft ein Tonband mit der Ansage, dass derzeit geschlossen ist. Man kann leider keine Nachricht hinterlassen, und meine Mail wurde automatisch mit einem ähnlichen Wortlaut beantwortet. Dafür habe ich Leon Kant erreicht, der in Plauderlaune war. Er weiß zwar nichts von einem Stalker, meinte aber, dass Nina definitiv mehr Feinde als Freunde hatte. Und dass Arvid Dorna, der Regisseur …« Sie nahm den Block zur Hand. »Ich zitiere, ›ihr Stargehabe und ihr Rumgezicke dermaßen satthatte, dass er sie am liebsten aus der Serie geworfen hätte‹. Was jedoch nicht in Katzbergs Interesse gewesen wäre, weil Nina wohl gedroht hat, die Affäre im Fall ihres Rauswurfs öffentlich zu machen und ein paar unwahre Details hinzuzufügen.«

»Interessant«, murmelte Sarah.

Die Chronik-Redakteurin machte eine bedauernde Geste. »Für unsere Artikel können wir jedenfalls nichts davon verwenden. Leon Kant hat klargemacht, dass er abstreiten würde, mir gegenüber das gesagt zu haben, sollten wir seine Aussagen zusammen mit seinem Namen veröffentlichen.«

»Warum hat er es dir dann erzählt?«

»Um Frust abzubauen? Oder weil er hofft, dadurch gute Karten beim *Wiener Boten* zu haben? In seinem Job ist Presse, die einem wohlgesinnt ist, ein Vorteil.«

»Klar«, sagte Sarah. »Aber bei uns muss er sich eh keine Sorgen machen. Wir sind ja nicht Oskar Kretschmer von *Neues der Woche*.«

»Das hab ich ihm auch gesagt, bevor ich ihn auf etwaige Drogengeschichten angesprochen hab«, fuhr

Maja fort. »Er hat erst gezögert und dann gemeint, davon wüsste er nichts.«

»Womit klar sein dürfte, dass er etwas weiß, es uns aber nicht verraten will«, schlussfolgerte Sarah.

»Da bin ich deiner Meinung. Deshalb hab ich nachgelegt und erwähnt, dass mittlerweile feststeht, dass Nina Seidling auf dem Opernball etwas genommen hat.«

»Und?«

»›Kann sein‹, war alles, was er gesagt hat. Sie hätten sich auf dem Ball nur für ein paar Fotos zu PR-Zwecken getroffen und wären sich anschließend noch einmal zufällig über den Weg gelaufen.«

»Was das Foto belegt, das Simon gemacht hat«, sagte Sarah.

»Auch meine anschließende Frage, ob sie denn regelmäßig Drogen genommen hat, wollte er weder verneinen noch bejahen.« Maja strich sich ihre langen rotbraunen Haare nach hinten. »Und als ich ihn auf den schwarzen Schwan angesprochen habe, ist ihm nur ein Thriller mit dem Titel *Black Swan* eingefallen.«

Sarah nickte und erläuterte mit wenigen Worten, worum es in dem Film ging.

»Mehr hab ich leider nicht«, sagte Maja schließlich.

»Dass Nina Seidling im Falle eines Rauswurfs bei der Serie *Lilli am Land* gedroht hat, die Affäre mit dem verheirateten Produzenten öffentlich zu machen und mit vermutlich pikanten und unwahren Details auszuschmücken, ist doch schon mal etwas.« Sarah machte ein zufriedenes Gesicht. »Wobei ich nicht weiß, wie

Dorna das hätte anstellen sollen. Sie war schließlich die Hauptdarstellerin.«

»Denkst du, dass Katzberg etwas mit der Sache zu tun hat, weil er Angst vor ihr hatte? Hat er der Seidling was ins Glas gekippt?«, fragte Maja.

Sarah zuckte mit den Achseln. »Wer weiß? Gelegenheit hatte er dazu, wie viele andere auch.«

»Wie auch immer«, sagte Maja. »Ich werde versuchen, bei Viola Hausmann herauszubekommen, ob Katzbergs Frau von der Affäre mit Nina Seidling wusste.« Sie klatschte in die Hände. »Ich hab am Donnerstag um zehn Uhr einen Termin mit ihr bekommen, indem ich behauptet hab, ich hätte gerne eine Meinung zu Nina Seidlings schauspielerischem Talent für eine größere Story über sie, an der ich arbeite.«

»Wann sollen wir die bringen?«, hakte Sarah nach.

»Sobald ich genug Material über die Tote gesammelt hab, schreibe ich sie.«

»Würde es dich stören, wenn ich am Donnerstag mitkäme?«, fragte Sarah.

»Gar nicht.« Maja hob das obere Blatt des Blocks und überflog eine Notiz auf der zweiten Seite. »Natürlich hab ich auch versucht, Alois Stock zu erreichen. Aber seine Sekretärin meinte, er sei heute in mehreren Meetings, ich solle morgen noch mal anrufen.«

»Gut gemacht«, lobte Sarah ihre Kollegin. »Dann kommst du weiter alleine klar, oder? Ich würde nämlich gerne unangemeldet bei Claudia Bacher vorbeischauen und mich mit ihr unterhalten. Ist ja nur ein Katzensprung zu ihrem Atelier in der Millergasse.«

Maja wedelte lächelnd mit beiden Händen. »Geh nur, Sarah.«

Als Sarah auf die Mariahilfer Straße trat, stellte sie den Kragen ihres dunkelblauen Mantels auf. Die Temperaturen waren weiter gesunken und der Himmel mittlerweile komplett von einer dicken Wolkendecke überzogen. Der morgens noch weiße Schnee auf der Einkaufsstraße hatte sich in schwarzbraunen Matsch verwandelt. Während sie die Fußgängerzone hinaufging, überlegte sie, welche Fragen sie Claudia Bacher stellen wollte. Bisher hatte sie sich keinen Plan für ein Gespräch zurechtgelegt. Im Grunde genommen wollte sie die Frau nur besser kennenlernen. Im Teesalon hatte die Designerin unauffällig das Geplauder von Delia Fee und Nina Seidling verfolgt. Und auch jetzt, wo die Influencerin medienwirksam ihre Popularität forcierte, hielt sich Claudia Bacher vornehm zurück. Dabei konnte Sarah sich durchaus vorstellen, dass auch sie viele Interviewanfragen erhalten hatte. Immerhin hatte sie das Kleid entworfen, in dem die Schauspielerin gestorben war.

Fünfzehn Minuten später bog Sarah kurz vor dem Gürtel von der Mariahilfer Straße in die Millergasse ab. Nach nur etwa zwanzig Metern sah sie Manuela Rossmann und Martin Stein. Kamen die beiden aus Claudia Bachers Atelier? Sarah hob die Hand und rief ihre Namen, doch im selben Augenblick fuhr ein BMW mit aufgemotztem Auspuff an ihr vorbei, und der Lärm verschluckte ihre Worte. Die beiden Ermittler hörten sie nicht, stiegen in ihre Autos, die hintereinander parkten, und fuhren davon.

»Diese verdammten testosterongesteuerten Boliden!«, schimpfte Sarah, zog ihr Handy aus der Umhängetasche, um Stein anzurufen … und ließ es zwei Sekunden später wieder zurückfallen. Das hatte Zeit bis später.

Sie eilte weiter und betrat kurz darauf das Atelier. Zu ihrer Verwunderung sah sie zuerst Delia Fee, die im Verkaufsraum stand. Erst als sie ihren Blick weiterschweifen ließ, entdeckte sie Claudia Bacher in einem Ohrensessel. Sie sah erschöpft aus. Sarah grüßte freundlich und stellte sich vor. »Mein Name ist Sarah Pauli, ich bin vom *Wiener Boten.*«

»Die Chefredakteurin höchstpersönlich?«, wunderte sich die Influencerin. »Na, dann muss es ja wichtig sein.«

Sarah war erstaunt, dass Delia Fee wusste, wer sie war, ließ sich die Überraschung aber nicht anmerken. »Was wollten der Chefermittler und die Polizistin von Ihnen?« Sie drehte sich um, als würden Manuela Rossmann und Martin Stein noch hinter ihr stehen.

»Es ging nur um eine Aussage.« Claudia Bacher richtete sich im Sessel auf und strich sich entschlossen ihre platinblonden Haare hinter die Ohren, als wollte sie mit dieser Geste sagen: *Ich hab für heute genug geredet.*

»Die etwas mit Nina Seidling zu tun hatte?«, mutmaßte Sarah dennoch. So leicht ließ sie sich nicht abwimmeln.

Die Modeschöpferin lächelte unsicher.

Delia Fee trat an Sarah vorbei zur Eingangstür und

öffnete sie. »Ich muss jetzt leider gehen. Der nächste Termin wartet.«

»Meine Kollegin Conny Soe wird sich bei Ihnen melden«, sagte Sarah rasch, bevor ihr die Influencerin entwischte.

»Mein Terminkalender ist ziemlich voll. Wenn sie ein Interview will, muss ich sie aufs Wochenende vertrösten. Ach ja, das hab ich dir ja noch gar nicht erzählt.« Sichtbar stolz blickte Delia Fee die Designerin an. »Ich bin heute noch bei den Geschwistern Merz. Sie wollen mich für eine große Werbekampagne.«

Sarah sah, wie Claudia Bachers Augen groß wurden. »Gratuliere.«

Die Influencerin strahlte, nickte noch mal zum Abschied und verließ dann das Atelier.

»Ihre Freundin ist viel beschäftigt«, merkte Sarah lakonisch an.

Claudia Bacher reagierte nicht. »Ich gebe keine Interviews.« Sie seufzte.

Sarah musterte sie genauer. Das Gespräch mit den Kriminalpolizisten hatte ihr sichtlich zugesetzt. Hatten Stein und Rossmann ihr verraten, dass nach dem anonymen Schreiben die Möglichkeit bestand, dass Nina Seidling ermordet worden war? Oder hatten sie nur den positiven Drogenschnelltest erwähnt?

»Ich verspreche Ihnen, dass nichts von unserer Unterhaltung in unserer Zeitung stehen wird, wenn Sie das nicht wollen«, versicherte ihr Sarah. »Ich möchte mir nur ein besseres Bild von der Toten machen.«

»Da kann ich Ihnen nicht groß helfen.« Die Designerin stemmte sich aus dem Sessel und stellte sich hinter den Tisch, auf dem mehrere Stoffballen lagen. Sie senkte den Blick und zupfte an einem davon herum.

»Sie designen und fertigen auch Kostüme fürs Theater, hab ich gelesen«, sagte Sarah im Plauderton.

Claudia Bacher hob sichtbar erleichtert über den Themenwechsel den Kopf. »Ja. Immer wieder mal.«

»Unter anderem fürs Theater am Donaukanal in der Leopoldstadt, das Viola Hausmann leitet.«

»Das ist kein Geheimnis.«

»Haben Sie auch schon mal ein Bühnenkostüm für Nina Seidling angefertigt?«, fragte Sarah, obwohl sie das bereits wusste.

Claudia Bacher hörte auf, an dem Stoff herumzuziehen, und legte ihre Hände darauf. »Sind Sie wirklich gekommen, um mich nach den Kostümen von Theaterproduktionen zu fragen? Ich arbeite nämlich auch für andere Bühnen.« Jetzt klang sie abweisend.

Sarah ging nicht darauf ein. Stattdessen schmierte sie der Designerin Honig ums Maul. »Zudem schneidern Sie Menschen wahre Kunstwerke auf den Leib, etwa Nina Seidling und Alma Misic. Das Kleid, das Letztere auf dem Opernball getragen hat, stand ihr ausgezeichnet.«

»Sie kennen Alma Misic?« Claudia Bacher schob den Stoffballen zur Seite.

Sarah nickte. »Die Misics schalten regelmäßig Werbung für ihr Autohaus im *Wiener Boten*.« Dass sie Hugo Misics Frau erst auf dem Opernball kennengelernt hatte, verschwieg sie.

»Eine sehr nette Kundin«, sagte die Designerin. »Ich hab schon mehrere Kleider für sie entworfen und genäht.«

»Vielleicht werde ich ja auch mal Ihre Dienste in Anspruch nehmen«, sagte Sarah und überlegte gleichzeitig, ob sie sich ein maßgeschneidertes Kleid von einer so bekannten Modeschöpferin überhaupt leisten konnte.

»Gerne«, erwiderte Claudia Bacher und lächelte unverbindlich.

»Bei der Aussage, die Sie eingangs erwähnt haben, waren da zufällig Drogen ein Thema?«, fragte Sarah ins Blaue hinein und kam damit abrupt wieder auf das eigentliche Thema ihres Besuchs zurück.

Die Designerin legte die Stirn in Falten. »Wie kommen Sie darauf?«

»Weil es Gerüchte gibt, dass Frau Seidling auf dem Opernball welche genommen hat.«

Claudia Bacher schwieg, doch in ihren Augen blitzte etwas auf. Eindeutig.

Sarah war sich sicher, dass die Frau etwas zurückhielt. »Sie wissen aber schon, dass die beiden Beamten gerade von der Mordkommission waren, oder?«

Claudia Bacher biss sich auf die Lippen und wischte unsichtbare Krümel vom Tisch.

Da die Designerin offensichtlich hochgradig nervös war, beschloss Sarah, in die Offensive zu gehen. Vielleicht würde es ihr so gelingen, ein lockeres Gesprächsklima zu schaffen. »Morgen wird ein Artikel im *Wiener Boten* erscheinen, der Sie vermutlich überrascht.« Sie erzählte, dass sie veröffentlichen würden, dass sie, Sarah, per Brief eine Art Mordgeständnis erhalten hatte und der Absender darin einen weiteren Mord ankündigte.

Claudia Bachers Hände hielten in der Bewegung inne. »Der Chefinspektor hat vorhin erwähnt, dass der Mörder wahrscheinlich noch mal zuschlagen wird.«

»Dann wissen Sie ja, dass die Zeit drängt«, sagte Sarah. »Sie haben mein Ehrenwort, dass ich kein Wort von unserem Gespräch veröffentliche, wenn Sie das so wollen«, wiederholte sie nach einem kurzen Moment ihr Versprechen, weil Claudia Bacher nichts sagte.

Die Designerin sah sie wieder an.

»Sie kennen doch Conny Soe?«, fuhr Sarah fort, und Claudia Bacher nickte. »Sie hat schon häufiger über Sie berichtet, deshalb sollten Sie wissen, dass der *Wiener Bote* keine reißerischen Storys bringt. Für uns Redakteure sind die Fakten immer das Wichtigste. Und jetzt wollen wir herausfinden, wer Nina Seidling umgebracht hat und damit droht, einen weiteren Mord zu begehen. Bislang haben wir das Gefühl, dass die Schauspielerin mehr Feinde als Freunde hatte.«

»Steht in dem Schreiben an Sie, wie der Mörder sie umgebracht hat?«, fragte Claudia Bacher, ohne auf Sarahs Worte einzugehen.

»Leider nicht«, erwiderte Sarah. »Aber fällt Ihnen zum Begriff ›schwarzer Schwan‹ spontan etwas ein?«

Die Designerin runzelte die Stirn. Offensichtlich war sie mit der Frage heillos überfordert. »Es tut mir leid, aber ich habe keine Ahnung, was Sie von mir wollen.«

»In dem Schreiben ist von schwarzen Schwänen die Rede«, erklärte Sarah.

Claudia Bacher sah aus, als dächte sie angestrengt nach. »Gibt es da nicht so ein Märchen von den Gebrüdern Grimm?«, fragte sie dann. »Dummerweise fällt mir grad nicht ein, wie es heißt.« Ihre Miene veränderte sich. »Jetzt weiß ich's wieder: ›Die sechs Schwäne‹. Aber worum genau es darin geht, weiß ich nicht mehr. Ist schon zu lange her, dass meine Eltern es mir vorgelesen haben. Ich glaube mich jedoch zu erinnern, dass die Schwäne in dem Märchen weiß waren.« Sie lächelte unsicher. »Wissen Sie, mir ist völlig unklar, wie Nina ermordet wurde. Sie stand doch neben uns, glücklich, fröhlich, lebendig.«

»Ich bin davon überzeugt, dass etwas in einem ihrer Getränke war, die sie auf dem Ball zu sich genommen hat«, erwiderte Sarah ernst. »Und dieses Etwas hat sie umgebracht.«

»Was denn?«

Sarah zuckte mit den Achseln. »Ich weiß es nicht. Drogen oder ein Gift, das nicht herauszuschmecken war. Ich kann nur mutmaßen, hoffe aber, dass die Obduktion ein eindeutiges Ergebnis liefert.« Sie verschränkte die Arme. »Haben Sie vielleicht beobachtet, mit wem Nina Seidling etwas getrunken hat?« Sie hoffte, dass die Designerin jemanden erwähnte, der nicht auf Simons Fotos war. »Oder dass ihr Drogen oder Ähnliches angeboten wurden?«

Claudia Bacher überlegte einen Augenblick lang, schüttelte dann den Kopf und schwieg.

Die Designerin ist eine harte Nuss, das muss man ihr lassen, dachte Sarah. Normalerweise brachte sie Menschen schneller zum Reden. »Sie haben Frau Seidling im Teesalon ein Glas Champagner gereicht, während Sie und Delia Fee Wein getrunken haben«, stellte sie fest und löste die Verschränkung wieder.

Sofort verengten sich die Augen der Designerin zu Schlitzen. »Sie glauben doch nicht, dass ich Nina vergiftet hab!«, brauste sie auf. »Also, das ist eine Frechheit.«

»Das denke ich natürlich nicht«, beschwichtigte Sarah sie rasch, obwohl die Möglichkeit durchaus bestand. »Aber woher hatten Sie das Glas Champagner?«

Das Gesicht der Modedesignerin entspannte sich wieder. »Ich hab alle Getränke von der Bar in der Schwindloggia geholt und bin damit direkt in den Teesalon gegangen.«

»Und Sie haben die Gläser nicht aus der Hand gegeben?«, hakte Sarah nach, obwohl sie die Antwort ja kannte.

»Na ja, an der Bar habe ich Eva Katzberg, auch eine Kundin von mir, getroffen, die mir anbot zu helfen, die drei Gläser unbeschadet durch die Menschenmassen in den Salon zu bringen. Allein wäre das eine ziemliche Herausforderung gewesen«, merkte sie sanft lächelnd an.

Eva Katzberg, die ihr Mann mit dem Opfer betrogen hat, schoss es Sarah durch den Kopf. »Welches Glas hat Frau Katzberg Ihnen abgenommen?« Sie wollte das, was sie auf dem Opernball gesehen hatte, noch einmal bestätigt wissen.

Claudia Bacher sah sie irritiert an. »Ist das denn wichtig?«

»Vielleicht.«

Die Designerin überlegte. »Eva hat sich den Champagner für Nina gegriffen. Aber ...« In dem Moment fiel bei ihr der Groschen. »Soll das etwa beweisen, dass Eva Nina etwas ins Glas gekippt hat?« Sie schüttelte energisch den Kopf. »Also, ganz sicher nicht.«

»Ich will Frau Katzberg auf gar keinen Fall etwas unterstellen. Aber ...«

»Wieso sollte Eva so etwas tun?«, ließ Claudia Bacher sie nicht ausreden.

»Weil Nina Seidling und ihr Mann eine Affäre hatten«, antwortete Sarah.

Die Designerin zögerte, bevor sie für den Bruchteil einer Sekunde erneut lächelte. »Also, davon weiß ich nichts.«

Sie lügt, dachte Sarah. »Frau Katzberg hat die Affäre also nie erwähnt?«

Claudia Bacher rieb sich die Hände. Das Thema war ihr sichtlich unangenehm. »Mir gegenüber jedenfalls nicht.« Sie verschränkte die Arme.

Sarah lächelte. »Frau Bacher, ich bitte Sie noch einmal, offen mit mir zu reden. Alle meine Fragen dienen nur dazu, dass ich mir ein umfassendes Bild von dem Abend machen kann. Vielleicht gelingt es mir auf diese Weise herauszufinden, auf wen es Nina Seidlings Mörder als Nächstes abgesehen hat.«

»Eva Katzberg ist meine Kundin«, sagte Claudia Bacher eindringlich. Sie verstummte abermals, starrte gedankenverloren die Stoffballen vor sich auf dem Tisch an, ihre Kiefer mahlten. Etwas schien in ihr vorzugehen.

»Fällt Ihnen vielleicht etwas anderes ein, das mir helfen würde?«, versuchte Sarah, sie doch noch zum Sprechen zu bringen.

Claudia Bacher hob den Kopf und runzelte die Stirn. »Angenommen, ich weiß etwas, das das Bild von Nina, von dem Sie gerade gesprochen haben, vervollständigen könnte …« Sie sah Sarah fragend an.

»Bin ich als Journalistin nicht verpflichtet, meine Quelle preiszugeben.«

Claudia Bacher musterte Sarah einen Moment lang, dann gab sie sich einen Ruck. »Ich weiß, dass dieser Banker, Alois Stock, Drogenpartys schmeißt und Nina einige Male gemeinsam mit Kevin Katzberg dort war.«

Der seriöse, erfolgreiche und allseits geachtete Banker und Drogen? Damit hatte Sarah nicht gerechnet. Sie versuchte, nicht allzu überrascht zu wirken, während sie in den nächsten Minuten von einem zufällig mitgehörten Telefonat am dreiundzwanzigsten Jänner erfuhr, als Nina Seidling zur letzten Anprobe ihrer Opernballrobe im Atelier der Designerin gewesen war.

»Außerdem hatten der Katzberg und der Stock irgendwelchen Ärger miteinander«, sagte Claudia Bacher abschließend.

»Welcher Natur?«

Die Modeschöpferin schüttelte den Kopf.

»Okay.« Sarah nickte. Stock und Drogenpartys, die Info musste sie erst mal verarbeiten. Natürlich würde sie weitere Nachforschungen anstellen, aber erst etwas dazu veröffentlichen, so sie handfeste Fakten aus einer zusätzlichen Quelle auf dem Tisch hatte.

Sie bedankte sich bei Claudia Bacher, betonte ihr gegenüber noch einmal, dass ihr Name in dem Zusammenhang nicht im *Wiener Boten* erscheinen würde, und verabschiedete sich.

16

Alois Stock saß hinter seinem Schreibtisch und schaute Hugo Misic, der ihm auf dem Besucherstuhl gegenübersaß, direkt in die Augen. Die Gesichtszüge des Bankers spiegelten Überraschung. »Du bist also ernsthaft gekommen, um mir zu sagen, dass du den Kreditvertrag zu diesen Bedingungen nicht unterschreiben wirst?«

»Exakt.« Der Autohändler, heute in Jeans von Emporio Armani und einem Pullover von Hugo Boss, nickte.

»Aber bei dem Jahresumsatz, den das Autohaus macht, hättest du doch gar kein Problem mit der Rückzahlung.« Stock konnte sich einfach nicht erklären, weshalb Misic sein Kreditangebot ablehnte.

»Das ist es nicht. Alma und ich haben uns entschieden, mit der neuen Ausstellungshalle noch ein bisschen zu warten.«

Natürlich, dachte Stock bissig. Die geizige Alma hatte die Notbremse gezogen und Hugo so lange bearbeitet, den Kredit nicht aufzunehmen, bis dieser nachgegeben hatte. Misic sprach alles Geschäftliche mit ihr ab. »Alma und ich sind ein Team«, hatte er Stock gegenüber schon mehrfach betont. Der Gedanke, dass sein langjähriger Freund dafür andere Geheimnisse vor seiner einer Gottesanbeterin gleichen Ehefrau hatte, zauberte ihm ein sanftes Lächeln auf die Lippen.

Noch immer lächelnd, nahm Stock die Mappe mit dem Kreditvertrag und ließ sie in der untersten Lade des Sekretärs verschwinden, sodass die alte Ordnung auf seinem Schreibtisch wiederhergestellt war. Die Schreibunterlage, das Telefon und die drei Kugelschreiber von Montblanc in einer exakten Linie. »Das hättest du mir auch am Telefon oder per Mail mitteilen können.« Ich hab nämlich Wichtigeres zu tun, als mit dir meine wertvolle Zeit zu verplempern, fügte er in Gedanken hinzu. Er lockerte die Krawatte und öffnete den obersten Knopf seines zweihundert Euro teuren Hemdes. Das Sakko des exklusiven Maßanzugs hatte er ausgezogen und über die Stuhllehne gehängt. Rein optisch saßen sich hier zwei erfolgreiche Geschäftsleute gegenüber. Sie heulten sozusagen im selben Rudel, wenngleich Stock sich als Leitwolf betrachtete.

Hugo Misic blinzelte verlegen. »Ich wollte es dir einfach persönlich sagen.«

»Aha.« Alois Stock nahm seine Brille ab und begann, auf einem der Bügel zu kauen. Er wusste, dass sein Freund geschwindelt hatte. »Was willst du wirklich, Hugo?«

Misics Blick wanderte zum Fenster, als könnte er dort draußen die Antwort auf die Frage finden. Eine graue Wolkenbank verdunkelte den Himmel. Noch ließ der erneute Schneefall auf sich warten, den die Meteorologen für die frühen Abendstunden angekündigt hatten.

»Ninas Tod lässt mich nicht kalt«, sagte er.

»Mich auch nicht, aber das Leben geht weiter«, erwiderte Alois Stock.

»Sie war so jung.« Hugo Misic klang weinerlich.

»Du fängst jetzt aber nicht an zu heulen wie ihre *Lilli*-Fans, oder?«, knurrte der Banker.

Der Autohändler fuhr sich mit dem Unterarm über die Augen. »Ich hab gesehen, wie du auf dem Opernball Adrian Merz angesprochen hast.«

Alois Stock grinste innerlich. Daher wehte also der Wind. Er nahm den Brillenbügel wieder aus dem Mund. »Du bist neugierig und willst wissen, worüber ich mit ihm geredet habe, richtig?« Er lachte heiser auf. »Warum interessiert dich das? Magst ihm vielleicht ein Auto verkaufen?«

»Du weißt genau, weshalb mich das interessiert«, blaffte Hugo Misic.

Alois Stock nickte. Es hatte etwas mit ihrem Geheimnis zu tun, über das sie nicht sprachen. »Ich hab mich ihm nur vorgestellt.«

»Warum? Was willst du von dem Mann?«, murrte der Sportwagenhändler.

»Das geht dich zwar einen Scheißdreck an«, brummte Alois Stock, »aber ich hab Adrian Merz vorgeschlagen, in meine Bank einzusteigen.«

»Du willst, dass er Teilhaber wird?«

Alois Stock sah auf seine Uhr. Es war vier Uhr nachmittags. Er wollte seinen alten Freund schnell loswerden. Das Gespräch führte doch zu nichts. »Sein Name würde das Ansehen der Bank heben.«

Hugo Misic erschrak. »Aber der Bank geht es doch gut, oder?«

Alois Stock hob beschwichtigend die Hände. »Keine Angst, dein Geld ist bei uns gut aufgehoben. Es ist wirklich alles bestens.« Zumindest so lange, bis die Finanzaufsicht alles auf den Kopf stellen wird, dachte er bitter.

Der Autohändler beäugte ihn misstrauisch. »Du hast doch irgendetwas vor.«

Das Läuten des Festnetzapparates auf dem Schreibtisch unterbrach ihr Gespräch. Am Klang erkannte Stock, dass seine Sekretärin durchrief. Er hob ab. »Frau Weber?«

»Entschuldigen Sie die Störung, Herr Direktor, aber Herr Katzberg will unbedingt mit Ihnen reden. Ich hab ihm gesagt, dass Sie in einer Besprechung sind, aber er lässt sich nicht abwimmeln. Es sei dringend.«

»Katzberg?«, wiederholte Stock den Namen des Filmproduzenten irritiert. Was wollte der denn noch von ihm? Sie hatten doch längst alles besprochen.

Hugo Misic beugte sich währenddessen vor und schob einen der Kugelschreiber ein kleines Stück nach links.

Alois Stock runzelte die Stirn und legte den Stift von Montblanc wieder zurück. Er hasste es, wenn man sein Eigentum anfasste.

»Ich soll Ihnen noch sagen, es geht nicht ums Projekt«, fügte die Sekretärin hinzu.

Er nickte und sah Hugo Misic auffordernd an, der keine Anstalten machte zu gehen. Kerzengerade saß er auf dem Stuhl und starrte ihn an.

»Du entschuldigst, Hugo?« Stock hielt demonstrativ den Hörer in die Luft.

»Natürlich.« Der Autohändler erhob sich, aber verließ nicht das Büro, sondern stellte sich ans Fenster und starrte hinaus.

Einen Moment überlegte Stock, seinen langjährigen Freund hinauszuwerfen. Aber das Gespräch mit Katzberg würde bestimmt nicht lange dauern. Zudem hatten sie keine vertraulichen Angelegenheiten zu besprechen. Also, was soll's, dachte er.

»Gut, stellen Sie ihn durch, und bringen Sie uns bitte eine Karaffe mit Wasser und zwei Gläser.«

»Sofort«, sagte seine Vorzimmerdame, dann knackte es in der Leitung, und kurz darauf war Katzbergs Stimme zu vernehmen.

»Alois.«

»Kevin. Was kann ich für dich tun?«

»Die Polizei war eben bei mir.« Der Filmproduzent hörte sich gestresst an.

»Kein Wunder, Nina war ja Gast in deiner Loge. Das ist das normale Prozedere«, sagte Stock, obwohl er keine Ahnung von Polizeiarbeit hatte. »Warum rufst du an?«

»Die waren von der Mordkommission«, bellte Katzberg ins Telefon.

»Mordkommission?«, wiederholte Alois Stock verdutzt. »Aber Nina ist doch nicht umgebracht worden.«

»Offenbar schon«, antwortete Katzberg.

Hugo Misic wandte sich alarmiert um und trat an den Schreibtisch.

»Warte mal, Kevin«, sagte Stock. »Hugo ist grad hier. Ich stell dich auf Lautsprecher.«

»Servus, Kevin«, grüßte der Autohändler.

»Hi, Hugo.« Katzbergs Stimme klang blechern durch den Lautsprecher.

In dem Moment klopfte es an der Tür, und Inge Weber trat mit einem Tablett mit Wasserkaraffe und zwei Gläsern in das Zimmer. Nahezu geräuschlos stellte sie alles auf dem Schreibtisch ab und schenkte den beiden Männern ein.

»Wart noch mal, Kevin.« Stock wandte sich an seine Sekretärin. »Sie können jetzt Feierabend machen, Frau Weber. Sie waren heute schon so früh hier, und ich komm zurecht.« Er bemühte sich um ein entspanntes Lächeln.

Die Sekretärin nickte, verabschiedete sich, trat durch die Tür und zog sie hinter sich zu.

Mordkommission!, hallte es derweil in Endlosschleife durch Alois Stocks Kopf. Er spürte Schweiß am Rücken. Einer Gewohnheit folgend öffnete er die unterste Schreibtischlade, nahm aber anstelle von Kokain einen dunkelblauen Stressball heraus. »Bin wieder da, Kevin«, sagte er und knetete den Ball mit der rechten Hand. »Was wollten die Beamten von der Mordkommission von dir?«

»Es gibt wohl Hinweise, die den Verdacht rechtfertigen, dass Nina ermordet wurde. So gespreizt hat sich jedenfalls der Chefermittler ausgedrückt. Er war mit einer Kollegin bei mir, beide haben ihre Visitenkarten dagelassen.« Katzberg verstummte kurz. »Martin Stein und Manuela Rossmann, so hießen die.«

Stock presste den Ball kurz so fest zusammen, dass seine Fingergelenke weiß wurden. »Und warum rufst du mich jetzt an?«

»Weil sie mir einige Fragen zu dir gestellt haben«, antwortete Katzberg.

»Sie haben sich nach mir erkundigt?« Stock war überrascht. »Aber an dem Abend hab ich mit Nina doch nur ein Glas Champagner an der Bar getrunken. Weiter hatte ich keinen Kontakt zu ihr.«

»Sie wissen von deinen Privatpartys.«

Alois Stock brauchte einen Moment, um zu begreifen. Dabei vergaß er, seinen Stressball wieder zusammenzudrücken. »Wer weiß wovon?«

»Die beiden Beamten wissen, dass Nina und ich öfter auf deinen Partys waren und es dort Drogen in Hülle und Fülle gab«, antwortete Katzberg.

Hugo Misic wurde blass.

»Aber … woher?« Alois Stocks Hirn arbeitete auf Hochtouren. Für seine Gäste legte er die Hand ins Feuer. Es handelte sich um Unternehmer und Prominente, ab und zu waren auch Landespolitiker darunter. Selbst wenn sie vor Bekannten und Freunden damit angaben, auf einer privaten Party des Bankdirektors gewesen zu sein, würden sie das Kokain, das es dort umsonst gab, doch unerwähnt lassen, oder nicht? Denn alle hatten einen Ruf und manche noch viel mehr zu verlieren.

»Keine Ahnung. Das haben sie mir nicht gesagt«, beteuerte Katzberg.

Alois Stock durchzuckte ein böser Gedanke. Er

stützte seinen massigen Oberkörper mit den Ellbogen auf dem Schreibtisch ab. »Hast du irgendetwas gegenüber den Mordermittlern ausgeplaudert, Kevin?«

»Ich bin doch nicht blöd«, murrte Katzberg.

Alois Stock starrte seinen Freund an. »Was ist mit dir, Hugo? Hast du in letzter Zeit irgendwo das Maul aufgerissen?«

Der Autohändler fuhr zusammen. »Für wie bescheuert hältst du mich?«

»Was ist mit Tobias?«, fragte Katzberg.

Alois Stock überging die Frage. Der Fondsmanager war in seinen Augen über jeden Zweifel erhaben. »Vielleicht hat Nina ja vor ihrem Tod geplaudert?«

Der Produzent schwieg. Offenbar war der Gedanke für ihn nicht abwegig.

»Wenn es tatsächlich Nina war, dann sollten wir uns folgende Fragen stellen: Wem hat sie es erzählt, und weshalb wissen es die Bullen?« Stocks Stimme hatte an Schärfe zugenommen.

»Am Ende hat sie dich noch angezeigt.« Hugo Misic sah erschrocken zum Bankdirektor.

»Blödsinn«, blaffte Alois Stock. »In dem Fall wäre die Polizei doch längst bei mir aufgekreuzt. Nein, sie muss es irgendwo rumposaunt haben, und weil die Ermittler jetzt Ninas Umfeld befragen, haben sie davon Wind bekommen.« Sein Pulsschlag beschleunigte sich. Natürlich Nina, dachte er. Bei ihrem letzten Besuch war ihm aufgefallen, dass sie sich ihm gegenüber abweisend verhalten hatte. Er hatte das dem Projekt zugeschrieben, das seinetwegen geplatzt war. Logisch, dass sich die kleine Schlampe hatte rächen wollen. Verdammtes Miststück. »Ich hoffe, du hast die Sache als Gerücht abgetan und dementiert, dass es bei meinen Veranstaltungen Drogen gibt.«

Hugo Misic beugte sich über den Lautsprecher. »Kannten die Beamten die Namen der Gäste?«

»Keine Ahnung. Deiner ist jedenfalls nicht gefallen«, antwortete Katzberg. »In dem Gespräch ging es ausschließlich um Nina, Alois und mich. Und ja, natürlich habe ich das als böses Gerücht abgetan und gemeint, die einzige Droge, die wir bei dir konsumieren würden, wäre exklusiver Rotwein.« Er räusperte sich. »Aber sie scheinen zu wissen, dass Nina auf dem Ball gekokst hat.«

Hugo Misic starrte Stock fassungslos an. »Hast du Nina an der Bar etwa Kokain zugesteckt, das sie umgebracht hat? Wenn ja, dann wird die Polizei das mit Sicherheit herausfinden.«

Stock breitete die Arme aus. »Natürlich nicht, verdammt noch mal. An dem Abend hab ich nur ein Glas Champagner mit ihr getrunken, das hab ich doch vorhin schon gesagt. Außerdem wäre in dem Fall die Drogenfahndung und nicht die Mordkommission bei Kevin aufgetaucht.«

Das Misstrauen war dem Autohändler dennoch ins Gesicht geschrieben. »Vielleicht kommen ja beide noch bei dir vorbei. Dir ist doch klar, was passiert, wenn sie beweisen können, dass es auf deinen Partys Drogen im Überfluss gibt.«

»Das können sie nicht.«

»Was macht dich da so sicher, Alois?«, blaffte Hugo Misic.

Stock hätte ihm am liebsten eine gescheuert. Der Kerl war so ein Weichei, heulte rum wie eine dämliche Pussy.

»Weil niemand quatschen wird, deshalb«, knurrte der Banker zurück. »Anstatt uns in die Hose zu machen, sollten wir uns lieber abstimmen.«

»Was meinst du?«, hakte Hugo Misic nach.

»Was erzählen wir, wenn die Polizei bei einem von uns aufkreuzt? Unsere Angaben sollten nicht groß voneinander abweichen.« Der Bankdirektor dachte nach. »Dass die Kleine gekokst hat, hat keiner von uns gewusst. Darauf können wir uns hoffentlich schon mal einigen?«

Die anderen beiden Männer brummten zustimmend.

»Mich wird die Polizei vermutlich gar nicht mit Nina in Verbindung bringen«, meinte Hugo Misic. »Offiziell kenne ich sie nicht.«

»Verlass dich da mal nicht drauf«, erwiderte Alois Stock.

»Nur weil meine Frau ein Ballkleid von derselben Designerin trug, wird die Polizei ja …« Hugo Misic hielt inne. Es war nicht nötig, den Gedanken zu Ende zu führen.

»Siehst du, da ist sie ja schon, die Verbindung, die die Polizei sehr wohl sehen wird«, höhnte Stock.

»Aber Alma weiß nicht, dass ich Nina von deinen Partys kenne«, beteuerte Hugo Misic.

Alois Stock wischte die Bemerkung weg. »Jedenfalls halten wir uns an deine Geschichte mit dem Rotwein, Kevin. Die ist gut. Es gab immer nur bestes Essen mit Weinbegleitung und angenehme Gespräche. Das genaue Gegenteil zu wilden Drogenpartys. Nina hat nur Lügen verbreitet, um sich wichtigzumachen.« Er lachte kurz auf. »Ja, das werden wir sagen. Und wenn wir das alle tun, dann kann uns die Polizei gar nichts. Ich bin Bankdirektor und verfüge über verdammt gute Beziehungen. Sie werden sich schon hüten, mich ohne handfeste Beweise zu behelligen. Und wenn sie doch Anstalten machen, werden es einige meiner Gäste zu verhindern wissen.« Das hoffte er zumindest. »Denn wenn ich untergehe, gehen sie mit unter.« In Wahrheit war ihm klar, dass einige Leute sofort auf Distanz zu ihm gehen würden, sollte die Mordkommission oder Drogenfahndung bei ihm aufkreuzen. Verflucht noch mal. Das Gerede konnte er jetzt, wo die Finanzaufsicht ein Auge auf ihn geworfen hatte, überhaupt nicht gebrauchen.

»Und was ist mit Tobias? Den bringen sie sicher mit dir in Verbindung, so auffällig, wie du mit ihm auf dem Opernball herumflaniert bist.« Hugo Misic klang vorwurfsvoll.

»Mit Tobias werde ich reden«, sagte Alois Stock. »Aber der wird den Mund halten, glaubt mir. Und andere Gäste gab es auf meinen Partys nicht, habt ihr mich verstanden?«

Die Männer bejahten.

»Gut, dann ist ja alles geklärt.« Alois Stock trennte

die Verbindung und sah zum Fenster. Draußen hatte mittlerweile Schneefall eingesetzt. Stärker, als angekündigt gewesen war. Nach ein paar Sekunden löste er den Blick und wandte sich an Hugo Misic. »Ich hoffe, du weinst dich nicht bei deiner Alten aus oder knickst vor der Polizei ein. Kann ich mich auf dich verlassen?« Er nippte an seinem Wasser.

Der Autohändler nahm das andere Glas und kippte den Inhalt hinunter. »Natürlich«, sagte er endlich.

Stock wusste, dass er sich nicht auf ihn verlassen konnte. Sein alter Freund war ein Selbstdarsteller und Hasenfuß. Wenn es hart auf hart käme, wäre er die Schwachstelle. Er musste sich rasch etwas einfallen lassen.

Hugo Misic erhob sich. »Ich muss dann mal wieder zurück ins Autohaus, hab noch ein wenig Arbeit vor mir.«

Alois Stock griff in die unterste Schreibtischlade, zog ein kleines Kuvert hervor und warf es dem Autohändler zu. »Da, geht auf Kosten des Hauses. Damit du über der Arbeit nicht einschläfst.«

»Danke.« Hugo Misic grinste und steckte den Umschlag in die Hosentasche, ohne hineinzusehen. Er wusste auch so, dass sich Kokain darin befand.

Eine halbe Stunde später drückte Alois Stock in seinem Bentley auf den Knopf des Handsenders für die Einfahrt. Das schwere Eisentor glitt zur Seite und gab den Blick auf seine moderne zweistöckige Villa frei. Eigentlich hätte er den Weg zur Bank und zurück auch laufen können. Sein Haus lag nur fünfundzwanzig Minuten zu Fuß von seiner Firma entfernt in der Johann-Strauß-Gasse. Geschützt von meterhohen Hecken und einem ebenso hohen Tor. Aber zu Fuß zu gehen, reizte ihn nicht. Mit dem Bentley brauchte er nur fünf Minuten, und außerdem fand er, dass Autofahren die angemessenere Fortbewegungsart für einen Bankdirektor war. Jetzt fuhr er in Schrittgeschwindigkeit den gepflasterten Weg entlang bis zum Garagentor, das sich ebenfalls elektrisch öffnen ließ, während sich das Eisentor hinter ihm wieder automatisch schloss. Nachdem er den Bentley abgestellt hatte, ging er ins Haus.

Im Wohnzimmer schenkte Alois Stock sich erst mal einen Whiskey ein, setzte sich aufs Sofa und nahm einen kräftigen Schluck. Es war nicht so, dass er sich nie Sorgen machte, auch wenn er in der Bank immer den coolen Typen gab. Es musste ihm einfach gelingen, Adrian Merz auf seine Seite zu ziehen. Der Mann hatte viel bessere und wichtigere Kontakte als er. Stock war überzeugt, dass es dem Milliardär gelingen würde, die Sache mit der Finanzaufsichtsbehörde abzuwiegeln. Er war mächtig, vor ihm kuschten selbst Politiker – und Staatsdiener sowieso. Auch deshalb hatte Stock ihm schon damals, nach dem Unfalltod seiner Frau, ein Kondolenzschreiben geschickt. Er hatte gehofft, auf diese Weise an ihn ranzukommen, aber nie eine Antwort erhalten. Und seine anderen Bemühungen hatten ebenso wenig gefruchtet. Den Gedanken, dass Adrian Merz sicher nicht so verrückt war, in das Geschäft eines ihm völlig fremden Bankers einzusteigen, verbot er sich. *Always think positive,* das war schon lange sein Motto, das er sich auch jetzt wieder ins Gedächtnis rief.

Er kippte den Rest des bernsteinfarbenen Getränks in einem Zug hinunter, zog aus der Brusttasche seines Sakkos ein Briefchen und legte sich auf dem Glastisch vor der Couch eine Line. Die Vorfreude auf das Gefühl der Unbesiegbarkeit, das ihn in wenigen Augenblicken durchströmen würde, stieg.

»Scheiß auf die Finanzaufsichtsbehörde«, knurrte er und zog das Pulver erst in sein linkes und dann ins rechte Nasenloch. Danach war es beschlossene Sache. Er musste sich so schnell wie möglich um Hugo Misic kümmern. Sein alter Kumpel war eine tickende Zeitbombe. Auf gar keinen Fall durfte die Polizei mit ihm reden.

Alois Stock lehnte sich zurück und wartete mit geschlossenen Augen, dass sich das Glücksgefühl einstellte.

17

Sarah hatte Claudia Bachers Atelier um halb vier mit mehr Informationen als erhofft verlassen. Auf dem Weg in die Redaktion versuchte sie, Martin Stein zu erreichen, landete aber nur auf seiner Mailbox und bat um Rückruf.

In ihrem Büro machte sie sich direkt an die Arbeit. Zuerst recherchierte sie zu dem Märchen mit den sechs Schwänen der Gebrüder Grimm und fand heraus, dass darin ein König ein stummes Mädchen heiratete. Dieses durfte sechs Jahre lang nicht sprechen, um ihre Brüder zu erlösen, die die böse Stiefmutter in Schwäne verwandelt hatte. Sarah hatte überlegt, hielt es aber schließlich für unwahrscheinlich, dass sich die rätselhafte Passage in dem zweiten anonymen Schreiben auf das Märchen bezog. Sie blieb dabei: Der Absender meinte damit die Schwäne vor der Staatsoper und deren Bedeutung beziehungsweise die Bedeutung des Begriffes Black Swan in der Wirtschaft.

Deshalb wandte sie sich rasch der nächsten Aufgabe auf ihrer imaginären To-do-Liste zu, nämlich so viele Hintergrundinformationen wie möglich über Alois Stock zu sammeln. Dafür wühlte sie sich durchs Archiv des *Wiener Boten*, das Internet und die Onlineausgaben diverser Wirtschaftsmagazine. Vierzig Minuten später las sie gefühlt den fünfzigsten Artikel über den Bankdirektor, hatte aber den Eindruck, keinen Schritt weitergekommen zu sein. In allen stand sinngemäß das Gleiche. Alois Stock hatte es mit Fleiß, Wissen und Hirnschmalz vom einfachen Angestellten zum überaus erfolgreichen Bankengründer geschafft und gehörte seit fast zwei Jahrzehnten zur Upper Class Österreichs. Er war gern gesehener Gast bei den unterschiedlichsten Veranstaltungen, egal, ob es sich um ein Fußballspiel, den Empfang eines Politikers oder ein Gastspiel der New Yorker Symphoniker im Konzerthaus Wien handelte. Prominente Persönlichkeiten aus Wirtschaft, Hochkultur und Politik mochten ihn, da er ein Ehrenmann durch und durch war. Bislang hatte Sarah nicht den kleinsten Hinweis auf einen dunklen Fleck auf seiner strahlend weißen Weste entdeckt. Alois Stock wurde überall hochgejubelt und war zudem Gönner von regionalen Sport- und Kulturvereinen.

»Hosianna«, murmelte Sarah zynisch. Für ihren Geschmack war das ein bisschen zu viel des Guten. Dennoch regte sich in ihr allmählich der Verdacht, dass Claudia Bacher den Namen oder den Zusammenhang, in dem er im von ihr belauschten Telefongespräch gefallen war, falsch verstanden hatte. Vielleicht hatte Nina Seidling geflüstert, dann könnte so etwas schon mal passieren. Dann hatte sie einen Gedankenblitz. Was, wenn jemand anderes Stocks Party nutzte, um Drogen unter die Leute zu bringen? Ohne sein Wissen! Aber würde so etwas überhaupt funktionieren? Sarah war sich sicher, dass sie es mitbekommen würde, wenn ein Gast auf ihrer Party Drogen vertickte. Schnell legte sie die Vermutung ad acta, griff zum Hörer des Festnetzapparates und tippte auf dem Ziffernquadrat die Durchwahl des Ressortleiters Wirtschaft.

Reinhard Beck hob nach dem vierten Läuten ab. »Hallo, Sarah.« Die tiefe Stimme passte zum Erscheinungsbild des Achtundfünfzigjährigen. Glatze, Bart, zumeist so dunkle Kleidung wie seine fast schwarzen Augen.

Sie grüßte ihn und kam direkt auf den Grund ihres Anrufs zu sprechen. »Ich recherchiere über Alois Stock, weil mir gerade etwas zu Ohren gekommen ist, das mit der bisherigen Berichterstattung über ihn so gar nicht zusammenpasst.« Schnell strich sie dem Plüschschwein Amy über den Kopf. Möglicherweise brachte das Glück. »Angeblich veranstaltet er Drogenpartys. Weißt du da etwas drüber?«

»Das ist mir neu.« Reinhard Beck wirkte überrascht. »Aber ich weiß, dass die Finanzaufsichtsbehörde ihn im Blick hat.«

»Da schau her«, entfuhr es Sarah überrascht. »Hast du Details?«

»Ist noch nicht offiziell, aber meine Quelle sagt, dass die Bank demnächst geprüft werden soll. Ein Informant hat mir von dubiosen Kreditgeschäften erzählt.«

»Und warum haben wir dann so positiv über Stock berichtet?«, sprach Sarah den letzten Artikel über ihn im *Wiener Boten* an, der vor wenigen Monaten erschienen war.

»Weil ich zu dem Zeitpunkt noch nichts darüber wusste. Tatsächlich hab ich erst gestern davon erfahren. Aber falls sich bewahrheitet, was meine Quelle behauptet hat, dann wird bald die Erde in Wiener Neustadt beben.«

»Na, da bin ich mal gespannt«, sagte Sarah. »Du meldest dich gleich, sobald du diesbezüglich etwas Neues weißt, und wartest bitte nicht bis zur nächsten Redaktionssitzung, okay?«

Reinhard Beck versicherte es Sarah, dann verabschiedeten sie sich voneinander, und sie legte auf.

»Finanzaufsichtsbehörde. Die Erde bebt«, murmelte sie nachdenklich, dann zuckte sie zusammen, als hätte sie einen Stromschlag erhalten. Der Banker hatte doch auf dem Opernball mit Nina Seidling Champagner getrunken. An der Bar in der Schwindloggia. Hatte die Schauspielerin womöglich etwas über seine krummen Geschäfte gewusst und ihn damit erpresst? Hatte sie deshalb sterben müssen? Sarah sah auf die Uhr. Es war bereits halb sechs, vermutlich war der Bankdirektor in seinem Büro nicht mehr zu erreichen. Außerdem konnte sie Alois Stock nicht direkt an den Kopf werfen, dass sie von seinen Drogenpartys wusste. Sie brauchte handfeste Beweise, andernfalls würde er ihr und dem *Wiener Boten* seine Anwälte auf den Hals hetzen. Aber wie sollte sie an diese Beweise gelangen?

Einem Instinkt folgend tippte sie den Namen des Fondsmanagers Tobias Zauner in die Suchmaschine. Dem Artikel eines Wirtschaftsmagazins, der unter anderem in der Trefferliste erschien, entnahm sie kurz darauf, dass er Betriebswirtschaft studiert hatte und seit zehn Jahren im Investmentgeschäft tätig war. Er betreute Publikums- und Spezialfonds mit einem Volumen von sechshundert Millionen Euro. »Respekt«, murmelte Sarah, obwohl sie keine Ahnung hatte, ob das in der Branche viel oder wenig war. In ihren Ohren klang diese Summe jedenfalls riesig. Zehn Minuten später war sie zu dem Schluss gekommen, dass Tobias Zauner offenbar seinen Job gut machte. Vielleicht erhoffte Stock sich ja von dem Manager, dass er auch für ihn Wunder wirkte.

Ihn vor der Finanzaufsichtsbehörde rettet, dachte Sarah zynisch und warf einen Blick auf ihr Handy. Stein hatte sich noch immer nicht gemeldet. Langsam sollten sie und David sich auf den Heimweg machen. Sie wollten gemeinsam kochen, gegen acht kamen Chris und Gabi zu ihnen zum Abendessen. Der Gedanke zauberte ihr ein Lächeln auf die Lippen. Sie liebte es, wenn sich ihre Lieben bei einem guten Essen um den Tisch versammelten. Das gab ihr ein Gefühl von Geborgenheit. Sie tippte Davids Durchwahl ins Telefon, und er hob sofort ab.

»Bist du fertig?«, fragte sie.

»Bin in einer Minute bei dir«, versprach er. »Dann können wir los.«

Sarah klickte den Artikel über Tobias Zauner, den sie zuletzt gelesen hatte, weg und wollte die Zeit, bis David wirklich in ihrem Büro auftauchte, nutzen. Sie gab die Wörter »Fondsmanager« und »Drogen« in die Suchmaschine ein und las angespannt die Überschrift des ersten Treffers. In Palm Beach war ein US-amerikanischer Hedgefonds-Manager an einer Überdosis Kokain gestorben. Den Artikel konnte sie getrost ignorieren. Sie scrollte weiter, überflog die anderen Headlines. Schließlich machte eine sie neugierig. Sie klickte den Beitrag an, und in der nächsten Sekunde blieb ihr vor Überraschung fast das Herz stehen.

»Wiener Fondsmanager Tobias Zauner muss für zweieinhalb Jahre in Haft«, stand da in fetten Buchstaben. Der Artikel war fünf Jahre alt.

»Bingo«, hauchte sie.

In dem Moment betrat David ihr Büro. »Können wir?«

»Bin gleich so weit.« Sie druckte den Artikel aus.

»Nimmst du dir etwa Arbeit mit nach Hause?« Er nickte Richtung Ausdruck.

»Erzähl ich dir im Auto.« Sarah nahm ihren Mantel von dem Garderobenständer hinter der Tür und schlüpfte hinein, dann löschte sie das Licht.

Kurz darauf stiegen sie in der Tiefgarage des *Wiener Boten* in den silberfarbenen VW Touareg eHybrid, den David vor drei Monaten geleast hatte. Seinen alten Volvo hatte er gar nicht so schweren Herzens verkauft.

Als sie aus der Parkgarage fuhren, schneite es dicke weiße Flocken. Während David den Wagen durch das Schneetreiben lenkte, las Sarah ihm den Artikel vor. »Das ist zwar schon fünf Jahre her, aber in Zusammenhang mit Alois Stock hochinteressant«, sagte sie schließlich. Sie ließ den Ausdruck sinken und brachte David auf den neuesten Stand.

Als sie geendet hatte, warf er ihr einen kurzen Blick zu. »Drogenpartys bei Stock?«, fragte er ungläubig, dann konzentrierte er sich wieder aufs Fahren. Vor ihnen schlingerte ein Wagen im Schneematsch, und er drosselte das Tempo. »Und jetzt denkst du, Tobias Zauner vertickt dort Koks?«

»Ist doch denkbar.« Sie wedelte mit dem Ausdruck. »Hier steht, dass man bei Tobias Zauner damals knapp zwei Kilogramm Kokain gefunden hat. Eigenbedarf sieht definitiv anders aus.«

»Aber seine Verurteilung liegt schon ein paar Jahre zurück, wie du eben gesagt hast«, entgegnete David und bog auf den Neubaugürtel ab. »Glaubst du wirklich, die alte Geschichte bringt dich heute noch weiter? Ich meine, der Mann hat seine Strafe verbüßt. Möglich wäre doch auch, dass er dadurch geläutert wurde und nach der Haft keine Drogen mehr angerührt hat.«

»Unwahrscheinlich, wenn sein aktueller Mentor Drogenpartys schmeißt, findest du nicht?« Aus den Augenwinkeln sah Sarah den Urban-Loritz-Platz und die monumentale Freitreppe der Hauptbücherei am Fenster vorbeiziehen, dann stopfte sie das Blatt Papier in ihre Umhängetasche. »Außerdem scheint der Banker noch mehr auf dem Kerbholz zu haben, meint Reinhard.« Sie berichtete, was der Kollege ihr erzählt hatte.

»Da schau her, die Finanzaufsichtsbehörde«, sagte David, setzte den Blinker und wechselte die Spur. »Na, wenn das alles so ist, wie du sagst, möchte ich jetzt nicht in Stocks Haut stecken.«

Um halb sieben erreichten sie den Altbau mit der Backsteinfassade in der Hasenauerstraße.

Sarah stieg aus, lief zum Einfahrtstor und öffnete es. Während David den Wagen in der Garage parkte, sperrte Sarah eilig die Haustür auf und klopfte sich im Treppenhaus den Schnee von ihrem Mantel. Als sie Marie miauen hörte, lief sie die wenigen Stufen ins Erdgeschoss hinauf und schloss die Wohnungstür auf. Sofort schmiegte sich die schwarze Halbangora schnurrend an Sarahs Bein.

»Hallo, meine Schöne.« Sarah zog ihre Stiefel und den Mantel aus und hob Marie hoch, die ihren Kopf sofort an ihren Hals drückte und noch eine Spur lauter schnurrte. »War dein Tag heute genauso aufregend wie unserer?«

Auch David betrat die Wohnung, hängte seine Winterjacke zu ihrem Mantel an die Garderobe, zog die Schuhe aus und strich der Katze im Vorübergehen sanft über den Kopf. »Ich glaube, sie freut sich einfach, dass ihre Dosenöffner zu Hause sind.«

Als ob sie seine Worte verstanden hätte, wand sich Marie in Sarahs Armen. Sarah setzte sie wieder auf den Boden, und die Katze lief in die Küche.

»Damit scheinst du den Nagel auf den Kopf getroffen zu haben.« Sarah folgte ihr, nahm eine ungeöffnete Katzenfutterdose mit Dorsch, die zuoberst auf dem Turm neben dem Spülbecken stand, und öffnete sie. Gleich darauf füllte sie Maries Futterschüssel und wechselte im zweiten Napf das Wasser. Nachdem sie auch das Katzenklo im Badezimmer gesäubert hatte, stellte sie sich unter die heiße Dusche.

Im Schlafzimmer schlüpfte sie in eine bequeme blaue Hose mit weitem Bein und ein weißes Langarmshirt. David hatte sich schon umgezogen. Als Sarah in die Küche kam, schnitt er in Jeans und lockerem blauem Hemd soeben die letzte von insgesamt fünf Melanzani, die er in der Mittagspause besorgt hatte, in gleich große Stücke. Marie hatte sich auf einem Esstischstuhl niedergelassen und fuhr sich immer wieder mit der rosaroten Zunge über die linke Vorderpfote und dann mit dieser über die Augen.

»Ich bin mir sicher, sie tut nur so, als würde sie sich putzen. In Wahrheit beobachtet sie uns«, flüsterte David.

»Und belauscht uns«, gab Sarah ebenso leise zurück und begann, den Tisch zu decken. Kaum hatte sie den vierten Teller an seinen Platz gestellt, läutete ihr Handy. Sie lief zur Garderobe, fischte es aus ihrer Umhängetasche und ging ran.

»Bin nicht früher dazugekommen, dich zurückzurufen«, hörte sie gleich darauf Steins tiefe Stimme.

»Du und deine Kollegin Rossmann, ihr wart bei Claudia Bacher«, fiel Sarah mit der Tür ins Haus.

Stein lachte heiser. »Verfolgst du uns? Muss ich mir Sorgen machen?«

Sarah ignorierte die Bemerkung und berichtete, während sie in die Küche zurückging, von ihrem Besuch bei der Designerin. »Ich hab daraufhin mal ein wenig recherchiert und einen Artikel über einen Fondsmanager entdeckt, der zu Alois Stocks Umfeld gehört. Tobias Zauner. Der Bericht ist zwar schon fünf Jahre alt«, sagte sie bedauernd, »aber darin geht es um Zauners Verurteilung wegen Kokainbesitzes.«

»Schick ihn mir trotzdem«, bat Stein. »Man kann nie wissen. Hast du sonst noch etwas für mich?«

»Wir werden in der morgigen Ausgabe über das zweite anonyme Schreiben berichten«, verriet Sarah ihm.

»Das ist euer gutes Recht. Vielleicht haben wir ja Glück, und die Veröffentlichung lockt den Absender aus seinem Versteck; oder sie führt zumindest dazu, dass er nervös wird und einen Fehler begeht.«

»Das hoffe ich, Martin«, sagte Sarah, dann fiel ihr etwas ein. »Was ich noch sagen wollte: Auf den Originalen, die ihr habt, findet ihr natürlich meine Fingerabdrücke.«

Stein seufzte hörbar. »Danke fürs Bescheidgeben. Aber ich gehe sowieso davon aus, dass die des Absenders nicht drauf sind. Mittlerweile weiß doch jedes Kind, dass man bei derartigen Vorhaben Handschuhe trägt. Ich lasse die Schreiben trotzdem von unseren Kriminaltechnikern untersuchen, vielleicht finden sie ja wider Erwarten etwas heraus, das uns weiterbringt.«

»Hast du den Obduktionsbericht?«, stellte Sarah unvermittelt die Frage, die ihr am stärksten unter den Nägeln brannte.

»Ja.«

»Und?«

»Ich darf dir nicht verraten, was drinsteht, Sarah.«

»Aber ich darf dich fragen, Martin.«

»Stimmt, das ist nicht verboten. Aber ich werde nichts bestätigen.«

»Musst du auch nicht. Wenn ich richtigliege, schweigst du einfach.«

Stein lachte. »Du machst es dir ganz schön einfach.«

»Irgendwie muss ich ja an Informationen kommen. Also, Deal?«

»Deal«, gab Stein nach.

»Ich weiß, dass der Drogenschnelltest positiv war. Daher gehe ich davon aus, dass Nina Seidling am Abend vom Opernball gekokst hat.«

Stein schwieg.

»Da ich außerdem weiß, dass Kevin Katzberg und die Schauspielerin eine Affäre hatten und der Filmproduzent gerne eine Line zieht, gehe ich außerdem davon aus, dass auch Nina Seidling regelmäßig Drogen konsumiert hat.« Sie wusste, dass häufiger Kokainkonsum die Nasenscheidewand schädigte und dadurch durchaus nachzuweisen war.

Stein schwieg immer noch.

»Was ich mich frag, ist, warum das bislang nicht an die Öffentlichkeit durchgesickert ist. Maja hat die Archive durchforstet, doch nichts dergleichen gefunden. Und auch ich hab online recherchiert und nichts entdeckt, was darauf hingewiesen hätte.« Sarah nagte nachdenklich an ihrer Unterlippe.

»Na ja, da wird wohl jemand dafür gesorgt haben, dass die Presse nichts erfährt oder den Mund hält«, schlussfolgerte Stein. »Jemand, der ihr Image schützen wollte.«

Sarah nickte zustimmend, obwohl er das durchs Telefon nicht sehen konnte. Natürlich kam es schon mal vor, dass die dunklen Flecken im Leben eines Promis unter den Teppich gekehrt wurden. Auch folgten Journalisten fast immer der Bitte der prominenten Person oder ihres Managers, Negatives unerwähnt zu lassen. Im Gegenzug erhielten sie ein Exklusivinterview, eine Einladung zu einem spektakulären Event oder einen anderen Freundschaftsdienst, je nachdem. Aber in Nina Seidlings Fall konnte es genauso gut sein, dass es ihr schlichtweg gelungen war, ihre Sucht vor der Außenwelt zu verbergen.

»Ist sie an einer Überdosis gestorben?«, fuhr Sarah fort. »Oder hat jemand das Koks mit für Menschen giftigen Substanzen verschnitten?«

»An dem Abend hat Nina Seidling zwar Koks genommen«, bestätigte Stein jetzt Sarahs Vermutung, »aber die nachgewiesene Menge ist zu gering für eine Überdosis. Dafür hat die Analyse des Mageninhalts ergeben, dass sie zusätzlich ein Opioid geschluckt hat. Und zwar in einer größeren Menge. Allerdings muss noch untersucht werden, um welches genau es sich dabei handelt.«

Sarah lächelte in sich hinein. Offenbar hatte Stein seine Strategie geändert. Oder das Ich-frage-und-du-schweigst-Spiel hatte ihn zu sehr genervt.

»Wie lange wird es dauern, bis wir diesbezüglich mehr wissen?«, fragte sie.

»Durchschnittlich zwei Monate«, erwiderte er.

»Was? So lange?«, entfuhr es Sarah. »Geht das nicht schneller?«

»Wenn die Toxikologen wüssten, wonach sie suchen

müssen, schon. Konzentrier dich aufs Positive, Sarah: Zumindest wissen wir schon mal, dass die Schauspielerin an einer Opioidvergiftung gestorben ist.«

Sarah ging zur Terrassentür, schob die Gardine zur Seite und sah hinaus. »Und da das Opioid sich in ihrem Mageninhalt befand, muss sie es mit einem Getränk oder Essen zu sich genommen haben. Möglicherweise ohne es zu wissen«, erinnerte sie an ihre These, dass jemand dem Opfer eine tödliche Dosis von einer Substanz untergejubelt hatte. »Oder hatte Nina Seidling eine Krankheit, weshalb sie Medikamente nehmen musste?« Sie wusste, dass Opioide opiumartige Wirkstoffe enthielten und deshalb auch als Schmerzmittel eingesetzt wurden.

»Wir haben schon ihren Hausarzt interviewt. Die Frau war kerngesund, er hat ihr im letzten Jahr kein einziges Medikament verschrieben. Die Toxikologen forschen jetzt mal nach den bekanntesten Opioiden. Heroin, Morphin, Tramadol, Fentanyl, Methadon, Oxycodon«, zählte Stein einige auf. »Und wenn sie damit kein Glück haben, müssen sie eben weitersuchen.«

Sarah beschrieb ihm noch mal Nina Seidlings Verhalten, bevor sie zusammengebrochen war. »Es kam mir so vor, als wüsste sie plötzlich nicht mehr, wo sie sich befand.«

»Eine Art Bewusstseinsstörung?«, hakte Stein nach.

Sarah bejahte. »Könnte den Toxikologen doch vielleicht beim Ausschlussverfahren helfen.«

»Könnte«, wiederholte Stein. »Keine Ahnung, ich bin kein Toxikologe.«

»Was ist mit dem Kokain, das sie sich reingezogen hat? Woher hatte sie es? Wer war ihr Dealer?«

»Mit der Suche nach den Antworten auf diese Fragen werden sich die Kollegen von der Suchtmittelkriminalität beschäftigen, Sarah. Nicht du«, ermahnte Stein sie streng. »Du berichtest nur und ermittelst nicht aktiv, vergiss das nicht.« Er räusperte sich und fuhr fort, ohne eine Antwort abzuwarten: »Mehr kann ich dir nicht verraten. Ich hab dir eh schon mehr gesagt, als ich sollte.«

»Danke, Martin.«

»Schon gut. Melde dich, wenn dir etwas zu Ohren kommt, was hilfreich für uns sein könnte. Baba und noch einen schönen Abend.«

»Ja, dir auch. Baba«, verabschiedete sich Sarah ebenfalls. Als sie den roten Knopf auf ihrem Smartphone berührt hatte, blieb sie noch einen Moment mit dem Handy in der Hand am Fenster stehen.

»Was ist?« David war zu ihr getreten.

Sarah fasste für ihn noch einmal ihr Gespräch mit Stein zusammen.

David nickte, als hätte er damit gerechnet. »Glaubst du, der Mörder wird sein zweites Opfer auf die gleiche Weise töten?«

Sarah machte ein betrübtes Gesicht. »Am liebsten würde ich glauben, dass das Geständnis und die Ankündigung eines weiteren Mordes nur Lügen sind. Angebereien eines kranken Geists. Aber leider gehe ich davon aus, dass er schon bald wieder zuschlagen wird. Aber auf welche Weise?« Sie zuckte resigniert mit den Achseln. »Keine Ahnung.«

David umarmte sie und küsste sie auf die Stirn. Seufzend legte Sarah ihren Kopf an seine Schulter.

»Vielleicht passiert ja heute Nacht noch nichts«, sagte er mit ruhiger Stimme. »Und morgen früh hast du dann einen Geistesblitz und weißt plötzlich, wohin die schwarzen Schwäne fliegen.«

»Das wäre zu schön.« Sarah löste sich aus seinen Armen. »Ich hoffe nur, der Geistesblitz ist pünktlich.« In Gedanken versunken ging sie zum Küchentresen. Aber sie hatte absolut keinen Anhaltspunkt, insofern blieb ihr gar nichts anderes übrig, als auf die von David heraufbeschworene plötzliche Eingebung zu hoffen.

Pünktlich um acht Uhr läutete es. Marie sprang vom Stuhl und lief miauend zur Eingangstür, um als Erste ihre Gäste zu begrüßen.

»Kannst du ihr irgendwann mal erklären, dass sie kein Hund ist?«, bemühte David sich, Sarah zum Lächeln zu bringen. Als er sah, dass sein Versuch erfolgreich war, folgte er Marie, um ihren Besuchern zu öffnen.

»Ich red mit ihr!«, rief Sarah, dann lief sie grinsend den beiden hinterher. Es war ihr schleierhaft, weshalb Marie sich manchmal so benahm.

Sie musste sich strecken, um ihren groß gewachsenen Bruder auf die Wange zu küssen. »Du warst beim Friseur«, stellte sie fest und wuschelte ihm durch seine Haare.

»Gut beobachtet, Schwesterherz.« Chris' dunkle Augen blitzten spitzbübisch auf, dann schnupperte er. »Was gibt's denn Feines?«

»Parmigiana di Melanzane«, verriet Sarah.

»*Un pezzo della vecchia casa di nostra nonna*«, sagte er schwärmerisch und lieferte die Übersetzung für Gabi und David gleich hinterher. »Ein Stück Heimat unserer Oma.«

Der mit Parmesan überbackene Melanzani-Auflauf mit Tomaten und Mozzarella war ein Gericht aus dem Süden Italiens, stammte also tatsächlich aus der Heimat von Chris' und Sarahs neapolitanischer Großmutter.

»Oooh, das liebe ich«, sagte Gabi, weil sie den Auflauf schon öfter bei Sarah und David gegessen hatte, und drückte Sarah ein Glas Thymianhonig als Gastgeschenk in die Hand. »Hab ich in einem griechischen Delikatessenladen probiert. Schmeckt himmlisch. Für Chris und mich hab ich auch ein Glas gekauft.« Dann bückten sie und Sarahs Bruder sich, um Marie ausgiebig zu begrüßen.

»Kommt endlich rein«, sagte David einen Moment später. »Marie kann auch drinnen weitergestreichelt werden. Es dauert noch ein bisschen, bis wir essen können. Sarah und ich sind zu spät aus dem Büro gekommen.« Er winkte sie ins Esszimmer. Auf dem gedeckten Tisch stand bereits eine geöffnete Flasche Cabernet Sauvignon vom Weingut Leberl bereit. Einer von Sarahs Lieblingsweinen. Daneben zwei Krüge Wasser und für jeden zwei Gläser. Gabi und Chris setzten sich auf ihre angestammten Plätze und gossen sich ein.

Fünfundzwanzig Minuten später holte David die Auflaufform und Servierbesteck, und Sarah legte den metallenen Untersatz auf den Tisch. »Die Form ist heiß, passt auf«, ermahnte sie ihre Lieben.

Eine Weile aßen und tranken sie schweigend, ganz in den Genuss vertieft, dann sprachen sie über Gott und die Welt, über Chris' Arbeit und über den plötzlichen Wintereinbruch. Irgendwann hielt es Sarah nicht mehr aus. Demonstrativ legte sie ihre Gabel auf die Serviette, nahm einen Schluck Wasser und sah ihren Bruder an.

»Spuck's endlich aus«, forderte Chris sie auf. »Ich seh dir doch schon den ganzen Abend an, dass dir eine Frage unter den Nägeln brennt.«

»Danke, Bruderherz.« Sarah schenkte ihm ein schnelles Lächeln. »Also, mal angenommen, ich will jemanden mit einem Opioid töten«, begann sie.

»Öha!«, platzte es aus Chris heraus. »Ist aus meinem Schwesterherz etwa eine Mordsschwester geworden?« Er lachte, und die anderen stimmten ein.

Nur Sarah nicht. Sie wollte ihre Frage zu Ende formulieren. »Also, welches Opioid müsste ich nehmen, um auf Nummer sicher zu gehen?«, wollte sie wissen, nachdem das Lachen am Tisch verebbt war.

»Deine Frage hat bestimmt etwas mit der Toten in der Oper zu tun, oder?«, kombinierte Gabi, und Sarah nickte.

»Okay«, sagte ihr Bruder schließlich. »Also, rein hypothetisch würde ich, wenn ich, wie du dich ausgedrückt hast, auf Nummer sicher gehen wollte, Fentanyl verwenden.«

David nutzte die kurze Stille, die folgte, um jedem ein weiteres Stück Auflauf anzubieten. Sarah lehnte ab,

Chris hielt ihm den Teller hin, und Gabi bat um ein Ministückchen. Als die beiden versorgt waren, schenkte David allen Wein nach.

»Fentanyl also«, wiederholte Sarah. »Warum?«

Chris nahm einen Bissen, bevor er antwortete. »Damit ihr versteht, worüber wir da sprechen, mache ich mal einen kurzen Exkurs. Fentanyl wird nur bei heftigen Schmerzen verabreicht. Etwa bei starken chronischen Beschwerden oder Krebserkrankungen. In diesen Fällen bekommen es die Patienten zumeist mittels Pflaster oder Infusionen. Es gibt es aber auch als Nasenspray und in Tablettenform. Bei Akutbehandlungen von extremen Schmerzen wird es sogar intravenös gespritzt. Dabei«, er stach mit dem Zeigefinger in Sarahs Richtung, »ist es etwa hundertmal stärker als Morphium und fünfzigmal stärker als Heroin. Es gilt als eines der gefährlichsten Opioide.« Er nahm die Hand wieder runter. »Dennoch wird manchmal Kokain damit gestreckt. An dieser Kombi sind schon so einige gestorben. So wie dieser Rapper … wie hieß der noch mal?« Er sah Gabi Hilfe suchend an.

Die zückte ihr Handy und googelte. »Coolio«, sagte sie kurz darauf.

»Kenn ich nicht«, gestand Sarah.

David schüttelte den Kopf. »Dito.«

»Genauso sind Menschen gestorben, weil sie Fentanylpflaster für Rauschzwecke missbraucht haben«, ergänzte Chris.

»Wie stirbt man durch Fentanyl?«, fragte Sarah dann.

»Der Puls verlangsamt sich, die Atmung auch. In Folge tritt ein Atem- oder Herzstillstand ein. Kommt keine Hilfe, ist man innerhalb von wenigen Minuten tot.« Chris trank einen Schluck Wein.

»Sarah hat bei Nina Seidling innerhalb kurzer Zeit mit der Herzdruckmassage begonnen«, erwiderte David.

»Und da mein Rettungsversuch erfolglos war, muss die todbringende Substanz hoch dosiert gewesen sein«, schlussfolgerte Sarah.

»Vermutlich. Übrigens, auch andere Opioide können Atem- und Herzstillstand verursachen. Das ist kein Alleinstellungsmerkmal von Fentanyl«, schränkte Chris ein.

Sarah massierte sich die Stirn. »Aber kann man Fentanyl überhaupt jemandem heimlich ins Getränk schütten, so wie K.-o.-Tropfen?«

»Wie gesagt, Fentanyl gibt es als Tabletten, und die kann man in Wasser auflösen oder vorher noch im Mörser zerreiben. Man kann es allerdings auch gleich in Pulverform kaufen, sodass man es ganz einfach mit anderen Substanzen mischen kann.«

»Braucht man dafür nicht ein Rezept?«, fragte Gabi.

»Natürlich ist Fentanyl verschreibungspflichtig. Immerhin handelt es sich dabei um ein sehr starkes Betäubungsmittel, das leicht überdosiert werden kann. Deshalb sollte es nicht in falsche Hände gelangen.« Chris schnaubte. »Aber es gibt ja immer Wege, ohne Rezept an verschreibungspflichtige Mittel zu kommen. Meines Wissens werben sogar einige Seiten im

Internet damit, es rezeptfrei zu verkaufen. Ob diese Seiten fake oder echt sind, kann ich dir natürlich nicht sagen.«

Sarah stand auf und holte ihr Notizbuch, das noch in ihrer Umhängetasche an der Garderobe gewesen war. Zurück am Tisch schrieb sie in Stichpunkten alles auf, was ihr Bruder gesagt hatte. Dann wandte sie sich wieder an Chris. »Wenn ich dir jetzt sage, dass sich Nina Seidling eigenartig verhalten hat, bevor sie zusammenbrach, könnte das ein Symptom für eine Fentanylvergiftung sein?«

»Definiere eigenartiges Verhalten«, erwiderte ihr Bruder.

»Es kam mir vor, als wüsste sie plötzlich nicht mehr, wo sie sich befindet und was sie im Teesalon tut. Als ob sie nicht begreifen würde, was Delia Fee sie fragt beziehungsweise wer da überhaupt neben ihr steht.«

»Ich kann dir nur so viel sagen, dass eine Opioidvergiftung das Bewusstsein beeinträchtigt«, sagte Chris und räumte damit die Möglichkeit ein, dass Sarah mit ihrer Vermutung richtiglag.

Sie sah zu David. »Ich glaub, ich schick die Info jetzt sofort Stein aufs Handy. Vielleicht kann er die Toxikologen dazu bewegen, als Erstes nach Spuren von Fentanyl zu suchen.« Sie konnte sich seine Reaktion auf ihr Vorpreschen gut vorstellen. »Auch auf die Gefahr hin, mir anhören zu müssen, mich überall einzumischen.«

Gabi schmunzelte. »Daran sollte er sich allmählich gewöhnt haben. Zudem hast du ihm bislang immer brauchbare Hinweise geliefert.«

»Da sagst du was«, erwiderte Sarah und erhob sich, um ihr Handy von der Anrichte in der Küche zu holen.

»Gut.« David schlug sich kurz auf die Oberschenkel, stand ebenfalls auf und griff zur Weinflasche. »Ich schenke uns jetzt noch ein Glas ein, und dann lasst uns von etwas anderem reden.«

»Oder wir spielen etwas«, schlug Chris vor. »Was haltet ihr von ein paar Runden Würfelpoker?«

Sarah hob die Hand. »Bin dabei.«

Auch Gabi stimmte zu.

»Dann hol ich mal das Würfelbrett«, sagte David und verschwand.

Bevor sie zu spielen begannen, schickte Sarah noch die WhatsApp-Nachricht an Stein in der Hoffnung, damit die Suche nach dem Opioid, das Nina Seidling getötet hatte, zu beschleunigen.

Dienstag, 21. Februar

18

Um sieben Uhr berichtete der Rundfunk in den Morgennachrichten erstmals über Sarahs Artikel im *Wiener Boten*. Die Sprecherin erwähnte, dass es noch keine offizielle Polizeimeldung dazu gebe, man aber optimistisch sei, im Laufe des Tages detaillierter berichten zu können. Sarah und David trugen noch ihre Schlafsachen, als sie sich in der Küche bei laufendem Radio ein kleines Frühstück mit Butterkipferl, grünem Tee und Espresso zubereiteten. Stein hatte gestern nicht mehr und heute noch nicht auf Sarahs Nachricht reagiert.

»In der Redaktion werden gleich die Telefone heißlaufen«, mutmaßte David.

Sarah nickte. »Genauso wie in der Pressestelle der Landespolizeidirektion.« Sie warf einen Blick auf die Halbangora, die sich nach ihrem ersten Mahl des Tages, Thunfisch in Gelee, genüsslich am Küchenboden streckte. »Nur Marie scheint das nicht zu berühren. Manchmal wünschte ich, ich wäre wie sie. Ein Leben als Katze ist doch auch was Schönes. Außerdem hat man davon ganze sieben.«

Sie aßen die Butterkipferl im Stehen und lauschten weiter den Nachrichten. Als David sich noch einen zweiten Espresso machte, schob Sarah sich das letzte

Kipferlstück in den Mund, schnappte sich die Tasse Grüntee von der Küchenanrichte und ging durch den offenen Durchgang ins Esszimmer, wo sie sich an den Esstisch setzte und den Laptop hochfuhr, den sie gleich nach dem Aufstehen dorthin gestellt hatte.

»Mal schauen, ob sie auch schon im Fernsehen was zu unserem anonymen Schreiben bringen«, sagte sie zu sich selbst und öffnete in der TV-Thek des ORF die letzte Ausgabe der *ZIB*. Tatsächlich begannen die Nachrichten mit dem Bericht über den mysteriösen Absender, der den Mord an Nina Seidling indirekt gestanden und einen weiteren durch eine Art Rätsel angekündigt hatte. Der Sprecher berief sich dabei auf Sarahs Artikel.

»Ich hoffe nur, dass wir heute keine Meldung über einen Mordfall reinbekommen«, murmelte sie, machte sich aber, wenn sie ehrlich zu sich selbst war, keinerlei Hoffnung, dass ihr Wunsch sich erfüllen würde. Nach dem Eingang des ersten an sie gerichteten Schreibens beim *Wiener Boten* waren nur wenige Stunden bis zum Mord an Nina Seidling vergangen, und das zweite hatte sie gestern Vormittag erhalten. Damit war wahrscheinlich, dass der Täter heute im Laufe des Tages wieder zuschlagen würde, sofern er das nicht schon getan hatte. Der Geistesblitz, den David ihr noch am Vorabend prophezeit hatte, war ausgeblieben. Sarah hatte nach wie vor nicht den blassesten Schimmer, auf wen es der Todesengel abgesehen hatte. Sie schaltete den Laptop aus und ging ins Bad, wo sie sich die Zähne putzte und dezentes Make-up auflegte. Vor ihrem Kleiderschrank im Schlafzimmer stehend, entschied sie sich für einen schwarzen Pullover und eine wadenlange dunkelgraue Hose im Marlene-Stil. Das Outfit passte gut zu ihren hohen Winterstiefeln.

Nachdem auch David sich umgezogen hatte, machten sie sich um halb neun auf den Weg zum *Wiener Boten*. Kurz bevor sie das Redaktionsgebäude erreicht hatten, erhielt Sarah eine WhatsApp-Nachricht von Oskar Kretschmer von *Neues der Woche*: *Hast schon mehr?*

Nein, schrieb sie zurück.

Melde dich bitte, wenn sich Neuigkeiten ergeben, antwortete er mit einem Winke-Emoji.

Sie lächelte, verdrehte die Augen und murmelte: »Ganz bestimmt bist du dann der Erste, den ich anrufe.«

Cordula Berger saß schon auf ihrem Platz, als Sarah das Vorzimmer ihres Büros betrat.

»Guten Morgen!« Die Sekretärin trug ein hellblaues Kleid mit weißen Streifen und V-Ausschnitt. Es stand ihr ausgezeichnet, und das sagte Sarah ihr auch.

»Danke«, erwiderte Cordula Berger und reichte Sarah dann seufzend eine Liste. »Seit ich hier bin, klingelt das Telefon im Minutentakt. Gibt nicht wenige Kollegen, die ein Statement oder ein Interview wollen.«

Sarah überflog die Liste. »Wow, das sind aber viele. Dabei ist es doch erst zehn nach neun.« Die Meldung schien wie ein Blitz eingeschlagen zu haben. Dann fiel ihr Blick auf einen bestimmten Namen. »Michaela Seidling? Ist das …?«

»Nina Seidlings Mutter. Ja. Eine Bekannte aus Wien hat sie heute Morgen angerufen und ihr Ihren Artikel vorgelesen, und jetzt will sie mit Ihnen sprechen.« Die Sekretärin machte ein betroffenes Gesicht. »Es ist schon furchtbar, wenn das eigene Kind stirbt. Aber zu erfahren, dass es ermordet wurde, ist eine Katastrophe.«

»Da haben Sie recht«, stimmte Sarah ihr zu. »Ich ruf sie sofort zurück.« Mit der Liste in der Hand ging sie in ihr Büro, schloss die Tür und ließ sich unter kurzem Aufstöhnen auf den Stuhl fallen. Das Gespräch, das ihr bevorstand, würde alles andere als lustig werden. Stein hatte sicher schon mit den Eltern gesprochen und sie über die Umstände von Nina Seidlings Tod informiert. Aber das würde die Unterhaltung nicht einfacher machen. Mit einem mulmigen Gefühl im Bauch tippte sie die Telefonnummer von Nina Seidlings Mutter in den Festnetzapparat und wappnete sich. Sie würde mit Sicherheit weinen, so wie Sarah selbst, denn trotz ihrer manchmal harten Schale war sie in manchen Situationen nah am Wasser gebaut. Nach dem vierten Läuten meldete sich eine weibliche Stimme.

»Seidling«, sagte sie kaum hörbar.

Sarah stellte sich vor und sprach der Frau ihr Beileid aus.

Michaela Seidling seufzte tief. »Danke schön.«

Sarah verzichtete auf die Frage, wie es ihr und ihrem Mann ging. Sie konnte sich lebhaft vorstellen, wie Eltern sich fühlten, die vor Kurzem ihr Kind verloren hatten.

»Heute Morgen hat uns schon ein Chefinspektor

Stein angerufen«, sagte Nina Seidlings Mutter. »Ich hab mit ihm geredet, denn mein Mann spricht seit ...« Sie hielt inne, dann hörte Sarah sie auch schon leise weinen. »Meinem Mann hat Ninas Tod die Sprache verschlagen. Er sitzt nur noch auf dem Sofa oder liegt im Bett und starrt vor sich hin«, schluchzte sie.

Sarah blinzelte die aufsteigenden Tränen weg. Den Schmerz, den das Ehepaar durchleiden musste, hatte sie so ähnlich am eigenen Leib erfahren, als ihre Eltern bei einem Autounfall ums Leben kamen. Der Kummer raubte ihr damals die Luft zum Atmen. Sie kam sich vor wie ein Fisch auf dem Trockenen, den eigenen Tod durch Ersticken vor Augen. Das Gefühl begleitete sie monatelang wie ein bleischwerer Rucksack, den sie nicht ablegen konnte. Es hatte sie fast umgebracht. »Es tut mir so leid, Frau Seidling«, sagte sie nochmals.

Michaela Seidling atmete hörbar tief durch, bevor sie weitersprach. »Dieser Chefermittler meinte, dass Nina an der Überdosis eines Opioids gestorben ist. Die Polizei weiß zwar noch nicht, von welchem Opioid«, sie schluchzte auf, »aber es wird vermutet, dass ihr jemand etwas ins Getränk geschüttet hat. Wer macht denn so etwas?«

Sarah wischte sich mit dem Handrücken die Tränen aus den Augen. »Das wird die Polizei sicher herausfinden. Ich kenne den leitenden Ermittler. Er ist ein sehr guter Kriminalinspektor.«

»Das macht unsere Nina auch nicht wieder lebendig.«

»Das stimmt leider«, erwiderte Sarah. Dieser eine Satz brachte das Leid der Familie auf den Punkt. Egal, was in der Zukunft passierte, Nina Seidling würde nie wieder lachen, weinen, mit ihren Eltern sprechen oder sich mit ihnen streiten.

Die Mutter schnäuzte sich kurz und heftig. »Sie haben von ihrem Mörder einen Brief bekommen. Ich will wissen, was genau er geschrieben hat.«

Sarah nahm die Kopie des zweiten Schreibens aus ihrer Schreibtischlade und las den Wortlaut vor. »Sagt Ihnen das irgendetwas?«, fragte sie, als sie geendet hatte.

»Was für eine Schuld meint er denn?«, stellte Michaela Seidling eine Gegenfrage. »Nina hat doch keine Schuld auf sich geladen. Und was soll das mit den Schwänen?« Sie konnte sich offenkundig keinen Reim darauf machen.

Sarah versuchte, ihr so einfach wie möglich zu erklären, was sie über die Zeilen dachte. Dann fragte sie nach einem eventuellen Stalker oder Ex-Freund.

»Sie hat uns nie von einem Stalker erzählt, und einen Freund hatte sie in den letzten zwei Jahren auch nicht. Nina hat so viel gearbeitet, da war keine Zeit für einen Mann.« Wieder weinte Michaela Seidling.

»Vielleicht hat sie ja auch mal Kollegen erwähnt, die ihr nicht wohlgesinnt sind?«, hakte Sarah nach.

Einen Moment lang war es still in der Leitung, dann schnäuzte sich Michaela Seidling erneut. »Zumeist hat sie von lustigen Ereignissen berichtet, die abseits der Kamera passiert sind. Ich weiß aber, dass sie ihren jetzigen Serienpartner, diesen Leon Kant, nicht ausstehen konnte. Sie meinte, er würde sich andauernd in den Vordergrund drängen, sich an sie ranhängen, um von ihrer Bekanntheit zu profitieren. Wussten Sie, dass Nina für eine Romy nominiert ist? – War.« Kurz hörte sie sich wie eine stolze Mutter an.

»Ja, das wusste ich. Und vermutlich hätte sie die Auszeichnung auch bekommen, so beliebt, wie Ihre Tochter beim Publikum war«, versicherte Sarah. Dass sie im Kollegenkreis kaum jemand hatte ausstehen können und sie mit dem verheirateten Produzenten geschlafen hatte, ließ sie unerwähnt. Das passte nicht hierher.

In diesem Moment öffnete sich die Bürotür, und Cordula Berger brachte eine Melange und ein Glas Wasser. Sarah formte mit den Lippen ein lautloses »Danke«.

»Jetzt fällt mir doch noch etwas ein«, sagte Michaela Seidling plötzlich, und Sarah spitzte die Ohren. »Der Regisseur dieser *Lilli*-Serie, er hat so einen eigentümlichen Namen …«

»Arvid Dorna?«

»Ja, genau der.«

Der Adler, rief sich Sarah die Übersetzung des altnordischen Vornamens in Erinnerung.

»Er hat sie mal am Set vor versammelter Mannschaft als falsche Schlange beschimpft«, fuhr Nina Seidlings Mutter indessen fort. »Das hat sie sehr getroffen.«

Der Kampf zwischen Gut und Böse, philosophierte Sarah in Gedanken über die symbolische Bedeutung des Gefechts von Adler und Schlange. Die Szene, die Michaela Seidling beschrieb, passte zu dem, was Maja von Leon Kant erfahren hatte. Dass Arvid Dorna die

Hauptdarstellerin gerne aus der Serie geschmissen hätte.

»Nina war fuchsteufelswild«, sagte Michaela Seidling. »Sie meinte, dass sie ihn vom Produzenten, dem Katzberg, feuern lassen würde, wenn er ihr noch mal so blöd käme. Mit dem hat sie sich gut verstanden.«

Ein böser Gedanke blitzte in Sarahs Kopf auf: Nina Seidling, die listige Schlange, hatte sich den machtvollsten Verbündeten, Kevin Katzberg, gefügig gemacht und damit dem Adler, Arvid Dorna, den Sieg über sie erschwert.

»Tun Sie mir einen Gefallen?«, brachte Michaela Seidling sie wieder ins Hier und Jetzt.

»Gerne. Welchen?«

»Schreiben Sie Gutes über meine Tochter. Und wenn Sie das tun, schicken Sie mir eine Ausgabe des *Wiener Boten*.« Sie gab ihre Adresse durch.

»Natürlich«, versprach Sarah und notierte sich Straße und Hausnummer der Seidlings in Hainburg.

»Nina war ein wunderbarer Mensch. Dieser Teufel hat uns das Liebste genommen, das wir auf dieser Welt hatten. Mein Mann und ich werden ihren Tod niemals überwinden.« Die Mutter weinte wieder herzzerreißend.

Auch Sarah liefen jetzt Tränen über die Wangen.

»Tut mir leid, Frau Pauli, aber ich kann nicht mehr.« Michaela Seidling beendete das Gespräch, ohne sich zu verabschieden.

Sarah legte den Hörer auf, sah zur Decke und schloss die Augen. Was für ein Drama.

In dem Moment läutete der Festnetzapparat. Sie atmete noch einmal tief durch, wischte sich die Tränen mit dem Handrücken fort und nahm dann den Hörer ab.

»Ein Herr Katzberg«, sagte Cordula Berger. »Er meinte, Sie hätten um Rückruf gebeten.«

»Stellen Sie ihn bitte durch«, erwiderte Sarah, und in der darauffolgenden Sekunde meldete sich der Filmproduzent.

»Guten Morgen, Frau Pauli. Hier spricht Katzberg von der Filmproduktion Katzberg.«

Er hatte eine angenehme Stimme, stellte Sarah fest. »Guten Morgen. Das ist aber nett, dass Sie zurückrufen.« Lächelnd lehnte sie sich in ihrem Stuhl nach hinten. Sie war sich sicher, dass sie den Rückruf ausschließlich ihrem heute erschienenen Artikel im *Wiener Boten* zu verdanken hatte.

»Ich habe heute in den Morgennachrichten gehört, dass Sie ein Schreiben erhalten haben, in dem der Absender den Mord an Nina gesteht«, kam Katzberg direkt darauf zu sprechen. »Wer ist der Dreckskerl? Hat er nur gestanden oder auch erwähnt, warum er es getan hat?«

»Nur Ersteres. Und natürlich hat der Schreiber uns seine Identität nicht verraten.« Sarah fragte sich, ob der Produzent tatsächlich so dumm war, anderes zu glauben. »Zudem ziehen Sie voreilige Schlüsse, Herr Katzberg. Wir wissen nämlich nicht, ob der Absender ein Mann oder eine Frau ist. Oder haben Sie jemanden in Verdacht? Einen Stalker oder Ex-Freund? Wurde Frau Seidling bedroht?«

»Nicht dass ich wüsste. Am Set hat es jedenfalls nie einen Vorfall gegeben, der das nahegelegt hätte. Und Nina hat auch nie etwas in der Richtung erwähnt.«

»Der Brief könnte auch von einer Konkurrentin oder einer Ehefrau stammen, mit deren Mann Nina Seidling eine Affäre hatte«, sagte Sarah und war auf Katzbergs Reaktion gespannt.

Ein paar Sekunden lang herrschte Stille in der Leitung.

»Fällt Ihnen dazu vielleicht etwas ein?«, hakte sie in unbekümmertem Tonfall nach.

Wieder schwieg ihr Gesprächspartner mehrere Sekunden lang. »Jetzt ziehen Sie offenbar voreilige Schlüsse, Frau Pauli. Ich kann Ihnen nur davon abraten, weiterhin abenteuerliche Vermutungen anzustellen«, sagte Katzberg dann, und es klang wie eine Drohung.

Sarah lächelte. Jetzt war ihm klar, dass sie von der Affäre wusste.

»Das sind keine Vermutungen, Herr Katzberg«, versicherte sie ihm. »Wissen Sie eigentlich, warum Arvid Dorna Nina Seidling als falsche Schlange bezeichnet hat?«

»Davon hab ich nichts mitbekommen«, erwiderte er umgehend.

War ja klar, dachte Sarah zynisch und machte sich eine Notiz, dem nachzugehen. Eventuell würde sie bei Schauspielkollegen mit der Frage mehr Glück haben.

»Etwas anderes: Nahm Nina Seidling Drogen?«

»Nein«, antwortete er ebenso schnell. »Ist das wieder eine Ihrer abenteuerlichen Vermutungen?«

Sarah ging auf seine Provokation nicht ein. »Was ist mit den Partys im Haus von Alois Stock, dem Banker?«

Wieder war es einige Sekunden lang still in der Leitung. Ein sicheres Zeichen dafür, dass sie auf dem richtigen Weg war.

Kevin Katzberg räusperte sich. »Was soll damit sein?«

»Uns ist zu Ohren gekommen, dass es dort Drogen in Hülle und Fülle gab und auch Nina Seidling diese konsumierte.«

Der Filmproduzent lachte laut auf. »Wer erzählt denn so einen Blödsinn? Dabei handelt es sich um hochseriöse Empfänge mit gutem Essen und hervorragenden Weinen. Das sind die einzigen Drogen, die es dort gibt. Und bevor Sie fragen: Ja, wir sind immer mit dem Taxi nach Hause gefahren. *Don't drink and drive,* Sie verstehen?«

»Warum waren Sie mit Nina Seidling dort und nicht mit Ihrer Frau?«

»Sie sind gut informiert«, stellte der Filmproduzent fest.

»Ich bin Chefredakteurin des *Wiener Boten*. Wir sind die Presse und haben unsere Quellen.«

»Dann sagen Sie Ihren Quellen, dass sie falsche Infos liefern.« Er klang ehrlich empört.

Wenn sich das bewahrheitet, was Claudia Bacher bei dem Telefongespräch mitbekommen hat, ist Katzberg ein ausgesprochen guter Schauspieler, dachte Sarah. Zumindest am Telefon.

»Dann waren Sie also doch mit Ihrer Frau dort?«, hakte sie nach und tat naiv.

»Nein, war ich nicht. Aber das meinte ich auch nicht. Sondern die Behauptung, dass es dort Drogen gab. Das ist eine infame Unterstellung, die ich aufs Schärfste zurückweise.«

Natürlich tust du das, dachte Sarah bissig.

»Und Sie sollten sie sofort vergessen, oder wollen Sie am Ende von Alois Stock wegen übler Nachrede verklagt werden?« Katzbergs Stimme hatte an Schärfe zugenommen.

Aber Sarah ließ sich nicht aus der Ruhe bringen und ignorierte auch diese latente Drohung einfach. »Demnach waren Sie ausschließlich mit Nina Seidling auf diesen … Empfängen?«, fragte sie betont besonnen.

»Nina hat sich als Autorin eines Drehbuchs versucht. Die Story ist verdammt gut. Ich hatte ihr versprochen, es zu verfilmen. Nicht fürs Fernsehen, sondern fürs Kino. Obwohl die Produktion ziemlich teuer zu werden versprach. Aufwendige Filmtechnik, Animationen, Drohnen und so Zeug. Dazu Drehortmiete, viele Schauspieler und so weiter. Für so etwas reicht das Budget meiner Firma samt Förderung des Filmfonds nicht aus. Deshalb hab ich mich nach etwaigen Sponsoren umgesehen.«

»Und Alois Stock war so ein Sponsor?«, schlussfolgerte Sarah.

»Genau. Mehr als das. Er träumt davon, ins Filmbusiness einzusteigen. Nina und ich waren einige Male bei ihm, um über das Projekt zu reden.«

»Wie haben Sie ihn kennengelernt?«

»Nina hat ihn mir vorgestellt. Sie kannte Stock schon länger. Er ist ein großer Fan von ihr.«

Sarah war überrascht. »Das heißt, eigentlich hat sie Sie zu den Veranstaltungen mitgenommen?«

»Sie hatte ihn mir bei einer Filmpremiere im Gartenbaukino vorgestellt und erwähnt, dass er mit dem Filmgeschäft liebäugeln würde. Drei Wochen später hab ich sie begleitet. Danach wurde ich direkt von Herrn Stock eingeladen.«

»Wann war das erste Mal?«

Katzberg musste nicht lange nachdenken. »Anfang August letzten Jahres. Das Timing war perfekt, weil Nina und ich uns fünf Wochen zuvor wegen ihres Projekts einig geworden waren.«

Sarah notierte sich den Zeitpunkt in ihrem Büchlein. »Werden Sie das Drehbuch auch nach Nina Seidlings Tod verfilmen?«

»Nein«, seufzte der Produzent. »Aber das Projekt war schon auf Eis gelegt worden, als Nina noch lebte.«

»Warum?«

»Stock hat sich plötzlich rausgezogen«, sagte Katzberg genervt. »Dabei waren wir mit den Vertragsverhandlungen schon sehr weit. Er hätte mehr als die Hälfte der Produktionskosten finanziert.«

»Tatsächlich«, entfuhr es Sarah. »Weil er so begierig darauf war, ins Filmgeschäft einzusteigen, oder weil der Stoff ihn so begeistert hat?«

»Beides. Zumindest noch vor vier Monaten. Denn da hat er mir seine Finanzierungsbeteiligung in die Hand versprochen. Wir haben dann den Vertrag aufgesetzt, den er aber nie unterschrieben hat. Anfang dieses Jahres hat er mir dann plötzlich abgesagt.«

Sie machte sich wieder eine Notiz. »Wieso das?«

»Das kann ich Ihnen nicht beantworten. Er hat seine Entscheidung nicht begründet, nur etwas gemeint von wegen, dass jetzt doch nicht der richtige Zeitpunkt wäre. Dabei sollten die Dreharbeiten im Sommer beginnen.«

Sarah dachte daran, was sie von Claudia Bacher erfahren hatte: Dass der Filmproduzent und Stock Ärger miteinander hatten. »Haben Sie sich deshalb zerstritten?«

Katzberg prustete belustigt los. »Wir sind doch keine kleinen Kinder. Natürlich war ich verärgert, das will ich nicht verschweigen, aber in der Branche muss man mit Niederlagen umgehen können. Deshalb bricht man nicht miteinander.«

»Also hatten Sie keinen Ärger mit Alois Stock?«, insistierte sie.

»Nein. Das habe ich doch eben schon gesagt.« Katzberg klang ungehalten.

Sarah beschloss, vorsichtiger vorzugehen. Nicht dass ihm noch der Geduldsfaden riss und er das Gespräch vorzeitig beendete. »Natürlich. Entschuldigung«, ruderte sie deshalb zurück.

Sie rekapitulierte in Gedanken: Anfang Jänner hatte Alois Stock das Projekt abgesagt. Bei dem Telefonat, das Claudia Bacher am dreiundzwanzigsten desselben Monats belauscht hatte, hatte Nina Seidling erwähnt, dass sie ein letztes Mal zu Stock mitkommen würde. Mit Sicherheit war sie ziemlich sauer auf den Banker, da seinetwegen die Verfilmung ihres ersten Drehbuchs geplatzt war. Zudem hatte sie erwähnt, dass er grapschte. »Herr Katzberg, waren Sie und Nina Seidling nach der Absage des Projekts noch mal bei Herrn Stock zu Besuch?«

»Nein. Nina hatte mich davon überzeugt, dass er es sich vielleicht überlegen würde, wenn wir den Kontakt zu ihm reduzierten.«

»Waren bei den Treffen mit dem Banker noch andere Gäste anwesend?«

»Sie stellen verdammt viele Fragen. Ich komme mir langsam vor wie bei einer Polizeivernehmung.«

»Tut mir leid. Das kommt vielleicht daher, dass ich immer wieder mit Polizisten zu tun habe. Vermutlich hat das schon abgefärbt.« Sie lachte, dann entstand eine Pause.

»Nein, da waren keine anderen Gäste«, antwortete Katzberg schließlich. »Sie wollen doch hoffentlich keine Drogenstory daraus machen, um die Auflage von Ihrem Blatt zu steigern?«

»Selbstverständlich nicht. Ich versuche nur, mir darüber klar zu werden, wer Interesse an Nina Seidlings Tod hatte.«

»Alois Stock sicher nicht und ich ebenfalls nicht. Ganz im Gegenteil«, sagte Katzberg. »Und auch sonst fällt mir niemand ein, der ihren Tod gewollt hätte. Sie war beliebt.«

Was eine glatte Lüge war, das wusste Sarah. »Und ich will herausfinden, wer da draußen unterwegs ist, um noch jemanden zu töten«, kam sie auf das letzte Schreiben des Unbekannten zu sprechen.

»Ich weiß zwar nicht, inwiefern Ihnen meine Antworten dabei helfen können, aber ich drück die Daumen, dass es Ihnen gelingt.«

»Danke«, erwiderte Sarah. »Wie geht es jetzt mit der *Lilli*-Serie weiter?«

Katzberg stöhnte auf wie ein verwundetes Tier. »Ich weiß es nicht. Nächste Woche treffe ich mich mit den beiden Drehbuchautoren. Gut ein Drittel der neuen Staffel haben wir schon im Kasten, für danach müssen wir uns etwas überlegen. Möglicherweise müssen wir die Drehbücher umschreiben lassen oder die Serie beenden. Sie sehen, Ninas Tod ist nicht nur schmerzhaft, sondern auch ein finanzieller Verlust, wenn uns keine Lösung einfällt. Dabei hatten wir mit ihr in diesem Jahr so viel vor.«

»Damit meinen Sie wieder die Verfilmung ihres ersten Drehbuchs«, schlussfolgerte Sarah, »deren Finanzierung aber nicht zustande gekommen ist?«

»Genau genommen ist es das Drehbuch eines Musicals.« Der Produzent klang wieder entspannt. Das Filmgeschäft und all das Drumherum, das war seine Welt und für ihn sicheres Terrain. »Es geht um ein Tanztheater, dem die Pleite droht. Dazu kommt noch ein mächtiger Immobilieninvestor als Gegenspieler, der das Theater abreißen will und Apartments für Superreiche auf dem Grundstück errichten möchte. Doch die Direktorin und ihre Tänzerinnen und Tänzer wehren sich gegen ihn. Und so weiter und so fort. Die Liebe darf natürlich auch nicht zu kurz kommen.«

»Klingt nach dem echten Leben«, merkte Sarah lächelnd an. »Wie geht die Geschichte aus?«

»Wie die meisten Märchen. Die Guten siegen, die Bösen werden bestraft.«

»Das wiederum klingt nicht nach dem echten Leben.«

»Nein«, stimmte ihr Kevin Katzberg zu und seufzte.

Sarah überlegte, welche Frage sie ihm noch stellen konnte, aber ihr fiel keine mehr ein. Es war jetzt zehn Uhr. Sie telefonierten bereits eine halbe Stunde miteinander. »Dann will ich Ihre Zeit auch nicht länger in Anspruch nehmen.«

Katzberg rang ihr noch das Versprechen ab, sich zu melden, sobald sie etwas Neues über den Absender des Schreibens wusste, und sie versprach es. Dann verabschiedeten sie sich voneinander. Kaum hatte Sarah aufgelegt, wurde die Bürotür aufgerissen und Maja stürmte herein. Ihre Miene verhieß nichts Gutes.

19

»Sorry, Sarah, dass ich so reinplatze. Aber ich denke, das hier entschuldigt es.« Maja wedelte mit einem Blatt Papier.

Hinter ihr tauchte eine missbilligend dreinblickende Cordula Berger auf.

»Schon gut, Frau Berger. Ist sicher wichtig, sonst würde Maja nicht so einen Bahöl veranstalten«, versuchte Sarah, die Sekretärin zu beruhigen.

Cordula Berger warf noch einen letzten tadelnden Blick ins Zimmer, zog aber dann die Tür zu.

Maja legte den Ausdruck derweil schwungvoll auf Sarahs Schreibtisch.

»Sechsundfünfzigjähriger Luxuswagenhändler Montagnacht tot in seinem Autohaus im dreiundzwanzigsten Bezirk gefunden«, las Sarah laut vor. *»Obduktion soll Todesursache klären.«*

»Ich hab gegoogelt«, sagte Maja. »Hugo Misic ist im dreiundzwanzigsten der einzige Autohändler, der mit Luxuskarossen handelt.«

Sarah sank gegen ihre Stuhllehne. Das konnte doch nicht wahr sein. Ihr logisches Denken bestand darauf, dass es sich um einen Irrtum handelte. Zugleich wusste sie, dass die Meldung der Wahrheit entsprach.

Sie beugte sich wieder nach vorne, las die gesamte Polizeiaussendung. »Wenn die Todesursache noch geklärt werden muss, gehe ich davon aus, dass er weder erschossen noch erschlagen oder erwürgt wurde. Aber eines steht fest: Die Schwäne sind gelandet.«

Maja warf ihr einen irritierten Blick zu. Dann kam ihr offenbar die Erleuchtung. »Du bist überzeugt, dass er von unserem Briefeschreiber umgebracht wurde. Aber von Mord steht nichts in der Polizeimeldung.«

»Ich bin mir ganz sicher, dass er ermordet wurde«, behauptete Sarah mit Nachdruck. »Er war das Ziel, von dem im zweiten Brief die Rede ist.«

»Warum glaubst du das?«

»Er war auf dem Opernball, und er ist Wirtschaftstreibender. Nenne es meinetwegen Intuition, aber vertrau mir, wenn ich sage, dass der Todesengel ihn im Visier hatte. Hast du noch mehr?« Sarah drehte sich nervös eine Haarsträhne um den Finger.

Maja schüttelte den Kopf. »Die Polizei hat nur diese überaus knappe Pressemeldung verschickt.«

»Seine Ermordung muss in Zusammenhang mit der von Nina Seidling stehen. Wir brauchen mehr Infos.« Sarahs kleine Rädchen im Kopf liefen heiß. Wo war der rote Faden? Sie rief die Seite des Luxusautohauses Misic auf und tippte die angegebene Nummer in den Festnetzapparat. Sofort teilte ihr der Anrufbeantworter mit, dass das Unternehmen in den nächsten Tagen geschlossen bleiben würde. Sie legte den Hörer wieder auf. »Einen Versuch war es wert.« Kurz starrte sie nachdenklich vor sich hin, dann erhob sie sich abrupt.

»Ich fahr hin. Vielleicht ist ja seine Frau dort. Bei dem Todesfall eines Angehörigen ist ein Gespräch von Angesicht zu Angesicht persönlicher als ein Anruf.«

»Ich komme mit«, beschloss Maja.

Das Autohaus lag an der Triester Straße nahe der Stadtgrenze. Trotz der sechsspurigen Fahrbahn kamen Autos zumeist nur im Schneckentempo voran. Doch weil sie mit den öffentlichen Verkehrsmitteln noch länger dorthin gebraucht hätten, hatte Sarah entschieden, das Firmenauto zu nehmen. Sie sah aus dem Beifahrerfenster. Die Sonne schien, und die Fahrbahn war trocken. An das gestrige Schneegestöber erinnerten nur noch schwarzgraue Schneehügel am Straßenrand.

Um elf parkte sie ein paar Schritte vom Autohaus entfernt, damit die Ermittler, die sie auf dem Gelände vermutete, nicht gleich mitbekamen, dass sie und Maja von der Presse waren. Der Schriftzug des *Wiener Boten* zog sich unübersehbar quer über beide Längsseiten des dunkelgrauen Honda Civic.

»Auf den ersten Blick schaut alles normal aus«, merkte Maja an, weil sie nirgendwo Absperrbänder oder Polizisten sahen, die sie daran hinderten, näher zum Gebäude zu gelangen. »Möglicherweise doch kein Tatort?« Sie sah Sarah zweifelnd von der Seite an.

»Schaun ma mal«, antwortete die ausweichend und zeigte dann auf einen dunkelgrauen VW-Bus. »Das da drüben ist jedenfalls der Wagen der Spurensicherung.«

Maja runzelte fragend die Stirn. »Wirklich Mord?«

»Das werden wir hoffentlich gleich erfahren.« Sarah sah sich nach Martin Steins Audi A6 um, aber sie entdeckte ihn nicht. Die Schiebetür der riesigen Ausstellungshalle stand offen. Durch die bodentiefe Glasfront sahen sie Alma Misic mit gesenktem Kopf vor einem roten Sportwagen stehen. Ein Mechaniker kam aus dem Verkaufsraum und ging schweigend an ihnen vorbei. Vermutlich zur Werkstatt, die in einem Nebengebäude lag. Sarah und Maja betraten die Halle, und Sarahs Blick streifte das Heck eines dunkelgrauen Wagens. Porsche Panamera, las sie am Kofferraumdeckel. Sie hatte keine Ahnung von Autos, wusste daher auch nicht, was so ein Sportwagen kostete.

In dem Moment hob Alma Misic den Kopf. Ihre Augen waren rot geweint. Sie trug ein schwarzes, wadenlanges Wollkleid. Die Autohändlerin sah Sarah und Maja an, als wüsste sie nicht, wer sie waren.

Sarah reichte ihr die Hand. »Es tut mir so leid.«

Auch Maja sprach der Witwe ihr Beileid aus.

»Danke.« Alma Misics Kinn zitterte. Tränen liefen ihr übers Gesicht.

»Wir haben den Wagen der Spurensicherung gesehen. Was ist denn passiert?«

»Er wollte gestern Abend noch irgendwelche Unterlagen durchsehen. Als er um Mitternacht noch immer nicht daheim war, bin ich hergefahren. Wir wohnen ja nur zwanzig Minuten mit dem Auto entfernt in Wiener Neudorf.« Sie zeigte in eine unbestimmte Richtung durch die Glasfront des Showrooms. Offenbar wunderte sie sich nicht, dass zwei Journalistinnen des

Wiener Boten bei ihr aufgetaucht waren. Wahrscheinlich stand sie unter Schock.

Sarah fingerte aus ihrer Umhängetasche ein Taschentuch hervor und reichte es Alma Misic. »Hat die Polizei schon eine Ahnung?«

Die Autohändlerin schüttelte den Kopf. »Möglicherweise ein Herzinfarkt. Aber mit Sicherheit kann man das nicht sagen, deshalb wird er«, sie hielt kurz inne, »untersucht.« Das Wort »obduziert« wollte ihr offenbar nicht über die Lippen kommen. »Wenn jemand bei ihm gewesen wäre, hätte derjenige ihm vielleicht noch helfen können.« Sie schluchzte und drückte sich das Taschentuch fest auf den Mund.

Sarah überlegte, ob sie Alma Misic etwas von den Briefen und ihrer Vermutung erzählen sollte, dass ihr Mann ermordet worden war. Denn offenkundig hatte sie den Artikel über das Schreiben von Nina Seidlings Mörder im *Wiener Boten* noch nicht gelesen. Was niemand ihr verdenken konnte. Ihr Mann war letzte Nacht gestorben, da hatte Alma Misic anderes zu tun, als Zeitung zu lesen. Sarah verwarf den Gedanken. Das Thema anzusprechen, hätte die arme Frau gegenwärtig vermutlich überfordert.

»War es üblich, dass Ihr Mann so spät noch arbeitete?«, fragte Maja.

»Es war jedenfalls nicht unüblich. Gestern war Hugo länger als gedacht bei Alois Stock in der Bank.«

Ha, dachte Sarah, da haben wir ja schon mal eine Verbindung. Sie warf Maja einen raschen Blick zu, und ihre Kollegin nickte unmerklich. Sie hatten offenbar den gleichen Gedanken.

»Deshalb ist dringende Arbeit auf seinem Schreibtisch liegen geblieben. Die wollte er noch erledigen, bevor er …« Alma Misic unterbrach sich selbst. »Entschuldigen Sie. Ich kann nicht aufhören zu weinen.« Sie wischte die immer noch fließenden Tränen mit dem mittlerweile zerknitterten Taschentuch weg.

Sarah berührte die Frau sanft am Arm. »Sie brauchen sich doch nicht zu entschuldigen. Was wollte Ihr Mann denn bei Alois Stock?«

Alma Misic schnäuzte sich. »Ihm sagen, dass er den Kreditvertrag für die Finanzierung der neuen Halle nicht unterschreibt. Der Alois will über drei Prozent Zinsen.« Sie tippte sich an die Stirn. »Der spinnt doch.«

»Waren Sie mal bei Stocks Empfängen eingeladen?«, fragte Sarah übergangslos. »Bei ihm zu Hause?«

Alma Misic runzelte verständnislos die Stirn. »Welche Empfänge meinen Sie?«

»Offenbar gibt er öfter mal Empfänge oder Partys für seine Freunde und Geschäftspartner«, präzisierte Sarah. »Nina Seidling war ein paarmal dort, hat man uns erzählt.«

Die Witwe schüttelte den Kopf. »Nein, da waren wir nie eingeladen. Hugo und Alois kannten einander zwar schon seit über zwanzig Jahren, aber privat hatten wir so gut wie keinen Kontakt. Manchmal sind wir uns beim Heurigen oder in Restaurants über den Weg gelaufen. Zuletzt beim Opernball. Aber das war's auch schon.«

Das war jetzt nicht die Antwort, die Sarah hatte hören wollen. Der Hoffnungsfunke erstarb, mit Alois

Stock die Verbindung zwischen den beiden Toten gefunden zu haben, die die rätselhaften Briefe erklärte.

»Dem, was Sie sagen, entnehme ich, dass die Stock Bank Ihre Hausbank ist. Ist das richtig?«, gab Sarah nicht auf, doch noch etwas Brauchbares von Alma Misic zu erfahren.

»Ja. Aber nur weil Hugo sich verpflichtet gefühlt hat. Der jahrelangen Bekanntschaft wegen, hat er gemeint. Ich persönlich kann den Alois Stock ja nicht ausstehen.« Sie senkte die Stimme. »Er ist so selbstgefällig, finden Sie nicht?«

Sarah zuckte mit den Achseln. »Ich kenne ihn nicht wirklich.«

»Und ich ebenso wenig«, beteuerte Maja.

Die Autohändlerin runzelte argwöhnisch die Stirn. »Aber warum fragen Sie mich die ganze Zeit nach Alois Stock?« Ihr Blick flog zwischen Sarah und Maja hin und her. »Wissen Sie etwas, das ich nicht weiß?«

»Wir sind da etwas auf der Spur, das vermutlich mit Alois Stock und Nina Seidling zu tun hat.« Sarah hielt sich bedeckt.

»Und was hat das mit mir oder meinem Mann zu tun?«

Sarah überlegte. »Es hat mit einem Rätsel zu tun«, sagte sie schließlich kryptisch und erntete einen verwirrten Blick. »Nahm Ihr Mann starke Schmerzmittel?«, fragte sie, ohne weiter auf das zuvor Gesagte einzugehen.

»Nein«, antwortete Alma Misic.

»Drogen?«, hakte Sarah nach.

»Nein! Wie kommen Sie auf so eine abstruse Idee?«

Sarah registrierte, dass Alma Misic ihrem Blick auswich. Die Frau log eindeutig.

»Außerdem hatte mein Mann mit Nina Seidling nichts zu tun.«

Sarah verzog skeptisch das Gesicht. Irgendeine Verbindung musste es geben, davon war sie überzeugt. Sie setzte zu einer Erklärung an, doch das Läuten ihres Handys unterbrach sie. Sie holte es aus der Umhängetasche und sah, dass ihre Sekretärin anrief. »Entschuldigung. Da muss ich rangehen.« Damit verließ sie den Verkaufsraum und hob im Gehen ab.

20

»Frau Berger?«, fragte Sarah.

»Es ist wieder Post gekommen.« Die Sekretärin war so kurzatmig, als wäre sie einen Marathon gelaufen. »Mit einem komischen Rätsel. Ich dachte mir, ich gebe Ihnen lieber gleich Bescheid.«

»Nicht schon wieder.« Sarahs Herz begann, wild zu pochen. Sie versuchte, tief und ruhig weiterzuatmen. »Aber gut, dass Sie mich gleich angerufen haben. Lesen Sie mir den Brief bitte vor.«

Cordula Berger räusperte sich. *»Der Todesengel und seine Schwäne haben die zweite Schuld getilgt. Der Autohändler ist tot.«*

O Gott, schoss es Sarah durch den Kopf. Der Verfasser hatte den zweiten Mord gestanden. Sollte sie die Polizisten vor Ort gleich informieren? Sie ließ die Idee fallen. Erst wollte sie mit Stein darüber sprechen.

»Die schwarzen Schwäne und der Todesengel, sie reisen nun weiter durch die Zeit, setzen den nächsten Beschluss in die Tat um«, fuhr Cordula Berger indessen fort.

»Noch ein Mordopfer«, hauchte Sarah erschrocken.

»Die Zeit des irdischen Daseins, sie ist so flüchtig wie ein Flüstern des Windes im Wald. Ein Augenblick in der Ewigkeit, der nach wenigen Atemzügen Vergangenheit ist. Ein

Wimpernschlag des Universums. Am Ende versinken wir alle in den Wellen des Sees«, endete die Sekretärin.

»Der Absender stellt keine Frage«, bemerkte Sarah. »Warum? Außerdem klingt das, was er schreibt, dieses Mal fast philosophisch oder lyrisch.«

»Für mich hört sich das eher melancholisch an«, entgegnete Cordula Berger.

»Das auch«, stimmte Sarah ihr nachdenklich zu. »Ich stell mir gerade folgende Frage: Im ersten Brief haben die schwarzen Schwäne eindeutig auf die Staatsoper verwiesen, im zweiten darauf, dass ein Wirtschaftstreibender sterben wird, aber welche Bedeutung haben sie dieses Mal?«

»Das können nur Sie entschlüsseln. Sie sind für solche Dinge die Spezialistin«, sagte die Sekretärin. »Der Brief ist übrigens wie die anderen beiden mit dem Computer geschrieben.«

»Schicken Sie mir doch bitte ein Foto davon auf mein Handy«, sagte Sarah, und Cordula Berger versprach, das gleich zu erledigen, und verabschiedete sich.

Sarah blieb nachdenklich auf dem Gehsteig vor dem Autohaus stehen und starrte auf das dunkle Display ihres Smartphones. Zwölf schwarze Schwäne trugen die vier Leuchten vor der Staatsoper. Warum ausgerechnet diese Vögel? Und warum zwölf? Weil die Zahl für Vollkommenheit, Einheit und Vollständigkeit stand, oder weil vor der Oper zufällig zwölf Schwäne die Laternen hielten? Sie seufzte erschöpft. Weshalb zum Teufel kontaktierte der Briefeschreiber ausgerechnet und ausschließlich sie? *Ich hoffe, der Kerl hat nicht dich im Visier*, ging ihr Davids Befürchtung durch den Kopf. Sarah selbst glaubte nach wie vor nicht daran, dass sie im Fadenkreuz des Mörders stand. Vielmehr, dass er ihr die Briefe schickte, weil sie für die Öffentlichkeit die Hexe des *Wiener Boten* war, die Königin der Sinnbilder. War er der Meinung, dass sie herauslesen konnte, weshalb er, der Todesengel, diese Menschen tötete? Hoffte er, sie würde ihn aufhalten? Sie hatte immer mal wieder gelesen, dass es Täter gab, die gefasst werden wollten. Aus unterschiedlichen Gründen.

»Aber wenn es das ist, was du willst, musst du mir schon mehr Infos an die Hand geben«, murmelte sie. »Momentan kommt es mir vor, als sollte ich blind ein Puzzle mit tausend Teilen zusammensetzen.« Einzig der Hinweis auf einen weiteren Mord war genauso eindeutig wie beängstigend.

Sie schaute auf ihr Smartphone und öffnete die Nachricht. Als sie den Kopf wieder hob, kam Maja aus dem Gebäude auf sie zu.

»Die Spurensicherung hat offenbar etwas gefunden. Was, weiß ich leider nicht. Frau Misic spricht gerade mit einem der Ermittler. Er hat mich rausgeschickt.«

Sarah reichte ihr ihr Handy. »Ein neuer Brief.«

Während Maja das Schreiben las, massierte sich Sarah die Stirn. »Auch diesmal ist unklar, wer sein nächstes Opfer sein wird. Aber der Mord wird heute passieren.«

»Weil?«

»Er bislang jedes Mal am selben Tag getötet hat, an dem sein Schreiben auf meinem Tisch gelandet ist. Am

Donnerstag kam der erste Brief, abends starb Nina Seidling auf dem Opernball. Gestern um elf hat mich Frau Berger wegen des Schreibens aus der Sitzung geholt, und um Mitternacht war Hugo Misic tot. Ich bin mir sicher, dass unser nächstes Opfer ebenfalls auf dem Opernball war. So wie Nina Seidling und der Autohändler.«

»Was hat der Mörder vor? Will er alle umbringen, die auf dem Ball waren? Wenn ja, haben der Todesengel und seine Freunde, die Schwäne, noch alle Hände voll zu tun«, merkte Maja spitz an und reichte Sarah das Smartphone zurück. »Willst du der Witwe von dem Mordgeständnis erzählen?«

Sarah schüttelte den Kopf. »Ich befürchte, das wäre im Moment zu viel für sie. Das überlasse ich lieber Martin.« Sarah sah auf die Uhr. »Zehn vor zwölf. Nach Wiener Neustadt brauchen wir etwa eine halbe Stunde mit dem Auto.«

»Du willst zur Stock Bank und mit dem Chef reden«, erriet Maja Sarahs Plan.

»Exakt. Wir werden mit ihm offen über die Drogen und die Partys oder Empfänge sprechen, wie Kevin Katzberg sich heute Morgen ausgedrückt hat.« Sie erzählte Maja vom Gespräch mit dem Filmproduzenten und dessen Behauptung, dass nur er und Nina Seidling bei den Treffen in Stocks Villa anwesend gewesen waren.

»Was soll das denn für ein Empfang sein, wenn nur zwei Leute eingeladen sind?«, stellte Maja eine rhetorische Frage. »Das fällt doch eher unter intimes Abendessen mit Freunden.«

»Du sagst es«, pflichtete Sarah ihr bei. »Ich denke, dass sich dort sehr wohl einige Leute mehr herumgetrieben haben. Die jedoch nicht gerne mit dem, was auf diesen«, sie malte Anführungszeichen in die Luft, »Empfängen passiert, in Verbindung gebracht werden wollen.«

»Eine geheime Privatparty«, sinnierte Maja.

»Zumindest ist geheim, was dort vor sich geht.«

»Glaubst du, Hugo Misic war dort Gast?«, hakte Maja nach.

»Ich denke ja. Möglicherweise sind Nina Seidling und Hugo Misic sich dort begegnet.«

»Aber seine Frau hat doch behauptet, dass sie nie bei Stock eingeladen waren, sie keinen privaten Kontakt zu ihm hatten und ihr Mann mit Drogen nichts am Hut hatte.«

»Egal, was sie behauptet.« Sarah zog die Augenbrauen hoch. »Kann doch sein, dass Hugo Misic trotzdem dort war, aber die Drogen nicht angerührt hat. Bloß zum Netzwerken, weil sich dort potenzielle Kunden für ihn getummelt haben. Und ist doch klar, dass seine Frau uns, zwei Journalistinnen, das nicht auf die Nase gebunden hat, dass sie über die Drogen Bescheid wusste.« Sarah reckte den Zeigefinger in die Luft. »Genauso gut kann es aber auch sein, dass Hugo Misic bei diesen Partys war, ohne seiner Frau davon erzählt zu haben. Du hast doch gehört, was sie von dem Banker hält.«

»Ziemlich viele Mutmaßungen.«

»Finde ich auch. Zeit, dass uns der Gastgeber dieser mysteriösen Veranstaltungen persönlich ein paar Antworten gibt.« Sarah fummelte den Autoschlüssel aus ihrer Manteltasche. »Du fährst, ich red derweil mit Martin Stein.« Auf dem Weg zum Wagen drückte sie auf ihrem Handy die Kurzwahlnummer, die sie dem Ermittler zugewiesen hatte.

»Falls du wegen der Briefe anrufst, da hab ich nichts Neues für dich«, meldete sich Stein nach dem fünften Läuten. »Weder auf dem Papier noch auf den Briefmarken sind DNA-Spuren, aber ich behalte die Schreiben noch. Wir wollen herausfinden, mit was für einem Drucker sie ausgedruckt wurden.«

»Tu dir keinen Zwang an.« Sarah war erstaunt, was die Kriminaltechnik anscheinend alles aus einem Stück Papier herauslesen konnte. »Aber ich hab etwas für dich, Martin. Hugo Misic ist tot.«

»Das weiß ich«, antwortete Stein. »Verdacht auf Herzinfarkt, von daher ist er nicht meine Baustelle.«

»Da bin ich anderer Meinung«, sagte Sarah. »Misic war das im zweiten Brief angekündigte Ziel der Schwäne.«

»Dafür gibt es keinen Beweis.«

»O doch. Einen neuen Brief mit dem Geständnis – und dem Hinweis, dass noch jemand sterben wird. Du hast gleich das Foto auf deinem Handy.«

Sarah hatte die Aufnahme, die ihre Sekretärin ihr geschickt hatte, schon an den Ermittler weitergeleitet, als sie beim Auto ankamen. »Die Spurensicherer haben übrigens irgendwas im Autohaus der Misics gefunden«, sagte sie noch. »Frag mal nach und gib mir dann Bescheid.« Sie öffnete die Wagentür und ließ sich auf den Beifahrersitz fallen.

»Wer bist du?«, beschwerte Stein sich mürrisch. »Meine Vorgesetzte?«

»Ich bin die, die dir ein neues Schreiben von einem Mörder geschickt hat. Unser Todesengel ist noch nicht fertig.«

»Unser?« Stein nuschelte etwas Unverständliches.

»Du weißt, dass dein Grant an mir abperlt wie Wassertropfen an einer Ente, mein Hase.«

»Wie poetisch«, murrte er. »Wart eine Sekunde, dann lese ich es mir gleich durch.«

Maja lenkte den Honda auf die Südautobahn, und Sarah wartete mit dem Handy am Ohr. Vor ihnen fuhr ein blauer Kastenwagen, ein Audi überholte sie viel zu schnell, dann hatte Stein den Brief anscheinend zu Ende gelesen.

»Verfluchter Dreckskerl!«, polterte der Ermittler.

»Du sagst es.« Und das galt Sarahs Meinung nach ebenso dem Audi-Fahrer, der soeben gemeingefährlich einen VW Polo bedrängte, damit dieser ihm Platz machte. »Maja und ich fahren jetzt mal zur Stock Bank nach Wiener Neustadt. Der gute Alois Stock scheint nämlich ein bisschen Dreck am Stecken zu haben.« Sie begann, Stein von den Drogenpartys in Kenntnis zu setzen, von denen Claudia Bacher ihr erzählt hatte.

»Von denen wissen wir mittlerweile auch.«

Sarah stutzte. »Und du hast mir nichts gesagt?«

Stein lachte heiser auf. »Ich kann dir nicht ständig ermittlungsrelevante Details verraten, Sarah. Du bist Journalistin.«

»Aber mit seinen Briefen zieht mich der Todesengel in die Sache hinein«, entgegnete sie. »Was soll ich denn deiner Meinung nach tun? Dir die Briefe geben und dann zu Hause sitzen und Däumchen drehen?«

»Klingt nach einem guten Plan«, antwortete Stein.

»*Mein* Plan sieht eher vor herauszufinden, wer hinter den Morden steckt und was er mit der beglichenen Schuld meint.« Auf einem Autobahnschild las Sarah, dass es nur mehr zweiunddreißig Kilometer bis Wiener Neustadt waren.

Stein räusperte sich. »Okay, weil du es bist, verrate ich dir jetzt doch etwas. Du hattest recht.«

»Womit?«

»Bei dem Opioid, das in Nina Seidlings Magen gefunden wurde, handelt es sich tatsächlich um Fentanyl. Hab die Bestätigung heute Morgen reinbekommen. Darauf hatte nicht nur dein Bruder, sondern auch die Gerichtsmedizinerin zuerst getippt. Wegen ihrer Vermutung wurde zuerst danach geforscht.«

»Können wir die Todesursache veröffentlichen?«

»Ja, die Meldung mit dem Fentanyl geht morgen Vormittag an die Presse raus. Nina Seidlings Eltern haben das Okay gegeben. Sie wollen nur, dass ihr Journalisten zugleich vor Tätern warnt, die Drogen, K.-o.-Tropfen oder anderes Zeugs in Getränke von wehrlosen Opfern schütten.«

»Geht klar«, antwortete Sarah. »Ich würde übrigens auch in Hugo Misics Magen nach Fentanyl suchen.«

»Siehst du in deiner Kristallkugel eigentlich auch, wer das nächste Opfer ist?«, fragte Stein hämisch. »Aus dem neuen Brief lese ich nämlich rein gar nichts heraus.«

»Leider nicht. Das, was unser Fremder schreibt, wird immer undurchsichtiger. Aber ich bin mir sicher, dass der Schlüssel zur Lösung aller Morde diese Drogenpartys bei Alois Stock sind. Außerdem glaub ich, dass wir das gesamte Bild sehen werden, wenn ich endlich begreife, warum dem Verfasser die Schwäne so wichtig sind.«

»Du hast doch gesagt, sie bringen die Seelen ins Jenseits.«

»Das macht ein Todesengel auch. Ganz ohne Schwäne.«

»Find raus, wozu sie dem Schreiber dienen. Warum sie ihm so wichtig sind. Du bist die Hexe.«

Ein Piepen vermeldete Sarah eine eingegangene WhatsApp-Nachricht. »Wart mal, Martin. Ich hab grad eine Nachricht bekommen. Vielleicht ist es etwas Wichtiges.«

Die Nachricht war von David, der ihr den Link zu einer Polizeimeldung geschickt und etwas dazu geschrieben hatte: *Bei der Person in der Meldung handelt es sich um Tobias Zauner. Hab ich für dich recherchiert.* Es folgte noch ein Zwinkersmiley.

Sarah lächelte kurz und klickte den Link zur Polizeiaussendung an. Sie las, dass am Vorabend ein dreiundfünfzigjähriger Österreicher von Drogenfahndern festgenommen worden war. Die Ermittler hatten in dessen Wohnung ein Kilogramm Kokain und zwanzig Liter Liquid Ecstasy sichergestellt.

»Oha«, entfuhr es Sarah. »Martin, deine Kollegen von der Suchtgifttruppe haben Tobias Zauner festgenommen. Einen Mann aus Alois Stocks Umfeld.« Sie schickte Stein den Link und erklärte ihm, um wen es sich bei dem Fondsmanager handelte. »Er saß schon mal wegen Drogenhandel. Dass er ausgerechnet jetzt festgenommen wird, kann kein Zufall sein.«

»Meine Kollegen von der Drogenfahndung haben die Szene rund um die Uhr im Blick. Möglich, dass sie ihn schon eine Weile beobachtet haben. Aber ich frag mal nach«, versprach Stein.

»Wenn der plaudert, steht die Drogenfahndung vielleicht schon bald vor Alois Stocks Haus. So wie der Bankdirektor den Mann auf dem Opernball in den Himmel gelobt hat, war er vermutlich auch Gast bei seinen Partys.« In dem Moment hatte Sarah eine Eingebung. »Lies mir den letzten Satz von dem Schreiben noch mal vor, Martin.«

»Am Ende versinken wir alle in den Wellen des Sees«, hörte sie Steins dunkle Stimme.

Sarah dachte angestrengt nach. »Das erinnert mich an etwas. Aber ich komm nicht drauf, an was.«

»Vielleicht an die symbolische Bedeutung von Wasser? Oder daran, dass Schwäne auf Seen schwimmen?«, versuchte Maja, ihr auf die Sprünge zu helfen.

Die zweite Bemerkung half tatsächlich. »*Schwanensee*!«, sagte Sarah.

»Hä?«, machte Stein.

»In *Schwanensee* warten die Schwäne am Ende auf dem See auf Prinzessin Odette, und der Zauberer Rotbart, der Odette in einen Schwan verwandelt hat, entfesselt ein gewaltiges Unwetter.«

Maja setzte den Blinker und fuhr von der Autobahn ab.

»Siegfried, der für immer mit ihr vereint sein will, nimmt Odette die schützende Krone vom Kopf, und die beiden versinken in den Wellen des Sees. Das ist ein Ende von *Schwanensee*. Es gibt allerdings mehrere, in einer anderen Version überleben die beiden. Aber ich bin mir sicher, dass unser Fremder auf die hinweisen will, in der die Liebenden sterben«, beendete Sarah ihre Ausführung, derweil Maja auf das Zentrum von Wiener Neustadt zusteuerte. Die Stock Bank lag direkt am Hauptplatz des Vierzigtausend-Seelen-Orts.

»Und was will er uns damit sagen? Dass er das nächste Opfer ertränkt oder einen Schwan auf dem Neusiedler See tötet?«, fragte Stein. »Erklär's mir, Sarah.«

»Quatsch. Eher, dass die Drogenpartys bei Stock mit Tschaikowskys *Schwanensee* in Verbindung stehen. Ich weiß schon, das klingt verrückt.«

»Ja, das klingt verrückt«, murrte Stein.

»Aber das ist es. Ich weiß nur noch nicht genau, wie alles zusammenpasst.«

»Na ja, vielleicht haben seine Gäste ja im Drogenrausch das Ballett *Schwanensee* getanzt«, höhnte Stein.

Sie fuhren an der theresianischen Militärakademie vorbei, die in einer alten Burg untergebracht war. »Wir sind gleich da«, informierte Maja sie und bog bei der nächsten Möglichkeit ab.

»Klingt nicht abwegig«, merkte Sarah an. »Im Drogenrausch macht man manches, was man nüchtern nie tun würde.«

»Erfahrung?«, fragte Stein übertrieben interessiert.

»Hörensagen«, schoss Sarah zurück. »Für einen Selbstversuch hab ich viel zu viel Schiss vor dem Zeug.«

»Gut so«, sagte Stein.

Auf dem Hauptplatz fanden sie zu ihrer eigenen Überraschung sofort einen Parkplatz. Vor der Stock Bank hatte sich eine Menschentraube versammelt.

»Was ist denn da los?«, fragte Maja.

Die Frauen und Männer starrten Richtung Bank, manche tuschelten aufgeregt miteinander, eine ältere Dame mit blondierten Haaren schüttelte den Kopf. In ihrem Gesicht spiegelte sich Ratlosigkeit.

Sarah wurde heiß. Ihr Herz begann, aufgeregt zu schlagen. »Könnte sein, dass ich dich gleich noch mal anrufe, Martin. Hier stimmt etwas nicht.«

21

»Wir können die Todesursache von Nina Seidling übrigens veröffentlichen, die Eltern haben ihr Okay gegeben«, sagte Sarah, während sie und Maja den Wagen verließen. »Es war wirklich Fentanyl.« Dann eilten sie gemeinsam Richtung Menschentraube.

Ein Mann kam mit einer durchsichtigen Plastikbox aus der Bank und lud diese in einen weißen VW-Bus, der unmittelbar vor dem Eingang parkte.

Sarah stellte sich neben die Frau mit den blondierten Haaren. »Was ist hier denn los?«

»Die lassen mich nicht rein«, blaffte sie. »Dabei hab ich einen wichtigen Termin bei meiner Bankberaterin.« Sie hielt ihr Handy in die Höhe. »Hausdurchsuchung, hat sie mir vorhin am Telefon gesagt. Sie müssen heute alle Termine stornieren.«

»Hat sie den Grund der Hausdurchsuchung erwähnt?«, hakte Sarah nach.

Die Frau schüttelte erneut den Kopf.

Hausdurchsuchung, wiederholte Sarah in Gedanken. Waren die Beamten Drogenfahnder? Wieder kam ein Mann mit einer Box aus dem Gebäude. Diesmal sah sie, dass darin Aktenordner und obenauf lose Papiere lagen. Beschlagnahmen Rauschgiftfahnder Ordner und Unterlagen einer Bank, wenn deren Direktor unter dem Verdacht steht, Drogenpartys zu schmeißen?, fragte sich Sarah. Oder hatte die Aktion vielmehr etwas mit den dubiosen Kreditgeschäften zu tun, von denen ein Informant der Finanzaufsichtsbehörde ihrem Kollegen berichtet hatte?

Sie bedankte sich bei der Frau und hörte sich bei anderen Schaulustigen um, ob jemand von ihnen den Grund für die Durchsuchung kannte. Doch niemand wusste etwas. Sie schrieb Reinhard Beck eine Nachricht und bat ihn, sich umzuhören.

Dann wandte sie sich an Maja. »Die Ermittler, die die Bank durchsuchen, werden uns weder Auskunft geben noch uns reinlassen«, konstatierte sie. Und Stein deshalb noch mal anzurufen, würde keinen Sinn ergeben. Ihr Gespräch lag erst wenige Minuten zurück, er hatte mit Sicherheit noch nichts erfahren. Zudem lag Wiener Neustadt nicht in seinem Ermittlungsbereich, von daher dürfte es auch für ihn kompliziert sein, eine Auskunft zu bekommen. »Ich ruf Simon an«, entschied Sarah schließlich und wählte seine Nummer. Der Fotograf und Computerspezialist hatte ihr schon mehrfach vertrauliche Informationen über seine dubiosen Kanäle verschafft. Sie erklärte ihm, was gerade vor sich ging, und sagte dann: »Schau mal, ob du etwas rausfinden kannst. Vielleicht wird sich darüber ja schon irgendwo im Netz unterhalten.«

»Danke, dass du mir meine Arbeit erklärst«, antwortete Simon mit einem Grinsen in der Stimme. »Aber klar, ich melde mich.« Er legte auf.

Als Sarah ihr Handy in die Manteltasche fallen ließ, zupfte Maja sie am Ärmel und deutete mit dem Kopf nach rechts. Ein Kamerateam samt Redakteurin baute sich gerade vor dem Bankgebäude auf. »Ich frag die mal, vielleicht wissen die mehr«, sagte sie und machte sich auf den Weg.

Sarah beobachtete, wie Maja sich gleich darauf mit der Fernsehjournalistin unterhielt. Aber dem Kopfschütteln nach zu urteilen, hatte auch sie keine Ahnung, was genau hier vorging.

Maja kam zurück und bestätigte Sarahs Annahme. »Sie weiß nur, dass Alois Stock nicht in der Bank ist. Und dass auch Beamte vor seiner Villa in der Johann-Strauß-Gasse stehen. Er öffnet nicht, und sie warten auf einen richterlichen Beschluss, um dort die Tür öffnen zu dürfen.«

»Dann werden wir mal dorthin fahren«, entschied Sarah. »Hier können wir vermutlich sowieso nichts ausrichten.« In dem Moment piepte ihr Handy. Eine WhatsApp-Nachricht von Simon. Sarah las mit gerunzelter Stirn: *Hausdurchsuchung im Auftrag der Wirtschafts- und Korruptionsstaatsanwaltschaft. Verdacht auf schweren Betrug und Bilanzfälschung.*

Danke, Simon. Gib das bitte auch gleich an Reinhard weiter, schrieb sie zurück. Die Angelegenheit fiel in sein Ressort, sie hingegen wollte den Todesengel entlarven. Dann las sie Maja die Nachricht laut vor.

»Simon ist wirklich gut«, stellte ihre Kollegin fest.

»Schon. Aber ich will nicht wissen, wie er an seine Infos kommt«, merkte Sarah schmunzelnd an. Sie googelte die Straße, in der Stocks Villa lag, auf ihrem Handy. »Ist gerade mal fünf Autominuten entfernt. Um welches Haus es sich handelt, ist bei dem Polizeiaufgebot davor wahrscheinlich nicht zu übersehen.«

Die Johann-Strauß-Gasse erwies sich als beschauliche Nebenstraße. Rechter Hand reihten sich Einfamilienhäuser aneinander. In einem befand sich ein Kosmetiksalon. Linker Hand floss neben einem Grünstreifen der Kehrbach, über den eine Fußgängerbrücke zur Lorenzgasse und einem weiteren Wohnviertel führte. Ihr Ziel erkannten Sarah und Maja auf den ersten Blick. Zwei graue VW-Busse und sechs Ermittler standen vor einem Grundstück mit meterhohen Hecken und Eisentor. An dem Schloss des Tors machte sich ein Beamter zu schaffen. Offenbar war mittlerweile der richterliche Beschluss für die zwangsweise Öffnung eingegangen. Auf dem Rasenstreifen gegenüber hatten sich etwa zwanzig Schaulustige versammelt.

»Vermutlich Nachbarn«, sagte Sarah mit einem Blick auf die Tuschelnden.

Maja stellte den Wagen einen Meter entfernt in einer Parkbucht bei zwei Bäumen ab. Kaum waren sie ausgestiegen, öffnete sich das Tor, und die Ermittler betraten die Auffahrt zum Haus. Die Fahrer der VW-Busse folgten ihnen.

»Mal schauen, ob jemand von den Leuten plauderbedürftig ist und Genaueres weiß«, sagte Sarah und bedeutete Maja mitzukommen. Als sie sich zu der Menschentraube gesellten, sahen sie, dass der Mann, der das Schloss des Tores geöffnet hatte, sich jetzt dem an der Haustür widmete.

»Was ist hier los?«, fragte Sarah, ohne sich vorzustellen.

»Seine Bank ist pleite«, sagte ein Mann mit kurzen grauen Haaren. Seine Winterjacke trug er offen. »Ich hab gestern noch versucht, mein Geld abzuheben.« Er sah wütend Richtung Villa. »Aber nichts ging mehr.«

»Wie kann denn eine Bank pleitegehen?«, fragte Sarah. Aber gleich gingen ihr mehrere Möglichkeiten durch den Kopf: ein Black Swan, das Platzen von Spekulationsblasen und ein Bankencrash im großen Stil.

»Das fragen Sie am besten den Stock. Der hat doch nur so mit Geld um sich geworfen und geprahlt, dass unzählige Promis und superreiche Unternehmer Kunden bei ihm wären«, mischte sich eine rothaarige Frau ein. Sie wirkte genauso aufgebracht wie der grauhaarige Mann. »Allein wegen seiner Angeberei hab ich nie ein Konto bei der Stock Bank eröffnet.«

Die Erde von Wiener Neustadt wird beben, so hatte Reinhard Becks Quelle sich ausgedrückt, erinnerte sich Sarah. War Alois Stock der Todesengel? Hatte er mit Nina Seidling und Hugo Misic etwaige Mitwisser von seinen illegalen Geschäften beseitigt? Blieb die Frage, wer der dritte Vertraute war, der noch auf seiner Liste stand.

»Dem Tennisverein hat er jedes Jahr zu Weihnachten eine hohe Summe gespendet«, sagte eine andere Frau mit haselnussbraunem Pagenkopf.

Der Grauhaarige spuckte auf den Boden. »Drauf geschissen.«

»Ich bin überzeugt, dass du dein Geld bekommst«, erwiderte die Haselnussbraune. »Das wird doch sicher von einer Versicherung oder einem Anwalt geregelt werden, wie bei anderen Firmen, die bankrottgegangen sind.«

In dem Moment fuhren zwei Streifenwagen und ein schwarzer Audi die Straße entlang, blinkten und bogen auf Stocks Grundstück ein.

Der Grauhaarige gluckste zufrieden. »Jetzt verhaften s' den Pülcher.«

Ist ja klar, dass man Stock ab sofort einen Gauner nennen wird, dachte Sarah. Die Zeit seiner Anerkennung und des Hofierens war vorbei.

Der Mann zog energisch den Reißverschluss seiner Winterjacke hoch. »Hat den Stock eigentlich irgendwer von euch heut schon gesehen? Aufgemacht hat er der Polizei jedenfalls nicht.« Er fixierte den Eingang der Villa, der nur knappe dreißig Meter von ihnen entfernt lag.

Allgemeines Kopfschütteln.

»Vielleicht ist er gar nicht mehr da, sondern längst abgehauen«, meinte eine junge Frau mit bunter Wollmütze. »So wie der Chef von Wirecard. Ihr wisst schon.«

Allgemeines Kopfnicken.

»Ähnlich schauen würd's ihm, dem Feigling«, meldete sich wieder der Grauhaarige zu Wort, und die anderen nickten erneut. In der Nachbarschaft war man sich offenbar einig.

»Kennt den Alois Stock eigentlich wer von Ihnen besser?«, fragte Sarah.

»Ich bin mit ihm zur Schule gegangen«, antwortete der Mann mit den grauen Haaren, der so etwas wie der Wortführer zu sein schien. »Hab ihn danach aber aus den Augen verloren. Als er die Bank gegründet hat, hat er im Ort intensiv um Kunden geworben, und ich Trottel hab ihm vertraut.« Er sah Sarah reuig an.

»Vielleicht bekommen Sie Ihr Geld ja wirklich wieder«, sagte sie und wechselte dann das Thema. »Er soll öfter Empfänge gegeben haben. Partys. Wissen Sie etwas darüber?«

»Natürlich, da sind ja immer ganz schön viele Leute gekommen«, sagte die Rothaarige. »Alles Promis. Oder Halbpromis.« Sie lachte verächtlich.

Von wegen intimes Abendessen zu dritt. Sarah dachte an Katzbergs Behauptung und verdrehte innerlich die Augen.

»Ich wohne gleich nebenan.« Die Frau zeigte auf ein Haus mit weißer Fassade und Metallzaun. »Oft parken die Autos seiner Gäste vor unserer Einfahrt. Wenn mein Mann und ich dann wegfahren wollen oder mit dem Wagen heimkommen, müssen wir jedes Mal bei Stock anläuten.« Sie stöhnte. »Ist schon nervig manchmal. Auch weil uns bei diesen Anlässen selten sofort aufgemacht wird. Da steht man dann schon mal eine Weile draußen rum.«

»Und Sie haben die Gäste gesehen?«

»Ja, manchmal. Die meisten kannte ich nicht. Hab mit Prominenten nicht so viel am Hut. Aber diese Schauspielerin, die hab ich gleich erkannt. Wie heißt die noch mal?« Sie sah sich Hilfe suchend um.

»Die, die auf dem Opernball zusammengebrochen und gestorben ist?«, fragte Sarah.

»Ja.«

»Nina Seidling«, half Sarah ihr aus.

»Genau, die war's«, bestätigte die Rothaarige. »Die ist mehrmals mit einem Mann gekommen, wahrscheinlich ihrem Freund.«

»Blonde zerzauste Haare, etwa eins achtzig groß?«, beschrieb Sarah Kevin Katzberg. »War das der Mann?«

»Könnte hinkommen. Einmal war sie auch mit einer Freundin da.«

Sarah spitzte die Ohren. »Einer Freundin?«

»Ja, ist aber schon eine Weile her. Bevor sie nur noch in Begleitung dieses Mannes gekommen ist.«

»Wie sah die Freundin aus?«, fragte jetzt Maja.

Die Frau blickte nach oben, als ob sich dort ihre Erinnerung versteckt hätte. »So genau weiß ich das nicht mehr. Ist wie gesagt schon eine Zeit lang her. Aber in dem pinkfarbenen Abendkleid sah sie sehr elegant aus und hatte lange, glänzende hellblonde Haare.«

Claudia Bacher?, schoss es Sarah durch den Kopf. Konnte das tatsächlich die Modedesignerin gewesen sein? »Aber die war nur ein Mal da, sagen Sie?«, wollte sie sich vergewissern.

»Keine Ahnung, ich lieg ja nicht immer auf der Lauer, wenn der Stock Gäste hat«, sagte die Rothaarige. »Aber ich hab sie nur einmal gesehen.«

»Warum stellen Sie eigentlich all diese Fragen?«, fuhr der Grauhaarige skeptisch dazwischen. »Wer sind Sie?«

Auch die anderen beäugten sie und Maja mittlerweile misstrauisch. Offenbar hatten sie das Firmenauto nicht bemerkt.

»Wir sind vom *Wiener Boten*«, gestand Sarah.

In den Augen der Frau mit dem haselnussbraunen Pagenkopf blitzte etwas auf. »Habt ihr nicht über einen Narrischen berichtet, der ein Mordgeständnis geschickt hat?«

Sarah nickte, während Maja mit ihrem Handy Fotos von der Villa mit den Einsatzwagen davor machte.

»Ist Stock der Mörder?« Dem Grauhaarigen war anzusehen, dass es ihn freuen würde, wenn man den Banker in Handschellen als Täter abführen würde.

Sarah gab keine Antwort und drehte sich stattdessen zur Villa. Ein Mann kam aus der Haustür, ging zum Eisentor und schloss es. Sie sah Maja achselzuckend an. Hier würden sie also nicht mehr viel zu sehen bekommen. Und vermutlich auch keine Informationen erhalten. Reinhard Beck würde sich hoffentlich um alles Weitere kümmern. Sarah blickte auf die Uhr. Es war zwei. Seit ihrer Ankunft war eine halbe Stunde vergangen. Sie gab Maja ein Zeichen, sie verabschiedeten sich und gingen zum Auto zurück.

»Eine elegante Frau mit langen, glänzenden hellblonden Haaren«, sagte Maja, als sie wieder im Wagen saßen. »Da fällt mir spontan nur eine ein.«

»Mir auch«, murmelte Sarah. »Die Designerin Claudia Bacher. Ihr Haar ist platinblond, und sie scheint eine Vorliebe für Pink zu haben, siehe ihr Opernballkleid. Aber irgendwie sehe ich sie nicht in diesem Sündenpfuhl, der sich rund um Alois Stock erstreckt.«

»Stille Wasser gründen manchmal tief«, bemühte Maja eine gängige Redewendung.

Sarah runzelte die Stirn. »Trotzdem würde das keinen Sinn ergeben. Laut eigener Aussage hat die Bacher von Stocks Partys doch nur erfahren, weil sie ein Telefongespräch belauscht hat.«

»Kann doch sein, dass sie gelogen hat«, wandte Maja ein.

»Schon.« Sarah überlegte noch ein paar Minuten, ob sie die Modedesignerin irgendwie mit Schwänen in Verbindung bringen konnte, aber es gelang ihr nicht.

Als sie wieder auf der Südautobahn zurück nach Wien waren, läutete Sarahs Handy.

»Reinhard«, sagte sie anstelle einer Begrüßung, weil sie die Nummer des *Wiener Boten* samt Durchwahl erkannt hatte.

»Sorry, falls ich störe.«

»Tust du nicht. Maja und ich fahren gerade wieder in die Redaktion.«

»Alois Stock ist verschwunden«, sagte der Ressortleiter Wirtschaft.

Sarah blieb für einen Moment die Spucke weg. »Was?«, fragte sie, obwohl sie verstanden hatte. »Was heißt das?«

»Er ist weg und sein Auto auch. Er ist offenbar abgehauen.«

»Also war er schon die gesamte Zeit über, die wir vor seinem Haus und seiner Bank standen, verschwunden?«

»Mit Sicherheit.«

»Okay. Sitzung in einer halben Stunde«, beschied Sarah. »Sag auch Herbert Bescheid. Wir beeilen uns.«

Herbert Kunz und Reinhard Beck warteten bereits, als Sarah und Maja um kurz vor drei den Konferenzraum betraten.

»Fahndung nach Alois Stock läuft«, begrüßte sie der Chef vom Dienst und drehte sein Notebook in Sarahs Richtung, sodass sie den Fahndungsaufruf der Landeskriminalpolizei selbst lesen konnte.

»Bislang gibt es keine Spur«, fügte Reinhard Beck hinzu.

»No na ned«, sagte Sarah. »Seine Flucht ist ja grad erst entdeckt worden.« Sie ließ sich auf dem freien Stuhl neben dem Chef vom Dienst nieder.

»Meinst, er könnte schon gestern abgehauen sein?«, stellte Maja eine berechtigte Frage. »Dann hätte er einen ganz schön großen Vorsprung.«

»Durchaus möglich. Aber wenn, dann irgendwann abends, nachdem Hugo Misic sein Büro verlassen hatte«, nahm Sarah den Gedanken auf und erklärte den Männern, woher sie wusste, dass der Autohändler tags zuvor bei Alois Stock gewesen war. »Ihm ist sicher klar, dass er gesucht werden und jeder Polizist des Landes Ausschau nach seinem Wagen halten wird. Vielleicht hat er den auch schon gewechselt.«

Herbert Kunz nahm seine rahmenlose Brille ab und putzte sie mit einem Tuch, das er aus der Hosentasche gezogen hatte. »Falls er in ein Flugzeug oder einen Zug nach irgendwohin gestiegen ist, wird sein Wagen über kurz oder lang auf dem Parkplatz am Flughafen oder Bahnhof auftauchen.«

»Der ist mit Sicherheit noch nicht gestern Abend weg«, entgegnete Reinhard Beck. »Meine Quelle hat mir nämlich vor wenigen Minuten verraten, dass ein halbes Kilo Kokain in Stocks Villa entdeckt wurde.« Er schüttelte sein kahles Haupt. »Das würde doch niemand zurücklassen, wenn es nicht unbedingt sein muss. Ich denke also, dass ihm jemand kurzfristig gesteckt hat, dass eine Hausdurchsuchung ansteht und er so schnell wie möglich abhauen soll. In einer Schreibtischlade in seinem Büro im Bankgebäude lagen übrigens ebenfalls Briefchen mit weißem Pulver.«

»Wissen wir schon mehr über die Vorwürfe, die Stock gemacht werden?«, fragte Sarah. »Schwerer Betrug und Bilanzfälschung, oder?«

»Bislang ist nur bekannt, dass zig Akten über vergebene Kredite im Privatsafe in seinem Büro lagen. Es wird überprüft, ob es sich um wirkliche oder Scheinkredite handelt. Wird aber dauern, bis alles ausgewertet ist.«

»Gibt's dazu schon etwas Offizielles?«

Der Ressortleiter schüttelte den Kopf.

»Gut, dann halten wir uns für die morgige Ausgabe an das, was wir haben, und berichten einstweilen nur über die beiden Hausdurchsuchungen«, beschied Sarah. »Aber, Reinhard? Mach ein wenig Druck bei deiner Quelle und den Behörden, damit wir wenigstens für die Ausgabe übermorgen mehr haben.«

»Dass sich Alois Stock mutmaßlich auf der Flucht befindet, wird bald kein Geheimnis mehr sein. Und dass das vermutlich mit den Hausdurchsuchungen von seiner Bank und seinem Privathaus in Zusammenhang steht, wird sich auch jeder denken können. Demnach schlage ich vor, das morgen doch als unseren Aufmacher zu verwenden«, meinte Herbert Kunz.

Sarah wiegte nachdenklich den Kopf. »Also gut, Titelseite und eine ganze Seite im Chronik-Teil«, willigte sie schließlich ein. »Aber den eigentlichen Grund der Durchsuchungen veröffentlichen wir erst, wenn es eine offizielle Verlautbarung gibt oder wir aus einer anderen Quelle Näheres erfahren. Andernfalls wüssten die verantwortlichen Ermittler, dass wir eine polizeiinterne Quelle nutzen, und Reinhard würde von der in Zukunft mit Sicherheit keine Infos mehr bekommen.« Das Risiko war ihr die Meldung nicht wert. Und vielleicht ergab sich ja noch etwas Brisantes, bis die offizielle Pressemeldung der Polizei zu der Causa eintrudelte. Etwa, wer alles auf der Gästeliste des Bankers gestanden hatte. Oder sogar, dass Alois Stock nicht nur ein Betrüger, sondern auch der Todesengel war. Möglich, dass er vor seiner Flucht Hugo Misic beseitigt hatte.

»Reinhard, unterstütze Maja dann auch bitte mit den Fakten, die du mittlerweile hast.« Sarah wandte sich an den Chef vom Dienst. »Dafür müssen wir vermutlich einen oder zwei andere Artikel rausschmeißen, Herbert. Schau mal, was nicht dringend ist und sich verschieben lässt.«

Herbert Kunz nickte. Es gab immer Berichte, die

zu einem späteren Zeitpunkt veröffentlicht werden konnten.

»Wenn du willst, Maja, verfasse ich den Artikel über die Todesursache von Nina Seidling«, fuhr Sarah fort. »Dann kannst du dich voll und ganz auf Alois Stock konzentrieren.«

Die Chronik-Redakteurin nahm das Angebot gerne an und stand auf.

»Also dann, allerseits. An die Arbeit!«, sagte Sarah und schob ebenfalls ihren Stuhl nach hinten.

Drei Minuten später gab sie Cordula Berger den Autoschlüssel vom Honda zurück. Ihre Sekretärin wachte über die Benutzung und die Schlüssel der Firmenautos wie ein Habicht.

Im Büro tippte sie den Artikel über Nina Seidling, in dem sie auch erwähnte, dass der Schauspielerin eine tödliche Menge Fentanyl in ein Getränk gemischt worden war. Außerdem, dass es deren Eltern ein Anliegen war, darauf aufmerksam zu machen, dass derartige Vorkommnisse leider keine Einzelfälle waren. Zwanzig Minuten nachdem sie den letzten Satz geschrieben hatte, gab Sarah den Artikel für den Druck frei.

Um halb fünf klopfte Conny an. »Cordula Berger ist grad nicht da.«

»Sie wird bei Herbert im Büro sein«, antwortete Sarah, weil sie sich andernfalls bei ihr abgemeldet hätte. »Komm rein.«

»Ich wollte dir nur rasch etwas sagen.« Die Gesellschaftsreporterin trat ein und schloss die Tür hinter sich.

Sissi watschelte auf Sarah zu, und sie bückte sich und streichelte den schwarzen Mops schnell ein paarmal, bevor sie sich wieder aufrichtete.

»Delia Fee hat mich angerufen«, fuhr Conny fort. »Einer ihrer Termine fällt offenbar aus. Kurzum, ich bin morgen um elf Uhr bei ihr.«

»Wunderbar, dann sollte ich dich vorher noch über den aktuellen Stand der Dinge ins Bild setzen«, sagte Sarah und gab ihr einen detaillierten Überblick.

»Wow«, entfuhr es der Gesellschaftsreporterin. »Drogenpartys in Wiener Neustadt. Belauschte Telefongespräche. Ein Banker auf der Flucht.« Sie wischte durch die Luft, als würde sie die Schlagzeile vor ihrem inneren Auge sehen: »Die geheime Welt der Stock-Gang«. Sie grinste dreckig, dann beugte sie sich nach vorne. »Gibt es etwas, das ich für dich herausfinden soll?«, fragte sie mit Gangsterstimme.

Sarah lachte. »Ich wüsste gerne, ob Claudia Bacher uns anlügt.« Sie erzählte von der hellblonden Freundin im pinken Kleid, die Nina Seidling einmal zu Stocks Party begleitet hatte. »Maja und ich denken, dass es sich dabei um die Designerin handeln könnte. Was, wenn sie von Stocks Drogenpartys weiß, weil sie dort war, nicht durch ein belauschtes Telefonat, wie sie uns weismachen will.«

»Selbst wenn es so ist, wird sie es mir garantiert nicht verraten.« Aber Conny hatte verstanden, was Sarah ihr sagen wollte. »Dann werde ich mal bei der guten Delia Fee mit viel Fingerspitzengefühl nachhorchen, ob sie deine Frage beantworten kann. Ich geb dir dann Bescheid, aber jetzt muss ich los. Baba, Sarah.«

»Baba, Conny. Schönen Abend.«

Nachdem die Gesellschaftsreporterin das Büro verlassen hatte, holte Sarah zwei Bücher über Aberglauben aus ihrem Regal. Es wurde langsam Zeit, sich der Kolumne für die nächste Wochenendausgabe des *Wiener Boten* zu widmen. Sie wollte über Glücksbringer, Amulette und Talismane schreiben.

Um sechs Uhr hatte sie gerade die Rohfassung in ihren Computer getippt, als David in ihrem Büro auftauchte. »Romantisches Abendessen bei unserem Lieblingsitaliener?«

Sarah lächelte. Genau danach stand ihr am Ende dieses anstrengenden Tages der Sinn. »Du bist ein Schatz.«

Mittwoch, 22. Februar

22

Es läutete an der Eingangstür. Delia stutzte und sah auf die Uhr. Mit Conny Soe vom *Wiener Boten* war sie doch erst um elf verabredet, in einer halben Stunde. Auf dem Weg zur Tür überlegte sie, ob das womöglich der Paketbote mit den Produkten von Sensjoie sein könnte. Das Angebot, das ihr Pauline Merz-Polinsky bei ihrem Gespräch vorgestern Nachmittag unterbreitet hatte, war mehr als annehmbar gewesen. Sie, Delia, sollte auf ihren Kanälen die neue Produktpalette Melissa bewerben, die das Unternehmen im Andenken an Adrian Merz' verunglückte Frau bald launchen würde. Eine breit gefächerte Biokosmetik-Linie, von Sonnenschutz über Badeprodukte bis hin zu Körper- und Gesichtspflege. Für jedes Posting würde Delia dreitausend Euro erhalten. Der Vertrag lief über ein ganzes Jahr, und pro Monat musste sie die vereinbarten zehn Beiträge posten. Darüber, ob sie diesen Deal womöglich dem Umstand zu verdanken hatte, dass Nina ausgerechnet vor ihrer Kamera gestorben war, machte sie sich nicht allzu viele Gedanken.

Als Delia auf den Summer gedrückt hatte und im nächsten Moment die Tür öffnete, zuckte sie überrascht zurück. Vor ihr stand ein großer Mann mit kurz geschnittenen hellbraunen Haaren und eisgrauen Augen. Er trug eine graue Winterjacke, darunter einen blauen Pullover und Jeans. In der Hand hielt er eine Klarsichtfolie mit Papieren. »Frau Fehringer?«

Delia sah den Mann fragend an. War das einer ihrer Follower? Ein Fan? Ein Stalker? Augenblicklich bekam sie es mit der Angst zu tun.

»Delia Fehringer alias Delia Fee?«, hakte er nach, da sie nicht reagierte.

War das womöglich Ninas Mörder? Ihr Herz raste. »Wer sind Sie?«

»Gruppeninspektor Bence Donath vom Landeskriminalamt Niederösterreich. Ich komme im Auftrag der Korruptionsstaatsanwaltschaft«, stellte er sich vor und hielt ihr einen Ausweis unter die Nase.

Delia musste ein Schmunzeln unterdrücken. Hieß der Mann wirklich so wie ein amerikanischer Krapfen? Sie bemühte sich, ernst zu bleiben. Der Inspektor hätte eine diesbezügliche Frage vermutlich nicht witzig gefunden. »Korruptionsstaatsanwaltschaft?«, wiederholte sie stattdessen und hob abwehrend die Hände. »Ich zahle meine Steuern fristgerecht, hab keine geheimen Konten auf irgendwelchen Inseln und besteche auch keine Politiker.« Sie bemühte sich, locker zu klingen.

Die Miene des Mannes blieb ernst. »Darum geht es nicht. Sagt Ihnen der Name Alois Stock etwas?«

»Der Banker«, antwortete sie. »Persönlich kenne ich ihn nicht, aber ich habe grad erst im *Wiener Boten* über ihn gelesen. Er soll seit gestern auf der Flucht sein. Mehr kann ich über ihn nicht sagen. Sind Sie nicht wegen der Aussage meiner Freundin Claudia Bacher hier?«

»Ich würde Ihnen das lieber nicht im Stiegenhaus erklären. Kann ich reinkommen?«, fragte der Beamte anstelle einer Antwort.

Delia trat einen Schritt zur Seite. »Bitte schön. Ihre Jacke können Sie an die Garderobe hängen.« Sie warf die Tür zu und zeigte auf drei rote Wandhaken.

»Danke.« Er schlüpfte aus der Jacke, hängte sie an einen Haken und zog aus der Innentasche einen Notizblock und Kugelschreiber hervor.

Während Delia ihn ins Wohnzimmer führte, sah sie, dass sein Blick auf das Sofa im Patchwork-Stil fiel. Möglicherweise überlegte er, ob man sich allen Ernstes auf so ein Teil setzen konnte, ohne dass es unter einem zusammenbrach.

»Bitte schön«, sagte sie erneut und wies auf die bunte Couch.

Der Ermittler nahm Platz. Die Papiere in der Klarsichtfolie legte er mit der weißen Seite nach oben auf die Glasplatte des antiken Couchtisches.

»Welche Aussage meinten Sie?«, wollte er wissen und klappte den Block auf.

Delia erzählte von dem Telefongespräch, das Nina mit Kevin Katzberg in Claudias Atelier geführt hatte. »Sie wissen sicher, dass Nina Seidling ermordet wurde. Die Schauspielerin? Jemand hat ihr wohl eine tödliche Menge Fentanyl in ein Getränk gekippt. Auf dem Opernball. Steht auch heute im *Wiener Boten*.«

»Hießen die Kollegen, die die Aussage aufgenommen haben, zufällig Martin Stein und Manuela Rossmann?«, erkundigte er sich.

Delia nickte.

Der Ermittler notierte sich die Namen auf dem Block und schüttelte dann den Kopf. »Deshalb bin ich nicht hier. Es geht um einen Kredit.«

Delia hob die Augenbrauen. »Was für einen Kredit?«

»Einen in Höhe von zweihunderttausend Euro.« Er blickte ihr direkt in die Augen, so als könnte er auf diese Weise den Wahrheitsgehalt ihrer nächsten Antwort überprüfen.

Delia sog erschrocken die Luft ein. »Aber was soll der mit mir zu tun haben?«

»Sind Sie Kundin der Stock Bank in Wiener Neustadt?«, bohrte der Gruppeninspektor nach.

»Nein«, antwortete sie bestimmt, begleitet von der Hoffnung, dass es sich hier um einen Scherz handeln musste. »Was sollen diese Fragen?«

Bence Donath drehte die Klarsichthülle um. »Sie werden dort als Kundin geführt.«

»Ich werde was? Was ist das hier? ›Versteckte Kamera‹? Nehmen Sie mich gerade hoch?« Delia sah sich übertrieben nach allen Seiten um.

Jetzt schmunzelte der Ermittler. »Leider nein, Frau Fehringer. Die Sache ist todernst, und das hier ist ein Kreditvertrag über zweihunderttausend Euro für den Kauf einer Wohnung im dritten Bezirk. Mit Ihrer Unterschrift. Frau Bacher, von der Sie mir soeben netterweise erzählt haben, ist als Bürgin aufgeführt.« Er reichte ihr die durchsichtige Hülle samt Inhalt und kritzelte dann etwas auf seinen Block.

»Claudia ist meine Freundin, ja.« Delia nahm die Unterlagen und erkannte ihren Namen unter dem Schriftstück. »Aber das ist nicht meine Unterschrift.« Sie sah den Ermittler verständnislos an. »Außerdem bin ich Kundin bei der Bank Austria, und selbst dort läuft kein Kredit für einen Wohnungskauf im dritten Bezirk.« Sie machte eine Geste, die die gesamte Wohnung einbezog. »Das hier ist eine Mietwohnung, und ich habe nicht vor auszuziehen.«

»So etwas in der Art habe ich mir gedacht.«

Delia war verwirrt. »Wie meinen Sie das?«

Der Ermittler streckte ihr seinen Notizblock und den Stift entgegen. »Würden Sie hier bitte unterschreiben?«

Sie verschränkte die Arme. »Nein. Zuerst erzählen Sie mir, was los ist.«

In den nächsten drei Minuten erfuhr sie, dass Alois Stock im Verdacht stand, Scheinkredite vergeben und Bilanzen gefälscht zu haben. »Gestern fanden in seiner Bank und seinem Wohnsitz Hausdurchsuchungen statt.«

Ein Kälteschauer rieselte über Delias Rücken. »Davon hab ich auch in der Zeitung gelesen. Aber ich dachte, dabei geht es um Drogen.«

»Die wurden eher zufällig gefunden.« Bence Donath nickte und streckte ihr wieder auffordernd den Kugelschreiber und den Block hin.

Delia unterschrieb, und der Ermittler verglich mit strengem Blick die beiden Unterschriften.

»Und wie geht es jetzt weiter?«, fragte sie.

»Gegen Alois Stock wird Anklage erhoben werden. Aber bis dahin wird es noch eine Weile dauern.«

»Die Mühlen der Justiz mahlen langsam.« Delia lächelte schief.

Bence Donath war wieder kein Lächeln zu entlocken. »Sie sind nicht die Einzige, deren Namen er für einen Scheinkredit missbraucht hat. Momentan sind wir dabei, genügend Beweise zu sammeln, um ihn dingfest machen zu können.«

»Aber die Medien sagen, dass er auf der Flucht ist«, hauchte Delia. Die Dreistigkeit des Bankers hatte ihr schier den Atem geraubt.

Mit einem Nicken klappte der Ermittler den Block zu und erhob sich. »Das war's vorerst, Frau Fehringer. Sie hören sicher noch mal von uns. Danke für Ihre Zeit.«

Sie begleitete den Gruppeninspektor durch den Flur. Als er seine Jacke vom Haken genommen hatte und die Tür hinter ihm ins Schloss gefallen war, blieb sie einen Moment lang stehen und starrte verdutzt ins Leere. »Was für ein unglaubliches Arschloch«, knurrte sie schließlich. Dann zog sie ihr Handy aus der Rocktasche, rief Claudia an und erzählte ihr, was soeben passiert war.

»Bei mir war deshalb auch gerade eine Ermittlerin«, sagte ihre Freundin aufgeregt. »Ich soll einen Kredit über vierzigtausend Euro für die Renovierung meines Ateliers aufgenommen haben. So ein Schwachsinn. Aber stell dir vor, kurz bevor die Polizistin bei mir aufgetaucht ist, hab ich mit Alma Misic telefoniert. Hab sie angerufen und ihr mein Beileid ausgesprochen. Sie hat ganz verstört geklungen, die Arme. Aber kein Wunder, ihr Mann ist ja auch gerade erst in der Nacht zu gestern gestorben.«

»Du schweifst ab, Claudia.«

»Schon gut. Also, sie hat mir erzählt, dass auch sie heute Morgen Besuch von einem Ermittler hatte. Angeblich hätte ihr Mann einen Vertrag über einen Kredit für eine neue Ausstellungshalle unterschrieben. Was er definitiv nicht getan hat, hat sie mir äußerst glaubhaft versichert. Ihr Mann war zwar noch am Montagnachmittag bei Stock, aber nur, um ihm zu sagen, dass sie den Bau der Halle verschieben und deshalb keinen Kredit brauchen.«

»Drogen und Betrug. Was da wohl noch kommt?«, zischte Delia.

»Du denkst, der Stock hat Nina umgebracht«, schlussfolgerte Claudia erschrocken.

»Wer weiß das schon.« Delia blickte auf ihre Armbanduhr. Mittlerweile war es Viertel vor zwölf. Wo blieb Conny Soe nur?

»Ich muss Schluss machen, eine Kundin«, sagte Claudia in dem Moment. »Wir können ja später noch mal telefonieren. Baba.«

»Ja. Baba«, verabschiedete sich Delia und drückte auf den roten Kreis auf dem Telefondisplay. Sie trat ans Wohnzimmerfenster und starrte genervt runter auf die Straße. Klar, man konnte sich immer mal verspäten, aber fast eine Stunde war dann doch zu viel des Guten.

Noch dazu, ohne sich zu melden. Hatte die Journalistin ihren Termin schlichtweg vergessen? Aber das kam Delia unwahrscheinlich vor, sie hatten ihn doch erst gestern Nachmittag vereinbart. Sie rief in ihrem Smartphone die Nummer der Reporterin auf, wurde aber direkt auf die Mailbox geleitet.

Nachdenklich ging sie in die Küche, ließ einen Latte macchiato aus der Maschine in ein Kaffeeglas laufen, wärmte sich kurz daran die Hände und versuchte dann erneut, Conny Soe zu erreichen. Wieder ging nur die Mailbox ran. Kurz entschlossen recherchierte sie, fand auf der Homepage des *Wiener Boten* eine Festnetznummer und rief an.

Immerhin dort meldete sich jemand, und Delia bat die Frau, mit der Gesellschaftsreporterin verbunden zu werden.

»Tut mir leid, aber Frau Soe hat vor eineinhalb Stunden das Haus verlassen«, bekam sie zur Antwort.

»Vermutlich wollte sie zu mir«, mutmaßte Delia halblaut. »Wir hatten um elf einen Termin. Aber bis jetzt ist sie nicht aufgetaucht.«

Einen Moment lang herrschte Stille. »Warten Sie kurz«, meldete sich dann die Rezeptionistin wieder. »Ich stelle Sie in die Chefredaktion durch.«

23

»Ich hab heute Morgen schon mit der Pressestelle des Landeskriminalamts telefoniert.« Maja war vor einer Minute in Sarahs Büro aufgetaucht. »Tobias Zauner hat der Polizei von den Drogenpartys erzählt und Namen von Gästen genannt. Die Drogenfahnder statten denen jetzt der Reihe nach Besuche ab.«

Sarah lehnte sich mit verschränkten Armen auf ihrem Stuhl zurück. »Vermutlich bereitet Zauner das plötzliche Verschwinden seines Mäzens Sorgen, und er will die Verantwortung für den Drogenverkauf nicht alleine tragen. Die Partys müssen doch eine sprudelnde Einnahmequelle gewesen sein. Für beide.« Sarah löste ihre Arme, nahm eine deutsche Tageszeitung, die auf ihrem Tisch lag, und hielt sie kurz hoch. »Alois Stocks Flucht hat es sogar in unseren Nachbarländern in die Schlagzeilen geschafft.« Sie legte die Zeitung wieder zurück. »Die Liste der illustren Gäste haben wir nicht zufällig?« Eigentlich war es ja glasklar, dass die Polizei diese nicht veröffentlichte.

»Leider nein. Aber schaun ma mal. Vielleicht gelangt sie auf dubiosen Wegen ja noch in unsere Hände.« Maja lächelte undurchsichtig.

Der Festnetzapparat auf dem Schreibtisch klingelte.

Schon am Ton erkannte Sarah, dass es ihre Sekretärin war. Sie hob ab.

»Frau Pauli, eine Dame am Empfang unten hat eine Anruferin in der Leitung, die sich nach Conny Soe erkundigt«, vermeldete Cordula Berger gleich darauf. »Ihr Name ist Delia Fee, und sie behauptet, heute Vormittag einen Interviewtermin mit Frau Soe zu haben.«

»Das stimmt«, bestätigte Sarah überrascht ob des Anrufs der Influencerin. War etwas mit Conny? Ging es ihr nicht gut?

»Sie scheint ungehalten zu sein, weil sie nicht aufgetaucht ist«, unterbrach Cordula Berger ihre Überlegungen.

»Aha?« Sarah blinzelte verwundert. »Bitte stellen Sie sie durch.«

Gleich darauf hatte sie die verärgerte Influencerin in der Leitung. »Wissen Sie vielleicht, wo Conny Soe sich herumtreibt?«, schnauzte sie anstelle einer Begrüßung ins Telefon. »Sie sollte vor einer Stunde bei mir sein. Und ich hasse Unpünktlichkeit. Abgesehen davon habe ich meine Zeit nicht gestohlen. Ich habe heute Nachmittag noch Termine, die ich nicht einfach verschieben oder absagen kann, nur weil eine Journalistin meint, sie könne auftauchen, wann sie wolle.«

»Stopp!«, unterbrach Sarah den Redeschwall. Der unhöfliche Tonfall, den die Influencerin ihr gegenüber an den Tag legte, nervte sie gewaltig. »Jetzt beruhigen Sie sich bitte erst mal, und dann erklären Sie mir, was eigentlich los ist.« Sie schaltete auf Lautsprecher um, damit Maja mithören konnte.

»Hab ich doch schon«, knurrte Delia Fee. »Conny Soe wollte um elf Uhr bei mir sein.« Sie redete übertrieben langsam, so als würde sie an Sarahs Intelligenz zweifeln.

»Ich weiß, das hat sie mir erzählt«, erwiderte diese gelassen.

»Sie ist bis jetzt nicht aufgetaucht. Macht sie das öfter?«

Die Arroganz in Delia Fees Stimme ärgerte Sarah mit jeder Sekunde mehr. Sie atmete tief durch, um nicht automatisch im gleichen Tonfall zu antworten. »Nein. Conny Soe ist sehr zuverlässig und außerdem eine ausgesprochen gute Journalistin.«

Sarah reichte Maja ihr Handy. »Warten Sie, Frau Fee, eine Kollegin ist grad bei mir im Büro und ruft Conny in der Sekunde an. Es handelt sich sicher um ein Missverständnis.« Das konnte sie sich zwar nicht vorstellen, weil Conny ihr doch selbst erst gestern am späten Nachmittag von dem Termin erzählt hatte, aber etwas anderes fiel ihr nicht ein, um die wütende Influencerin zu beruhigen.

»Können Sie sich sparen. Ich hab's auch schon mehrmals versucht«, blaffte Delia Fee. »Immer geht die Mailbox ran.«

Sarah gab ein unbestimmtes »Hm« von sich.

»Die Empfangsdame meinte, sie habe um halb elf das Verlagsgebäude verlassen«, erklärte die Influencerin.

Maja zuckte bedauernd mit den Schultern. »Mailbox.«

»Wir können sie gerade auch nicht erreichen«, gab Sarah zu. »Aber normalerweise kommt Conny nicht zu spät zu einem Termin, ganz zu schweigen davon, dass sie ihn vergisst«, unterstrich sie ihre Behauptung, dass ihre Kollegin verlässlich war. »Das ist wirklich sehr seltsam. Gibt es vielleicht eine Störung bei den Wiener Linien?« Sie wusste, dass Conny wie sie selbst zumeist mit den öffentlichen Verkehrsmitteln unterwegs war. Zumindest innerhalb von Wien. Aber vermutlich wäre sie in dem Fall rasch in ein Taxi gestiegen, um trotzdem den Termin mit der Influencerin einzuhalten. »Wo genau wohnen Sie?«

»Am Bennoplatz«, antwortete Delia Fee.

»Dahin braucht man von hier mit den Öffis gerade mal zwanzig Minuten.« Unruhe machte sich in Sarah breit.

»Wenn sie einen neuen Termin will, soll sie mich anrufen und sich entschuldigen«, sagte Delia Fee grantig.

Sarahs Gedanken überschlugen sich, und ein schreckliches Szenario erschien vor ihrem inneren Auge. Ihr Puls beschleunigte sich augenblicklich. »Conny muss einen Unfall auf dem Weg zu Ihnen gehabt haben.«

Aber die Influencerin hörte ihr nicht zu, sie polterte weiter, ohne Luft zu holen. »Was für ein verfluchter Tag. Erst kommt dieser Ermittler wegen eines Kreditvertrags zu mir, den ich nicht abgeschlossen habe, und jetzt …«

Sarah horchte auf. »Was für ein Kredit?«

Auch Maja spitzte interessiert die Ohren.

»Dieser verdammte Mistkerl von Banker hat doch tatsächlich einen Kreditvertrag über zweihunderttausend Euro mit meiner Unterschrift gefälscht«, giftete Delia Fee.

»Von wem sprechen Sie?«

»Alois Stock, der Gauner hat …«

»Warten Sie«, unterbrach Sarah sie erneut. In ihr brandete leiser Jubel auf. Wenn sie direkt mit einer Betroffenen sprechen würden, könnten sie über Stocks Kreditbetrügerei schreiben, bevor der Sachverhalt auf dem offiziellen Weg an die Öffentlichkeit gelangte. »Darf ich Sie mit dem Leiter unseres Wirtschaftsressorts verbinden, Frau Fee? Er recherchiert gerade zu den Hausdurchsuchungen bei der Stock Bank.«

Die Influencerin zögerte, gab dann aber doch ihr Einverständnis.

»Und ich versuche währenddessen herauszufinden, wo sich Conny Soe aufhält«, versprach ihr Sarah und stellte sie zu Reinhard Beck durch, nachdem sie ihn mit knappen Worten ins Bild gesetzt hatte.

»Wir müssen herausfinden, wo Conny steckt«, sagte sie dann zu Maja. Die Unruhe war zur Panik angewachsen. Einen Termin zu versäumen, ohne sich zu entschuldigen, das passte einfach nicht zu der Gesellschaftsreporterin.

»Denkst du tatsächlich, dass sie einen Unfall hatte?«

»Ich hoffe nicht, aber was sonst sollte passiert sein?«, erwiderte Sarah. »Jetzt ist es schon …« Sie blickte auf ihre Uhr und registrierte, dass ihre Hände zitterten. »Viertel vor eins. Außerdem ist es eigenartig, dass sie nicht an ihr Handy geht oder zurückruft.« Sie griff zum Hörer des Festnetzapparates. »Ich geb gleich mal David Bescheid.«

Gabi hob direkt ab. »Sorry, Sarah, aber David ist gerade in einer Besprechung.«

»Sag ihm bitte, dass er anschließend sofort in mein Büro kommen soll.«

»Du klingst nicht gut. Ist was passiert?«

»Conny ist nicht bei einem Interviewtermin erschienen, und Maja und ich erreichen sie nicht.«

»Vielleicht gibt es dafür ja einen harmlosen Grund«, versuchte Gabi, sie zu beruhigen.

»Und welcher sollte das sein?«

Ihre Freundin schwieg kurz. »O mein Gott, du hast recht. Es muss ihr etwas zugestoßen sein.«

»Genau, Conny hätte einen solchen Termin doch nie vergessen. Sie ist gestern extra noch in mein Büro gekommen, um mit mir darüber zu sprechen. Ich ruf jetzt gleich mal alle Krankenhäuser durch und fang mit dem AKH an.«

»Falls du Chris erreichen willst, der steht heute den ganzen Tag im OP«, sagte Gabi. »Keine Chance.«

»Okay, dann lass ich mich mit Markus verbinden.« Er war ein Freund ihres Bruders und Notarzt. Sarah kannte ihn, seit die beiden miteinander studiert hatten und nächtelang um die Häuser gezogen waren. »Über ihn bekomm ich sicher schneller Auskunft darüber, ob Conny vor Kurzem eingeliefert wurde, als über den offiziellen Weg.«

»Und ich geb David sofort Bescheid, Besprechung hin

oder her. Und dann komm ich zu dir ins Büro und helfe dir beim Telefonieren«, beschloss Gabi und legte auf.

»Können wir vielleicht ihr Handy orten?«, schlug Maja vor.

»Gute Idee. Frag mal Simon. Der soll das gleich versuchen«, erwiderte Sarah und tippte die Nummer des AKHs ins Telefon.

Als sich die Zentrale meldete, fragte sie nach dem Freund und Studienkollegen ihres Bruders und hoffte, dass er Dienst hatte. Maja hatte sich derweil auf dem Sofa in Sarahs Büro niedergelassen und telefonierte schon mit Simon.

Zu Sarahs Glück meldete sich Markus. »Gott sei Dank erreiche ich dich«, seufzte sie. Mit wild pochendem Herzen schilderte sie ihm ihr Anliegen und drehte sich beim Reden nervös auf ihrem Bürostuhl hin und her. »Connys richtiger Name ist Cornelia Sößer«, endete sie und hielt die Luft an.

Es dauerte eine Minute, bis Markus antwortete. »Bei uns ist niemand mit diesem Namen eingeliefert worden, und ich wurde in der letzten Stunde auch zu keinem Notfall gerufen. Aber ich bin auch nicht der einzige Notarzt in Wien.« Er überlegte kurz. »Wenn du willst, frag ich mal bei der Berufsrettung nach, welche Einsätze sie grad hatten und wohin die Patienten gebracht wurden. Ich würde dich zurückrufen, sobald ich es weiß.«

»Bist ein Schatz«, sagte Sarah erleichtert. Das ersparte ihr, die anderen Krankenhäuser durchzutelefonieren. Sie gab Gabi Bescheid.

»Ich hoffe nur, es ist nichts Schlimmes«, erwiderte ihre Freundin und klang besorgt.

»Ich auch«, antwortete Sarah.

Es klopfte, und Cordula Berger betrat mit einem Papierstoß in der Hand das Büro. »Die Postlerin hat sich heute verspätet«, sagte sie bedrückt.

Sarah hielt schon wieder den Atem an. Was für ein beschissener Tag! Hatte nicht Delia Fee gerade eben das Gleiche gesagt? Sie hatte ja so recht.

Alarmiert sprang Maja vom Sofa auf und war mit zwei Schritten beim Schreibtisch. »Simon kümmert sich um die Ortung«, sagte sie, während sie schon mit großen Augen den Brief überflog, der zuoberst auf dem Poststapel lag. »Scheiße.«

»Du sagst es«, erwiderte Sarah.

In dem Augenblick stürmte David ins Büro. »Was heißt das, Conny ist verschwunden?«

»Genau das«, gab Sarah ausdruckslos zurück und unterrichtete ihn dann ausführlich über die Situation.

Er ließ sich auf den Besucherstuhl fallen. »Und wir wissen wirklich nicht, wo sie ist?«

»Exakt.« Sie griff nach dem Brief. »Zudem haben wir das hier bekommen. Diesmal trägt das Schreiben sogar einen Titel«, spöttelte sie. »*Der Schwanengesang.*«

»Klingt nach großem Schlussakt«, meinte David.

Maja sah ihn verständnislos an. »Wieso?«

»Weil man traditionell das letzte Werk eines Künstlers so betitelt«, erklärte David. »Etwa wurde Franz Schuberts letzter Liederzyklus unter dieser Bezeichnung zusammengestellt.«

»Außerdem singt in der antiken Mythologie der Schwan vor seinem Tod«, ergänzte Sarah Davids Ausführung.

»Bedeutet das, der Todesengel begeht noch einen allerletzten Mord? Oder kündigt er damit seinen eigenen Tod an?«, wollte Cordula Berger wissen, die nach wie vor wie versteinert neben dem Schreibtisch stand.

»Eine berechtigte Frage«, gab Sarah zu.

David nahm den Brief vom Poststapel und schickte sich an, ihn vorzulesen.

»In dunkler Nacht, still und kalt, fällt ein Engel dem Teufel anheim. Der jüngste Tag scheint gekommen. Der Schmerz erfasst der Lebenden Gemüt und brennt wie Feuer im Herzen des Verstands. Pein, wie kaum ein Menschenkind sie zu ertragen vermag, kommt über uns. Daselbst der Glücklichste wähnt zu sterben. Die Schwäne, sie singen allda. Ihr Todeslied berührt selbst die schwärzeste Seele und verhallt doch ungehört in tiefster Finsternis. Zurück bleiben Tränen, die Perlen der Sehnsucht. Die Zeit, sie zieht sich endlos. Und nun? Der letzte Akt ist zu Ende. Die Bühne ist leer. Das Licht erlischt. Es bleibt das Nichts. Der Vorhang fällt. Der Tod wird zum Freund. Es ist vollbracht. Wo endet alles? Das errate du, oh, kluger Gast.«

David ließ den Brief sinken. »Offenbar will er sein mörderisches Treiben tatsächlich beenden.«

Sarah kaute auf ihrer Unterlippe, dann sah sie in die Runde. »Es klingt ganz danach. Aber habt ihr bemerkt, dass die Sprachmelodie anders ist als in den

Schreiben davor? Der Text hört sich in meinen Ohren nach einem altertümlichen Schauspiel an. Und mich irritiert auch, dass nach dem Rätsel im dritten Brief nichts passiert ist.«

»Außer Alois Stocks Flucht«, entgegnete Maja.

»Eh«, stimmte Sarah ihr zu. »Aber warum schickt er uns eine neue Ankündigung, obwohl wir noch keinen weiteren Toten haben? Bislang kam zuerst der Brief, und danach wurde eine Leiche entdeckt. Was hat sich geändert?«

»Die Frage kann ich dir nicht beantworten«, warf David ein.

»Es bleibt das Nichts. Es ist vollbracht. Wo endet alles?«, murmelte Sarah. »Bei der pathetischen Ausdrucksweise kommen mir Bilder aus *Romeo und Julia, Faust* und *Hamlet* in den Sinn. Will sich der Todesengel vielleicht vom Olymp stürzen?«, fragte sie zynisch.

»Das errate du, oh, kluger Gast«, wiederholte nun Maja. »Damit meint er offensichtlich dich, Sarah. Aber wie sollst du erraten, wo alles endet?«

Sarah schauderte. »Ich weiß es nicht.«

David zog sein Mobiltelefon aus der Hosentasche. »Auf jeden Fall schick ich Martin gleich ein Foto von dem Brief.«

Sarah nickte und sprang in der nächsten Sekunde erschrocken von ihrem Stuhl. »Sissi!«

Sie sauste aus dem Büro und die Treppen hinunter in den ersten Stock. Vielleicht hatte Conny ja den Mops wie meistens mit zum Interview genommen und er hatte sich irgendwo verletzt! Vielleicht hatte ein Auto

Sissi angefahren und Conny war jetzt mit ihr beim Tierarzt und hatte dort keinen Empfang. Sarah klammerte sich an diesen Strohhalm, hetzte zum Büro der Gesellschaftsreporterin und zog die Tür auf. Sissi lag in ihrem Korb und sah neugierig zu ihr auf.

24

Der Mops stieg gemächlich aus dem Korb, begrüßte Sarah dann aber umso freudiger. Nachdem sie ihn ausgiebig gestreichelt hatte, schnappte sie sich Hundeleine und Hundekorb. »Komm mit, Sissi.«

Mit der Hündin im Schlepptau fuhr sie ausnahmsweise die zwei Stockwerke mit dem Lift nach oben.

Cordula Berger saß wieder auf ihrem Platz im Vorzimmer. »Ich hab Kaffee und Mineralwasser auf den Tisch gestellt und Herrn Kunz Bescheid gegeben. Er ist jetzt auch in Ihrem Büro.« Sie bedachte Korb, Leine und Sissi selbst mit einem überraschten Blick.

Sarah bedankte sich. Als sie die Tür öffnete, überfiel Maja sie gleich mit der Nachricht, dass Simon Connys Handy nicht hatte orten können.

»Vermutlich ist es aus. Erst wenn sie es wieder einschaltet, kann er ihren Standort lokalisieren.«

Sarah schloss hinter Sissi die Tür, stellte ihren Korb daneben und hing die Leine an den Garderobenständer. »Ich glaube nicht, dass Conny es selbst ausgeschaltet hat. Aus welchem Grund sollte sie das tun?«

»Oder der Akku ist leer? Oder kein Netz?«, schlug Maja vor, während Sissi alle reihum begrüßte.

»Dann lass uns hoffen, dass du recht hast und sie

bald wieder erreichbar ist«, sagte Sarah. »Was uns aber noch immer nicht die Frage beantwortet, wo Conny überhaupt steckt.« Als eine schreckliche Erinnerung in ihr aufstieg, wurde ihr übel. Vor Jahren war Hilde Jahn verschwunden, die Enthüllungsjournalistin des *Wiener Boten*. Sarah war damals noch freie Redakteurin gewesen und hatte ihr zugearbeitet. Später hatte man ihre Leiche entdeckt. Sie war einem Mörder zu nahe gekommen.

War Conny etwa in Lebensgefahr? Das ist doch absurd!, schalt Sarah sich stumm. Die Society-Löwin hatte keine Feinde.

Sie ließ sich auf ihren Bürostuhl sinken, stützte die Ellbogen auf die Tischplatte und nahm den Kopf zwischen die Hände. »Was für ein Albtraum.«

Mit Verwunderung stellte sie fest, dass David noch keinen Cognac aus seinem Büro geholt hatte. Der Weinbrand war normalerweise seine Medizin in lausigen Situationen.

Gegenwärtig klammerte er sich stattdessen an ein Glas Mineralwasser. »Martin hat vorhin schon angerufen«, sagte er und suchte ihren Blick. »Ich hab ihm gesagt, dass Conny verschwunden ist. Er kümmert sich darum, dass seine Kollegen sofort mit der Suche nach ihr beginnen. Sie werden sich die Bilder der Überwachungskameras in der U-Bahn-Station Neubaugasse ab halb elf anschauen. Conny müsste darauf eigentlich zu sehen sein.« Er klang niedergeschlagen. Sarah war sich sicher, dass auch durch seinen Kopf Bilder der ermordeten Hilde Jahn geisterten. Auch wenn deren

Tod mittlerweile Jahre zurücklag. Die Erinnerung daran war nie ganz verblasst und holte sie beide jetzt ein.

»Ich soll dir von Martin ausrichten, dass du recht hattest«, fuhr David fort.

Sarah runzelte sie Stirn. »Womit?«

»Hugo Misic wurde ebenfalls mit einer Überdosis Fentanyl getötet.«

»Tatsächlich?« Sarah stöhnte leise auf und murmelte dann: »In dem Fall fühlt es sich ausnahmsweise nicht gut an, recht zu haben.«

»Alma Misic ist fest davon überzeugt, dass ihr Mann das Opioid in dem Glas Wein zu sich genommen hat, das auf seinem Schreibtisch stand, als man ihn fand. Steins Kollegen gehen ebenfalls davon aus. Wäre davor nicht Nina Seidling auf die gleiche Weise verstorben und hätte der Todesengel dir nicht einen weiteren Mord angekündigt, wären die Ermittler vielleicht von Selbstmord ausgegangen oder von einem Herzstillstand und hätten den guten Mann womöglich gar nicht obduziert.« David zuckte mit den Achseln. »Schon seltsam.«

»Hat Martin dir auch verraten, was seine Kollegen entdeckt haben, als Maja und ich im Autohaus waren?«, fragte Sarah.

»Ziemlich viel Kokain, versteckt in einem abgesperrten Metallschrank«, sagte David.

»Irgendwie überrascht mich das nicht.« Sarah versuchte ein schiefes Grinsen.

Ihr Handy, das sie auf dem Schreibtisch liegen gelassen hatte, als sie zu Connys Büro gehetzt war, läutete. Die Nummer des AKHs leuchtete auf. Sie hob ab. Es war Markus.

»Bis jetzt wurde keine Frau mit dem Namen Cornelia Sößer in einem Krankenhaus in Wien eingeliefert oder von der Berufsrettung versorgt. Sorry, Sarah.«

»Danke, Markus. Du hast was gut bei mir.«

»Du könntest mir Bescheid geben, wenn du wieder mal deine berühmten Spaghetti Carbonara machst«, sagte er. »Dazu ein Glas Cabernet Sauvignon vom Weingut Leberl, und ich steh vor der Tür.«

»Abgemacht. Danke noch mal und baba, Markus.«

»Baba, Sarah.«

»Im Krankenhaus liegt Conny schon mal nicht«, berichtete sie den anderen, nachdem sie die Verbindung getrennt hatte. In dem Moment durchzuckte sie eine grausame Gewissheit. Ein kalter Schauer lief ihr über den Rücken, und sie musste sich zusammenreißen, bevor sie in der Lage war zu sprechen. »Der Todesengel und seine Schwäne. Ich glaube, sie haben Conny.«

»Aber das kann nicht sein«, entfuhr es David erschrocken.

Herbert Kunz sah Sarah entsetzt an. »Wie kommst du auf diese Idee?«

Sarah erhob sich und ging zur Sitzlandschaft, schenkte sich ein Glas Wasser ein und kehrte an ihren Schreibtisch zurück. Ihre Beine waren schwer wie Blei. Sie setzte sich wieder und nahm einen Schluck, ehe sie weitersprach. »Wir sind uns doch einig, dass der letzte Brief so klingt, als plante sein Verfasser ein großes Trauerspiel, eine Tragödie, ein noch nie dagewesenes Bühnenwerk. Eine Gesellschaftsjournalistin, die den letzten Mord des Todesengels dokumentiert, würde doch dazu passen.« Sarah legte den Kopf in den Nacken, blickte zur Decke und hielt kurz die Luft an. Soeben war ihr ein barbarischer Gedanke gekommen, den sie nur schwer in Worte fassen konnte. Sie senkte den Kopf und blickte wieder nach vorn. »Eine Gesellschaftsjournalistin, die womöglich den letzten Mord miterleben muss.«

David zuckte zusammen. »O Gott«, stöhnte er und fuhr sich in einer verzweifelten Geste durch die Haare.

Majas Augen weiteten sich vor Entsetzen.

»So etwas macht doch niemand, der einigermaßen bei Verstand ist«, ächzte Herbert Kunz und schüttelte verständnislos den Kopf.

»Ich hoffe, ich habe unrecht«, sagte Sarah leise und atmete tief durch.

»Ein finales großes Bühnenstück. Ein in den Augen des Todesengels bedeutungsvolles Drama«, murmelte David erschüttert, bevor er ergänzte, »womöglich umkreist von Schwänen.«

»Das klingt nach einem Regisseur oder einem, der einer sein will, es aber nie geschafft hat«, sagte Maja. »Ihr wisst schon, nach einem verkannten Genie.«

Der Chef vom Dienst verzog angewidert das Gesicht. »Für mich klingt das eher nach einem kranken Hirn.«

»So abwegig ist das Szenario aber nicht. Denkt daran, dass wir auf dem Opernball Zeugen eines Mordes waren, ohne es zu wissen«, erwiderte Sarah, die sich wieder etwas gefangen hatte. »Möglicherweise will er jetzt ein ähnliches Spektakel inszenieren.«

»Aber wo könnte das stattfinden? Diesmal wohl kaum in der Öffentlichkeit«, nahm David ihren Gedanken auf. »Denn für ein Schauspiel vor aller Augen bräuchte er keine Journalistin zu entführen.«

»Er wählt Orte beziehungsweise Veranstaltungen, die man zumindest gedanklich mit den Opfern in Verbindung bringt«, sinnierte Sarah laut. »Nina Seidling starb auf dem Opernball. Das passt zu ihr, weil sie Schauspielerin und somit Publikum gewohnt war. Deshalb tötete er sie vor den Augen der Ballbesucher.« Sie massierte sich die Stirn. »Und Hugo Misic starb in seinem Autohaus, umgeben von den Luxuskarossen, die er verkaufte.«

»Dann wäre es gut zu wissen, wen er sich als drittes Opfer ausgesucht hat«, sagte Herbert Kunz.

Keiner von ihnen getraute sich, in dem Zusammenhang Connys Namen auszusprechen, auch wenn Sarah und vermutlich auch die anderen daran dachten. Conny sollte laut Sarahs Theorie diejenige sein, die das Drama dokumentieren musste. Das war ihre Rolle. Keine andere.

»Was ist mit Alois Stock?«, schlug Sarah deshalb vor. »Er müsste an einem Ort sterben, den man mit Geld in Verbindung bringt. Eine Bank? Eine Villa? Eine Jacht?«

David nippte nachdenklich an seinem Glas Wasser und stellte es dann ab. »Das würde voraussetzen, dass er nicht der Todesengel ist, als der er in Betracht kommen könnte.«

»Vielleicht ist er Täter und Opfer in einer Person?«, gab Maja zu bedenken. »Wie in *Dr. Jekyll und Mr. Hyde.*«

Als die Tür aufging, wandten sich alle ruckartig zu ihr um.

Es war Reinhard Beck. »Hallo allerseits. Frau Berger meinte, ich dürfte gleich reinkommen«, sagte er und schloss die Tür wieder hinter sich. »Und dass Conny verschwunden ist. Das ist nicht euer Ernst, oder?« Er sah sie der Reihe nach an, als erwartete er, dass sie gleich »Scherz!« rufen und lachen würden.

»Leider doch«, sagte David und setzte ihn mit knappen Worten ins Bild. »Die Polizei ist schon eingeschaltet.«

Reinhard Beck fuhr sich fassungslos mit der Hand über den Hals und ließ sich auf die Couch sinken. »Vielleicht gibt es ja doch eine andere logische Erklärung dafür, dass wir sie nicht erreichen können.«

»Und welche?«, fragte Sarah herausfordernd. »Dass Aliens sie entführt haben?«

Beck reagierte nicht.

»Warum bist du hergekommen, Reinhard?«, wollte sie wissen.

»Ich hab dir meinen Artikel über Stocks Kreditbetrug gemailt. Wir können ihn morgen bringen.« Er zeigte auf Sarahs Computer. »Aber du hast noch nicht geantwortet.«

»Sorry, ich hab in den letzten zwei Stunden meine Mails nicht abgerufen.« Sarah legte ihre Finger auf die Tastatur und holte das Versäumte nach.

»Dachte ich mir, weil du mich sonst vermutlich angerufen hättest.« Er goss sich Wasser in ein Glas und nahm einen Schluck. »Frau Fehringer hat mir erzählt, dass es offenbar auch Scheinkredite für Claudia Bacher und das Autohaus Misic gibt. Um die Behauptung zu überprüfen, habe ich die Designerin und die Autohändlerin angerufen. Bei Frau Misic hatte ich erst Skrupel, weil sie doch gerade Witwe geworden ist, aber ich bin nun mal Journalist.« Er zuckte entschuldigend mit den Achseln. »Ich mach's kurz, auch sie hatte Besuch von Bence Donath, dem Ermittler des Landeskriminalamtes Niederösterreich, der bei Delia Fehringer war. In Stocks Safe lag nämlich ein Kreditvertrag über mehr als vierhunderttausend Euro für eine neue Ausstellungshalle, aber Frau Misic behauptet, dass ihr Mann den auf gar keinen Fall unterschrieben hat. Er war wenige Stunden vor seinem Tod noch bei Stock, um ihm zu sagen, dass sie mit dem Neubau warten würden. Die Kreditzinsen seien einfach zu hoch.«

Sarah hatte derweil die Seite ausgedruckt, die ihr Beck gemailt hatte. »Das hat sie auch Maja und mir erzählt, als wir mit ihr beim Autohaus gesprochen haben.«

»Bei Frau Bacher beläuft sich die Summe auf vierzigtausend Euro, die sie für Renovierungsarbeiten in ihrem Atelier bei der Stock Bank beantragt haben soll. Was sie aber nie getan hat, hat sie mir am Telefon gesagt«, ergänzte der Wirtschaftsjournalist.

»Was für ein schmutziges Geschäft«, knurrte David.

Reinhard Beck nickte. »Gruppeninspektor Donath hat mir mittlerweile bestätigt, dass mehrere Scheinkreditverträge in Stocks Bank gefunden wurden. Natürlich ohne Summen oder Namen zu nennen, weil sie mitten in den Ermittlungen stecken. Aber dank der Aussagen von drei geschädigten Personen können wir damit trotzdem schon an die Öffentlichkeit gehen.«

Sarah überflog den Text. »Super Arbeit, Reinhard. Das wird unser Aufmacher. Titelseite und eine Doppelseite im Wirtschaftsteil.« Ihr kam die kleine Menschentraube vor Alois Stocks Villa in den Sinn. »Was ist mit den Menschen, die ihr Geld bei der Bank angelegt haben?«

»Dank der Einlagensicherung sind Spareinlagen bis einhunderttausend Euro abgesichert. Es wird eine Weile dauern, aber zumindest werden die meisten Kleinanleger ihr Geld zurückbekommen.«

»Wenigstens etwas«, sagte Sarah.

Herbert Kunz und David waren an ihren Schreibtisch getreten, und sie reichte ihnen den Ausdruck.

»Kann gut sein, dass die drei nur die Spitze des Eisbergs sind«, mutmaßte David, nachdem er den Artikel gelesen hatte.

»Mhm«, stimmte der Chef vom Dienst ihm zu.

»Das wird bestimmt eine große Sache, die uns noch Wochen oder sogar Monate beschäftigt«, zeigte Reinhard Beck sich zuversichtlich, länger darüber berichten zu können.

Sarah wandte sich wieder ihrem Computer zu und durchforstete die Polizeimeldungen. »Gibt noch nichts über einen Fahndungserfolg. Stock scheint nach wie vor verschwunden zu sein.«

»Ich mach mich dann mal wieder an die Arbeit«, sagte der Wirtschaftsressortleiter. »Wenn ich etwas wegen Conny tun kann, sagt mir Bescheid. Und falls es Neuigkeiten gibt, auch.« Er trank den Rest Wasser und verließ Sarahs Büro.

»Ich bereite dann mal die morgige Ausgabe vor«, sagte Herbert Kunz und schloss sich ihm an.

»Ich behalte die Polizeimeldungen im Blick«, verabschiedete sich auch Maja.

David setzte sich auf Sarahs Besucherstuhl. Er sah sie an wie ein verletztes Tier.

»Conny wird nichts passieren.« Sarah versuchte, zuversichtlich zu klingen.

Davids unveränderter Miene nach zu urteilen, misslang ihr Versuch. »Wenn Conny wirklich in der Hand dieses Scheißtodesengels ist und ihr etwas zustößt, dreh ich ihm eigenhändig den Hals um.«

»Lass das bloß nicht Martin hören.«

David schien Sarahs Worte nicht gehört zu haben. Er ließ den Kopf hängen und starrte vor sich hin.

Sarah versuchte, sich in Stock hineinzuversetzen. In seinen Glanzzeiten war er ein begehrter Gast auf vielen Szenepartys und anderen Veranstaltungen gewesen. Zudem hatte er sich als großzügiger Gastgeber präsentiert. Und jetzt der tiefe Fall, mit dem Demütigung, Schande, Beschimpfungen, Verleumdungen und vieles mehr einhergingen. »Ist Stock wirklich auf der Flucht, oder plant er seinen ganz großen Abgang? Maja hat ja schon *Dr. Jekyll und Mr. Hyde* erwähnt. Ist Stock also Banker und Todesengel in einer Person?«

»Weshalb sollte er sich umbringen, wenn er einfach abhauen kann?«

»Weil er die Bloßstellung nicht erträgt«, mutmaßte Sarah. »Und blamiert wäre er auch, wenn er sich irgendwohin absetzt. Die Demütigung würde ihm überallhin folgen, zumindest könnte er das so empfinden.«

»Ich weiß nicht«, antwortete David zweifelnd. »Ich weiß gar nichts mehr.« Er hob den Kopf. »Was sollen wir nur tun? Was zum Teufel noch mal können wir überhaupt tun?«

Sarah hörte, dass er den Tränen nahe war. Conny war mehr als eine Angestellte. Sie war eine Freundin, eine Vertraute, ein Herzensmensch. Auch Sarah war kurz davor, die Nerven zu verlieren. Am liebsten hätte sie den Kopf auf den Tisch gelegt und geweint. Aber das hätte sie nur erschöpft und auch nicht für einen klaren Kopf gesorgt, den sie jetzt so dringend brauchte. Sie streckte David ihre Hände entgegen. Er ergriff sie und drückte sie zärtlich.

»Es muss einen Zusammenhang geben. Etwas, das Nina Seidling, Hugo Misic und Alois Stock verbindet«, murmelte Sarah. »Und ich rede jetzt nicht von Drogen oder Partys. Es muss etwas passiert sein.« Doch sie hatte keine Ahnung, was das sein könnte.

Etwas blitzte in Davids Augen auf. Es schien, als hätte ihn Sarahs Bemerkung auf eine Idee gebracht. Er ließ ihre Hände los. »Lass uns im Archiv Connys Artikel durchsehen. Vielleicht finden wir ja wirklich etwas, dass die drei verbindet. Abseits von Partys und Drogen. Etwas, das uns auf die Spur der Schuld von

Nina Seidling und Hugo Misic bringt, von der in den Schreiben die Rede ist. Keine Ahnung, ob uns das gelingt, aber nur herumzusitzen und nichts zu tun, treibt mich in den Wahnsinn.« Es schien, als würde allein der Gedanke, etwas zu unternehmen, ihm neue Energie verleihen.

25

David rief Gabi an und bat sie, ihm seinen Laptop zu bringen. Fünf Minuten später stand sie in Sarahs Büro. »Was habt ihr vor?«

Sarah erklärte es ihr.

»Super Idee«, sagte Gabi. »Ich hol schnell meinen Laptop und helfe euch.« Sie hob abwehrend die Hand, noch bevor David einwenden konnte, dass sein Sekretariat damit verwaist war. »Keine Angst. Dem Empfang sag ich, dass wir beide hier bei Sarah sind, sollte jemand für dich anrufen oder etwas von dir brauchen.« Ohne eine Antwort abzuwarten, eilte sie aus dem Büro.

»Na, dann mal los. Konzentrieren wir uns erst mal auf die Artikel der letzten Wochen und arbeiten uns dann chronologisch zurück«, schlug David vor und rief im digitalen Archiv des *Wiener Boten* die aktuelle Society-Seite auf. Er tippte die Schlagwörter »Seidling«, »Misic« und »Stock« ein, um schneller die Beiträge zu finden, in denen die drei erwähnt wurden, und Sarah folgte seinem Beispiel.

Zehn Minuten später tauchte Gabi mit ihrem Laptop wieder auf. »Alles geregelt.« Sie ließ sich neben David auf die Sitzlandschaft fallen und machte sich ebenfalls an die Arbeit. »Schon was gefunden?«

David schüttelte den Kopf, aber Sarah zeigte auf fünf Ausdrucke auf dem Schreibtisch. »Auf diesen Bildern sind Nina Seidling und das Ehepaar Misic gemeinsam mit Stock auf unterschiedlichen Veranstaltungen zu sehen. Zwei Filmpremieren. Vier Benefizgalas.«

»Tobias Zauner ist ebenfalls auf einigen Fotos drauf.« In dem Moment fiel Sarah etwas ein. »Alma Misic hat behauptet, ihr Mann hätte nichts mit Nina Seidling zu tun gehabt. Aber die Fotos beweisen, dass das Ehepaar Misic ihr zumindest auf diversen Veranstaltungen über den Weg gelaufen ist. Natürlich kann das Zufall gewesen sein, so wie mit Alois Stock. Alma Misic meinte nämlich, sie und ihr Mann hätten keinen privaten Kontakt zu dem Banker gepflegt, sie seien sich nur manchmal zufällig in Restaurants oder beim Heurigen begegnet.«

»Oder eben bei Filmpremieren und Benefizgalas«, merkte Gabi spitzzüngig an.

»Das heißt nichts«, sagte David. »Ihr wisst beide, wie das auf solchen Veranstaltungen abläuft. Fotografen stellen Leute zusammen, weil sie sie auf einem Bild haben wollen. Auch Conny scheucht bei Festlichkeiten Gäste gemeinsam vor Simons Linse, die sich eigentlich kaum kennen.«

»Okay, okay«, lenkte Sarah ein.

Als Davids Handy klingelte, sah er hektisch auf das Display. »Es ist Martin.«

Sarahs Muskeln verkrampften sich augenblicklich. Bitte sag, dass es Conny gut geht, betete sie stumm.

David hob ab. Er horchte. »Warte, ich stell dich auf

laut«, sagte er dann. »Bin mit Gabi bei Sarah im Büro. Sie sollten gleich mithören.«

»Hallo, Martin«, begrüßte Sarah ihn.

»Servus, Sarah, Gabi. Ich mach's kurz. Ich war selbst bei den Wiener Linien und hab mir die Aufzeichnungen der U-Bahn-Station Neubaugasse angesehen. Aber Fehlanzeige. Dabei hab ich mir die Bilder von zehn Uhr morgens bis drei Uhr nachmittags angeschaut.«

»Na geh«, stöhnte Sarah enttäuscht.

Gabi presste fest die Lippen aufeinander.

»Kann es sein, dass sie zu Fuß gegangen ist?«, fragte Stein.

»Möglich wär's«, antwortete David. »Aber ich glaube es nicht. Mit der U-Bahn wäre sie viel schneller gewesen.«

»Und sie hatte ja nicht vor, spazieren zu gehen, sondern war auf dem Weg zu einem Interview«, stützte Sarah Davids Standpunkt.

»Dann ist sie vielleicht zu jemandem ins Auto gestiegen, bevor sie die U-Bahn-Station erreicht hatte«, sagte Stein.

»Die Mariahilfer Straße ist vom *Wiener Boten* bis zum Eingang zur Station Neubaugasse Fußgängerzone«, wandte Sarah ein.

»Könnte doch sein, dass sie die Station von der Schadekgasse aus betreten wollte, beim Café Ritter. Dort fahren Autos«, merkte David an.

»Und zwischen der Kirchengasse und Stiftgasse ist ebenfalls ein Eingang zur U3. Da dürfen Autos im Schritttempo fahren«, ergänzte Gabi.

»Unwahrscheinlich, dass Conny von der Seite die U-Bahn-Station betreten wollte«, entgegnete Sarah. »Dann hätte sie ja in die entgegengesetzte Richtung von ihrem eigentlichen Ziel gehen müssen.«

»Wie auch immer. Fakt ist, dass sie die Station nicht betreten hat«, beendete Stein die Debatte.

Gabi wickelte sich eine blonde Locke um die Finger. »Aber zu wem soll sie denn in den Wagen gestiegen sein?«

»Zu Alois Stock«, sagte Sarah.

»Warum ausgerechnet zu ihm?«, kam Steins Stimme aus dem Lautsprecher.

»Reine Mutmaßung«, gab Sarah zu. »Weil nach ihm gefahndet wird und er mir als Erstes in den Sinn gekommen ist.«

»Aber sie würde doch nie zu jemandem ins Auto steigen, den die Polizei sucht«, erwiderte Stein.

»Vielleicht hat er sie ja mit Waffengewalt gezwungen, weil er …« Sarah ließ verzweifelt den Kopf sinken. »Ach, ich weiß doch auch nicht.«

David erklärte dem Ermittler ihre Theorie, die sie aufgrund des Schreibens entwickelt hatten. Dass Stock der Todesengel war und Conny entführt hatte, damit sie über seinen letzten Mord berichtete. »Möglicherweise will er seinen eigenen Tod inszenieren.«

Einen Moment lang wurde es still. Sarah rechnete damit, dass Stein sie alle für verrückt erklärte und die Theorie als Hirngespinst abtat. Doch sie irrte sich.

»Der Tonfall des letzten Schreibens klingt nach einer Person, die nicht wenig für Theatralik übrighat«, sagte er schließlich. »Die Suche nach Conny läuft jedenfalls«, fuhr er unbeirrt fort. »Ebenfalls nach Stock. Aber der Banker ist wie vom Erdboden verschluckt. Keiner seiner sogenannten Freunde hat etwas von ihm gehört oder nur die leiseste Idee, wo er sich aufhalten könnte. Seine Sekretärin hat ihn seit Hugo Misics Besuch nicht mehr gesehen.«

»Tobias Zauner, Stocks Protegé, hat doch die Namen von Stocks Partygästen verraten«, sagte Sarah zusammenhanglos.

»Hm«, brummte Stein, wohl wissend, worum sie ihn gleich bitten würde.

»Kannst du sie anfordern?«

»Wozu?«

Sie erzählte ihm von ihrer Unterhaltung mit den Anwohnern vor Stocks Villa. »Mich würde interessieren, ob Hugo Misic, seine Frau und Claudia Bacher darunter waren.«

»Warum die Designerin?«

»Eine Nachbarin von Stock meinte, Nina Seidling sei früher mit einer eleganten hellblonden Frau in pinkem Kleid auf den Partys erschienen. Und Claudia Bacher ist elegant, platinblond und trägt gerne Pink.«

»Du weißt aber schon, dass sie nicht die einzige Frau dieser Art auf diesem Planeten ist«, merkte Stein zynisch an.

»Aber die Einzige, die ich derzeit mit der Aussage in Verbindung bringen kann«, entgegnete Sarah. »Dass sie von den Partys weiß, weil sie die Schauspielerin beim Telefonieren belauscht hat, kann eine Lüge sein.«

Stein räusperte sich. »Du hast Glück. Die Liste liegt mir tatsächlich bereits vor. Meine Kollegen von der Suchtkriminalität haben sie mir gemailt, weil Nina Seidlings Name draufsteht und sie wussten, dass ich in ihrem Todesfall ermittle.«

»Und?«

Eine Weile herrschte Stille. Sarah hoffte, dass Stein die Liste durchging und ihr nicht gleich erklären würde, dass er ihr aus ermittlungstechnischen Gründen keine Antwort geben konnte.

»Hugo Misic steht auch drauf. Claudia Bacher nicht. Aber die Liste bezieht sich nur auf die Partys der letzten acht Monate. Davor war Tobias Zauner nicht dabei.«

»Womit im Umkehrschluss nicht bewiesen ist, dass Claudia Bacher nicht dort war«, sagte Sarah.

Stein verstand die Anspielung. »Ich werde mit der Dame noch mal ein Wörtchen reden.«

»Was ist mit Alma Misic?«, hakte Sarah nach.

»Steht nicht drauf. Dafür ein paar andere Leute, denen es mit Sicherheit sehr peinlich sein wird, wenn die Drogenfahnder an ihre Tür klopfen. Aber frag mich nicht nach ihren Namen, die kann ich dir nicht verraten. Bei aller Freundschaft.«

»Schon klar«, gab Sarah sich zufrieden.

»Hingegen verraten kann ich dir, dass Tobias Zauner gestanden hat, der Drogenlieferant bei Stocks Partys gewesen zu sein. Das wird demnächst öffentlich werden. Lange geheim halten ließe es sich eh nicht.« Stein schnaufte kurz durch. »Das Geständnis wird Zauner zwar eine Strafminderung bringen, aber ein Verfahren und ein paar Jahre Gefängnis warten dennoch auf ihn. Immerhin ist es sein zweites Vergehen dieser Art.«

»Sitzt er in Untersuchungshaft?«, wollte Sarah wissen.

»Nein, er darf bis zum Verfahren auf freiem Fuß bleiben, muss sich aber einmal die Woche beim zuständigen Polizeikommissariat melden. Und sollte er bis zum Verhandlungstermin noch mal mit Drogen erwischt werden, wandert er *direttissimo* in den Häfen.«

Nachdem Stein sich verabschiedet hatte, überlegten Sarah, David und Gabi noch eine Weile, ob Conny tatsächlich zu Stock ins Auto gestiegen sein könnte. Freiwillig oder erzwungen.

»Oder zu Tobias Zauner?«, gab Sarah zu bedenken. »Möglich, dass er Stocks Handlanger ist und sie zu ihm gebracht hat, wo auch immer er sich gerade aufhält.«

»Aber selbst wenn es so war und wir Tobias Zauner diese Frage stellen, wird er uns mit Sicherheit als Antwort eine Lüge auftischen«, sagte David. »Besser, wir machen uns wieder an die Arbeit und stoßen auf etwas Brauchbares, um Conny zu finden.«

»Ich versuch mein Glück mal im Bildarchiv«, änderte Sarah ihre Taktik. »Zumeist werden zig Fotos gemacht, und nur eine kleine Auswahl schafft es in die Zeitung. Vielleicht finde ich ja die Nadel im Heuhaufen, von der ich irgendwas ableiten kann.« Sarah bemühte sich, ihrer Stimme einen festen, zuversichtlichen Klang zu geben.

Sie öffnete das Bildarchiv und wurde davon überrascht, wie schwer es ihr fiel, sich die vielen Fotos anzusehen, auf denen Conny an der Seite von Schauspielern, Musikern, Modedesignern, Politikern und Künstlern in die Kamera lächelte.

»Auf diesem hier sieht sie besonders glücklich aus«, sagte sie eine halbe Stunde später und drehte den PC-Bildschirm so, dass auch David und Gabi einen Blick auf das Foto werfen konnten. Es zeigte Conny mit Sissi auf dem Arm bei einer Haustiermesse in der Marx-Halle, nachdem sie ihrem Mops ein goldenes Halsband gekauft hatte.

»Wir mussten es tagelang bewundern«, erinnerte sich Gabi.

David gelang ein Lachen. »Und sie hat wochenlang ihre Kleidung darauf abgestimmt.«

Wir reden so, als würden wir schon einen Nachruf vorbereiten, dachte Sarah bitter und erhob sich. »Ich muss mal raus, geh mit Sissi Gassi.« Sie nahm die Leine vom Garderobenständer und verließ mit dem Mops das Büro.

Vor dem Redaktionsgebäude atmete sie tief durch und schlenderte mit dem Hund zum nahe gelegenen Esterházypark. Es war kalt, obwohl die Sonne schien. Sarah zog den Mantel fester um ihren Körper. In der Hundezone ließ sie Sissi frei und schaute ihr geistesabwesend beim Spielen mit einem Rauhaardackel zu.

Zwanzig Minuten später kehrte Sarah in den *Wiener Boten* zurück. Die Empfangsdamen machten gerade Feierabend, demnach war es fünf Uhr. Als sie ihr Vorzimmer betrat, packte auch Cordula Berger zusammen.

»Oder brauchen Sie mich noch?«

Sarah schüttelte den Kopf. »Gehen Sie ruhig nach Hause. Bis morgen.«

»Es wird Frau Soe schon nichts passiert sein«, sagte die Sekretärin zum Abschied, aber ihr besorgter Blick strafte ihre zuversichtlichen Worte Lügen.

»Ja, es wird ihr schon nichts passiert sein«, antwortete Sarah und zwang sich zu einem Lächeln.

Im Büro schlabberte Sissi gierig Wasser aus dem Napf, den jemand in Sarahs Abwesenheit gefüllt hatte, und verzog sich dann direkt in ihren Korb. Gabi und David beugten sich noch immer über ihre Laptops.

Sarah ließ die Leine zu Boden gleiten. »Und, habt ihr etwas gefunden?«

David verzog die Lippen enttäuscht und richtete sich auf. »Es bringt nichts. Das sind Tausende von Fotos.«

»Lasst uns nach Hause fahren«, schlug Gabi vor. »Chris konnte früher Schluss machen und ist vor fünf Minuten aus dem Spital raus. Ich hab ihm eine Nachricht geschickt, warum es bei uns heute länger dauert, und er hat versprochen, etwas Feines zu kochen.«

»Nett, aber ich weiß nicht, ob ich überhaupt etwas essen kann«, sagte Sarah. Sie fühlte sich schrecklich.

»Gleichfalls«, warf David ein, dem Connys Verschwinden ebenso an die Nieren ging.

»Nichts zu essen, ist auch keine Lösung«, entschied Gabi. »Genauso wenig, hier herumzusitzen und Trübsal zu blasen. Lasst uns das Abendessen doch nutzen, um noch mal alles durchzugehen. Vielleicht haben wir ja etwas übersehen.« Sie klatschte in die Hände. »Und jetzt auf mit euch und ab nach Hause.«

Sarah nahm den Hundekorb und lächelte. An ihrer Freundin war eine Kommandantin verloren gegangen.

Auf dem Weg stoppten sie kurz bei einem Supermarkt und kauften Hundefutter und zwei Näpfe.

Um sechs Uhr kamen sie zu Hause an. Marie saß im Flur, als sie zusammen mit dem Mops Sarahs und Davids Wohnung betraten. Es war nicht das erste Mal, dass Sissi und sie aufeinandertrafen. Sissis gesamter Körper vibrierte vor Freude, als sie die Halbangora begrüßte. Marie blieb hingegen reglos und stoisch sitzen. Selbst als der Hund ihr mit seiner Zunge übers Fell schleckte, strahlte sie die Ruhe einer Sphinx aus.

Sarah stellte den Hundekorb und die Futternäpfe in den Flur. »Sissi wird heute bei uns schlafen«, erklärte sie Marie.

»Ich kann sie auch gerne mit zu uns nach oben nehmen«, bot Gabi an. »Ist vielleicht ein bisserl entspannter für Marie.«

Sarah nickte. »Gute Idee. Sie vertragen sich zwar, aber die große Liebe ist es nicht. Zumindest nicht von Maries Seite.«

Als es klopfte und David die Tür aufzog, stand Chris mit vier Pizzakartons vor ihnen.

Sarah lachte auf. »Na ja, unter ›etwas Feines für uns kochen‹ verstehe ich schon etwas anderes.«

»Aber ich hab mir Gedanken gemacht«, verteidigte

sich ihr Bruder. »Nachdem mir Gabi geschrieben hatte, dass ihr auf dem Weg seid, hab ich die Pizzen persönlich bei einem der besten Italiener im neunten Bezirk bestellt und abgeholt. Die machen den Boden aus Sauerteig. Die Pizzen schmecken fantastisch.«

David zwinkerte Chris zu. »Also, ich finde das großartig von dir, Herr Doktor.«

Während Sarah und Gabi Marie und Sissi nacheinander zu fressen gaben, öffnete David eine Flasche Blaufränkischen vom Weingut Leberl und stellte sie mit zwei gefüllten Wasserkaraffen und Gläsern auf den Tisch. Derweil ließ Chris in der Küche die Pizzen vom Pappkarton auf die Teller gleiten. »Die mit Rucola und Schafskäse für die Damen und für David und mich hab ich je eine Diavolo genommen, mit scharfen Pfefferoni«, sagte er und trug die Teller zum Tisch.

Sie setzten sich und aßen eine Weile schweigend. Sarah registrierte erst jetzt, wie hungrig sie war. Auch David aß mit Appetit. Gabi hatte ja recht, nicht zu essen, brachte Conny auch nicht schneller zurück. Obwohl es kein vergnüglicher Anlass war, aus dem sie sich zum Abendessen trafen, wurde es Sarah warm ums Herz. Ihre Lieben um sich zu haben, stimmte sie immer zuversichtlich.

»Mit dem Fentanyl-Tipp hast du richtiggelegen«, unterbrach sie schließlich die Stille und nippte am Rotwein, während Marie es sich auf ihrem Schoß bequem machte. Sissi lag in ihrem Korb im Flur. Ihrem lauten Schnarchen nach zu urteilen, schlief sie bereits tief und fest.

»War nur ein Gefühl«, sagte Chris kauend. »Es ist eine Katastrophe, mit was für gefährlichen Substanzen Dealer Fentanyl verschneiden. In Amerika mischen sie mittlerweile Beruhigungsmittel für Pferde darunter. Die Leute laufen herum wie Zombies.« Er legte das Besteck zur Seite und nahm sein Handy, das auf dem Tisch lag. Dann rief er im Internet ein Video auf und zeigte es der Runde.

Fassungslos sah Sarah Menschen, die wie erstarrt in der Bewegung verharrten, sie wirkten tatsächlich wie Zombies.

»Die Leute haben einen stundenlangen Blackout. Zudem faulen ihnen im Laufe der Zeit im wahrsten Sinne des Wortes ihre Gliedmaßen ab«, ergänzte Chris seine Ausführung.

Sarah wandte sich ab. »Das ist ja furchtbar.«

Ihr Bruder schloss das Video und legte das Handy wieder weg. »Sag ich doch, eine Katastrophe.«

Die Glocke an der Eingangstür ertönte.

David warf Sarah einen überraschten Blick zu. »Erwarten wir noch jemanden?«

»Nein.« Sarah sah ihn erschrocken an. Es war schon zehn Uhr abends. »Das bedeutet nichts Gutes«, murmelte sie, während David aufstand, um zu öffnen.

Auch Gabi sah aus, als ob der späte Besuch ein schlechtes Omen wäre.

Kurz darauf tauchte David wieder im Esszimmer auf. Im Schlepptau hatte er Stein und Sissi, die dessen Eintreffen aufgeweckt haben musste.

»Martin!«, rief Sarah besorgt. Sie nahm Marie vom

Schoß, setzte sie auf den Boden und stand auf. »Nimm doch Platz.« Sie zeigte auf einen freien Stuhl. »Ein Glas Wein?«

»Nur Wasser«, sagte Stein und blieb stehen. »Bin noch im Dienst.«

»Vielleicht ein Stück Pizza?« Sarah deutete auf ihren Teller, auf dem noch ein Rest lag.

Stein lehnte dankend ab. »Hab schon gegessen.«

Sarah holte ein Glas und schenkte ihm aus einer Karaffe ein.

»Was führt dich zu uns?«, fragte David derweil.

»Kollegen vom Streifendienst haben vor fünf Stunden Alois Stocks Auto gefunden. Es stand auf dem Flughafenparkplatz.« Er nahm einen Schluck Wasser und setzte sich schlussendlich doch auf den freien Stuhl. Auch Sarah und David nahmen wieder Platz. Die Angst, gleich eine schlechte Nachricht zu hören, schnürte Sarah die Kehle zu.

»Ich mach's kurz. Im Handschuhfach lag ein ausgeschaltetes Handy. Unsere Techniker konnten es entsperren, es ist Connys.«

David und Gabi stöhnten auf, Chris runzelte die Stirn.

Sarah schloss die Augen. »Himmel«, sagte sie leise.

»Im Kofferraum des Wagens ist jede Menge Blut. Gleich morgen werden die Proben untersucht, die wir genommen haben, und Blutgruppe und DNA festgestellt. Deshalb bin ich hier. Wisst ihr, welche Blutgruppe Conny hat? Außerdem bräuchte ich etwas mit ihrer DNA zum Vergleich.«

Donnerstag, 23. Februar

26

Am Vorabend waren Sarah und David noch mit Stein zum *Wiener Boten* gefahren und hatten in Connys Büro nach etwas Brauchbarem für einen DNA-Abgleich gesucht. In einer Schreibtischlade hatten sie eine Haarbürste mit ein paar von Connys kupferroten Haaren entdeckt. Die würden genügen.

Um Mitternacht waren sie wieder zu Hause gewesen, hatten sich ins Bett gelegt, aber kaum ein Auge zugetan. Die meiste Zeit hatten sie damit verbracht, wach zu liegen, über Conny zu sprechen und sich gegenseitig zu versichern, dass sie unbeschadet wieder auftauchen würde.

Um sechs Uhr ging David in den Türkenschanzpark joggen. Ein Versuch, den Kopf freizubekommen. Sarah blieb mit Marie auf dem Bauch noch ein paar Minuten liegen und starrte an die Schlafzimmerdecke.

Dann quälte sie sich aus dem Bett und bereitete sich einen Tee in der Küche zu. Mehr brachte sie im Moment nicht hinunter.

Marie hingegen fraß, als hätte sie tagelang gehungert. Sissi war noch in der Nacht zu Gabi und Chris umgezogen. Die erste Meldung in den Morgennachrichten im Radio war, dass man Stocks Auto gefunden hatte. Kein Wort von dem Blut im Kofferraum und Connys Handy, das man darin sichergestellt hatte.

Dann fiel Sarah ein, dass sie heute Maja zum Termin mit Viola Hausmann begleiten wollte. Sie überlegte abzusagen. Die Chronik-Redakteurin konnte das Interview auch alleine führen. Andererseits würde sie das Treffen auf andere Gedanken bringen. Die Polizei suchte Conny auf Hochtouren, im Moment konnte sie nichts tun.

Eine Minute vor zehn traf Sarah beim Theater am Donaukanal ein. Die Spielstätte war an der unteren Donaustraße Ecke Praterstraße in einem Jugendstilgebäude untergebracht. Maja wartete schon davor auf sie. Mit wenigen Worten erzählte Sarah ihrer jungen Kollegin von den Ereignissen der letzten Stunden.

»Das alles ist ein verfluchter Albtraum«, sagte Maja bestürzt.

Ein kurzes bedrücktes Schweigen folgte.

»Aber vielleicht stimmt ja eure Überlegung, und der Todesengel braucht Conny nur für eine Art Berichterstattung und lässt sie danach wieder gehen.«

»Hoffentlich«, sagte Sarah. »Und jetzt lass uns unsere Arbeit machen.«

Die große Pforte aus massivem Eichenholz war geschlossen. Das Schauspielhaus öffnete für die Öffentlichkeit erst abends, wie ein Schild am Eingang sie informierte. Daneben sah Sarah einen im Mauerwerk eingelassenen roten Klingelknopf. Sie drückte darauf, und hinter der Tür summte etwas leise. Nach einer

Weile hörten sie Geräusche, gleich darauf ging die Eichentür auf, und vor ihnen stand Viola Hausmann in Jeans und einem grauen Winterpulli. Ihre schwarzen Haare zähmte ein dunkler Haarreif, verziert mit blauen Steinen.

»Sie sind vom *Wiener Boten*?«

Maja nickte und stellte sich und Sarah vor.

Die Theaterleiterin schüttelte ihnen nacheinander die Hände. »Sie sind gleich zu zweit. Obendrein die Chefredakteurin persönlich«, stellte sie fest. »Dann muss das Interview ja wichtig sein.« Sie trat einen Schritt zur Seite. »Kommen Sie doch rein.«

Viola Hausmann führte sie durch einen mit rotem Teppich ausgelegten Gang. An den Wänden hingen gerahmte Fotos von diversen Theaterproduktionen und von Schauspielern in Kostümen. Manche hatten die Künstler signiert. Am Ende des Flurs öffnete sie eine Tür, die in ein weniger feudales Treppenhaus führte. »Mein Büro liegt im ersten Stock.«

Oben angekommen zog Viola Hausmann im Flur eine weiße Tür auf und bedeutete den Journalistinnen einzutreten. Im geräumigen Arbeitszimmer standen ein weißer Schreibtisch und gleichfarbige Regale, vollgestopft mit Ordnern und Büchern. Die geschätzt vier Meter hohen Wände waren mit Plakaten tapeziert.

»All diese Produktionen wurden in unserem Haus gespielt«, sagte Viola Hausmann, die Sarahs Blick gefolgt war, stolz. »Setzen Sie sich doch.« Sie zeigte auf einen runden Tisch mit vier Stühlen. »Kaffee?«

Sarah und Maja bejahten.

Viola Hausmann öffnete eine Verbindungstür und bat eine Person im Nebenraum, die sie nicht sehen konnten, um drei Tassen Kaffee. Währenddessen wanderte Sarahs Blick erneut über die Plakate und blieb an einem bestimmten hängen. »*Der Diener zweier Herren*«, las sie den Titel vor. »Da hat doch Nina Seidling Clarice gespielt, Pantalones Tochter.«

»Stimmt, das war letzten Sommer. Ein großer Erfolg.« Auch Viola Hausmann betrachtete das Plakat jetzt. »Was mit Nina passiert ist ... einfach schrecklich. Sie war so ein großes schauspielerisches Talent.« Sie schüttelte ungläubig den Kopf. »Ich habe Ihren Artikel im *Wiener Boten* gelesen, Frau Pauli«, sagte sie dann und ließ sich auf den freien Stuhl fallen. »Das ist doch krank, in einem Brief einen Mord zu gestehen und einen weiteren anzukündigen.« Sie blickte zwischen Sarah und Maja hin und her. »Gibt es dazu schon Neuigkeiten?«

»Leider nein, nur ein weiteres Mordopfer.« Sarah fischte ihr Notizbuch und einen Kugelschreiber aus der Umhängetasche und bemerkte, dass Maja sich ein Lächeln verkniff. Obwohl viele ihrer Kollegen die altmodische Methode, beim Interview mitzuschreiben, belächelten, blieb sie bei Block und Stift. Sie notierte sich gerne Dinge, die bei einer Aufnahme unter den Tisch fielen. Gesten. Blicke. Reaktionen.

Auch jetzt legte Maja ihr Handy auf den Tisch. »Ich nehme das Interview zusätzlich auf, wenn es Sie nicht stört.«

Viola Hausmann nickte kurz. »Wer wurde denn getötet? Sagen Sie jetzt nicht, noch eine Schauspielerin.«

»Ein Autohändler im dreiundzwanzigsten Bezirk. Hugo Misic. Kennen Sie ihn?«

Viola Hausmann dachte kurz nach, dann schüttelte sie den Kopf. »Nein, den Namen hab ich noch nie gehört.«

»Sagt Ihnen der Name Alois Stock etwas?«, hakte Sarah nach. »Er hat eine Bank in Wiener Neustadt gegründet.«

»Nicht persönlich, nur aus den Nachrichten«, antwortete Viola Hausmann. »Mein Mann und ich haben im Radio gehört, dass er offenbar auf der Flucht ist und die Polizei sein Auto gefunden hat.«

Stock Party, Hausmann nein, kritzelte Sarah auf den Block.

Die Verbindungstür ging auf, und Arvid Dorna betrat das Büro, in der Hand ein Tablett mit vier Kaffeetassen. »Ich hoffe, es stört Sie nicht, wenn ich mich dazugeselle?«, stellte er eine rhetorische Frage. »Viola meinte, Sie hätten gerne unsere Meinung zu Ninas schauspielerischem Talent.« Er warf seiner Frau einen amüsierten Blick zu, verteilte die Tassen und setzte sich auf den letzten freien Stuhl.

Sarah notierte, dass Dorna Nina Seidling offenbar nicht für eine herausragende Schauspielerin gehalten hatte. Aber nach allem, was Leon Kant Maja gegenüber ausgeplaudert hatte, war das keine Überraschung.

»Also, was wollen Sie wissen?« Er klang, als würde er mit den beiden Redakteurinnen über sein neuestes Film- oder Theaterprojekt plaudern wollen.

»Wir haben gehört, dass Nina Seidling am Set von *Lilli am Land* ein wenig anstrengend war. Dass Sie

Schwierigkeiten mit ihrem Verhalten bei den Dreharbeiten hatten«, formulierte Maja Leon Kants Behauptung höflich.

Der Regisseur zeigte auf Majas Handy, und sie verstand und schaltete die Aufnahmefunktion aus.

»Was ich Ihnen jetzt sage, will ich nicht im *Wiener Boten* lesen. Aber ich will auch nicht heucheln, weil Nina tot ist, sondern ehrlich sein. Die Arbeit mit ihr war ein ständiger Spießrutenlauf. War sie gut aufgelegt, ging meistens alles glatt. War sie schlecht drauf, konntest du manchmal den ganzen Drehtag vergessen, weil keine Szene gelang.« Er trommelte mit den Fingern auf die Tischplatte. »Für den Produzenten bedeutet so ein Verhalten, dass die Produktion teurer wird, weil man länger drehen muss als kalkuliert.«

Sarah notierte sich, dass Dorna auf sie wirkte, als wäre er erleichtert, nicht mehr mit Nina Seidling arbeiten zu müssen.

»Uns wurde auch zugetragen, dass sie nicht gut auf ihren Filmpartner Leon Kant zu sprechen war«, fuhr Maja derweil fort.

»Nina war ein raumfüllender Mensch. Sie verstehen, was ich meine?« Der Regisseur sah Maja in die Augen. »Man musste höllisch aufpassen, dass sie einem nicht den gesamten Sauerstoff wegatmete. Aber auch das änderte nichts daran, dass sie ihre Rolle gut spielte, wenn sie, wie vorhin erwähnt, okay drauf war.«

Gut, registrierte Sarah. Nicht herausragend. »Sie haben Nina Seidling eine falsche Schlange genannt«, warf sie ein. »Warum?«

Arvid Dorna lachte auf. »In der Branche wird eindeutig zu viel getratscht. Aber ich war wütend, als ich ihr diese Beleidigung an den Kopf geworfen habe. Zudem war das keine Lüge, denn ihre Freundlichkeit war aufgesetzt. Sie war nur dann nett zu ihrem Gegenüber, wenn sie sich von ihm etwas erhoffte. Ansonsten war sie respektlos und egozentrisch. Und trotzdem kamen wir miteinander zurecht. Sie war der Star der Serie, brachte die notwendige Quote. Kevin Katzberg hielt große Stücke auf sie.«

»Er hatte eine Affäre mit ihr«, sagte Maja.

Der Regisseur zuckte teilnahmslos mit den Achseln. »Das war kein Geheimnis.«

»Wusste Eva Katzberg davon?«, fragte Sarah.

Arvid Dorna drehte seine Tasse in den Händen und blickte zu seiner Frau.

»Ja, sie wusste es«, übernahm Viola Hausmann. »Sie wusste aber auch, dass Nina Geschichte sein würde, sobald Kevin ein Auge auf eine neue Dame seines Herzens geworfen hätte.« Sie verzog das Gesicht, als litte sie an Zahnschmerzen. »So ist er nun mal, und die gute Eva hat sich damit arrangiert. Als Ausgleich für seine Untreue liest er ihr sprichwörtlich jeden Wunsch von den Augen ab.«

Maja, die gerade an ihrer Tasse genippt hatte, verschluckte sich fast am Kaffee. »Echt? Die Affäre hat ihr also nichts ausgemacht? Das kann ich mir beim besten Willen nicht vorstellen.«

»Natürlich macht ihr sein Fremdgehen etwas aus.« Viola Hausmann rückte umständlich den Haarreif zurecht. Das Thema war ihr sichtbar unangenehm. »Aber sie liebt Kevin sehr und würde ihn niemals deshalb verlassen.«

Würde sie deshalb töten? Die Frage lag Sarah auf der Zunge, aber sie schluckte sie mit ein bisschen Kaffee hinunter. Sie persönlich würde die Koffer packen, wenn ein Mann sie wie Katzberg behandeln und betrügen würde. Zum Glück hatte sie David.

»Aber Sie sind sicher nicht hier, um mit uns über Kevin Katzbergs Liebesleben zu reden.« Viola Hausmann lächelte schief.

Sarah nickte und beschloss, das Thema zu wechseln. »Sie wissen bestimmt, dass Nina Seidling ein Drehbuch geschrieben hat, das Kevin Katzberg verfilmen wollte?«

Maja hielt fragend ihr Handy in die Höhe und startete die Aufnahme wieder, als die Theaterleiterin und der Regisseur synchron nickten.

»Sie hatte Kevin ein Drehbuch gegeben, das ist richtig«, antwortete der Regisseur. »Aber das Originaldrehbuch stammte von Melissa Merz. Sie wollte daraus ein Theaterstück machen. Nina hat an der Geschichte nur das eine oder andere verändert.«

Sarah warf ihm einen überraschten Blick zu

»Wie kam Nina Seidling an das Originaldrehbuch?«, fragte Maja, die genauso perplex wirkte.

»Melissa hatte ihr eine Kopie zum Lesen gegeben«, sagte Viola Hausmann. »Sie sollte die Hauptrolle spielen.«

»Die beiden kannten sich?« Sarah musste sich immer

noch auf die Wendung einstellen, die das Gespräch genommen hatte. »Woher?«

»Sie haben sich vor fünf Jahren kennengelernt, in der Bühne am Stadtrand. Die liegt auf der Neuwaldegger Straße. Melissa war beim *Sommeralbtraum* für die Choreografie verantwortlich. Die Produktion enthielt nämlich auch einige Tanzszenen«, erklärte Viola Hausmann.

»Ich hab darüber gelesen«, sagte Sarah. »Die Bühne am Stadtrand musste sechs Monate nach der Uraufführung des Stücks schließen.«

»Das stimmt leider«, bestätigte Arvid Dorna. »Aber sie sollte im Mai dieses Jahres wiedereröffnet werden.«

»Aber nicht mehr in der alten Form«, mischte sich Viola Hausmann ein.

»Sollte?«, hakte Maja stirnrunzelnd nach.

»Melissa Merz wollte das Theater kaufen, renovieren lassen und als Tanztheater wiedereröffnen. Das Stück, das Nina zum Drehbuch umgeschrieben hatte, wäre dann dort uraufgeführt worden.«

»Wirklich?«, entfuhr es Sarah.

»Leider ist nichts daraus geworden«, bedauerte Viola Hausmann. »Sie wissen sicher, dass Melissa bei einem Autounfall ums Leben gekommen ist. Bevor sie das Grundstück samt Theater erwerben konnte.«

Sarah nickte. »Und die Rechte an dem Stück sind dann an Nina Seidling übergegangen? Hatte Melissa Merz sie in ihrem Testament bedacht?«

»Das kann ich nicht beantworten«, sagte die Theaterleiterin.

Arvid Dorna leerte seine Kaffeetasse und stellte sie wieder ab. »Bestimmt. Andernfalls hätte sie es Kevin nicht als Filmprojekt anbieten können.«

»Wissen Sie, ob jemand anders das Theater gekauft hat? Nina Seidling zum Beispiel?«, fragte Maja.

Viola Hausmann schüttelte den Kopf. »Soweit ich informiert bin, nein. Und Nina hätte sich die Bühne doch gar nicht leisten können.«

Sarahs Handy läutete. »Entschuldigung, ich hab vergessen, es lautlos zu stellen.« Sie zog es aus der Umhängetasche und sah, dass Cordula Berger sie anrief. Es musste also dringend sein. Sie entschuldigte sich nochmals, stand auf und verließ das Büro. Erst im Flur hob sie ab. »Was gibt's, Frau Berger?«

»Es ist ein Brief gekommen«, antwortete die Sekretärin mit unsicherer Stimme.

»Nicht schon wieder«, stöhnte Sarah.

»Aber diesmal nicht vom Todesengel.« Cordula Berger stockte kurz. »Sondern von Conny Soe.«

27

Der Satz brachte den Boden unter Sarahs Füßen zum Wanken. Sie musste sich mit einer Hand an der Wand abstützen. Eine Nachricht von Conny! Ihr Herz klopfte aufgeregt. »Geben Sie bitte Herrn Gruber und Herrn Kunz Bescheid. Ich bin auf dem Weg.« Sie legte auf und ging wieder in Viola Hausmanns Büro. »Es tut mir leid, aber ich muss mich verabschieden. Eine dringende Angelegenheit in der Redaktion.« Sie wandte sich an Maja. »Wir sehen uns dort.«

Maja sah sie fragend an, aber Sarah schüttelte unmerklich den Kopf.

Die Theaterleiterin erhob sich. »Ich bringe Sie zur Tür.«

Sarah musste an sich halten, sie nicht anzutreiben, als sie gemächlich vor ihr die Treppe nach unten stieg.

»Hoffentlich nichts Unangenehmes?«, sagte Viola Hausmann neugierig.

»Nein«, schwindelte Sarah. »Nur der übliche Redaktionsstress.«

Als sie sich an der Pforte verabschiedeten, gelang Sarah sogar ein glaubhaftes dezentes Lächeln. Dann lief sie, so schnell sie ihre Beine trugen, zur nächsten U-Bahn-Station. Conny hat einen Brief geschrieben!, dachte sie. Der Satz lief in Endlosschleife durch ihren Kopf. Kündigte dieser Brief das letzte Schauspiel an, oder hatte das Drama bereits ein Ende gefunden? Aber der Todesengel hatte es doch für eine dunkle Nacht angekündigt. Jetzt war der Himmel zwar grau und wolkenverhangen, aber es war weder dunkel noch Nacht.

Dreißig Minuten später hechtete sie die Treppen in den dritten Stock hinauf und zog keuchend die Tür zu ihrem Sekretariat auf. Cordula Berger saß vor ihrem PC.

Als sie Sarah sah, schenkte sie Wasser aus einer Karaffe in ein Glas auf ihrem Schreibtisch und reichte es ihr. »Sie sind ja ganz außer Atem, Frau Pauli.«

»Bin gelaufen«, japste Sarah und trank das Glas in einem Zug leer, ohne abzusetzen.

»Ich habe den Brief Herrn Gruber gegeben, er ist jetzt bei Herrn Kunz.« Sie zeigte auf das Radio, das auf dem Fensterbrett stand. »In den Nachrichten berichten sie bereits, dass Frau Sößer verschwunden ist. Die Polizei bittet die Bevölkerung um Hinweise.«

»Das ist gut«, sagte Sarah und hoffte, dass das auch wirklich so war. Sie gab der Sekretärin das Glas zurück. »Danke.« Dann betrat sie, ohne anzuklopfen, das Büro des Chefs vom Dienst. Es war minimalistisch eingerichtet. Ein Schreibtisch mit einem Stuhl dahinter und zwei davor, drei Regale und abgezählte drei Bilder mit abstrakter Malerei an einer Wand. Die Einrichtung passte zu Herbert Kunz' aufgeräumtem Erscheinungsbild.

»Sarah!«, rief David. »Da bist du ja.«

»Ging leider nicht schneller«, entschuldigte sie sich,

zog ihren Mantel aus und warf ihn über die Stuhllehne des letzten freien Besucherstuhls.

»Alles gut«, erwiderte David. »Herbert und ich haben den Brief schon gelesen. Oder vielmehr den kurzen Text, der morgen veröffentlicht werden soll.« Er nahm einen Zettel, der auf dem Schreibtisch lag. »Der Brief kam heute übrigens nicht mit der Post, sondern wurde direkt in unseren Briefkasten unten am Eingang eingeworfen. Leider haben wir am Redaktionsgebäude keine Kameras montiert«, bedauerte er und reichte ihr das Schreiben.

Sarah nahm ihn entgegen und sank auf den Stuhl. Sie las stumm:

Liebe Sarah, lieber David,

ich bitte euch, folgende Zeilen am Freitag auf Seite eins der Printausgabe zu veröffentlichen.

Alles Liebe

eure Conny

PS: Kümmert euch bitte gut um Sissi.

Der letzte Satz jagte Sarah einen Schreck ein. Glaubte Conny etwa, sie würde nicht zurückkommen? Mit wild pochendem Herzen las sie weiter und bekam nur aus den Augenwinkeln mit, wie David sich erhob und mit den Händen in den Hosentaschen vor Anspannung auf und ab tigerte. »Warum die Veröffentlichung zu vorgeschriebener Zeit?«, stellte er eine Frage, auf die keiner von ihnen eine Antwort wusste.

Sarah las weiter:

Nina Seidling, Hugo Misic und Alois Stock haben einen Mord begangen. Nach heutigem Wissen hätten sie sich dafür längst vor der Justiz verantworten müssen, doch niemand hat sie mit dem begangenen Verbrechen in Verbindung gebracht. Aber ich weiß, dass die drei Mörder sind.

Sarah sog fassungslos die Luft ein. »Puh!«, stieß sie sie dann lautstark wieder aus. »Das sind heftige Anschuldigungen. Welcher Mord ist gemeint?« Sie warf einen Blick ins Kuvert, das Cordula Berger an das Papier geheftet hatte.

»Das ist alles«, sagte Herbert Kunz.

»Denkbar, dass der Todesengel Conny jetzt gehen lässt, oder?« David klang hoffnungsvoll. »Und es scheint, als wäre Alois Stock nicht unser Mann.«

Sarah starrte wie gebannt auf die wenigen Zeilen. Ihr Puls raste. Hinter ihren Schläfen pochte es.

David setzte sich wieder auf den Stuhl neben sie. »Was will der Todesengel von uns?«

»Dass wir Connys Statement morgen veröffentlichen«, antwortete Sarah. »So wie Conny schreibt.«

David fuhr sich durch die Haare. »Das meine ich nicht. Ich meine, was bezweckt er oder sie, denn wir wissen ja immer noch nicht, ob es nicht doch eine Frau ist, damit. Und warum sollen ausgerechnet wir das veröffentlichen?«

Sarah versuchte, ruhig zu bleiben, dabei war sie kurz davor, in Hysterie zu verfallen. »Wir wurden sozusagen auserwählt. Keine Ahnung, warum.«

»Wieso steht hier nicht der Name des Mordopfers?«,

fragte der Chef vom Dienst. »Dann könnten wir wenigstens recherchieren.«

»Vermutlich weil wir mit dem Namen die Identität des Todesengels entschlüsseln könnten«, mutmaßte Sarah. »Was wiederum bedeuten könnte, dass seine Inszenierung noch nicht zu Ende ist.«

Herbert Kunz ballte eine Hand zur Faust und ließ sie auf den Schreibtisch niedersausen. »Ohne Faktencheck können wir das nicht veröffentlichen. Das entspricht nicht unserem Qualitätsanspruch. Ist das überhaupt Connys Unterschrift?« Er öffnete die Faust und tippte mit dem Zeigefinger auf die Signatur.

Sarah sah sie sich noch mal genauer an. »Ich denke schon.«

David schnaubte grimmig. »Jemand hat Conny in seiner Gewalt, verdammt noch mal. Und solange sie nicht unversehrt und lebendig vor uns steht, werden wir tun, was von uns verlangt wird.«

Der Chef vom Dienst nahm seine rahmenlose Brille ab und massierte sich den Nasenrücken. »Und was, wenn sich das hier als Falschmeldung herausstellt?«

»Dann können wir immer noch dementieren«, befand David.

»Ich stimme David zu«, ereiferte sich Sarah. »In dem Fall korrigieren wir die Meldung und bringen die ganze Story. Dass uns der Todesengel mit Connys Geiselnahme unter Druck gesetzt hat, diese Anschuldigung zu veröffentlichen.«

»Wir haben schon ein Mordgeständnis des Todesengels und seine Ankündigung des zweiten Mordes veröffentlicht. Dann könnten wir doch in dem Beitrag auch gleich erwähnen, dass er uns erneut geschrieben hat und uns zwingt, die Zeilen abzudrucken«, schlug Kunz einen Kompromiss vor.

David überlegte ein paar Sekunden. »Okay.«

Sarah kniff die Augen zusammen. »Alois Stock ist also nicht unser Mann«, wiederholte sie nachdenklich Davids Worte.

»Aber warum wurde dann seine Leiche noch nicht gefunden?«, fragte der Chef vom Dienst.

»Weil das der Plan des Todesengels war. Wir sollten denken, dass Alois Stock hinter allem steckt«, sinnierte Sarah laut. »Und genau das haben wir getan.«

»Aber Connys Handy wurde in seinem Wagen gefunden«, entgegnete David.

»Das war ein Ablenkungsmanöver.« Sarah überlegte. »Derweil die Polizei nach Alois Stock sucht, bereitet der Todesengel alles für seinen allerletzten Mord vor.«

»Lasst mich mal zusammenfassen«, sagte David. »Wir nehmen also an, dass Alois Stock tatsächlich das dritte Opfer des Todesengels ist. Seine Leiche ist bislang nicht gefunden worden, weil der Todesengel sie irgendwo … sagen wir, versteckt hat, damit wir bis heute glauben, dass der Banker hinter den Morden steckt. So weit verständlich?«

Herbert Kunz bejahte.

Sarah nickte. »In Connys Zeilen, die der Todesengel ihr vermutlich diktiert hat, steht, dass Alois Stock ein Mörder ist, aber nicht der Todesengel. Das könnte zudem darauf hinweisen, dass der allerletzte Mord unmittelbar bevorsteht oder erst kürzlich passiert ist. Und wenn Leiche Nummer drei, vermutlich die von Alois Stock, und Leiche Nummer vier gefunden werden, wird der Todesengel bereits auf Nimmerwiedersehen verschwunden sein.«

»Hast du jemanden in Verdacht?«, fragte David. »Oder eine Vermutung, wer Leiche Nummer vier sein könnte?«

»Leider nicht.« Sarah spürte zwar, dass sie der Lösung der Morde nahe war, aber sie fand einfach das letzte Puzzleteil nicht. »Die Schwäne sind das Ei des Kolumbus. Davon bin ich nach wie vor überzeugt. Unser Todesengel hat eine ganz besondere Beziehung zu ihnen. Möglicherweise ist ihre Bedeutung für ihn eine völlig konträre zur allgemein gültigen. Aber ich bleibe dabei, die Schwäne sind der Schlüssel zur Lösung des Rätsels beziehungsweise zum Finden des Mörders.« Sie zog ihr Handy aus der Umhängetasche und drückte die Kurzwahltaste für Martin Stein.

»Das war mal Gedankenübertragung«, meldete sich der Ermittler. »Ich wollte dich gerade anrufen, um dir das Ergebnis des DNA-Vergleichs mitzuteilen. Das Blut in Stocks Wagen stammt nicht von Conny.«

Sarah atmete erleichtert auf, wenngleich das nicht bedeutete, dass Conny außer Gefahr war. »Lass mich raten: Es ist vom Banker?«

»Goldrichtig. Hast du das in deiner Glaskugel gesehen?« Er lachte heiser. »Wir, die nicht der Hexenkunst mächtig sind, haben Stocks DNA in seiner Villa und im

Auto sichergestellt und ebenfalls mit der des Bluts im Wagen verglichen.«

»Wir haben wieder Post bekommen«, rückte Sarah mit ihrer Neuigkeit heraus und setzte Stein ins Bild.

»Jessas«, entfuhr es ihm. »Schick mir das Schreiben aufs Handy.«

»Mach ich gleich.« Sie fotografierte den Brief und leitete das Foto an den Ermittler weiter. »Ich stell dich mal auf Lautsprecher, Martin. David, Herbert Kunz und ich sitzen gerade beisammen und sprechen über das Schreiben.«

»Ich lese es in dem Moment. Warte kurz.« Stein verstummte. »Wenn die Zeilen tatsächlich von Conny stammen, dann beweisen sie, dass sie vom Todesengel entführt wurde«, meinte der Ermittler schließlich. »Und sie geben Grund zur Hoffnung, dass sie lebt.«

Sarah war sich da nicht so sicher. Der Todesengel hätte Conny schließlich auch nach dem Verfassen des Briefs töten können.

»Veröffentlicht ihr den Text, wie er verlangt?«, hakte Stein nach.

»Selbstverständlich«, erwiderte David prompt. »Er hat Conny in seiner Gewalt.«

»Von welchem Mord könnte in dem Schreiben die Rede sein? Fällt dir auf die Schnelle ein ungeklärter Mordfall ein?«, fragte Sarah Stein. »Möglicherweise mit einem Opfer, das eine Verbindung zur Staatsoper hatte, weil die zwölf Schwäne der Oper den Todesengel begleiten und der erste Mord dort passiert ist?« Sie legte ihr Handy auf den Schreibtisch, hievte sich aus dem Stuhl, umrundete den Tisch und tippte die Schlagworte »Wiener Staatsoper« und »Tod« in die Suchmaschine auf Herbert Kunz' Computer.

»Ad hoc hab ich da nichts für dich«, erwiderte Stein. »Bis heute wird Alois Stock nur des Bilanzbetrugs und der Kreditfälschung verdächtigt, und ich erinnere mich nicht, dass die beiden ersten Opfer sich strafrechtlich etwas zuschulden haben kommen lassen. Aber ich schau mal, was unser Polizeicomputer ausspuckt«, versprach er. »Übrigens haben meine Kollegen gestern noch im Café Ritter nachgefragt, ob jemand gesehen hat, wie Conny in ein Auto gestiegen ist. Negativ.« Seiner Stimme war anzuhören, dass auch er sich mittlerweile große Sorgen um die Society-Löwin machte. »Tut mir leid, dass ich euch keine besseren Nachrichten überbringen kann.«

»Dass das Blut nicht von ihr stammt, ist doch eine gute Nachricht«, sagte Sarah. »Ihr bittet die Bevölkerung um etwaige Hinweise, oder? Das kam in den Nachrichten.«

»Ja. Hoffentlich kommt da etwas Brauchbares raus und wir verschwenden nicht unsere Zeit damit, Fantasiegebilden nachzulaufen.«

David fuhr sich mit der Hand übers Kinn. »Das hoffen wir auch.«

»Ich melde mich wieder, dann hoffentlich mit mehr Infos«, verabschiedete sich Stein.

»Baba«, gab Sarah zurück und tippte mit dem Zeigefinger auf den roten Kreis auf ihrem Handy. Dann fixierte sie die Ergebnisse der Suchmaschine auf dem

PC-Bildschirm. Auf den ersten Blick registrierte sie nur Namen von Ensemblemitgliedern, Musikern sowie Opernsängern und -sängerinnen, die eines natürlichen Todes gestorben waren. Auch Melissa Merz' Name tauchte auf, da das Unfallopfer ein ehemaliges Ensemblemitglied des Wiener Staatsopernballetts gewesen war. Von Gewalttaten oder ungelösten Mordfällen in den letzten Jahren war keine Rede.

David blickte auf seine Armbanduhr. »Ich werd noch verrückt.« Er stand auf und verdrehte die Augen. »Und zu allem Elend hab ich jetzt noch einen Termin, den ich nicht absagen konnte.« Er umarmte Sarah und gab ihr einen schnellen Kuss auf den Mund. »Wir sehen uns später zu Hause.« Damit eilte er davon.

»Herbert, du gibst Connys Zeilen bitte gleich für die geforderte Veröffentlichung frei. Mit dem Zusatz, den du vorhin vorgeschlagen hast«, sagte Sarah.

Der Chef vom Dienst nickte, nahm den Brief, scannte ihn ein und speicherte die Datei auf seinem PC. Dann reichte er Sarah das Schreiben.

»Danke. Ich bin jetzt erst mal in meinem Büro, wenn du mich brauchst.« Damit verließ sie das Zimmer.

In ihrem Büro rief sie Maja an, die mittlerweile ebenfalls wieder in der Redaktion war. Sarah berichtete, was passiert war, und las Maja den Brief vor.

Die junge Redakteurin reagierte betroffen, war aber zugleich erleichtert, dass sie von der Society-Löwin zumindest ein Lebenszeichen erhalten hatten. »Nachdem du weg warst, hat Viola Hausmann übrigens mit einer

Kollegin telefoniert, um mehr über die Situation von der Bühne am Stadtrand herauszufinden«, sagte sie dann. »Ich dachte, das wäre eine schöne Randbemerkung in der großen Story über Nina Seidling. Wobei … wenn der Todesengel sie nun des Mordes bezichtigt, muss ich den Artikel noch mal überarbeiten.«

»Aber doch nur, wenn sich herausstellt, dass sie tatsächlich eine Mörderin ist«, wandte Sarah ein. »Im Moment gibt es dafür keine Beweise.«

»Jedenfalls hat die Kollegin von Viola Hausmann auch nicht genau gewusst, was mit dem Theater im letzten Jahr passiert ist. Es gibt wohl ein Gerücht, dass es anderweitig verkauft wurde.« Maja seufzte. »Zumindest kann ich in dem Porträt über Nina Seidling erwähnen, dass Kevin Katzberg sie dort zum ersten Mal spielen gesehen hat. Im *Sommeralbtraum* vor fünf Jahren, das hat Arvid Dorna noch erwähnt.«

»Gut, sag mir, wann du so weit bist, dass wir etwas veröffentlichen können«, bat Sarah und verabschiedete sich.

Dann lehnte sie sich seufzend auf ihrem Stuhl zurück und schloss die Augen. In Gedanken mischten sich die Worte des vierten Briefs mit denen in dem Schreiben, das angeblich von Conny stammte. *Der letzte Akt ist zu Ende. Der Vorhang fällt. Das Licht erlischt. Niemand hat die drei mit dem von ihnen begangenen Verbrechen in Verbindung gebracht.*

Sie dachte an die symbolische Bedeutung des Schwans. David gegenüber hatte sie am Tag des Opernballs erwähnt, dass der Schwan Liebenden ewige Treue verhieß. Prinzessin Odette aus Tschaikowskys *Schwanensee* und deren negatives Abbild, der schwarze Schwan Odile, tauchten als Nächstes in ihren Gedanken auf. Plötzlich hatte Sarah eine Idee. Sie öffnete die Augen. Denkbar, dass die sie nirgendwo hinführen würde, trotzdem wollte sie einen Versuch wagen.

28

Sarah brauchte mit den öffentlichen Verkehrsmitteln vierzig Minuten zu ihrem Ziel. Die Filmproduktion Katzberg lag in einem vierstöckigen unscheinbaren Gebäude an der Hernalser Hauptstraße im siebzehnten Bezirk. Die Pforte zum Innenhof war offen, aber Sarah stand noch vor dem Gebäude auf dem Gehsteig. Im Hof parkten ein grauer Mercedes und ein brauner Kastenwagen mit offener Schiebetür. Drei Männer luden Requisiten aus und trugen sie ins Hinterhaus. Vermutlich war dort das Lager der Produktionsfirma oder ein oder mehrere Filmstudios. Laut einem Schild befanden sich die Büros im vorderen Gebäudetrakt.

Sarah zog die Glastür im Durchgang zum Hof auf und stapfte die Treppen ins Mezzanin hinauf. Neben einer doppelflügeligen weißen Tür prangte ein weiteres Schild, diesmal mit der Aufschrift: »Filmproduktion Katzberg«.

Sie drückte die goldene Klinke nach unten, zog die Tür auf und fand sich in einem Foyer im Clean-Style mit beiger Sitzlandschaft wieder. Hinter einem weißen Empfangstresen mit Hochglanzfront saßen zwei Frauen. Die dunkelhaarige im dunkelblauen Pullover telefonierte. Die blonde im roséfarbenen Twinset tippte auf der Tastatur eines PCs. Als sie Sarah bemerkte, blickte sie auf.

»Grüß Gott, was kann ich für Sie tun?«

Sarah ging langsam auf die blonde Frau zu, die sie auf Mitte zwanzig schätzte. »Ich möchte zu Herrn Katzberg.«

Die Frau erhob sich von ihrem Stuhl.

Sarah sah, dass sie weiße Jeans trug, und ein Hauch teures Parfüm stieg ihr in die Nase.

»Haben Sie einen Termin?«

Sarah hatte natürlich keinen. Zu lügen und das Gegenteil zu behaupten, würde nicht viel bringen. Aber sie hatte auch nicht vor, sich abwimmeln zu lassen. »Ich bin mir sicher, dass Herr Katzberg mich auch ohne Termin kurzfristig empfängt.« Sie kramte aus ihrer Umhängetasche eine Visitenkarte hervor, die sie als Chefredakteurin des *Wiener Boten* auswies. »Wir haben kürzlich telefoniert, und ich hätte noch eine Frage zu unserem Gespräch. Sagen Sie ihm das bitte. – Er meinte, ich könnte ihn jederzeit kontaktieren«, schob sie noch lächelnd nach. Sie hatte sich zwar keine Fragen zurechtgelegt, weil sie spontan aufgebrochen war, aber ihr würden schon ein paar einfallen. Von der Unterhaltung erhoffte sie sich neue Informationen über Katzbergs Beziehung zu Alois Stock, Hugo Misic und Nina Seidling. Schließlich war es mittlerweile offiziell, dass Drogen bei den Partys des Bankers im Spiel gewesen waren und es sich bei ihnen nicht um harmlose Treffen mit gutem Essen und teurem Wein gehandelt hatte, wie Katzberg ihr hatte weismachen wollen.

Die Blonde vom Empfang beäugte Sarah kurz misstrauisch, griff dann aber doch zum Telefon. Sie hörte einen Moment zu, nickte, bedankte sich und legte auf. Dann sah sie Sarah mit kühlem Blick an. »Herr Katzberg ist in einer Besprechung, die aber nicht mehr lange dauern wird. Wenn Sie warten wollen?« Sie zeigte auf die Sitzlandschaft. »Seine Sekretärin gibt mir anschließend Bescheid, ob er ein paar Minuten Zeit für Sie hat.«

Sarah nahm Platz und war nicht unfroh über die Wartezeit. So konnte sie sich in Ruhe überlegen, wie sie die Unterhaltung angehen wollte. Mit der Tür ins Haus zu fallen und gleich die Drogen zu erwähnen, wäre vermutlich kontraproduktiv. Sie musste mehr Raffinesse und weniger journalistische Neugierde walten lassen.

Fünfzehn Minuten später öffnete sich die Tür des Lifts am anderen Ende des Foyers. Sarah musterte den Mann, der herauskam. Groß gewachsen, mit hellbraunen, kurz geschnittenen Haaren und auffälligen eisgrauen Augen. Er murmelte mit ernster Miene eine Verabschiedung, ohne die Empfangsdamen anzusehen. War das Katzbergs Termin?

Wie zur Bestätigung läutete, kaum dass der Mann das Foyer verlassen hatte, das Telefon hinter dem Tresen.

»Der Chef hat jetzt Zeit für Sie«, vermeldete kurz darauf die Dunkelhaarige und zeigte auf den Lift. »Zweiter Stock.«

»Frau Pauli.« Katzbergs Sekretärin, eine Mittdreißigerin mit dunkelblondem Pagenkopf in einem hellblauen

Hosenanzug, empfing sie mit kaltem Lächeln. »Sie haben Glück. Er hat zehn Minuten, bevor er zum nächsten Termin muss.«

Sarah bedankte sich und trat durch die Tür, auf die die Vorzimmerdame wies.

»Grüß Sie, Herr Katzberg. Und danke, dass Sie mich so kurzfristig empfangen«, sagte Sarah.

»Frau Pauli. Welch unerwarteter Gast.« Dem Produzenten war deutlich anzusehen, dass ihm Sarahs Überraschungsbesuch ungelegen kam. Aber vermutlich fand er es unklug, eine Chefredakteurin abzuweisen. Er deutete auf den Besucherstuhl, als wäre er Arzt und sie seine Patientin, der er gleich eine schlechte Diagnose mitteilen müsste.

Sarah setzte sich. »Sie sehen aus, als hätten Sie gerade keine guten Nachrichten bekommen.« Sie blickte auf mehrere Papierblätter, die vor ihm lagen.

»Sie erinnern sich, dass dieser verfluchte Stock den Produktionsvertrag für Ninas Drehbuch nicht unterschrieben hat? Dafür hab ich angeblich einen Kredit bei der Stock Bank in Höhe von einer halben Million Euro laufen, für eine Spielfilmproduktion mit dem Arbeitstitel von Ninas Drehbuch: *Letzter Akt*.« Er lachte kurz und bissig auf.

Sarah spitzte die Ohren. Von einem letzten Akt war doch auch im vierten Rätsel des Todesengels die Rede gewesen. »Mit einem Fake-Kredit sind Sie nicht alleine.«

»Das hat mir der Inspektor auch gesagt.«

Sarahs Augenbrauen schnellten nach oben. »Ach,

dann war das gerade eben Gruppeninspektor Bence Donath?«

»Ja, er ist eben gegangen«, sagte Katzberg. »Sie kennen ihn?«

»Der *Wiener Bote* berichtet heute über Stocks Kreditbetrügereien. Deshalb hat unser Ressortleiter Wirtschaft mit ihm gesprochen. Haben Sie den Artikel gelesen?«

Katzberg schüttelte den Kopf. »Bin heute noch nicht zum Zeitunglesen gekommen. Aber wegen des Artikels in Ihrem Blatt sind Sie sicher nicht hier. Also, was kann ich für Sie tun?«

»Ich komme gleich auf den Punkt«, sagte Sarah. »Ihre Sekretärin meinte, Sie hätten nur zehn Minuten.«

»Ja, ich müsste eigentlich schon wieder los. Eine Besprechung im Filminstitut.«

»Bevor ich meine eigentliche Frage stelle, noch eine andere«, begann Sarah. »Ich habe gehört, dass die Ursprungsversion von Nina Seidlings Drehbuch von Melissa Merz stammte. War Frau Seidling überhaupt berechtigt, sie umzuschreiben und Ihnen das überarbeitete Drehbuch für die Verfilmung anzubieten?«

Katzberg nickte. »Nach Melissas Tod hat sie die Rechte am Original von Adrian Merz übertragen bekommen. Er wollte, dass die Geschichte veröffentlicht wird. Die Form war ihm dabei egal.«

Das wunderte Sarah nicht. Auf diese Art hätte seine Frau indirekt weitergelebt.

»Kommen in dem Drehbuch Schwäne vor?«, versuchte sie einer Eingebung folgend einen Schuss ins Blaue.

Katzberg zog irritiert die Augenbrauen zusammen. »Nein, warum?«

»War nur so eine Idee.«

Er schaute auf die Uhr. »Noch sieben Minuten.«

»Wir wissen, dass auf Stocks Empfängen, wie Sie die Events bezeichnet haben, neben gutem Essen und besten Weinen auch Drogen konsumiert wurden. Und wir wissen, dass Sie ein Verhältnis mit Nina Seidling hatten.«

»Für beides wollen Sie aber von mir jetzt keine Bestätigung, oder?«

»Mir ist schon klar, dass Sie dazu keinen Kommentar abgeben werden«, sagte Sarah. »Zu den Drogenpartys gibt es übrigens schon eine verlässliche Aussage, und Ihre Affäre interessiert uns vom *Wiener Boten* eh nur nachrangig. Wir bringen keine derartigen Skandalmeldungen.«

Wieder schaute Katzberg auf seine Uhr. »Was interessiert Sie dann?«

Sarah sah ihn neugierig an. Saß sie gerade dem Todesengel gegenüber? »Ich bin auf der Suche nach meiner Kollegin«, sagte sie schließlich. »Sie ist spurlos verschwunden, und wir vom *Wiener Boten* und die Polizei vermuten einen Zusammenhang mit den Morden an Nina Seidling und Hugo Misic.« Den vermeintlichen Brief von Conny ließ sie unerwähnt, weil Katzberg nicht zugeben würde, ihn verfasst zu haben, auch wenn dem so wäre. Stattdessen starrte sie den Filmproduzenten an, damit ihr keine seiner Regungen entging. Wusste er mehr über Connys Entführung?

Katzberg stutzte. »Das tut mir sehr leid. Hat denn die Polizei schon eine Spur?«

»Leider nicht«, gab Sarah zu. »Aber sie und wir setzen momentan alle Hebel in Bewegung, um meine Kollegin zu finden.«

Katzbergs Blick wanderte erneut auf seine Uhr. Diesmal enthielt er sich eines Kommentars.

»Bevor Nina Seidling mit Ihnen zu Stocks Partys ging, war sie mal in Begleitung einer Freundin dort«, fuhr Sarah fort. »Einer eleganten blonden Schönheit in Pink. Kennen Sie die Dame zufällig?«

Kevin Katzberg dachte nicht lange nach. »Das muss Melissa Merz gewesen sein.«

»Die Antwort kam jetzt aber sehr schnell«, bemerkte Sarah.

»Weil Nina mir erzählt hat, dass sie Melissa mal überreden konnte, sie zu einem Termin bei Stock zu begleiten.«

»Wann war das?«

Er zuckte mit den Achseln. »Das weiß ich nicht. Hat mich aber auch nicht wirklich interessiert. Muss gewesen sein, bevor ich zum ersten Mal eingeladen wurde. Melissa hat es dort nicht gefallen, hat Nina gemeint. Sie hatte ein schlechtes Gewissen, weil sie sie vorher wochenlang bearbeitet hatte, sie zu begleiten.« Er stand abrupt auf. »Tut mir leid, Frau Pauli, aber jetzt muss ich Sie wirklich rauswerfen.« Er streckte ihr die Hand entgegen. »Auf Wiedersehen.«

Sarah stand auf und schüttelte seine Hand. »Auf Wiedersehen und danke für Ihre Zeit.«

Vor dem Gebäude blieb sie stehen und rekapitulierte die soeben erhaltenen Informationen.

»Melissa Merz«, murmelte sie. Die Choreografin hatte sie nicht als Gast bei Alois Stock auf dem Schirm gehabt, weil sie seit einem Jahr tot war und Sarah erst heute Morgen von ihrer Bekanntschaft mit Nina Seidling erfahren hatte.

Sie ging ein paar Schritte, lugte um die Hausecke und sah, wie Katzberg im Innenhof in einen Mercedes stieg. Gleich darauf fuhr er durch das offene Tor und dann die Hernalser Hauptstraße Richtung Gürtel davon.

Sie selbst machte sich auf den Weg zur Straßenbahnhaltestelle. Im Gehen sah sie auf ihr Handy. Es war zehn nach drei. Ein bisschen Zeit blieb ihr noch, bis sie wieder im *Wiener Boten* sein musste, um mit Herbert Kunz die Artikel der morgigen Ausgabe durchzusehen. Als sie den Kopf hob und eine Straßenbahn kommen sah, die nicht zur Redaktion, sondern in die entgegengesetzte Richtung fuhr, dachte sie nicht lange nach. Sie lief auf die andere Straßenseite und stieg ein.

Bei der Haltestelle Neuwaldegg verließ Sarah die Straßenbahn, ging noch ein paar Meter die gleichnamige Straße entlang und hielt nach der Bühne am Stadtrand Ausschau, deren genaue Adresse sie vergessen hatte. Immerhin konnte sie sich noch an das Foto aus dem

Artikel über die Schließung der Kulturstätte erinnern. Nach fünf Minuten stand sie vor ihrem Ziel.

Fasziniert betrachtete sie durch den schmiedeeisernen Zaun das zweistöckige Gebäude im Stil des Historismus, das einst ein Theater gewesen war. Die ehemals hellgelbe Fassade war ausgebleicht, die Fenster dreckig, hinter ihnen vermutlich nur triste Dunkelheit. Sarah kam es vor, als hätte sich ein gnadenloses Nichts des Hauses bemächtigt und es sämtlichen Lebens beraubt. Dieses Haus starb einen langsamen Tod. Auch die Sträucher und die Grünfläche, die das Haus umgaben, waren vor längerer Zeit sich selbst überlassen worden. Alles auf diesem Grundstück atmete Vergänglichkeit.

Versuchsweise drückte sie die Klinke des Haupttors nach unten. Wie erwartet war es verschlossen. Auf einem Schild in der Tormitte las sie: »Betreten verboten«. Es reizte Sarah, es trotzdem zu tun. Das Gebäude übte eine eigentümliche Anziehungskraft auf sie aus. Hier hatte Nina Seidlings Karriere begonnen. Und jetzt war der Ort ebenso tot wie sie. Außerdem war hier Melissa Merz' Traum gestorben, die Bühne als Tanztheater wiederzueröffnen. Sarah war neugierig auf das Innenleben. Hatte man die Requisiten verkauft, den Zuschauerraum und die Bühne demontiert? War das Gebäude leer, oder war die Inneneinrichtung und mit ihr ein Hauch Theaterluft zurückgeblieben? Als stummer Zeuge einer besseren Zeit?

Sarah blickte sich um. Die Straße war menschenleer. Sie hoffte, dass kein Anwohner sie beobachten und die Polizei rufen würde, wenn sie jetzt gleich über den Zaun kletterte. Entschlossen hängte sie sich ihre Tasche quer über die Brust, umklammerte zwei Streben unterhalb der Zaunspitzen und stieg auf den Zaunsockel. Unter einiger Mühe kletterte sie aufs Grundstück, darauf bedacht, sich nicht an den Zaunenden zu verletzen. Schließlich landete sie auf vom geschmolzenen Schnee matschigem Untergrund und lief zum Eingang.

Auch das Hauptportal war verschlossen, was klar gewesen war. Hier kam sie definitiv nicht weiter. Ein gelbes Schild warnte vor Einsturzgefahr. Sarah ging um das Gebäude herum, rüttelte an der Tür zum Bühneneingang. Zugesperrt. Sie versuchte ihr Glück bei den Fenstern. Eine Scheibe an der Rückseite des Hauses war kaputt. Das Loch war so groß wie eine Faust. Am liebsten hätte sie die Scheibe mit einem Stein gänzlich zerstört.

Das wäre Hausfriedensbruch, lass es!, versuchte ihre innere Stimme, sie zur Vernunft zu bringen. War es nicht besser, umzukehren und das Grundstück wieder zu verlassen? Aber wie so oft in ähnlichen Situationen siegte ihre Neugierde. Vorsichtig klopfte Sarah gegen die noch vorhandene Scheibe. Nichts passierte.

»Pfeif drauf«, murmelte sie dann, nahm ihre Umhängetasche ab und schlug damit einmal fest gegen das Fensterglas. Ein leises Klirren folgte, dann war das Loch doppelt so groß wie zuvor. Vorsichtig griff Sarah hindurch, schnitt sich aber am scharfen Glas am Handrücken. Sie blutete. Trotzdem gab sie nicht auf, probierte, den Fenstergriff zu erwischen. Nach ein paar

Versuchen gelang es ihr endlich, und das Fenster ließ sich öffnen.

Zufrieden grinsend kletterte sie hindurch und landete in einem quadratischen, leeren Raum. Sie ging zur Tür, zog sie auf und stand in einem dunklen, fensterlosen Flur. Sie musste sich entscheiden: links oder rechts? Sie wählte links, holte ihr Handy aus der Tasche, schaltete die Taschenlampenfunktion ein und leuchtete um sich. Die hellblaue Wandfarbe war noch kräftig. Dann erfasste der Lichtstrahl einen Lichtschalter. Sollte sie es wagen? Sie tat es nicht. Vermutlich war der Strom sowieso längst abgestellt worden. Auf dem Boden lag grauer Teppichboden, dem man ansah, dass im Laufe der Jahre Tausende von Menschen darüber gelaufen waren. Plötzlich war da ein Geräusch. Sie zuckte zusammen, blieb stehen, hielt den Atem an und horchte angestrengt in die Dunkelheit. Stille. Gab es hier Ratten?

Im Zeitlupentempo leuchtete Sarah den Boden rund um sich herum ab, entdeckte aber keine Nager. »Warum bist du nicht einfach draußen geblieben?«, schimpfte sie leise mit sich selbst, dann setzte sie einen Fuß vor den anderen. Eine Minute später gelangte sie auf die ehemalige Bühne.

Überrascht zog sie die Augenbrauen zusammen. Offenbar hatte man vier meterhohe Bühnenbilder zurückgelassen. Eins zeigte zwei Schwäne, die sich im Flug an den Flügeln berührten, auf dem zweiten war ein dunkler See zu sehen. *Am Ende versinken wir alle in den Wellen des Sees*, gingen Sarah die Worte des Todesengels durch den Kopf. Hatte er dieses Bild im Kopf gehabt, als er das dritte Rätsel verfasste? Sie wandte sich dem nächsten Bühnenbild zu und hielt in der Bewegung inne. Fasziniert starrte sie das lebensgroße Bildnis an, das kein Bühnenbild, sondern eine Fotografie war. Die Eleganz und Schönheit der Frau darauf verschlug ihr schier den Atem. Sie war gertenschlank und hatte das Gesicht einer Madonna. Ihre hellblonden Haare waren kunstvoll hochgesteckt, ein glitzerndes Diadem mit weißen Federn saß auf ihrem Kopf. Sie trug ein weißes Tutu, und ihre dünnen Arme hielt sie grazil über dem Kopf. Eindeutig eine Pose aus *Schwanensee*. Sarahs Blick wanderte zum vierten Bild, das sich ebenfalls als ein Foto herausstellte, von derselben Frau. Ihre langen blonden Haare fielen ihr wie ein feiner Seidenschal über die Schultern. Sie trug ein rotes Abendkleid und strahlte wie die Kronleuchter in der Staatsoper, vor der die Aufnahme eindeutig entstanden war. Die Frau lehnte an einer Straßenleuchte und zeigte mit dem Finger auf einen der grimmig dreinblickenden schwarzen Schwäne des Pfeilers. Intuitiv war Sarah sich sicher, dass die Schönheit auf den Fotos Melissa Merz sein musste. Aber warum standen die übergroßen Aufnahmen hier auf der Bühne?

Wieder schreckte sie ein Geräusch auf, und ihr Kopf flog zum Zuschauerraum. Da saß doch jemand in den mittleren Reihen. Oder spielte ihr ihr Verstand einen Streich? Aus den Augenwinkeln nahm sie einen Schatten wahr, dann traf sie ein Schlag am Hinterkopf. Sarah sackte auf der Stelle zu Boden.

29

Delia ließ sich erschöpft auf das Sofa mit dem Patchwork-Bezug fallen und legte ihre Füße auf den Couchtisch. Sie war total erledigt. Was kein Wunder war, denn sie hatte seit halb fünf am Nachmittag ohne Pause vor ihrer Handykamera gestanden, und jetzt war es kurz vor Mitternacht. Zudem hatte sie kaum etwas gegessen und zu wenig getrunken, was sich jetzt in leichten Kopfschmerzen bemerkbar machte. Aber sie war im Arbeitsmodus gewesen und hatte sich nur darauf konzentriert, dass die Fotos und Clips für die neue Pflegeserie von Sensjoie perfekter als perfekt wurden. Wenn sie Adrian Merz und Pauline Merz-Polinsky mit ihrem Content begeisterte und die Rückmeldungen auf ihre ersten Posts und Reels nicht nur positiv waren, sondern sich auch in den Verkaufszahlen bemerkbar machten, würden mit Sicherheit weitere Aufträge folgen. Aber davon ging Delia insgeheim aus. Bisher waren ihre Auftraggeber immer mit ihr zufrieden gewesen. Doch für Sensjoie legte sie die Latte noch mal ein paar Zentimeter höher. Wenn sie es schon nicht als Schauspielerin geschafft hatte, dann wollte sie wenigstens auf diesem Gebiet Nina Seidling überflügeln. Die Öffentlichkeit sollte das Sensjoie-Werbegesicht Nina vergessen und nur noch Delia als neuen Star am Sensjoie-Werbehimmel bewundern. Überrascht stellte sie fest, dass sie in Nina noch immer eine Kontrahentin sah, obwohl sie doch tot war. Delia verscheuchte den Gedanken an sie und ließ stattdessen noch einmal den vergangenen Tag Revue passieren.

Am Morgen um halb zehn waren die Pakete geliefert worden. Delia hatte die Produkte sofort ausgepackt. Das Design der Tuben, Flaschen, Flacons und Tiegel mit den hochwertigen Cremes, Ölen und Parfüms war schlicht und elegant. Auf den schwarzen Verpackungen strahlte ein goldener Schwan, unter dem in ebenfalls goldenen Lettern der Name der Produktlinie stand: *Melissa,* wie von Hand geschrieben. Für jedes einzelne Produkt hatte sich die Marketingabteilung Slogans ausgedacht, die Delia in ihren Posts verwenden sollte: verführerischer Duft, ein Hauch des Himmels, lässt die Haut strahlen, und, und, und. Sie hatte sich sofort an die Arbeit gemacht.

Zuerst fuhr sie zu Claudia ins Atelier, um sich die passende Garderobe zu borgen. Sie nahm den Tiegel der Tagescreme, den Parfümflakon und die Flasche mit dem Badeöl mit, um die Kleidung auf das Produktdesign abzustimmen. Sie musste fantastisch aussehen, aber das Produkt, das sie präsentierte, durfte dadurch nicht unsichtbar werden.

»Das Logo ist wunderschön. Richtig edel. So wie Melissa Merz war«, stellte Claudia fest. »Die Serie ist ihrer würdig.«

»Das Zeug wird sicher ein Verkaufsschlager«, erwiderte Delia voller Überzeugung. »Aber das muss es auch. Der Konzern hat viel Geld fürs Design und Marketing ausgegeben.«

»Auch eine Art von Trauerbewältigung«, merkte Claudia lapidar an und wechselte das Thema. »Hast du zufällig Neues von Conny Soe gehört? Ich muss die ganze Zeit an sie denken.«

Delia schüttelte den Kopf. »Nein, leider nicht. Aber morgen werde ich noch mal Sarah Pauli anrufen. Mir lässt die Sache auch keine Ruhe, obwohl ich sie nicht so gut kenne wie du.« Jetzt, wo sie durch die Medien wusste, dass die Gesellschaftsreporterin verschwunden war, bereute sie ihr Benehmen. Sie hätte die Chefredakteurin des *Wiener Boten* gestern am Telefon nicht anfauchen dürfen. Aber in dem Moment war sie so wütend gewesen, weil sie die Situation fehlinterpretiert hatte. Sie dachte, Conny Soe wäre das Gespräch mit ihr nicht wichtig genug, um pünktlich zu sein.

»Diesen Banker, Alois Stock, scheinen sie auch noch nicht gefunden zu haben«, sagte Claudia, während sie anfing, Blusen, Hosen und Kleider herauszusuchen.

»Der sitzt sicher schon auf einer Insel am anderen Ende der Welt«, antwortete Delia und nahm einen beigefarbenen Overall mit Fledermausärmeln von einer Kleiderstange.

Am Ende packte Claudia ihr den Einteiler, einen goldenen Seidenkimono, zwei Maxikleider in Bordeauxrot und Schwarz und drei Blusen in Gold, Schwarz und Samtblau mit dazu passenden Hosen ein.

Danach fuhr Delia wieder heim, verwandelte ihre

Wohnung in ein Filmstudio und produzierte eine Handvoll Videos und machte mehrere Hundert Fotos. Dabei war sie immer darauf bedacht, dass das Produkt und nicht ihr Aussehen oder der Hintergrund dominierte. Während des Shootings veränderte sie auch mehrmals ihre Frisur. Mal trug sie ihre karamellbraunen schulterlangen Haare offen, dann wieder hochgesteckt, oder sie verbarg sie unter einem Handtuchturban. Letzteren trug sie für die Aufnahmen im Badezimmer, wo sie auf dem Wannenrand saß, Badeöl ins Wasser goss und dabei vergnügt in die Kamera lachte. Für diese Szene hatte Claudia ihr den Kimono geborgt. Natürlich würde sie in ihren Beiträgen ihre Freundin erwähnen und markieren.

Als ihr Handy jetzt auf dem Filmstativ piepste, hievte sich Delia vom Sofa hoch und nahm das Telefon aus der Halterung. Claudia hatte eine WhatsApp-Nachricht geschickt, in der sie fragte, ob Delia noch wach sei. Sie wusste, dass Delia häufig nachts arbeitete. So wie sie selbst, wenn sie noch ein Kleidungsstück fertig nähen musste. Delia rief sie an.

»Bin gerade mit allem durch«, sagte sie, nachdem Claudia sich gemeldet hatte. »Magst noch vorbeikommen und dir ein paar Fotos ansehen, oder liegst schon daheim faul auf dem Sofa?«

»Nein, deshalb ruf ich doch an. Ich sterbe fast vor Neugierde«, sagte die Modedesignerin. »Ich bin noch im Atelier, aber ich mach mich gleich auf den Weg zu dir.«

»Wunderbar, dann stelle ich mal eine Flasche Veltliner kalt.«

Während sie auf Claudia wartete, ging sie online und rief die News-Seite des ORF auf. Sie wollte wissen, ob es Neuigkeiten zu Conny Soe gab. Im nächsten Augenblick starrte sie fassungslos auf die Eilmeldung: *Sarah Pauli, Chefredakteurin des* Wiener Boten, *spurlos verschwunden.*

Freitag, 24. Februar

30

Sarah öffnete die Augen. Sie war bereits zweimal wach gewesen und gleich darauf wieder benommen eingeschlafen. Obwohl ihr Kopf noch höllisch wehtat, wurde ihr Verstand allmählich klarer.

Sie schnupperte. Es roch nach Mottenkugeln und Staub. In ihrer Wohnung war sie demnach nicht und – sie sah sich um – auch nicht mehr auf der Bühne. Mit den Fingern fuhr sie über die Unterlage, auf der sie lag. Zweifelsfrei eine Matratze. Ihre Hände waren nicht gefesselt. Sie trug keine Uhr, hatte daher keine Ahnung, wie spät es war oder wie lange sie schon in diesem Raum lag, in den sie offenbar gebracht worden war, nachdem man sie k. o. geschlagen hatte.

Nach und nach kam die Erinnerung zurück. Der Angreifer hatte sich unbemerkt wie ein Gespenst von hinten an sie herangeschlichen und ihr einen so heftigen Schlag auf den Hinterkopf verpasst, dass sie das Bewusstsein verloren hatte. Als sich ihre Augen an die Lichtverhältnisse gewöhnt hatten, merkte sie, dass das Zimmer nicht vollkommen dunkel war. Langsam drehte sie den Kopf zur Seite und entdeckte eine eingeschaltete Campinglampe auf dem Fußboden. Daneben eine Flasche Mineralwasser und eine Packung Thomapyrin. Unwillkürlich musste sie lachen. »Wie freundlich«, murmelte sie zynisch. »Zuerst haust mich um, und dann lässt mir Kopfschmerztabletten und Wasser da, aber nichts zu essen.«

Aber waren in der Packung tatsächlich Schmerztabletten oder irgendein anderes Zeug? Etwa Fentanyltabletten? Sie auf diese Weise zu töten, wäre auf jeden Fall eine saubere Angelegenheit. Kein Blut, keine Würgemale, keine anderen verräterischen Wunden. Denkbar, dass ihr Angreifer davon ausging, dass sie die Tabletten freiwillig schlucken würde, wenn sie nur lange genug in diesem fensterlosen Zimmer eingesperrt war.

Sarah beschloss, die Tabletten zu ignorieren, obwohl es hinter ihren Schläfen schmerzhaft hämmerte. Sie schloss die Augen wieder und versuchte, sich an die Sekunden zu erinnern, bevor sie niedergeschlagen worden war. Was hatte sie wahrgenommen? Einen Geruch? Negativ. Der Schatten, den sie aus den Augenwinkeln gesehen hatte, konnte genauso gut eine Illusion gewesen sein. Und das Geräusch, das sie definitiv gehört hatte, konnte sie nicht einordnen. Hatte ihr Angreifer hinter einer der Stellwände mit den Fotografien gestanden? Sie hatte nur die Person im Zuschauerraum bemerkt, die sie auf der Bühne nicht niedergestreckt haben konnte.

Insofern müssen zwei Personen gemeinsame Sache gemacht haben, dachte Sarah. Nur wer?

Sie seufzte, als ihr in der nächsten Sekunde bewusst wurde, dass sie niemandem gesagt hatte, wo sie hinwollte. David hatte keine Ahnung, wo sie sich befand.

Er würde sich genau wie Chris und Gabi große Sorgen um sie machen, wenn sie sich länger nicht meldete. Das Handy! Sie hatte es auf der Bühne in der Hand gehalten. Sie tastete um sich herum. Es war nicht da. Ebenso ihre Umhängetasche. Vermutlich lag beides noch auf der Bühne, oder der Angreifer hatte es an sich genommen.

Instinktiv griff sie nach ihrem Corno, das an der feingliedrigen silbernen Kette um ihren Hals baumelte. Der Schutz vor dem Bösen Blick würde ihr in dieser Situation zwar nicht viel nützen, aber sie war froh, dass das Schmuckstück noch da war. Es war ein Teil von ihr. Sie seufzte erneut und öffnete wieder die Augen. »Und jetzt lieg hier nicht noch länger herum, sondern schau, dass du wegkommst«, murmelte sie und versuchte, sich aufzusetzen. Ein jäher Schmerz in ihrem Kopf ließ sie wieder zurücksinken, und ihr wurde kurz schwindelig. »Verdammt«, krächzte sie. »Wo lernt man denn, so zuzuschlagen?«

Sie atmete ein paarmal hintereinander bewusst ein und wieder aus, bevor sie es erneut versuchte. Bedacht darauf, schnelle Bewegungen zu vermeiden, setzte sie sich Millimeter für Millimeter auf. Immer wieder musste sie innehalten, weil der Kopfschmerz sich verschlimmerte und ihr übel wurde. Vermutlich hatte sie eine leichte Gehirnerschütterung.

Irgendwann saß sie schließlich doch auf der Matratze und hatte nicht das Gefühl, gleich wieder umkippen oder sich übergeben zu müssen. Sie nahm die Campinglampe, hielt sie in die Höhe und sah sich um.

Ihr Gefängnis hatte vermutlich mal als Garderobe gedient. Ein Stuhl, ein Schminktisch und eine Kleiderstange wie aus einem Kaufhaus waren zurückgeblieben. Erstaunt stellte Sarah fest, dass an Letzterer sogar noch einige Kleiderbügel samt Kostümen hingen. Sie befand sich also immer noch in der Bühne am Stadtrand. Als Nächstes sah sie ihre Umhängetasche auf dem Boden neben der Tür liegen. Sie kroch auf allen vieren darauf zu und durchwühlte sie. Die unwahrscheinliche Hoffnung, dass ihr Handy darin war, keimte in ihr auf. Sie zog ihr Notizbuch, drei Kugelschreiber, ihre Geldtasche, das Mäppchen mit den Ausweisen und den Bankkarten, eine Packung Papiertaschentücher, Feuchtpflegetücher, ihre Wimperntusche, Lipgloss und die Wohnungsschlüssel hervor. Alles da, nur ihr Mobiltelefon nicht. Sie legte ihr Ohr an die Tür und horchte. Kein Laut war zu hören. War die Tür so dick, dass kein Geräusch hindurchdrang, oder war sie allein im Gebäude? Sie streckte sich nach der Klinke, zog sich an ihr auf die Füße und drückte sie zugleich nach unten. Wie erwartet war sie verschlossen. Sie rüttelte daran, aber vergeblich.

Dann entdeckte sie im hinteren Teil des Zimmers eine weitere Tür. Langsam ging sie darauf zu, zog sie auf und sah in eine kleine Toilette. Überrascht stellte Sarah fest, dass Wasser aus dem Hahn des Waschbeckens lief und das WC funktionierte.

Nutzte der Todesengel etwa die Toilette? Ein kalter Schauer lief ihr über den Rücken. Sie verdrängte das Bild schnell aus ihrem Kopf, schloss die Toilettentür wieder, ging zur Garderobentür zurück und warf sich verzweifelt mit voller Wucht dagegen. Den brennenden Schmerz, der ihr blitzartig durch Schulter und Oberarm schoss, nahm sie gar nicht wahr. Aber die Tür hatte sich nicht bewegt. Sie versuchte es noch einmal, diesmal mit Anlauf. Doch nach drei Schritten stolperte sie, krachte gegen die Tür und fiel zu Boden. Als sie sich mit den Händen aufstützen wollte, spürte sie ein Stechen im linken Handgelenk. Sie schrie auf, griff sich an die schmerzende Stelle. War das Gelenk gebrochen? Im nächsten Moment liefen Sarah Tränen über die Wangen. Sie weinte vor Schmerz, Wut und Angst.

»Verdammte Scheiße!«, fluchte sie. Mit ihrem verletzten Arm an den Körper gepresst, setzte sie sich auf und trat mehrmals so fest wie möglich gegen die Tür. Doch noch immer gab sie keinen Millimeter nach, und der Krach, den sie veranstaltete, schien niemanden zu alarmieren. Vermutlich war sie tatsächlich allein in dem riesigen Theater. Sie kroch zurück zur Matratze, legte sich hin und schloss erschöpft die Augen.

David würde alles tun, um sie zu finden, das war klar, ebenso Martin Stein, ihr Bruder und Gabi. Aber ob sie die richtigen Schlüsse aus den bisherigen Rechercheergebnissen zogen, war fraglich. Die Bühne am Stadtrand war bislang nur für sie und Maja als belangloser Nebenschauplatz in dem gesamten Drama aufgetaucht. Die einzige Hoffnung, die ihr blieb, war, dass ihre Kollegin ähnliche Überlegungen anstellen würde wie sie. Aber diese Hoffnung war so winzig wie ein Staubkorn.

Montag, 27. Februar

31

»Tut mir leid, dass ich Sie schon so früh am Morgen hergebeten habe.« Pauline Merz-Polinsky trug ein knielanges schwarzes Kleid. Die tiefen Schatten unter ihren Augen zeugten davon, dass sie in den letzten Tagen nicht viel geschlafen hatte. Ihr Gesicht war fahl vor Erschöpfung. Kurz blickte sie zum Fenster hinaus. Draußen war es kalt und regnerisch. Der Wind peitschte dicke Tropfen gegen die Fensterscheibe.

Dann wandte sie sich mit einem tiefen Seufzen wieder Delia zu. »Aber es ist wichtig, dass ich gleich mit Ihnen rede.« Sie knetete ihre Finger. »Wie Sie sicher wissen, ist mein Bruder am Freitagmorgen«, sie schluckte schwer, »verstorben.«

Delia nickte. »Ich hab es aus den Nachrichten erfahren. Mein Beileid.« Es war ein Schock gewesen. Zuerst donnerstagnachts die Meldung, dass Chefredakteurin Sarah Pauli spurlos verschwunden war, am Freitagnachmittag dann die Nachricht im Radio, dass der Milliardär Adrian Merz überraschend gestorben war.

Die Konzernchefin legte ihre Hände auf den Schreibtisch, als würde ihr die Tischplatte Halt geben. »Danke.«

»Ich kann es immer noch nicht fassen«, murmelte Delia.

»Wir auch nicht«, erwiderte Pauline Merz-Polinsky tonlos.

Delia ahnte, was jetzt kommen würde. Sie hatte es schon am Samstagmorgen vermutet, als sie den Anruf einer Mitarbeiterin von Sensjoie mit der Bitte erhalten hatte, heute um acht Uhr morgens im Konzern vorstellig zu werden.

»Wir müssen sämtliche Öffentlichkeitsarbeit für Melissa stoppen«, bestätigte die Konzernchefin in der Sekunde ihre Vorahnung. »Es wäre moralisch nicht vertretbar, die Produktlinie jetzt zu launchen.«

Verdammt, fluchte Delia stumm. Damit war die ganze Arbeit der letzten Tage für die Katz. Sie versuchte, verständnisvoll zu lächeln.

»Natürlich werden alle Produkte in die Läden kommen.« Pauline Merz-Polinsky presste kurz die Lippen zusammen, als müsste sie aufsteigende Tränen hinunterschlucken. »Aber eben zu einem späteren Zeitpunkt.«

Delia atmete unmerklich auf. »Ich verstehe.«

»Der plötzliche Tod meines Bruders hat alles durcheinandergebracht.«

»Natürlich. Darf ich fragen, wie er gestorben ist?« Delia war neugierig, weil die Medien kein Wort darüber verloren hatten. Die Formulierung war überall die gleiche: Ein Anwalt der Familie teilte mit, dass Adrian Merz unerwartet verstorben sei.

Nina und dieser Autoverkäufer waren ja an einer Überdosis Fentanyl gestorben, das hatte sie im *Wiener Boten* gelesen. War vielleicht auch Adrian Merz auf diese Weise umgekommen? War auch er ein Opfer des

Todesengels geworden, von dessen Existenz sie ebenfalls aus dem *Wiener Boten* wusste?

»Selbstmord«, sagte Pauline Merz-Polinsky in dem Augenblick überraschend direkt. »Er hat sich erschossen. Er konnte den Schmerz, den Melissas Tod ihm zugefügt hatte, nicht mehr ertragen.« Sie nahm ein Taschentuch aus der Schreibtischlade und presste es sich fest auf die Augen. »Er hat keinen anderen Ausweg mehr gesehen.« Sie atmete tief durch, nahm das Papiertaschentuch runter. Wieder schweifte ihr Blick zum Fenster. »Wir wussten nicht mal, dass er eine Waffe besaß. Abgesehen davon waren mein Mann und ich fest davon überzeugt, dass Adrian wieder ins Leben zurückgefunden hatte.« Sie seufzte schwer und wandte sich erneut Delia zu. Auf ihren blassen Lippen lag ein tieftrauriges Lächeln. »So kann man sich irren.« Dann erhob sie sich abrupt und streckte Delia die Hand entgegen. »Wir melden uns bei Ihnen, wenn es losgehen kann. Vermutlich im Sommer. Möglicherweise haben wir bis dahin auch schon eine Männerpflegeserie mit dem Namen Adrian und einem silbernen Schwan im Logo entwickelt. Dann können wir beide Produktlinien zeitgleich auf den Markt bringen. Ich denke, das würde meinem Bruder gefallen.«

Delia stand ebenfalls auf und ergriff die Hand der Milliardärin.

»Bis bald, Frau Fehringer.«

»Ja, bis bald.« Delia verließ das Büro. Jetzt fiel ihr auch auf, dass die Sekretärin im Vorzimmer Schwarz trug und ihre Augen rot geweint waren. Auf dem Weg zum Ausgang begegneten ihr noch weitere Mitarbeiter, alle wirkten bedrückt, niemand lächelte oder lachte. Offensichtlich trauerte der gesamte Konzern um den Chef.

Auf der Straße spannte sie den Schirm auf, den sie im Foyer im Schirmständer gelassen hatte. Der Wind riss daran, sie musste ihn mit aller Kraft festhalten. Als sie sich weit genug vom Gebäude entfernt hatte, sodass sie niemand mehr vom Fenster aus sehen konnte, blieb sie stehen und starrte gedankenverloren auf die Straße. Was war nur los im Moment? Erst war dieser Gruppeninspektor bei ihr aufgetaucht, um ihr zu sagen, dass es einen Kredit auf ihren Namen bei der Stock Bank gab. Dann die Meldung auf der ORF-News-Seite, dass Sarah Pauli spurlos verschwunden war. Am Freitagmorgen der Artikel im *Wiener Boten*, in dem es hieß, dass Nina, der Autohändler Misic und der Banker Stock Mörder waren, und nachmittags die Radiomeldung über Adrian Merz' Tod. Was kam als Nächstes?

Ihr Telefon läutete. Auf dem Display eine Nummer, die ihr bekannt vorkam. Gehörte die nicht zum *Wiener Boten*? Schnell hob sie ab. »Hallo?«

»Frau Delia Fehringer?«, fragte eine männliche Stimme.

»Ja. Wer spricht?«

»Mein Name ist David Gruber. Ich bin der Herausgeber des *Wiener Boten*.«

Delia stutzte. Was wollte der denn von ihr? »Worum geht es?«

»Um Frau Pauli und Frau Soe. Hätten Sie kurz Zeit für mich?«

Delia sah einem Taxi hinterher. »Jetzt?«

David Gruber räusperte sich. »Ja. Sie wissen, dass die beiden vermisst werden?«

»Schon«, antwortete Delia. »Aber gerade ist es etwas schlecht. Ich stehe im Regen.«

»Sie können auch gern zu mir ins Büro kommen.«

Delia überlegte. Was konnte sie schon dazu beitragen, die Journalistinnen zu finden? Andererseits hatte sie nichts anderes vor, und vielleicht könnte der Herausgeber ihr in der Zukunft auch einmal einen Gefallen tun. »Okay, ich komme. Aber ich sag's gleich, ich glaube nicht, dass ich Ihnen eine Hilfe bei der Suche nach den beiden Verschwundenen sein kann.«

»Trotzdem danke.«

Dreißig Minuten später stand Delia vor der Empfangsdame im Foyer des *Wiener Boten* und meldete sich an. Während die Frau zum Telefon griff, steckte Delia ihren Regenschirm in den Schirmständer neben der Eingangstür.

»Frau Hauser kommt gleich runter«, sagte die Dame am Empfang kurz darauf.

Und tatsächlich dauerte es nicht lange, bis eine Frau mit blonden Locken aus dem Lift stieg und auf sie zueilte. »Delia Fehringer?«

Delia nickte.

»Ich bin Gabi Hauser, die Sekretärin von Herrn Gruber, dem Herausgeber des *Wiener Boten*. Ich soll Sie zu ihm bringen.«

Delia sah trotz des dezent aufgetragenen Make-ups,

wie erschöpft die Frau war. Den dunklen Ringen unter ihren Augen nach hatte sie in den letzten Nächten nur schlecht oder gar nicht geschlafen. Bestimmt ging ihr das ungewisse Schicksal ihrer Kolleginnen nahe. Delia folgte ihr in den Lift, und sie fuhren in den vierten Stock.

Dort führte Gabi Hauser sie in ein Vorzimmer, öffnete gleich darauf eine weitere Tür und bat Delia in ein helles Büro mit bodentiefen Fenstern und vielen Fotos, die Berühmtheiten zeigten, an den Wänden.

Hinter dem Schreibtisch erhob sich ein Mann in Jeans und grauem Pullover. Er hatte dunkle Haare mit vereinzelten silbernen Strähnen und fast schwarze Augen. »David Gruber«, stellte er sich vor und schüttelte ihr die Hand. »Danke, dass Sie gekommen sind.«

Delia lächelte kurz. Der Herausgeber war attraktiv, aber auch er wirkte, als würde ihm die Sorge um seine Mitarbeiterinnen seit Tagen den Schlaf rauben.

»Wollen Sie einen Kaffee«, fragte die Sekretärin.

»Gerne«, antwortete Delia und setzte sich auf den Stuhl vor dem Schreibtisch. »Wie ich schon am Telefon sagte, glaube ich nicht, dass ich Ihnen weiterhelfen kann.«

»Das kann man nie wissen«, widersprach er. »Sie müssen verstehen, wir und die Polizei haben langsam keine Ahnung mehr, wo wir noch nach meinen Kolleginnen suchen sollen. Conny Soe war auf dem Weg zu Ihnen, als sie verschwand, und Sarah Pauli hat leider niemandem Bescheid gegeben, wohin sie wollte. Jetzt rede ich mit allen Personen, die in der letzten Woche mit den beiden Kontakt hatten. Möglich, dass ein hingeworfener Satz, eine Bemerkung oder eine Anspielung weitere Anhaltspunkte liefert.«

»Ich habe mit Frau Pauli am Donnerstag telefoniert, weil ich dachte, Conny Soe hätte unseren Termin vergessen. Dann hat sie mich mit dem Leiter vom Wirtschaftsressort verbunden. Das war alles.« Delia sah David Gruber mitfühlend an.

»Ich habe eine Bitte an Sie.« Er klang flehend. »Könnten Sie sich das Telefongespräch mit Sarah noch mal in Erinnerung rufen? Vielleicht hat sie ja etwas gesagt, das Sie während des Gesprächs nicht als wichtig empfunden haben, das uns aber jetzt helfen könnte, sie zu finden.«

Delia verstand nicht. »Was genau meinen Sie?«

Die Sekretärin trat mit einem Tablett ein, auf dem zwei Tassen standen. Die größere stellte sie vor Delia ab, der Herausgeber bekam den Espresso. Dann verließ sie das Büro wieder.

»Hat sie einen Ort, eine Person oder sonst etwas erwähnt?«, fragte David Gruber.

In dem Moment erinnerte Delia sich, irgendwo gelesen zu haben, dass David Gruber und Sarah Pauli ein Paar waren. Kein Wunder, dass der Mann aussah wie durchgekaut und ausgespuckt. »Leider nein.«

Er kippte den Espresso in einem Zug hinunter und schwieg enttäuscht.

Delia nippte an ihrem Kaffee, ehe sie das Gespräch mit der Chefredakteurin noch einmal rekapitulierte, um wenigstens irgendetwas zu sagen.

Doch sie kam nicht weit, denn die Sekretärin platzte herein und gab dem Herausgeber einen Brief.

Er warf einen kurzen Blick darauf, dann sprang er vom Stuhl auf. »Tut mir leid, Frau Fehringer, dass ich unser Gespräch so abrupt beende. Aber ich muss sofort mit der Polizei sprechen.«

32

Sarah tastete in völliger Finsternis nach der Campinglampe, die neben ihrer Matratze stand. Sicherheitshalber hatte sie sie immer wieder ausgeschaltet, weil sie keine Ahnung hatte, wie lange die Batterien halten würden. Im Dunkeln ihres Gefängnisses hatte sie das Zeitgefühl verloren, aber ihrem knurrenden Magen nach musste sie sich schon mehrere Tage in dem Raum befinden. Als sie die Lampe erfühlte, wanderten ihre Finger über das Gehäuse, bis sie den Einschaltknopf gefunden hatten. Sie drückte drauf und wurde kurz vom aufflammenden Licht geblendet. Niemand hatte nach ihr gesehen oder ihr etwas zu essen gebracht. Zumindest konnte sie die Flasche am Waschbecken auf der Toilette immer wieder mit Wasser auffüllen. Verdursten würde sie also schon mal nicht.

Doch die Ungewissheit setzte ihr zu, und die Stille trieb sie langsam, aber sicher in den Wahnsinn. Nicht einmal Ratten oder andere Nagetiere leisteten ihr Gesellschaft, deshalb war sie dazu übergegangen, leise Selbstgespräche zu führen. Zu allem Unglück war ihr linkes Handgelenk auch noch fast auf die doppelte Größe angeschwollen und pochte stechend. Sie konnte nicht mal mehr die Finger bewegen. Aus der Schärpe eines Kostüms hatte sie sich notdürftig eine Armschlinge gebunden. Wenn die Hand ruhig darin lag, ließ sich der Schmerz gerade so aushalten. Aber bewegte sie den Unterarm auch nur ein kleines bisschen, etwa wenn sie einschlief, durchzuckte sie augenblicklich ein so schneidender Schmerz, dass sie ihren Entschluss revidiert hatte: Bisher hatte sie bereits sieben Thomapyrin-Tabletten geschluckt. Zuerst hatte sie einen Blister aus der Schachtel gezogen und genau betrachtet. Die Folie auf der Rückseite war unbeschädigt gewesen, und der Aufdruck hatte den Inhalt als Thomapyrin ausgewiesen. Einigermaßen beruhigt hatte Sarah eine Tablette herausgedrückt, geschluckt, abgewartet und gehofft, dass sie keinen Fehler gemacht hatte. Und auch nach der siebten war sie noch am Leben, was bewies, dass man sie nicht durch Fentanyltabletten umbringen wollte.

Sarah zuckte zusammen. War da ein Geräusch gewesen? Oder hatte sie sich das nur eingebildet? Sie lauschte angestrengt. Waren das Stimmen? Ihr Herz begann zu rasen. Panik ließ ihre Brust eng werden. »Das ist mein Ende«, flüsterte sie. »Jetzt wird er sein Werk vollenden.«

Sie setzte sich aufrecht auf die Matratze, zog die Beine eng an den Körper und schlang den gesunden Arm darum. Das verletzte Handgelenk in der Schlinge presste sie sich an die Brust. Schritte kamen näher. In der Stille dröhnten sie viel zu laut. Als wäre eine Hundertschaft auf dem Weg zu ihr und nicht ein oder zwei

Mörder. Hoffnung regte sich in ihr. Sollte sie sich bemerkbar machen? Warum nicht? Die Killer wussten schließlich, dass sie sich hier drinnen befand. Sie hatte nichts zu verlieren.

Sarah eilte zur Tür und hämmerte mit der gesunden Hand dagegen. »Hallo!«, brüllte sie. »Hilfe!«

Sie lauschte wieder und glaubte, Steins Stimme zu vernehmen. Spielte ihr Gehirn ihr einen bösen Streich? Aber nein.

»Verdammt!«, brüllte Stein. »Die Tür ist mit einer Kette und einem Schloss gesichert! Jemand soll mir einen Bolzenschneider bringen!«

Sarah atmete auf. Das war keine Einbildung. Vor der Tür der Garderobe stand Martin Stein.

Plötzlich ging alles schnell. Sie hörte, wie eine Kette durchtrennt wurde, und wich intuitiv einen Schritt zurück. Dann sprang die Tür auf.

Zuerst registrierte sie Polizisten in schwarzer Schutzmontur, mit Titanhelmen und Sturmgewehren. Die Wega.

Als Stein sich durch die Männer der Sondereinheit der österreichischen Polizei schob, fiel sämtliche Anspannung von Sarah ab.

»Endlich«, hauchte sie und spürte, wie etwas in ihr nachgab. Sie begann, hemmungslos zu weinen.

Vorsichtig legte Stein den Arm um ihre Schultern und hielt sie fest. »Es ist vorbei, Sarah. Wir haben dich wieder. Gott sei Dank«, flüsterte er. Er verscheuchte die Wega-Polizisten in ihren dunklen Monturen und verharrte mit Sarah in der Position.

»Bist du allein hier?«, fragte er nach einer Weile und sah sich in dem Raum um.

»Ja«, krächzte Sarah, löste sich aus seiner Umarmung und wischte sich mit dem rechten Handrücken über die Augen.

Stein zeigte auf ihren Arm in der Schlinge. »Was ist damit?«

Stockend schilderte Sarah, was passiert war.

»War offenbar keine so gute Idee, die Tür einrennen zu wollen«, meinte Stein schmunzelnd.

»Schwerer Fehler«, pflichtete Sarah ihm bei, während ihr Tränenstrom langsam versiegte. »Aber irgendetwas musste ich doch tun.«

»Natürlich«, sagte Stein für seine Verhältnisse unnatürlich sanft. »Dann bringen wir dich jetzt mal ins Krankenhaus.«

Sarah bückte sich nach ihrer Umhängetasche, die noch immer auf dem Boden lag. Sie würde sich ein neues Handy kaufen müssen. Aber das war jetzt ihr geringstes Problem.

Im Theater wimmelte es von Polizisten, die sämtliche Räume durchsuchten.

»Warum seid ihr eigentlich hier?«, fragte sie.

»Es gibt einen weiteren Brief. Diesmal hat der Todesengel David geschrieben«, sagte Stein. »Leider ist er erst heute Vormittag eingetroffen, bis dahin hatten wir keine Ahnung, wo du warst.«

»Welcher Tag ist heute?«, fragte Sarah.

»Montag. Du warst fast vier Tage lang verschwunden. Frag mich nicht, wie oft David und dein Bruder bei mir angerufen haben. Die beiden haben bald die halbe Stadt auf den Kopf gestellt, um dich zu finden.«

Sarah gelang ein schwaches Lächeln. »Ich kann es mir vorstellen.«

»Unser Todesengel hat den Brief schon am Donnerstagabend in einen Briefkasten in Döbling geworfen. Nahe seinem Haus, wie wir mittlerweile wissen. Leider wurde er erst am Freitagvormittag geleert, dann kam der Brief in die Verteilerstelle und wurde erst heute ausgetragen, weil samstags ja nur Pakete ausgefahren werden.« Steins Tonfall verriet, dass er sich maßlos darüber ärgerte.

»Am Samstag wäre auch niemand im *Wiener Boten* gewesen, der den Brief gelesen hätte«, erwiderte Sarah.

Stein nickte. »Tja, blödes Timing. Jedenfalls hat der Todesengel in dem Schreiben verraten, dass wir dich und Conny hier finden.«

»Wo ist Conny?«, wollte Sarah sofort wissen.

Stein schüttelte den Kopf. »Wir suchen noch nach ihr. Aber wir werden sie finden. Hundertprozentig.«

»Und du weißt, wer der Todesengel ist?«, fragte Sarah aufgeregt.

»Ja, er hat sich in dem Brief an David zu erkennen gegeben. Adrian Merz.«

Sarahs Augen wurden immer größer. »Der Milliardär?« Die riesigen Fotografien auf der Bühne und Melissa Merz' Traum, aus dem Theater ein Tanztheater zu machen, kamen ihr wieder in den Sinn. »Aber warum?«

»Das hat er in dem Brief leider nicht erwähnt. Zu

allem Unglück hat er sich Freitagmorgen auch noch erschossen. Wir können ihn also nicht mehr befragen.«

»Na geh«, ächzte Sarah, dann fiel ihr das letzte Schreiben ein, das an sie und David gerichtet gewesen war. »Wurde Connys Text veröffentlicht?«

Stein nickte. »Wie verlangt. Er scheint die Veröffentlichung abgewartet zu haben, bevor er seinem Leben ein Ende gesetzt hat. Auf dem Tisch, an dem er saß, als er sich eine Kugel in den Kopf gejagt hat, lag der *Wiener Bote*.«

Sarah schluckte schwer, dann blitzte eine Erinnerung in ihrem Kopf auf. »Es muss einen zweiten Täter geben. Als ich auf der Bühne niedergeschlagen wurde, saß jemand im Zuschauerraum, aber ich konnte nicht erkennen, wer. Es ging alles so schnell. Ich hab mich umgesehen, dann einen Schatten ausgemacht und bumm. Aus die Maus. Hat Merz in dem Brief an David einen Komplizen erwähnt?« Ihr Herz begann wieder zu rasen. Sie würde Zeit brauchen, um das Erlebte zu verarbeiten.

»Die Person, die du im Zuschauerraum gesehen hast, war Alois Stock«, sagte Stein, nachdem ihr Redefluss verebbt war.

Sarah sog erschrocken Luft ein und sah ihn fragend an.

»Er ist tot und sitzt noch immer dort. Seine Leiche wird später zur Obduktion gebracht«, fuhr er fort.

»Die dritte Leiche«, murmelte sie. »Und der Tote Nummer vier ist dann der Todesengel selbst.«

»So schaut's aus«, bestätigte Stein.

Es ist wirklich vollbracht, dachte Sarah, dann eilte ein Notarzt auf sie zu und stützte sie an Steins statt.

»Wie auch immer. Hör auf den Herrn Doktor«, ermahnte der Ermittler sie milde lächelnd. »Ich muss mich jetzt mal um den Toten kümmern und weiter nach Conny suchen.« Und damit stapfte er davon.

Draußen war es kalt. Der Regen fiel fast waagerecht. Sarah zog instinktiv den Kopf ein, um sich vor dem Wetter zu schützen. Adrian Merz war der Todesengel, dachte sie. Melissa war offensichtlich seine Prinzessin Odette und er ihr Prinz Siegfried, der mit ihr in den Tod ging. Wenn auch in diesem Fall mit einem Jahr Verspätung.

Blaulichter zuckten auf den Dächern der drei Einsatzfahrzeuge, die auf der Straße vor dem Theater parkten. Auf dem Gehsteig gegenüber hatten sich Schaulustige versammelt. Sarah warf ihnen einen kurzen Blick zu, während der Notarzt sie zum Wagen der Berufsrettung führte.

»Wie spät ist es?«, fragte sie.

Er warf einen Blick auf seine Uhr. »Ein Uhr mittags.«

»Danke.« Sie nahm sich vor, Tag und Zeit ihrer Rettung von nun an jedes Jahr rot im Kalender zu vermerken und gebührend zu würdigen.

Im Wagen bat der Notarzt Sarah, sich auf die Liege zu legen, und sie gehorchte. Während er sich um ihr Handgelenk kümmerte, schob sich der Kopf von David in ihr Blickfeld. Er war blass und sah sie aus dunklen Augen erschöpft an.

»Gott sei Dank, du lebst«, flüsterte er und strich ihr

sanft über die Stirn. »Verdammt, wir hatten keine Ahnung, wo du abgeblieben warst. Mach das nie wieder, hörst du? Fahr nie wieder irgendwohin, ohne mir, Gabi oder Chris Bescheid zu geben.« Seine Stimme war nun lauter und hatte an Schärfe zugenommen.

»Versprochen«, murmelte Sarah.

»Wir bringen sie jetzt ins AKH, dort wird sie durchgecheckt«, sagte der Notarzt zu David und schob ihn sanft aus dem Wagen. Dann verließ auch er Sarah, und ein Sanitäter nahm seinen Platz an ihrer Liege ein. Sie hörte, wie sich die Türen des Wagens schlossen, und gleich darauf setzte sich das Fahrzeug in Bewegung.

Sarah fielen die Augen zu, sie dachte an Conny und hoffte, dass Stein und seine Männer auch sie bald lebend finden würden.

33

Im AKH wartete schon Chris auf sie. Sarah sah ihm an, dass er sie am liebsten geschüttelt und angebrüllt hätte, ob sie wahnsinnig sei, sie alle so zu erschrecken. Doch statt ihr Vorwürfe zu machen, übernahm ihr Bruder den Rollstuhl, in dem Sarah saß, von dem Sanitäter und schob sie den Krankenhausflur entlang. »Ich bring dich jetzt gleich zum Röntgen.« Die Vorhaltungen hob er sich offenbar für später auf.

»Könntest du mir etwas zu essen besorgen?«, bat Sarah. »Nach fast vier Tagen nur bei Schmerztabletten und Wasser bin ich am Verhungern.«

»Ich hol dir etwas, während du da drin bist«, versprach Chris und stoppte vor dem Röntgenraum. Dann sah er Sarah an wie einen wertvollen Gegenstand, den man verloren geglaubt und wiedergefunden hatte.

Sie verstand sehr gut, was in ihm vorging. Nachdem ihre Eltern vor Jahren bei einem Autounfall ums Leben gekommen waren, hatten sie nur noch einander.

Eine Stunde später hatte Sarah zwei Semmeln mit Heumilchkäse verputzt und eine Halbliterflasche Mineralwasser getrunken. Mittlerweile war klar, dass ihr mit Ausnahme einer Beule am Kopf, einer leichten

Gehirnerschütterung und dem gebrochenen Handgelenk nichts fehlte. Als sie das Krankenhaus an der Seite von David, der dem Krankenwagen gefolgt war, wieder verließ, hatte Sarah einen Gipsarm und eine weitere Packung Schmerztabletten in ihrer Tasche.

Auf dem Weg zum Auto, das in der Parkgarage des AKHs stand, umfasste David Sarahs unverletzte Hand so fest, als hätte er Angst, sie doch noch zu verlieren. »Sie haben Conny mittlerweile gefunden«, sagte er schließlich wie nebenbei.

Abrupt blieb Sarah stehen und fixierte ihn.

Er verstand. »Sie lebt. Chris hat sie schon gesehen und meint, es geht ihr so weit gut. Seine Kollegen checken sie gerade durch, und wenn sie wie du nicht stationär aufgenommen werden muss, fährt er sie dann zu uns nach Hause.«

Sarah nickte erleichtert, und sie setzten ihren Weg fort.

»Warum warst du eigentlich in der Bühne am Stadtrand?«, fragte David dann.

»Das war eine spontane Idee«, sagte sie. »Ich hatte Katzberg einen Besuch in seiner Produktionsfirma abgestattet, die an der Hernalser Hauptstraße liegt. Und als ich fertig war, dachte ich, ich schau mir mal das Theater an, wo Nina Seidlings Karriere begonnen und Katzberg sie zum ersten Mal gesehen hat. Dort hat Nina Seidling auch Melissa Merz kennengelernt, die dieses Jahr das Theater als Tanztheater wiedereröffnen wollte«, fasste sie zusammen. »Ich war einfach neugierig.«

»Und die Tür war nicht zugesperrt?«

»Doch.«

»Das war ein Zeichen, Hexe vom *Wiener Boten*.« David drückte zärtlich ihre Hand. »Du hättest draußen bleiben sollen.«

»Ich weiß.« Sie nickte. »Martin hat mir erzählt, dass Adrian Merz dir geschrieben hat«, sagte sie kurz darauf.

Im Gehen zog David den Brief aus seiner Jackentasche und reichte ihn Sarah, die seine Hand losließ. »Viel steht nicht drin. Nur, wo wir euch finden und dass Conny die ganze Geschichte kennt. Er will, dass wir sie veröffentlichen, damit die Wahrheit wenigstens nach seinem Tod ans Licht kommt. Es ist sein letzter Wunsch an uns, den wir ihm erfüllen werden.«

Sie waren beim Auto angekommen und stiegen ein. Während David den VW aus der Tiefgarage lenkte, begann Sarah, leise den Brief zu lesen.

»Sehr geehrter Herr Gruber, zuerst möchte ich mich dafür entschuldigen, dass ich Ihnen so viele Sorgen bereitet habe. Aber Ihre Mitarbeiterin Conny Soe und Ihre Lebensgefährtin Sarah Pauli sind wohlauf.« Sarah hob den Kopf und sah David an. »Das konnte er nicht wissen«, sagte sie. »Er hat ganz schön fest zugeschlagen und danach nicht einmal nach mir gesehen. Er hat mich einfach bewusstlos auf eine Matratze gelegt und dort liegen lassen.«

»Ich nehme an, er hat gemerkt, dass du lebst, als er dich in den Raum gebracht hat, in dem er dich dann eingeschlossen hat«, erwiderte David.

Sarah gab etwas Unverständliches von sich, senkte

den Kopf und las weiter. »*Sie finden die beiden in der Bühne am Stadtrand. Richten Sie Frau Pauli bitte aus, dass ich mich auch bei ihr entschuldige. Aber ich konnte sie nicht gehen lassen, bevor mein Plan beendet war.*« Abermals sah sie David von der Seite an. »Scheinbar dachte er, ich wäre im Theater, weil ich ihm auf die Schliche gekommen bin. Er fürchtete, dass ich die Polizei holen würde, womit ich die Veröffentlichung seiner Mordanschuldigung und seinen Selbstmord vereitelt hätte.« Sie sah wieder auf den Brief in ihrer unverletzten Hand.

»*Ich habe Conny Soe alles erzählt und ihr auch einen eindeutigen Beweis dafür überlassen, dass meine Behauptungen stimmen. Dass Alois Stock, Hugo Misic und Nina Seidling Mörder waren. Sie haben Melissa getötet. Ich bitte Sie hiermit, einen Artikel über das schreckliche Ereignis, das mir meine geliebte Frau und damit alles genommen hat, im* Wiener Boten *zu veröffentlichen. Sehen Sie das als meinen letzten Wunsch an. Ihre Zeitung habe ich dafür gewählt, da bekannt ist, dass die von Ihnen publizierten Artikel stets auf Fakten beruhen.*

Wenn Sie diese Zeilen lesen, werde auch ich tot sein. Das Schicksal meiner Melissa macht es mir unmöglich weiterzuleben. Ich verlasse mich auf Sie, Herr Gruber, und wünsche Ihnen allen eine schöne Zukunft. Möge das Böse einen weiten Bogen um Sie machen.

Hochachtungsvoll

Ihr Adrian Merz«

Sarah ließ den Brief sinken. »Die drei haben seine Frau getötet«, hauchte sie fassungslos und starrte durch die

Windschutzscheibe. »Wie höflich er sich ausdrückt«, sagte sie nach einer Weile.

»Ich denke, er war kein schlechter Mensch. Er war einfach wahnsinnig vor Kummer und hat keinen anderen Weg gesehen.«

»*Der letzte Akt ist zu Ende. Der Vorhang fällt. Es ist vollbracht*«, murmelte Sarah. »Ich bin mir sicher, dass er Alois Stock im Zuschauerraum getötet hat. Das Letzte, das dieser in seinem Leben sehen sollte, waren die riesigen Fotos von Melissa Merz.«

David nickte. »Damit könntest du richtigliegen. Nachdem bekannt wurde, dass Adrian Merz tot ist, haben alle Medien ausführlich über sein Wirken und sein Leben berichtet. Natürlich wurde auch die Märchenhochzeit mit seiner Frau wieder ausgegraben, inklusive ihres schrecklichen Endes. Nur dass Adrian Merz' Tod ein Suizid war, wurde nicht erwähnt.«

Sarah nickte. Normalerweise berichteten Medien nicht über den Freitod von Menschen, weil die Gefahr bestand, dass die Tat Nachahmer fand. Promis waren da manchmal eine Ausnahme, aber Adrian Merz war offenbar die Ausnahme der Ausnahme gewesen.

Endlich erreichten sie ihr Haus mit der Backsteinfassade, David hielt vor dem Einfahrtstor und stieg aus, um es zu öffnen.

Ich bin wieder daheim, dachte Sarah und atmete erleichtert aus.

34

Gabi erwartete sie in der offen stehenden Wohnungstür. Sie musste geweint haben, wischte sich gerade die letzten Tränen von den Wangen. »Ich hab in eurer Küche Lasagne gemacht. Hier auf euch zu warten, hat sich angefühlt, als ob ihr jeden Moment nach Hause kommen würdet. Und das Gefühl hat sich ja zum Glück bewahrheitet.«

»Du bist die Beste.« Sarah umarmte ihre Freundin, während Marie ihre Beine umschnurrte. »Ich hab zwar vorhin zwei Käsesemmeln gegessen, aber das waren nur Appetithäppchen. Ich hab einen Bärenhunger.«

Gabi löste sich aus der Umarmung. »Dann ist es ja gut, dass ich die größte Auflaufform genommen habe.« Sie zeigte auf den Mops, der um sie herumtänzelte. »Ich hab Sissi schon mit runtergebracht, weil Conny doch auch kommt. Chris hat mir gerade geschrieben.«

»Dann deck ich mal den Tisch«, sagte David. »Und du, Sarah, setzt dich hin und ruhst dich aus.«

»Ich glaub, erst mal brauch ich eine Dusche.« Sarah hob ihre geliebte Marie mit der gesunden Hand hoch und drückte ihr einen Kuss auf die Stirn. Dann ging sie mit ihr ins Schlafzimmer, setzte sie aufs Bett und nahm ihren grauen Jogginganzug und frische Unterwäsche aus dem Kleiderkasten.

Nachdem sie sich ungelenk entkleidet hatte, hielt sie unter der Dusche den eingegipsten Arm so, dass er nicht nass wurde, und war dankbar dafür, dass David ihr beim Haarewaschen und später beim Anziehen half. Als sie wenig später mit geföhnten Haaren und frischer Kleidung das Esszimmer betrat, fühlte sie sich schon deutlich wohler.

Um acht tauchte tatsächlich Chris mit Conny auf. Nach den Untersuchungen im Spital waren sie noch in deren Wohnung gefahren, weil auch sie sich duschen und umziehen wollte. Sie trug eine bunte Hose und einen gelben Sweater. Ihre Haare steckten unter einem hellgelben Turban. Vermutlich hatte auch sie sie gewaschen, und sie waren noch feucht.

Die Gesellschaftsreporterin zog Sarah in die Arme, während Sissi sich vor Wiedersehensfreude überschlug. Sie fiepte und bellte, bis Conny sie hochhob.

»Weißt du eigentlich, wie viele Leute nach dir gesucht haben?«, sagte Sarah, während die Society-Löwin ihren Hund liebkoste. »Wir waren so in Sorge.«

»Das will ich doch hoffen, der *Wiener Bote* geht nämlich unter ohne mich«, scherzte Conny.

»Da sagst du was«, pflichtete David ihr bei.

»Wie hat Adrian Merz dich eigentlich in seine Gewalt gebracht?«, fragte Gabi, als sie sich schließlich alle um den Esstisch versammelt hatten. David schenkte Cabernet Sauvignon in die Rotweingläser, und Chris goss Wasser aus einer Karaffe in die kleineren Wassergläser.

»Er hat mich auf der Mariahilfer Straße abgepasst, als ich auf dem Weg zur U-Bahn war«, erzählte Conny. »Hat so getan, als würden wir uns zufällig begegnen.« Sie tippte sich an die Stirn. »Und ich Depp hab mich auch noch geschmeichelt gefühlt, weil mich jemand wie Adrian Merz erkennt und anspricht.« Sie verzog den Mund. »Jedenfalls hab ich ihm erzählt, dass ich auf dem Weg zu einem Termin bin, und er hat mir angeboten, mich zu fahren, weil er«, sie verdrehte die Augen, »zufällig in die gleiche Richtung musste. Im Auto hat er sich dann plötzlich bei mir entschuldigt und eine Waffe aus dem Handschuhfach geholt.« Sie steckte sich ein Stück Lasagne in den Mund. »Wow, die schmeckt fantastisch.«

Gabi lächelte.

»Er meinte, er bräuchte leider meine Hilfe in einer für ihn äußerst wichtigen Angelegenheit«, fuhr sie fort. »Na ja, und den Rest dürftet ihr kennen. Habt ihr die paar Zeilen veröffentlicht, die ich euch in seinem Namen geschrieben habe?« Sie schaute David an.

»Natürlich. Wir wollten doch nicht das geringste Risiko eingehen, dass dir etwas passiert.«

»Ihr beiden könnt euch nicht vorstellen, was am Freitag in der Redaktion los war«, übernahm Gabi. »Simon hat die Kommentare in unserer Onlineausgabe bearbeitet, Maja zig Anrufe angenommen. Ich hab sie dabei unterstützt, weil sich auch unzählige Kollegen gemeldet haben, um weitere Details zu erfahren. Die wir ihnen natürlich nicht liefern konnten.« Sie griff sich theatralisch an die Stirn. »Kurzum, der Tag war der reinste Horror. Auch weil Sarah schon vermisst wurde.«

»Die Seidlings und Alma Misic haben uns mit einer Klage gedroht, weil wir behauptet haben, dass ihre Tochter beziehungsweise ihr Mann einen Mord begangen hat. Dass nicht wir die beiden beschuldigen, sondern lediglich das Schreiben des Todesengels veröffentlich haben, ist ihnen gleichgültig«, warf David ein und nahm einen Schluck Wein. »Kann ich ihnen nicht mal verdenken.«

Conny holte aus ihrer Handtasche, die sie über die Stuhllehne gehängt hatte, ein Handy. »Und hier ist der Beweis dafür, dass Adrian Merz' Anschuldigungen wahr sind.« Sie legte es auf den Tisch. »Das ist sein Telefon. Er hat es mir gegeben.«

»Warum?«, fragte David überrascht.

»Nina Seidlings Geständnis ist drauf. Dass sie, Hugo Misic und Alois Stock schuld an Melissa Merz' Tod sind.«

»Die offiziell bei einem Autounfall ums Leben gekommen ist«, sagte Sarah.

»Genau. Das ist die offizielle Version, nicht die Wahrheit«, erwiderte Conny. »Nina Seidling war am ersten Todestag von Melissa bei Adrian Merz und hat ihm erzählt, was wirklich im letzten Jahr am Tag vor dem Opernball passiert ist. Und dieses Geständnis hat Adrian Merz intuitiv mit seinem Handy aufgenommen. Er meinte zu mir, als Nina bei ihm auftauchte und sagte, sie müsse ihm etwas Schreckliches beichten, habe er die Aufnahmefunktion aktiviert, ohne dass sie es gemerkt hätte.«

Sarah fixierte stumm das Mobiltelefon auf dem Tisch, als könnte es jeden Moment zu sprechen beginnen.

»Er sagte, Nina habe es mit ihrem Gewissen nicht vereinbaren können, noch länger zu schweigen«, fuhr Conny derweil fort. »Das Schuldgefühl habe sie in den Wahnsinn getrieben.« Sie genehmigte sich ein weiteres Stück Lasagne und kaute genüsslich.

»Was genau um Himmels willen hat sie ihm denn gestanden?«, wollte Sarah ungeduldig wissen, bevor sie Connys Beispiel folgte und sich ebenfalls eine Gabel Lasagne in den Mund steckte.

Chris, der sich die Hälfte seines Stücks bereits einverleibt hatte, küsste Gabis Hand. »Die beste Lasagne der Welt, mein Schatz. Wollt ich nur kurz anmerken.«

»Nina lag Melissa damals wochenlang in den Ohren damit, dass sie sie zu Alois Stocks Party begleiten sollte«, erzählte Conny weiter. »Stock wiederum hatte zuvor Nina mehrmals gebeten, ihre bekannte Freundin mitzubringen, und Nina wollte ihm den Gefallen tun. Irgendwann hat Melissa Merz ihrem Drängen nachgegeben, ihr Mann war zu dem Zeitpunkt geschäftlich in Brüssel. Leider ist dann auf der Party alles mehr als nur ein wenig aus dem Ruder gelaufen.«

»Drogen«, vermutete Sarah.

»Genau. Stock hat Melissa Merz eine größere Menge Ecstasy in ihr Getränk gemischt, um sie, wie er gegenüber Misic gemeint hat, lockerer zu machen. Es war ihr wohl anzusehen, dass sie sich nicht wohlfühlte.«

Chris sah von seinem Teller auf. »So eine Schweinerei.«

Die anderen nickten.

»Außerdem kann man nie vorhersagen, wie eine Person auf Ecstasy reagiert«, führte Chris weiter aus. »Je nach Persönlichkeit und Organismus reagieren Menschen sehr unterschiedlich auf psychoaktive Substanzen. Während manche den Rausch als angenehm empfinden, werden andere hyperaktiv und euphorisch. Und wiederum andere bekommen Angstzustände oder Panikattacken.«

»So war's dann auch«, bestätigte Conny. »Anstatt locker zu werden, bekam Melissa Merz Angst. Irgendwann hat Alois Stock beschlossen, dass es Zeit wird, sie nach Hause bringen zu lassen. Dass sie nicht mehr selbst fahren konnte, schien ihm bewusst zu sein.«

»Zumindest etwas«, knurrte Chris.

»Hugo Misic erhielt von Stock die Aufgabe, sie in ihrem Auto nach Hause zu bringen und zurück ein Taxi zu nehmen.« Conny schüttelte konsterniert den Kopf. »Doch unser hilfsbereiter Autohändler war auch nicht mehr ganz bei Sinnen und hat einen Unfall gebaut.«

»Der Baum in Vösendorf, gegen den sie, angeblich wegen Sekundenschlafs, nahezu ungebremst gekracht ist«, erinnerte sich Sarah an Connys Erläuterung auf dem Opernball.

»Genau. Und da es mitten in der Nacht war und

offenbar niemand den Unfall mitbekommen hatte, ist Misic auf die glorreiche Idee gekommen, Melissa Merz auf den Fahrersitz zu ziehen und abzuhauen. Er dachte, sie sei nur leicht verletzt, man würde sie, wenn man sie fände, ins Spital bringen, und alles wäre gut. Da sie unter Drogen stand, hoffte er, sie würde sich nach dem Wachwerden an nichts mehr erinnern.«

»Er hat also nicht mal die Rettung gerufen?«, fragte Gabi ungläubig nach.

»Nein, das war ein anderer Autofahrer, der später an dem Wagen vorbeikam.«

Sarah rief sich die letzte Begegnung mit dem Autohändler auf dem Opernball in Erinnerung. Er hatte auf sie zufrieden, ja nahezu glücklich gewirkt. Was für ein Mensch musste man sein, um eine verletzte Frau, der man noch dazu gegen ihren Willen Drogen verabreicht hatte, ihrem Schicksal zu überlassen?

»An den Verletzungen, die Melissa Merz sich bei dem Unfall zugezogen hat, ist sie dann auch nicht gestorben. Die waren wirklich nur leicht.«

»Lass mich raten«, sagte Chris. »Sie ist dann im Krankenhaus einem Multiorganversagen erlegen, verursacht durch die große Menge an Ecstasy?«

Conny nickte, legte das Besteck auf den Tisch. »Jetzt bin ich mehr als satt und realisiere langsam, dass der Albtraum tatsächlich zu Ende ist.« Sie seufzte tief und schloss kurz die Augen.

»Warum ist von der Todesursache nichts an die Öffentlichkeit gedrungen?«, hakte Sarah nach.

»Dafür hat Adrian Merz gesorgt. Er war total geschockt, als man ihn darüber informierte, was passiert war«, sagte Conny. »Und verwirrt, denn seine Frau hatte zu Lebzeiten nie Alkohol getrunken oder Drogen genommen. Sie war früher Tänzerin und noch immer bedacht auf ihre Figur und Gesundheit. So etwas legt man nur schwer ab. Da er nicht wusste, wo sie an dem Unfallabend gewesen war und was genau sich abgespielt hatte, hielt er es für besser, die Sache nicht aufzubauschen. Du weißt ja, wie öffentlichkeitsscheu er ist … war«, verbesserte sie sich. »Die Situation hat ihn überfordert, und die Polizei hat keine Ermittlungen aufgenommen.«

»Hat in so einem Fall nicht das Krankenhaus eine Meldepflicht?«, wollte Sarah wissen.

»Wem hätte es das denn melden sollen? Der Staatsanwaltschaft? Der Polizei?«, fragte Chris. »Eine erwachsene Frau ist im Drogenrausch gegen einen Baum gekracht und dabei ums Leben gekommen. Es sind keine anderen Personen zu Schaden gekommen. Was hätte es da groß zu ermitteln gegeben? So etwas passiert.«

»Davon mal abgesehen«, mischte Conny sich wieder ein, »reden wir beim Witwer von einem der reichsten Männer Österreichs. Ich denke, für jemanden wie ihn gibt es immer Wege und Mittel, Dinge geheim zu halten, so er das will.«

Sarah schüttelte erschüttert den Kopf. »Aber warum hat er Nina Seidling getötet, wenn sie ihm doch alles gebeichtet hatte?«

»Ihre Beichte hat es für ihn nicht besser gemacht«,

sagte Conny. »Eher schlimmer. Sie sollte ihre Schuld begleichen. Immerhin war sie es gewesen, die seine Frau überredet hatte, auf die Party zu gehen. Zudem hatte sie Melissa Merz in der Nacht nicht beigestanden, weil sie selbst unter Drogen stand. Anfangs hat sie wohl gar nicht begriffen, was genau passiert war. Sie war wie die Öffentlichkeit davon überzeugt, dass ihre Bekannte auf dem Heimweg einen Unfall gehabt hatte und ihren Verletzungen erlegen war.«

»Und hat sich relativ schnell nach diesem Vorfall als Werbegesicht von Sensjoie engagieren lassen.« Gabi schien es nicht fassen zu können. »Wie schamlos kann man eigentlich sein?«

Conny zuckte mit den Schultern. »Da Stocks Gäste generell eher nichts von den Partys in die Welt hinausposaunten, erfuhr niemand von Melissa Merz' Anwesenheit auf dem Fest des Bankers. An dem entsprechenden Abend seien sie sowieso nur eine kleine Runde gewesen, hat Nina gemeint. Auch wenn sie selbst sich nicht mehr erinnern konnte, wer genau die Gäste waren.«

»Wie hat sie dann erfahren, was wirklich passiert ist?«, fragte David.

»Kurz nach Weihnachten hat sich ihr Hugo Misic bei einem von Stocks Events anvertraut. Er sei ein bisschen beschwipst gewesen, das habe ihn emotional gemacht, hat sie Merz erzählt. Möglich, dass er die Sache nicht mehr länger mit sich alleine ausmachen konnte.«

»Das ist doch Wahnsinn.« Sarah atmete tief durch.

Conny schob David das Handy hin. »Das kannst du

unserem Firmenanwalt geben. Adrian Merz hat mir in meinem Gefängnis das Geständnis immer und immer wieder vorgespielt. Auch sein Geständnis mir gegenüber ist drauf. Ansonsten hat er alles von dem Handy gelöscht. Nachdem er mir gesagt hatte, dass er es für mich vor die Tür legen würde, damit ich mit der Geschichte an die Öffentlichkeit gehen kann, war mir klar, dass ich ihn nicht wiedersehen würde. Ein Scheißgefühl, sag ich euch. Ich habe versucht, mit ihm zu reden, ihm klarzumachen, dass Selbstmord nicht die Lösung sein kann.« Sie schüttelte den Kopf. »Er hat nichts erwidert, mich nur angeschaut.« Tränen schimmerten in ihren Augen. »Ich befürchte, den Blick werde ich nie vergessen.«

Sarah griff über den Tisch nach Connys Hand und drückte sie fest.

David nahm das Handy. »Ich werde es erst mal wegsperren. Mal schauen, ob Nina Seidlings Eltern und Alma Misic uns immer noch verklagen wollen, wenn sie von der Aufnahme erfahren.« Er erhob sich und ging zum Arbeitszimmer, wo ihr Safe stand.

»Merz hat seine Frau übrigens bei einer Premiere von *Schwanensee* kennengelernt«, fuhr Conny fort. »Damals war sie noch Tänzerin im Ballett der Staatsoper. Er hat mir ausführlich von dem Abend erzählt.«

»Auf der Bühne vom Theater am Stadtrand steht ein riesiges Foto, das sie im Schwanenkostüm zeigt. Ihr wisst schon, weißes Tutu, die hellblonden Haare kunstvoll hochgesteckt und ein glitzerndes Diadem auf dem Kopf«, sagte Sarah. »Und ein zweites, auf dem sie ein rotes Kleid trägt und vor der Oper auf einen der zwölf Schwäne zeigt, die als Leuchtenpfeiler fungieren. Melissa Merz war eine Schönheit.«

David kam zurück und setzte sich wieder.

»Hast du gewusst, dass Nina Seidling und sie sich in diesem Theater kennengelernt haben?«, fragte Conny und sah Sarah an.

Sie nickte. »Melissa Merz wollte die Bühne am Stadtrand dieses Jahr als Tanztheater wiedereröffnen.« Sie berichtete von ihrem Gespräch mit Viola Hausmann und Arvid Dorna. »Das hätte mich eigentlich hellhörig machen sollen. Aber zu keinem Zeitpunkt hatte ich Adrian Merz als unseren Todesengel in Verdacht. Ich nehme an, dass er das Theater samt Grundstück nach ihrem Tod gekauft hat.«

»Das hat er«, bestätigte Conny Sarahs Vermutung. »Er hat sich jeden Tag in den Zuschauerraum gesetzt und die Bilder seiner Frau betrachtet, um ihr nah zu sein. Ihr hättet ihn erleben sollen, als er mir das erzählt hat. Ein gebrochener Mann.«

Sarah rief sich den dunkelblonden Hünen auf dem Opernball in Erinnerung. Das glatt rasierte, ebenmäßige Gesicht, seine vornehme Zurückhaltung. Er hatte alle Blicke auf sich gezogen.

»Es gab nichts mehr, was diesen Mann noch hätte retten können. Der Schmerz über den Tod seiner Frau hat ihn aufgefressen.« Conny seufzte schwer. »Als er die wahren Umstände kannte, hat er ganz automatisch gehandelt.«

Sarah verscheuchte das Bild von dem melancholischen Mann, den viele Frauen nur allzu gern in den Arm genommen und getröstet hätten, um sich seiner geschundenen Seele anzunehmen.

»Warum ist er eigentlich nicht zur Polizei gegangen?«, fragte Chris. »Mit Nina Seidlings Geständnis hätte er die Schuld der drei doch beweisen können.«

»Die Strafe, die sie bekommen hätten, wäre in Adrian Merz' Augen viel zu gering gewesen. In der Sekunde, als Nina Seidling ihm alles gestand, fällte er das Todesurteil. Er hat ihr am nächsten Tag auf dem Opernball einfach ein Glas Champagner mit Fentanyl in die Hand gedrückt.«

»Das ist Selbstjustiz«, stellte Sarah fest.

»Wer will's ihm verdenken?«, zeigte Conny Verständnis. »Die drei haben ihm etwas genommen, was ihm keine Strafe eines Gerichts dieser Welt wiedergeben konnte.«

»Hat er dir auch erzählt, woher er das Fentanyl hatte?«, erkundigte sich Chris.

»Nein. Ich weiß nur, dass er es schon länger besaß«, erwiderte Conny. »Er wollte sich an Melissas erstem Todestag das Leben nehmen. Doch an genau diesem Vormittag tauchte Nina Seidling in seiner Villa auf und änderte mit ihrem Geständnis seinen Plan.«

Alle hingen schweigend ihren Gedanken nach, bis Chris sich an Sarah wandte. »Eigentlich wollte ich dir heute noch ordentlich den Kopf waschen. Obwohl du es doch besser wissen solltest, bist du am Donnerstag los, ohne irgendjemandem Bescheid zu geben.«

Sarah öffnete den Mund, um zu entgegnen, dass sie

ja nicht geahnt hatte, dass ihre spontane Aktion gefährlich sein könnte.

Chris stoppte sie mit einer Geste. »Aber jetzt, wo ich die ganze Geschichte gehört habe, möchte ich eigentlich nur noch eines sagen.« Er hob sein Rotweinglas. »Schön, dass ihr beide wieder da seid.«

Epilog

Am Tag nach ihrer Befreiung schien die Sonne so hell vom blauen Himmel, dass man den bevorstehenden Frühling erahnen konnte. Sogar die ersten Schneeglöckchen steckten ihre Köpfchen schon aus der matschigen Erde. Sarah stand mit einer Tasse Tee auf der Terrasse und hielt ihr Gesicht in die Wintersonne. Marie saß in der offen stehenden Tür. Sie machte keinerlei Anstalten, auch nur eine Pfote auf den kalten Terrassenboden zu setzen.

David stellte sich neben Sarah, in der Hand einen Espresso. »Willst du diese Woche nicht lieber daheimbleiben und dich ausruhen?«

Sarah schüttelte den Kopf. »Arbeit lenkt mich ab. Hier würde ich nur herumsitzen, grübeln und Marie die Ohren volljammern, dass mir langweilig ist.«

David stöhnte gekünstelt auf, bevor sich seine Lippen zu einem Grinsen verzogen. »Wie ich unsere liebe Conny kenne, wird auch sie heute im Büro erscheinen.«

Sarah schenkte ihm ein breites Lächeln. »Du hast in den letzten Tagen die gesamte Wohnung geputzt.«

»Das ist dir aufgefallen?«, fragte er überrascht.

Sarah lachte. »Natürlich. In den Küchenkästen kann man sich wieder spiegeln.«

»Ich musste einfach etwas tun. Vor allem nachts, andernfalls wäre ich vor Sorge um dich durchgedreht.«

Sie wandte sich zu ihm um und küsste ihn zärtlich auf den Mund.

Um halb zehn trafen Sarah und David im *Wiener Boten* ein. Als Erstes setzten sie sich mit Conny und Maja im Konferenzraum zusammen, um die Berichterstattung für die kommenden Tage abzustimmen.

»Ich bin nur für die schönen Dinge des Lebens zuständig«, betonte Conny mal wieder. »Adrian Merz hat sich leider in der Journalistin geirrt, die er entführt hat. Eigentlich hätte seine Wahl auf dich fallen müssen, Maja.« Sie zwinkerte der Chronik-Redakteurin zu.

»Schreibt die Story doch gemeinsam«, schlug David vor und reichte Maja das Handy des Milliardärs. »Du bist für den Text verantwortlich, aber du, Conny, fütterst sie mit Hintergrundinfos. Erwähnt ruhig deine und Sarahs Tage in Gefangenschaft, Merz' Verzweiflung und alles andere, was unsere Leserinnen und Leser interessieren könnte. Und wenn ihr das Handy nicht mehr braucht, hätte ich es gern zurück.«

»Find ich gut. Und ich schicke Simon zur Bühne am Stadtrand«, sagte Sarah. »Er soll das Gebäude von außen und wenn möglich drinnen die Bilder von Melissa Merz fotografieren.«

Eine halbe Stunde später beendeten sie die Sitzung.

Um elf tauchte Pauline Merz-Polinsky unangemeldet im *Wiener Boten* auf. Sarah empfing die Unternehmerin, bot ihr einen Platz auf der hellgrauen Sitzlandschaft in ihrem Büro an und gab Conny Bescheid, sich zu ihnen zu gesellen. Die Minuten, die sie auf die Society-Reporterin warteten, nutzte Sarah dazu, Pauline Merz-Polinsky zu fragen, ob sie einen Schlüssel fürs Theater besitzen würde.

»Ja, mein Bruder hat ihn mir und meinem Mann in den Briefkasten geworfen, bevor er …« Sie zog ein Taschentuch aus ihrer Handtasche und presste es sich auf den Mund. »Zusammen mit seinem Abschiedsbrief.«

»Darf unser Fotograf Aufnahmen vom Bühnenbereich machen?«, fragte Sarah. »Er könnte heute noch hinfahren.«

Die Konzernchefin griff direkt zum Handy, rief ihre Haushälterin an und bat sie, den Schlüssel per Kurier in die Firma zu schicken. Dann organisierte sie eine Mitarbeiterin, die ihn entgegennehmen, zum Theater fahren und Simon öffnen würde. »Ihr Kollege kann in einer Stunde vorbeikommen.«

Sarah dankte ihr und gab Simon schnell Bescheid.

Dann betrat Conny Sarahs Büro, gefolgt von Cordula Berger, die ein Tablett mit drei Kaffeetassen, einer Zuckerdose und einem Milchkännchen darauf trug. Sie stellte es auf dem Couchtisch ab und zog sich wieder zurück.

Pauline Merz-Polinsky nahm einen Schluck Kaffee, bevor sie sich im Namen ihres Bruders für alles entschuldigte, was dieser Sarah und Conny angetan hatte. »Er hat es in dem Abschiedsbrief gestanden.«

»Das müssen Sie nicht«, versicherte Sarah und

nippte an ihrer Melange. »Es ist ja nicht Ihre Schuld. Außerdem hat er uns schon um Verzeihung gebeten.« Sie erwähnte sein Schreiben, in dem er David hatte wissen lassen, wo man sie und Conny finden würde.

»Und im weitesten Sinn trägt auch Ihr Bruder keine Schuld daran«, verteidigte die Gesellschaftsreporterin das Verhalten des Milliardärs. »Wir alle können uns nicht vorstellen, was das Geständnis von Nina Seidling in ihm ausgelöst hat. Damit hatte er endlich die Gewissheit, dass seiner Frau die Drogen, die zu ihrem Tod geführt hatten, gegen ihren Willen verabreicht worden waren. Möglicherweise hatte er das gesamte Jahr zuvor an ihr beziehungsweise seinem Bild von ihr gezweifelt.«

»Ich weiß, was Sie mir sagen wollen.« Pauline Merz-Polinsky seufzte. »Für Adrian gab es keinen anderen Weg, weil am Ende womöglich die Verantwortlichen mit geringen Strafen davongekommen wären. Sie hätten auf Unzurechnungsfähigkeit oder fahrlässige Tötung plädieren können. Und dieser Bankdirektor, Alois Stock, hätte sicher ein paar Anwälte an der Hand gehabt, die es mit unseren hätten aufnehmen können. Davon mal abgesehen verabscheute mein Bruder Gerichtsverhandlungen. ›Es gibt nichts, was man nicht mit einem Gespräch klären kann‹, das war sein Credo.« Die Konzernchefin lächelte bei der Erinnerung. »Er war ein wahrer Philanthrop. Trotzdem«, sie hielt kurz inne, »möchte ich Ihnen, auch wenn das vermessen oder eigenartig klingen mag, sämtliche Produkte unserer neuen Linie Melissa als kleine Entschuldigung zukommen lassen.« Sie legte einen Folder auf den Tisch.

Sarah warf einen Blick auf den Ordner, den ein Logo zierte. »Ein goldener Schwan?«

Pauline Merz-Polinsky nickte. »Das war die Idee meines Bruders. Weil er sich in Melissa verliebt hat, als er sie in *Schwanensee* die Odette tanzen sah.«

»Ich verstehe«, sagte Sarah und wurde nachdenklich. Hätte sie die Kennenlerngeschichte schon früher gekannt, hätte sie Hugo Misic und Alois Stock vielleicht retten können.

»Was passiert jetzt eigentlich mit der Bühne am Stadtrand?«, fragte Conny.

»Mein Bruder hat meinen Mann und mich in seinem Abschiedsbrief gebeten, ein Museum mit den Schwerpunkten Theater, Oper und Tanz daraus zu machen und darin auch einige Gegenstände auszustellen, die Melissa gehört haben. Bilder von Theaterproduktionen, bei denen sie als Choreografin mitgewirkt hat. Sie müssen wissen, Melissa hat ihre Arbeit mit einer Unmenge an Fotos dokumentiert. Die hat sie in Alben aufbewahrt, aber auch riesengroße Plakate daraus gemacht.« Sie lächelte wehmütig. »Es war ihr Traum, die Wände des neuen Tanztheaters damit zu dekorieren. Das hat mir Adrian nach ihrem Tod erzählt.« Sie blickte Conny und Sarah traurig an. »Jetzt werden mein Mann und ich das eben übernehmen. Wir hoffen, dass das Museum noch dieses Jahr seine Pforten öffnen wird.«

»Wir kommen zur Eröffnung«, versprachen Sarah und Conny unisono.

Drei Tage später erschien der erste Bericht über Melissa Merz' wahres Schicksal im *Wiener Boten*. Maja und Conny hatten aus der gesamten Geschichte fünf Artikel gemacht, die chronologisch aufeinander aufbauten. Wie im wirklichen Leben begann auch im *Wiener Boten* alles mit dem Kennenlernen von Melissa Merz und Nina Seidling in der Bühne am Stadtrand.

Am darauffolgenden Morgen interviewte Maja Tobias Zauner. »Seine Verhandlung wird in fünf Monaten stattfinden, bis dahin muss er strenge Auflagen erfüllen«, informierte sie Sarah, als sie mittags in deren Büro schneite. »Er hat mir erzählt, dass Alois Stock Adrian Merz auf dem Opernball angesprochen hat.«

»Weshalb?«

»Er wollte ihn als Teilhaber für seine Bank gewinnen«, erläuterte Maja. »Tobias Zauner hat sich auf dem Ball noch darüber gewundert, doch jetzt, wo Stocks Betrügereien ans Licht gekommen sind, glaubt er den Grund dafür zu kennen.« Sie fingerte ein Haargummi aus ihrer Hosentasche und fasste ihre langen rotbraunen Haare zusammen. »Möglicherweise hatte Stock den Kontakt gesucht, weil er wusste, dass die Finanzaufsichtsbehörde ein Auge auf ihn geworfen hatte. Deshalb könnte er auch Nina Seidling bedrängt haben, Melissa Merz auf eine seiner Partys mitzuschleppen.«

»Er wollte über sie an ihren Mann rankommen«, schlussfolgerte Sarah.

»Das glaubt jedenfalls Tobias Zauner – so wie auch Nina Seidling es glaubte. Aber darüber gesprochen haben er und Stock nie.«

Sarahs Miene verdunkelte sich. »Klingt logisch. Und um Melissa Merz zugänglicher für seine Idee zu machen, hat Stock ihr eben mal ein bisschen Ecstasy verabreicht.«

»Möglicherweise dachte er, dass die Finanzaufsichtsbehörde nicht so genau hinschauen würde, wenn ein wichtiger Mann wie Merz in seiner Bank involviert wäre«, sagte Maja.

»Aber hätte der nicht seine Anwälte über die Bilanz schauen lassen, wenn er auch nur überlegt hätte, sich darauf einzulassen?«, gab Sarah zu bedenken.

Maja zuckte mit den Achseln. »Keine Ahnung. Vielleicht wollte er Merz auch nur bitten, seine Beziehungen spielen zu lassen, damit die Finanzaufsichtsbehörde seine Bank in Ruhe lässt.«

»Und er ungestört weiterhin seinen dreckigen Geschäften mit der Bilanzfälschung und den Scheinkrediten nachgehen kann«, knurrte Sarah.

»Wie auch immer«, sagte Maja. »Die Angelegenheit hat sich eh irgendwie erledigt. Reinhard hat mir vorhin auf dem Gang erzählt, dass die Bank geschlossen wurde. Allerdings ermitteln Bence Donath und seine Kollegen trotz Stocks Tod weiter. Wird aber Monate, wenn nicht Jahre dauern, bis alle Unterlagen geprüft worden sind.« Sie wandte sich zur Tür. »Ich geh nachher mit Simon etwas essen. Magst mitkommen?«

Sarah schüttelte den Kopf. »David führt mich um zwei zum Italiener in der Zieglergasse aus, und danach treffen wir Martin Stein im Café Mozart.«

Maja lachte. »Klingt irgendwie nach Urlaub.«

Sarah hob ihren Gipsarm. »David meint, wenn ich schon nicht in den Krankenstand gehen will, soll ich zumindest jeden Tag eine lange Mittagspause machen.« Sie lächelte. »Vermutlich wird sie heute direkt in den Feierabend übergehen.«

»Du solltest auf David hören«, mahnte Maja. »Du und Conny, ihr habt traumatische Tage hinter euch. Ich bin mir sicher, dass man in so einem Fall nicht gleich wieder zur Tagesordnung übergehen sollte.«

Sarah lächelte erneut. Vielleicht wäre genau das auch das Richtige, dachte sie.

Eine halbe Stunde später schaute Conny mit Sissi vorbei, um Sarah eine Pressemeldung der Filmproduktion Katzberg zu zeigen. Die Serie *Lilli am Land* würde demzufolge eingestellt werden, sobald die abgedrehten Folgen gesendet worden waren. Leon Kant würde bald für eine neue, ebenfalls von Katzberg produzierte Fernsehserie vor der Kamera stehen. »Darin spielt er dann die Hauptrolle. Regisseur ist wieder Arvid Dorna. Dasselbe Theater, nur ein anderer Entertainer. Nächstes Jahr geht's los.« Conny zuckte mit den Achseln. »Die Welt dreht sich immer weiter.«

»Wie geht es dir eigentlich?«, fragte Sarah unvermittelt.

Die Gesellschaftsreporterin zuckte erneut mit den Achseln. »Geht so. Die Arbeit hilft. Auch lange Spaziergänge mit Sissi.« Die Hündin hob den Kopf, als sie ihren Namen hörte.

Sarah nickte. »Aber solltest du Angstzustände bekommen, such dir professionelle Hilfe«, sagte sie. »Das hab ich mir auch vorgenommen. Unsere Psyche hat vermutlich mehr gelitten, als wir uns vorstellen können.«

»Mach ich«, versprach Conny.

Später im Il Mare bestellte Sarah Trüffel-Ravioli, die sie mit einer Hand essen konnte. Außerdem mochte sie den nussigen, erdigen Geschmack.

David säbelte an einer Pizza Diavolo herum. »Ich habe heute Morgen mit Nina Seidlings Eltern und danach mit Alma Misic telefoniert«, sagte er, nachdem sie eine Weile schweigend gegessen hatten. »Waren keine angenehmen Gespräche.«

»Ist auch nicht schön, nach dem Tod eines geliebten Menschen von dessen dunklem Geheimnis zu erfahren. Von dem Drogenkonsum gar nicht zu reden. Wobei ich noch immer bezweifle, dass Alma Misic davon nichts bemerkt hat.« Sarah fixierte David, während sie sich zwei Ravioli in den Mund steckte und kaute.

»Was?« Er fühlte sich sichtbar unwohl unter Sarahs stoischem Blick.

Sie schluckte. »Ich glaube, ich würde es merken, wenn du Drogen nimmst.«

»Mit Sicherheit.« Er lachte kurz auf, bevor er wieder ernst wurde. »Zumindest sind die angedrohten Klagen von Nina Seidlings Eltern und Alma Misic vom Tisch. Obwohl weder die Seidlings noch die Witwe erfreut darüber sind, dass wir die ganze Story veröffentlichen und damit das Image ihrer Tochter beziehungsweise ihres Ehemanns ankratzen, um es mal nett zu formulieren.«

»Kann ich verstehen«, zeigte Sarah erneut Verständnis. »Aber die zwei und Stock sind nun mal Schuld an Melissa Merz' Tod, und wir sind es Adrian Merz schuldig, die Wahrheit zu veröffentlichen.«

Nach dem Essen schlenderten sie und David die Mariahilfer Straße hinunter, am *Wiener Boten* vorbei bis zur Ringstraße, durchquerten den Burggarten und flanierten die Hanuschgasse an der Albertina entlang. So als hätten sie alle Zeit der Welt. An dem berühmten Würstelstand mit dem Dürer-Hasen auf dem Dach warteten zwei Pärchen. Um diese Jahreszeit waren nur vereinzelte Touristen unterwegs, doch schon im Frühling würde es im ersten Bezirk wieder von ihnen wimmeln und sich vor dem Imbissstand eine Warteschlange bilden. Sie überquerten den Albertinaplatz und saßen kurz darauf im Café Mozart.

»Das fühlt sich heute gar nicht wie Arbeit an«, sagte Sarah, nachdem sie eine Melange und einen Espresso bestellt hatten.

»Soll es auch nicht«, beschied David, als Martin Stein am Eingang auftauchte.

Er entdeckte sie sofort, steuerte auf sie zu und ließ sich neben David auf den gepolsterten Stuhl fallen. »Einen großen Braunen und ein Stück Sachertorte«, orderte er bei einem Kellner. »Das hab ich mir nach all der Aufregung verdient.« Er zog ein Mobiltelefon aus seiner Jackentasche und gab es Sarah. »Ist deins. Es lag auf der Bühne. Merz muss es ausgeschaltet und dort deponiert haben, nachdem er dich eingesperrt hatte. Wir haben es aufgeladen, damit wir sicherstellen konnten, dass es dir gehört. Manuela Rossmann ist grad auf dem Weg zu Conny, um ihr ihrs zu bringen. Das hatten wir ja in Stocks Auto gefunden.«

Sarah nahm ihr Telefon entgegen. »War eigentlich ganz angenehm, mal ein paar Tage ohne das Ding zu sein.« Sie schaltete es ein, wischte und tippte kurz auf dem Display herum. Alle Fotos und ebenso sämtliche Kontakte waren noch da.

Der Kellner brachte die bestellen Kaffees und das Stück Torte.

»Alois Stock wurde ebenfalls mit Fentanyl getötet«, sagte Stein, als der Ober wieder außer Hörweite war. »Neben dem Sitz mit seiner Leiche haben wir ein leeres Weinglas gefunden. Die Analyse unserer Kriminaltechniker hat eine Mischung aus Fentanyl und Grünem Veltliner ergeben.«

Sarah nickte, und David nippte an seinem Espresso.

Stein stach in sein großes Tortenstück und schob sich die beladene Gabel in den Mund.

»Ich denke, Merz hat ihn wissen lassen, was in dem Wein war«, sinnierte Sarah derweil laut. »Das war Teil des von ihm geplanten finalen großen Aktes. Zumindest nach Stocks erstem Schluck.«

»Und dann sollte Melissa Merz das Letzte sein, was Alois Stock in seinem Leben sah.« David seufzte.

Stein nippte an seinem Kaffee. »Tja, so wird es wohl gewesen sein. Wisst ihr, worauf ich jetzt Lust hätte?«, fragte er. »Darauf, mir die schwarzen Schwäne an der Oper anzusehen. Ich muss schon tausendmal an ihnen vorbeigegangen sein, aber sie sind mir nie aufgefallen.«

»Ich denke, da sind wir dabei«, sagte Sarah.

Sie tranken aus, Stein aß sein Stück Torte auf, und dann zahlten sie.

Die Staatsoper lag fußläufig nur drei Minuten entfernt. Gleich nachdem Sarah, David und Stein den Opernbrunnen passiert hatten, erblickten sie die vier Laternen.

»Die Schwäne schauen wirklich alle ziemlich grimmig«, sagte Stein.

David legte im Gehen einen Arm um Sarahs Schulter. »Lasst sie uns durchzählen, damit wir wissen, dass auch alle zwölf wieder an ihrem Platz stehen.«

Sarah lachte lauthals auf. »Gute Idee. Nicht dass am Ende noch einer unterwegs ist. Womöglich in Begleitung eines neuen Todesengels.«

Nachwort und Dank

Dieser Kriminalroman ist meiner Fantasie entsprungen. Ähnlichkeiten mit realen oder toten Personen sind rein zufällig und nicht beabsichtigt, wenngleich mich einige Begebenheiten der letzten Jahre und verwerfliche Handlungen von einzelnen Menschen inspiriert haben.

Eine große Hilfe bei den Recherchen, um bestimmte Szenen realistisch schildern zu können, waren mir erneut ein paar Experten: Julia Hemetsberger, Filialleiterin Volksbank Vöcklabruck; Prof. Dr. Renate Kain, Professorin und Leiterin des klinischen Instituts für Pathologie der MedUni Wien; Prof. Dr. Nikolaus Klupp, stellv. Leiter des Zentrums für Gerichtsmedizin der MedUni Wien; Dr. Helmut Waltenberger, Allgemeinmediziner, sowie Chefinspektorin Michaela Rossmann, Leiterin Fachbereich Pressestelle der Landespolizeidirektion Wien.

Ihnen gebührt mein großer Dank, denn sie alle haben meine Fragen geduldig und detailliert beantwortet. Sollte sich ein sachlicher Fehler eingeschlichen haben, so geht der allein auf mein Konto. Gleichwohl möchte ich erneut anmerken, dass ich einen Roman geschrieben und mir die künstlerische Freiheit genommen habe, die Wirklichkeit zu verfälschen und bestimmte Abläufe und Prozesse zu beschleunigen, etwa den der toxikologischen Untersuchung.

Die Redaktion des *Wiener Boten* auf der Mariahilfer Straße gibt es nicht, ebenfalls sind die Bühne am Stadtrand und das Theater am Donaukanal reine Fiktion.

Der großartigen Kerstin Schaub, stellvertretende Programmleiterin vom Goldmann Verlag, danke ich dafür, dass sie auch nach so vielen Bänden noch immer von Sarah Pauli begeistert ist, mich bei der Entstehung neuer Fälle geduldig unterstützt und darauf achtet, dass ich den roten Faden nicht verliere.

Meiner grandiosen Lektorin Susanne Bartel danke ich erneut für ihr Fingerspitzengefühl bei der Überarbeitung des Textes. Ihre erstklassigen Ratschläge und ihre Genauigkeit machen aus meinen Manuskripten lesenswerte Bücher.

Barbara Henning (Presse), Katrin Cinque (Presse) und Manuela Matella (Veranstaltungen), die sich für Sarah Pauli ins Zeug legen, möchte ich ebenfalls danken. Ihr seid wunderbar!

Meinem Agenten Peter Molden und seiner Frau Dr. Regina Molden von der Autoren- und Verlagsagentur Molden danke ich dafür, dass sie stets ein offenes Ohr für mich haben und mir immer mit Rat und Tat zur Seite stehen. Und dafür, dass wir uns auch über Themen abseits der Bücherwelt bestens unterhalten können.

Danken möchte ich auch meinem Mann Jeff, der

meine Lesereisen organisiert, die nervige Buchhaltung für mich übernimmt und wirklich die beste Lasagne der Welt macht. Meinen Kindern Theresa und Raffael danke ich dafür, dass sie so wunderbare Menschen sind und ich sie nerven darf, wenn es mit einer Szene mal hakt.

An finaler Stelle gilt mein Dankeschön natürlich wie immer Ihnen, liebe Leserinnen und Leser. Ich freue mich sehr, dass Sie Sarah Pauli nun schon ganze 14 Bände lang begleiten. Ich hoffe, Sie hatten auch mit diesem spannende Lesestunden.

Ihre Beate Maxian

Autorin

Beate Maxian lebt mit ihrer Familie in der Nähe des Attersees und in Wien und zählt zu den erfolgreichsten Autorinnen Österreichs. Ihre Wien-Krimis um die Journalistin Sarah Pauli stehen dort regelmäßig an der Spitze der Bestsellerliste. Auch »Ein tödlicher Jahrgang«, Auftakt ihrer Krimireihe um die Feinkosthändlerin Lou Conrad, wurde auf Anhieb ein Bestseller.
Weitere Informationen zu Beate Maxian unter: www.maxian.at

Beate Maxian im Goldmann Verlag:

Die Wien-Krimis mit Journalistin Sarah Pauli:

Tödliches Rendezvous • Die Tote vom Naschmarkt • Tod hinter dem Stephansdom • Der Tote vom Zentralfriedhof • Tod in der Hofburg • Mord in Schönbrunn • Die Prater-Morde • Tod in der Kaisergruft • Mord im Hotel Sacher • Der Tote im Fiaker • Die Tote im Kaffeehaus • Ein letzter Walzer • Tod im Belvedere • Tod auf dem Opernball

Der erste Fall für Feinkosthändlerin Lou Conrad:

Ein tödlicher Jahrgang. Kriminalroman

(Alle auch als E-Book erhältlich)